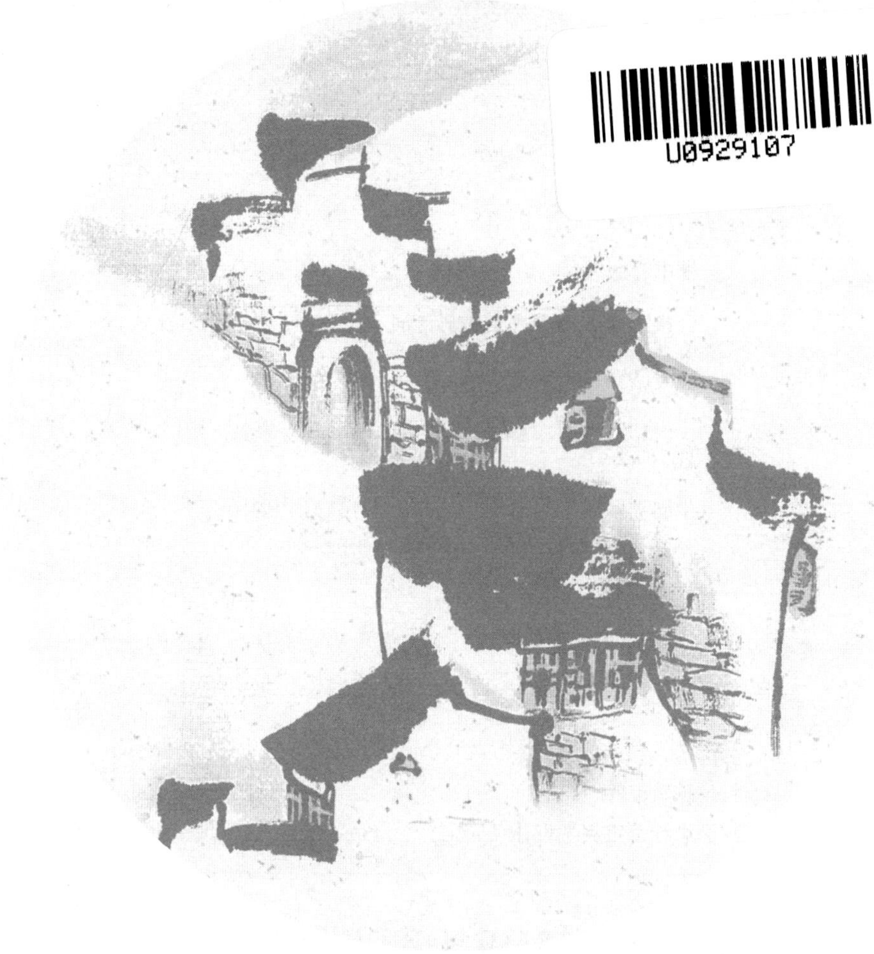

江楼听雨

寄溟品赏古典诗词

赵鹏 著

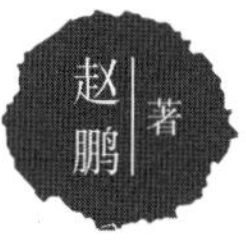

长江出版传媒
长江文艺出版社

图书在版编目（CIP）数据

江楼听雨 ：寄溟品赏古典诗词 / 赵鹏著. -- 武汉 ：长江文艺出版社， 2016.7(2024.8 重印)
ISBN 978-7-5354-8859-6

Ⅰ. ①江… Ⅱ. ①赵… Ⅲ. ①古典诗歌－鉴赏－中国 Ⅳ. ①I207.2

中国版本图书馆 CIP 数据核字(2016)第 120210 号

责任编辑：叶 露　　责任校对：毛季慧
封面设计：笑笑生设计　　责任印制：邱 莉　胡丽平

出版：长江出版传媒 长江文艺出版社
地址：武汉市雄楚大街 268 号　　邮编：430070
发行：长江文艺出版社
电话：027—87679360
http://www.cjlap.com
印刷：三河市百盛印装有限公司

开本：700 毫米×1000 毫米　1/16　印张：20
版次：2016 年 7 月第 1 版　　2024 年 8 月第 2 次印刷
字数：239 千字

定价：68.00 元

目录

序 / 1

自序 / 5

第一章　呼吸吐纳中的讲者 / 10

呼吸吐纳中的讲者 / 11

不写亲人的故去，不写院落的改易，他写了新生 / 19

无边的汪洋，何其广阔的天地 / 23

要知道清泉明月并不为你而存在 / 29

处处都是风景，时时都可妙悟 / 35

在温婉安然中默默诉说着自己的苦痛 / 40

窗中好像已经包含了千年的岁月 / 45

他的野望变成了对这些苦难的深刻记忆 / 49

当满怀时代和个人悲哀的四目在一片春光之中重新对视 / 54

一颗孤独的心灵在一片秋林黄叶组成的荒野里 / 59

所有的腥风血雨，都会被亘古不绝的长江冲刷干净 / 64

这人世的变易，该向何处告知呢 / 70

失去、不再来；未来、不可知 / 75

那蝉的声音叫了一个夏天 / 79

一枝梅花就带来了满园的春意 / 84
千亿的不屈，千亿的春来第一枝 / 88
谁能一听这有理想有抱负的诗人之叹 / 92
跟着这些一起接受秋风的审判 / 97
这响亮的背后是一种郁结不平的哀鸣 / 102
不仅是娇俊的人面，更有无限的花光 / 107
那飘零多么盛大，多么让人不可拒绝 / 111
望不穿崇山峻岭，大河奔腾，远望竟成空 / 116
自己就站在这一片粉红的花雨之中 / 120
看到了一如万古长空的春山如媚 / 126
当所有的热闹变得在周遭之外，在可见不可触的距离中 / 131
最美的姿态，又是他最想见到的人 / 136
真想到五湖四海中做个闲淡的散人 / 141
过去的高位，过去的尊荣，在此刻都不存在了 / 146
天上真的有久长，就真的可以不管那朝朝暮暮 / 151
在那样一个广阔的天地中，这样的声音真是必有回响 / 155
只留下一个空空落落的自然世界 / 160
那样一种不断地、回忆式地、无结果地追寻 / 166
也有那一颗心，也有那“多少缠绵” / 172
不与繁花争艳，却在肃清时装点 / 180

第二章　心中的篝火 / 185

一首好诗 / 186
读诗为何？ / 192
诗人之眼 / 196
风和日丽与电闪雷鸣 / 201
良夜月下读古人诗 / 207
心中的篝火 / 212

第三章　笔下至情可动容 / 217
五绝之美 / 218
温柔敦厚的朴素先民 / 232
笔下至情可动容 / 242
巨大的人格摧折力 / 256

第四章　诗与远方 / 278
诗与远方 / 279
第一笔,记着温润 / 285
人生如寄 / 289
猫空听雨 / 294
垦丁三忆 / 298

后记　又是一年春 / 311

序

周靖波

（中国传媒大学文学院院长　博士生导师）

认识赵鹏是在我担当的《中国现代文学史》课堂上。按照惯例，“好”学生一般都坐在教室前排位置，并且出勤的情况也很好。赵鹏不仅合乎“惯例”，而且课下阅读也很积极主动，课堂上还能与教师的讲授相呼应。在片面追求考试分数之风日炽的当代大学课堂上，这样的学生的确会令任课教师信心大增。

课程结束将近一年后，赵鹏不时来我的办公室串门，其间说起对古典文化艺术（如古琴等）的爱好，说起作为陆台交换生到台湾的大学课堂上学习和旁听的情况，还谈论起近代某个大有恶名的人的诗词的评价问题，其眼界和见解不仅超出了我日常接触的本科生，甚至有些观点还不由得我不认真思考、谨慎回应。但他给人的印象又绝非夸夸其谈、热衷于炫耀，也不是在传媒专业的同学中特立独行、落落寡合，而是把求知的欲望投射在以古典诗词为中心的较为广阔的领域里。交谈中，有一次赵鹏提起他写了一些关于古典诗词鉴赏的文章，已经集成一本书的规模；但是要不要拿去找出版社印出来，还想听听我的意见。

我说，在往年的艺术专业招生考试现场，曾有考生提交由出版社公开出版的从小学至高中阶段的“作品集”，作为自己有文学艺术创作“特长”的明证；这类“集子”一般不厚，但也有极端的情况，将学龄前至高中阶段的“创作”一概收入，篇幅竟达上下两册。如果是这种敲门砖似的文章结集，我主张不出，因为没有必要，也没有价值。赵鹏说不是这类的东西。过了几天，他把电子邮件发给我。浏览之后，我的印象是书稿已经比较成熟，且对鉴赏理论和鉴赏对象也有独到见解；所以非常赞同他将书稿交给出版社，这既可以作为呈交给社会的学习和研究成果，也是在学业上向更高的境界进发的新起点。

作者在第一章自序中说，本书的写作动机之一是对当前书店里古典文学图书的不满，好些图书偏重于消费古典诗词的商业价值，偏离了“鉴赏的正途”。因此，他写本书的主要目的，乃是要纠偏，让古典诗词鉴赏回到“正途”。赵鹏认为诗词的美感来自三个方面，一是字句，二是音韵，三是作者；而鉴赏过程则是三类人——作者、讲者、普通读者——的“诗心”的交流，他就处在中间“讲者”的位置，把自己对作品的感受传达给普通读者。但他提出，“鉴赏”的过程不能把“作品”这个诗人生命的呈现方式讲完了、讲死了，而应该在诗词“作者”和“讲者”之间形成积极的交流过程，让“读者”感受到气息的交换和生命的起伏。我觉得，赵鹏在写作之初就能树立这样明确的意识，说明他的身体里还有一个健康而鲜活的灵魂在。

或许是由于尊重大自然的岁月更替与人类生命起伏的呼应关系，赵鹏在选材上没有像通常的诗词鉴赏那样，给诗人和诗作分出三六九等，然后按部就班地写成一本名作鉴赏，而是按照岁时的更易和情绪的波动，或者干脆就是“随缘”取材，大体按照每星期一篇的写作速律，完成了三十七篇外加十三篇的鉴赏文字。所选择的唐诗宋词中，既有包含明确的春、秋、蝉鸣、雪寒等季节符号的篇章，又有抒发“君埋泉下泥销骨，我寄人间雪满头”，“惆怅双鸳不到，幽阶一夜苔生”等关于生命的沉痛体验的诗词。赵鹏没有刻意选择吟咏重大历史事件和重要历史人物的诗篇，但这并不说明他要逃避文学与人生这一重大命题；恰恰相反，他能够借某些不太有名的诗歌来谈论“好的意境的营造”以及“好诗的标准”。例如在鉴赏司空曙的《喜外弟卢纶见宿》这首描写“自己的一个亲戚到自己家里做客，又睡了一夜”这样“每天都在发生”的“平常的生活经历”的诗作时，他竟然就发现了其中“将一己小我的欢喜悲哀扩大为人类共同的情感体悟”的特色，找到了这首诗里的“日常”何以能“在历史当中产生长远的共鸣”的原因，借一首往往被选家忽略的诗作论证了何为“好的意境”、何为“好诗的标准”这样的重要问题。读到这里，我真切地感到，一个人的艺术修养是可以帮助他克服人生经历的局限而朝向思接千载、视通万里的崇高境界的。

在书稿中，我还发现一种现象，赵鹏的行文完全是白话，甚至是带些口语特征的白话。我猜想他这是在学习和模仿某位海外学术名家；但是这种模仿是成功的。他不是在刻意模仿名家的声口，而是长期的学习使他具备了相近的视角和表达方式。三十七篇鉴赏文章的标题，则可视作对古典诗词意境的一种富有现代意味甚至后现代意味的重述：“所有的腥风血雨，都会被亘古不绝的长江冲刷干净”，“谁能一听这有理想有抱负的诗人之叹”，“这响亮的背后是一种郁结不平的哀鸣”，“真想到五湖四海中做个闲淡的散人”。这不是古典句式，但这种口语所营造的却又不能不说是一种非现代的意境。用白话重写之后，古典意境不复是原先的模样，可以说，是现代口语营造的带有解构、重构意味的古典意境。

令人感兴趣的是，赵鹏在本书的第三章提到了自己的学习经历和学习方法，尤其是“良夜月下读古人诗”一篇，记述了他在台湾交换期间诵读古诗的往事，可以让读者立体地感受到赵鹏的鉴赏方法和态度。

我感觉，赵鹏的学习和写作特点有三：一是全方位地进入古典艺术氛围，不仅读诗，读词，还学习古典诗学以及传统书画和传统音乐；二是以自己的生命感悟直接进入古典文学艺术的世界，尽量排除杂音的干扰（所以读他这本书里的各篇文字，有一种比较纯净的感觉，不毛糙、不芜杂）；三是取法乎上，心无旁骛。希望赵鹏同学继续保持这种良好的学习方法和研究方法，朝着自己既定的目标更加稳妥而快速地前进！

2016年6月12日，北京安定门外，蒋宅口

自序

现在到书店里去,古典文学,尤其是跟诗词相关的著作并不少。可是站在那有些吓人的书架面前,仔细翻看那些著作,除了名家大家的著作和学术性的研究著作外,能够吸引我读下去并且读完的,实在太少。有些著作者把关注的重点放在了某位才子的情史上面,把诗歌鉴赏的文章当作小说来写;有些作者则是运用古典诗词来进行大量的抒情,对诗歌本身的意蕴则含糊其词;而有些作者更是把主要的着眼点放在了诗歌文辞的华美上,无论是选用的诗词还是鉴赏的方向都以文辞之美为准。或许这类书籍可以获得不错的销量,但我以为这都不是诗歌鉴赏的正途,而过度消费了古典诗词的商业概念之后,读者对于古典诗词的诉求变得单一了,恐怕审美的疲劳就将接踵而至。

小学、初中、高中,我们课本中的古典诗词是经过专家学者商讨而选定,总的来看,应当是丰富而全面的。但是应试教育的戕害,却将这些诗词的美好涤荡殆尽。模板化的考试答案,对修辞手法的背诵,让诗词完完全全变成了考试的工具,而这种工业流水线生产式的考试答案当然就将诗词最具灵性的美消解了。直到今天,我还能记起诗词鉴赏题的答题公式:此句是什么意思,运用了什么手法,形象生动地表达了什么感情,有什么思想。我上大学之后,曾经问过一些同学,喜爱古典诗词的极少。我想,这样的结果并不奇怪。

中国被称为"诗国",数千年的抒情诗,濡养了我们的性灵,塑造出我们独特的观看世界、理解时节的方式。我们将自己的感情投射到外在的自然之中，用它们自在的生发灌注了自己的性灵。我们又从其他个体的经历中提炼出不同的生命力量，从而为自己所用。在人间自然中，中国人的生命被极大地丰富起来。而现在的中国，诗歌好像已经退出了平民的文化圈，变成一种束之高阁的"文人雅事"。当诗歌的欣赏被剥离于人们的生活，而日常人家的酒后谈资变成了娱乐的八卦，街谈巷议中少了一个民族的文化，我们离那个"旗亭画壁"的唐朝，那个"凡有井水处，皆能歌柳词"的宋代似乎就远得很了。

我接触古典诗词当然也是从幼年时期开始，小学的时候因为成绩还可以，老师让我带领一个成绩稍差些的学生一起进步。而成绩进步的最有效方法就是背诵，因为只要背诵过关，那个填空的分数是一定可以拿到的。我记得特别清楚，当时的我，六七岁的样子，站在椅子上，拿着小孩儿最喜欢的粉笔，在黑板上誊抄李白的《古朗月行》，然后跟着他一起背诵那"小时不识月，呼作白玉盘"的句子。当时的教室里没有别人，我站在椅子上，他坐在座位上，空旷的房间里只有我俩的声音，咿咿呀呀地念个不停。到了高中，早自习分成语文和英语两种，渐次排开。我尤其喜爱语文早自习，因为可以读诗、背诗，我很享受诗词之中的那种韵律之美。外校的教学楼中部有一个巨大的天井，四周都是栏杆，每天早上的诵读声，那真是响遏行云。每次语文早自习我都到得很早，就是为了去读去背书中的诗词，要求只背一段的，我也都全篇背诵，背完了课本里的，我又带去唐诗和宋词的选本，从前往后翻着，停在哪一首我就背哪一首。就那样背着背着，自然而然就想要知道那里面的道理是什么。做完了当天该做的作业和自己拟订的计划之后，我就开始看书，从叶嘉莹到袁行霈，从王力到周汝昌，从诗词格律到诗歌鉴赏。从高中到大学，这类书籍的阅读从未间断，而诗词的美好也一直陪伴着我，激励我前行。

在去年，我开始想要写点东西，用自己的方式、自己的标准去写诗歌鉴赏文章，大概保持着一周一篇的量。开始没想过要出版，只作为是自己书写的娱乐。可是暑假回到武汉，见到陈伯安先生，跟他报告我已经完成了二十多篇文章。他鼓励我继续写下去，说："等你写到五十篇，我认为可以集结成书来出版。"又过了一个学期，五十篇的"任务"完成了。起初我还很不自信，把书稿给我的一位很要好的朋友看，她立即就问我，市面上诗词鉴赏的书已经这么多了，你再写一本有什么益处呢？但她看完之后对我讲："有益处，很不一样。"我问她这本书是属于说得过去的，还是属于比较优秀？她说"当然优秀！"后来我又把书稿给我非常敬重的，我们学校文学院的院长周靖波先生看，他看完后给我打来电话，我接电话的时候特别忐忑，没想到先生在电话中对我给予莫大的鼓励，并且有极好的评价。这才给了我自信，决定出版看看。

这本书中，对诗词作具体赏析的文章有三十七篇，剩下的十三篇主要是我对诗词美感的体会。我将这五十篇文章一共分成了五章，三十七篇赏析文章因为体例的不同，分在二、四两章中。但如果把这三十七篇当作是诗词选集当然是不可取的。我选择诗词的标准，并不是按照诗词艺术上的高下做了排列之后，从第一名开始，逐次往下的，而是按照个人的喜好、当时的节序、随缘的遇见为标准的。或许，正是春尽时节，正好碰到一首让当时的我内心有所触动的诗词，那就会作赏析而写下来。所以作为诗词的选本来看，是异常的不科学，如李白的诗一首也没有，辛弃疾、李清照的词一首也没有。但我以为这作为一种心灵的碎屑，年份和缘分的安排是美妙的。在那样一段时光中，心灵正好和某诗词有所契合和碰撞，于是便将这样的碰撞写下来。这样感性的笔触，也许要比理性的排布、有计划的诗选写作来得更有灵性吧。

虽说，按个人的偏爱来选诗是不科学的，比如杜甫一人就选了多首，但是我在选择诗词，并最终梳理成书的时候，我对于诗词所表达的情感，以及季节变换还是有所考量的。所选的诗词，既有描写四季变迁的，也有仕隐的对照、团圆离别的人生经历。其情包括了友情、亲情、夫妻之情，既有自然美景也有人文情怀。我想，对于诗词的文本来说，大概还能有见微知著的效果。

诚然，这其中所选之诗词只是冰山一角，有太多太多的好诗妙词难以述尽。若是这样的方式能够让人感受到一点诗词真正的美好，跳脱出一点以往的成见和赏析诗词的固有模式，并且能够爱上一两位诗词作者的伟大人格，或者欣赏这一种观看世界的方式，这些文字、一年以来的工夫就没有白费了吧。

在本书的出版过程中，我要感谢董宏猷主席对本书出版提供的帮助以及对书名和篇章名提供的宝贵意见，感谢陈伯安先生对本书体例的意见以及提供的莫大帮助，感谢周靖波教授的鼓励与支持，感谢苏怡如教授对部分文章内容的指正，感谢曹雪盟女士对文章内容的意见。我也向默默支持我鼓励我的各位师长、友人和我的家人致以深深的谢意。这本书虽然经历了一年的创作，数月的打磨，可毕竟是学生的作品，一定有幼稚之处、不成熟之处、不完善之处，还请各位读者不吝赐教。

本书的顺利出版，离不开许多前辈、老师和朋友的支持。在此，我要向他们致以深深的谢意。感谢董宏猷主席亲赐书名并对本书出版提供了极大的支持和帮助，感谢陈伯安先生对本书体例提出的意见并挥毫为本书题写章节名称，感谢著名画家徐辉老师特地为本书绘制的插图。感谢周靖波教授的赐序，对笔者给予了莫大的鼓励，感谢苏怡如教授对部分文章内容的指正，感谢曹雪盟女士对文章内容的意见。还有许多人在关注着我的成长，关心着我的发展，我也向他们致以深深的谢意。

这本书虽然经历了一年的创作，数月的打磨，但由于鄙人才力和学力都有限，一定有幼稚之处、不完善之处，还请各位读者不吝赐教。

第一章

呼吸吐纳中的講者

呼吸吐纳中的讲者

中国的诗歌有着非常悠久的历史，相对应的也就有非常悠久的诗歌批评史。在过去，人们对诗歌的评点大多数是诗话的形式，或者是散见在个人的语录、笔记、轶事之中。诗话和这种散见的评论大多非常简短，仅仅是个人的阅读体会，又仅仅总其纲要而已。在过去的那个时代，人们大多从幼年起就开始接触诗歌，对诗歌的认知能力有一个社会上普遍的标准，在知识分子、文人士大夫中就更不必说。所以那种方式的评点能够非常好地传达出读者的思考，从而引起当代和后世读者的共鸣。

但有的时候也会觉得诗话形式的说明似乎显得朦胧，表达的意思不那么清晰，甚至还会模棱两可，有的时候又会觉得好像不太能够知道诗话当中说的具体意思是什么，评点者为什么能够得出这样的结论。那么这种诗话的形式在今天可能就更不适用了。

今天的大众更没有像古代的私塾和学堂的环境，对古典文学的接触没有那么丰富，所以如果讲得不清楚不明白，只会让大众更加觉得隔膜和疏远，甚至会觉得这是在故弄玄虚。所以在今天，我们似乎要转变一种方式，来重新对诗歌进行解读。那么在这样的条件下，加上现代汉语和文言文本质上的区别，今天的诗歌鉴赏主要就采用了文章的形式。

就我个人而言，我觉得诗话比诗歌鉴赏文章更贴近中国的传统美学和中国诗歌的审美的。因为诗歌是一个灵动和充满生机的主体，可以有非常丰富的东西去进行解读，诗歌本身是非常精练的，说得少了，给人留出的想象空间才多。就这个特点来看，诗话其实是诗的延伸，也是用非常精练的语言去解释这个诗歌，在审美的性质上，这两者是共通的，也只有在中国千余年的诗话历史上看，才会得出“诗无达诂”的结论。文章的好处在于说得详细，说得具体，说得丰富，但是坏处就是扼杀了读者想象的空间，好像诗歌所有的意思就被这一篇并不长的文章说了个干净，没有任何其他的意思了。再加上今天的学术研究，去探讨诗歌本身的意义，更将学术批评的视角引入了诗歌的鉴赏文章，这样的语境下，似乎“联想的可能”就更遥不可及了。

建立在诗歌本身是美的基础上，有一个问题是很关键的，那就是什么是诗歌解读的最好方式。每当想到这个问题我就会想起周汝昌先生的一句话，叫“千秋一寸心”。他说：“以我之诗心，鉴照古人之诗心，又以你之诗心，鉴照我之诗心。三心映鉴，真情斯见；虽隔千秋，欣如晤面。”

诗歌当然是文学的一种，可以说是最精练的文学，最需要对字句进行推敲和斟酌的文学，一字一句都是万千锤炼后的产物，但是诗歌跟其他的文学有一个很大的不同，就是诗歌是最跟人的个体相关的文学。文学常常也可被称作“人学”，是人心灵的流露，或者是书写出来让读者有心灵流露的文字，所以在一切的文学中都包含人类和个人的因子。但是我以为小说和戏剧是在人类的基础上寻找个人，散文是在个人和人类的交汇点上寻找文学，只有诗歌是在个人的基础上求得人类。之所以用“求”，是因为求得到便求，求不到，就只是个人或少部分人也未尝不可。因为诗歌跟个人密切关系，所以从孟子开始，我们就说“颂其诗，读其书，不知其人可乎？是以论其世也。”

诗歌的审美享受我常常以为是从三个层面获得的。第一个层面跟所有文学体式一样，是文本和字句，包括由这样的文本和字句所建构起来的意境和风景；第二个层面跟所有的韵文一样，是音律；第三个层面是诗歌最为特别的一项，也是比之其他文学体式最为强调的一项，就是诗人。我们读诗是要从这一个个诗人的身上获得审美享受，我们是去体会他们的经历，看他们之所见，听他们之所闻，感受他们的处境和欢喜悲哀，我们从这样的背景环境之中，去读他们呕心沥血锤炼出的诗篇，这样我们得到的感受跟简单地读文本是完全不一样的。所以诗歌其实最是一种人跟人的交流，是一个个或失意或得意的人把他们内心中最真实的想法，通过诗歌的笔调，含蓄地写出来，跟当世的知音，后世的读者进行交流。

周汝昌先生的那句话里一共有三类人的诗心。一类是古人，是创作者的诗心；一类是他，他自己说是“讲者”的诗心；一类是“你”，也就是大众或者说是读者的诗心。创作者的诗心自不必说，“我”的诗心和“你”的诗心有什么区别呢？诗歌既然是诉诸人心灵的文学，那么每个人的内心中自然都会包含着诗心的因子，可能有些人“敏感”一些、多一点，有些人“理智”一些、少一点，有些人显露一些，有些人隐藏一些罢了。所以几乎人人读诗，也许并不知道他在写什么，但都能大体上有一种共鸣和享受。而“我”的诗心，则是一个爱好者或者说在古典文学和批评中浸淫的一个人的诗心，周先生可能比我们更知道诗人究竟是在说些什么，用的一些意象有什么更深层次的所指，字句间的排列有什么意义。在袁行霈先生的书中，把这种意思称作情韵意、言外意和深层意，这些可能需要一定的阅读和学习才能够体会，这也就是周汝昌先生自称的“讲者”的价值所在了。

我对这段话印象非常深刻，还在于周先生称自己是“讲者”，而非作者，或者解读者。因为毕竟那一段话是出自周先生自己的一本论诗词的文集，就呈现方式来看不是演讲的碟片而是书写的文章，似乎作者比讲者更为贴切。但我以为周先生自称的这个“讲者”，我却以为实在是说出了古典诗歌最佳的鉴赏方式。

演讲或者说对谈，和文章有什么样的区别？文章是理性思考的产物，而演讲或者对谈则往往是情思爆发瞬间的产物，可能更诉诸感性，不会像文章有那么强烈的逻辑性。所以这样看来，演讲似乎更为激烈和火热，更具有一种浪漫的狄俄尼索斯情结，而文章则会像是雕刻精美的大理石雕塑，有一种沉静完满的阿波罗感受。诗歌本身的情感诉求更倾向于哪一种,就不言而喻了。

而且演讲中会有演讲者情感的表达,这种从面部表情,四肢动作和语音语调中可以感受出来的信息,在文章中,尤其是精心刻画的文章中很难获得体现。无论如何,文章似乎总是显得冷冰冰一些。演讲的时间性,似乎比文章来得更加强烈，诗人的写作思维可能就在这演讲的一字一顿中流露了出来。而演讲者“突然”读到了下一句,可能突然就会产生极大的情感表露,在过去的私塾学堂中老师读到一首诗,讲给学生听时突然哭起来的故事有很多,这是演讲跟文章很大的不同。演讲似乎有一种魔力,会将听众周围的场域变得更加诗性，通过讲者直接发生于内心的表情和直接出露于喉头的声音将那一个沟通的环境做了心灵感受上的变化，从而让听众获得一种更加全面的体会和感受。但文章则更需要细细地品读，是一种诉诸宁静和思考的表达。在我个人看来,讲比写,尤其是写现在网上俯拾即是的诗歌鉴赏文章是更好的解读渠道。

既然如此,那为什么有人要写诗歌鉴赏文章呢?很明显的,用传播学的话来讲,对谈是一种人际传播的方式,演讲算是一种大众传播,但是受众的数量受听众人数的限制,而且受时间地点的限制,就算最后能够刻成光碟,依然受播放器材的限制。相对而言,文字还是最便捷的大众传播渠道。那么如何在文章和诗话之间,文章和演讲之间取得一个平衡,也就是说如何写出一篇好的诗歌鉴赏文章,这就变成了一个很重要的问题。

现在的诗歌鉴赏文章实在是很多,不同的书籍和网络上面都有对诗歌的赏析,但是读来往往提不起兴趣,原因只有一个,就是在读的时候只能感受到一个鉴赏者对一首诗的分析,而感觉不到鉴赏者对这首诗的感情。如果一个鉴赏者在写文章的时候都没有一种激情的话，怎么能要求读者爱上这首诗呢?而如果读者不爱上这首诗，又怎么能获得审美享受呢?这其实是文章和演讲的一个大的区别。周汝昌先生在《千秋一寸心》当中，对很多诗词进行了评点，他的文字用的是一种类似演讲体的形式。就好像他在跟你说话，就在你的面前跟你讲他对这首诗的看法，而且时不时还会冒出一句“怎么会写得这么好”之类的主观感情，一个年届耄耋的老者在文章中都能流露出这样的激情，敢于表达自己最真诚的赞许，这种激情和赞许既让他的文章行云流水，通篇涌动着一种内在的力量，又是打动读者的最重要的东西。也正是这样的行文方式和写作，让他虽然是一个作者，但也可以自称为“讲者”。

诗歌是一种内心最真挚情感的表达，是一种跟人内心最相关的文体，他写作的目的就是要打动阅读者的内心，如果那些“讲者”都没能获得这份感动的话，又怎么能把这份跨越千年的感动传达到读者那里呢？我以为在写这样文章的时候，要克制最先的提纲和总体的勾勒，而最好就那样一笔笔写下去，写到哪里就到哪里，像正在讲述一样的，讲到哪里就是到哪里。突然看见了下一句，给你了莫大的感动，就把这种感动表达出来，突然想到了什么，无论是自己的往事也好，读过的其他的诗词也好，想到的故事也好，就把它们书写出来。而且写作比起演讲除了有传播的好处之外，最重要的一个好处就是严谨，这种突然冒出的火花能够立即去查证，而且查证也是必需的。但这种突然冒出的火花则是一种灵感的乍现，是一种内心深处和诗人灵魂的交流，是最为可贵的东西，决不能因为写作的事先架构的一二三段，而失去了这种突然发现的快感。

而且我以为在写诗歌鉴赏文章中最重要的一点不是仅仅去探微字句的意思，更是要表达自己阅读的感受。这并不是说探微字句的意思就显得不重要，赏析一首诗歌，肯定是要把诗歌的表意解释出来，不可能人们读了这篇文章之后还不知道这首诗讲的是什么。但是那并不是最重要的东西，因为如果一味地解释诗歌的内容含义，当然可以把诗歌的字句解释得很精细透彻，但也很容易就把诗歌的意思说得很死、很干净，不能给人以想象的空间。也许“讲者”本身并没有把所有的意思都说出来，但是他所运用的语言和表意的方式就给读者的感觉是“就是这些意思了，我都讲完了”。这样的感觉实在是很不好的。

诗歌的想象空间我以为来自于三个地方:一个是诗人本身的意境刻画和字句安排,诗人的匠心营造让丰富的情感隐藏在了一句话当中;一个是诗句当中给人以联想的地方,也许联想到其他的诗词,也许联想到其他的诗人;还有一个就是每个读者读到后自己的感受,这种感受绝对是一千个读者有一千个哈姆雷特,是人人都不一样的。在做诗歌鉴赏的时候,一定要留出这三个气孔,都说干净了,或者自以为说干净了,诗就死了。第一种,在解释这样的诗篇的时候要说出来几种可能的意思,甚至也许有更多的意思,连解释者自己都没想到的,也有可能,可以留待读者去填补,去想象。第二种,讲者一定要说出自己的联想,自己想到了哪些诗词文句可以跟这首诗互相补充,举例以发微,读者也许就会有其他的联想。第三种我以为是更加重要的,写出一首诗对自己的影响,或者说是自己对一首诗的感觉,想到了自己的哪些事,有哪些启发和感悟。读到有些诗歌鉴赏文章就感觉有些人真的就只读了诗歌的文本,也就真的只懂了诗歌文本的含义,好像这首诗跟读者是完全分离的,这首诗跟那个写诗的人也是分离的。如果说读了一首诗,其中的一句话让“讲者”想到了前天看到的景物,或者是某天读到的一篇文章,那为什么不可以写在鉴赏文章当中呢?这些东西也都构成了对诗歌总体的理解和赏析,诗歌的这种让人联想的丰富性自然也说明了诗歌本身的多义性。

要讲清楚这种多义,只有两种方式:一种是极简的方式;一种是极繁的方式。极简的方式让每个人自己去想,成就了诗话的文体;极繁的方式让人在文章中寻找,成就了鉴赏文章的文体。既然选择了文章的方式,但又知道这种联想和感悟是说不干净的,如果说得再多了就显得矫情和啰唆,所以只能在书写自己的体会上谋求每个人读完之后的遐思。我以为这应当是最好的解决方式了。

除了这之外,我以为还有两点显得很重要。一个是诗性的语言,一个是对诗歌布局谋篇的解读。诗歌的鉴赏文章,鉴赏的对象是那么美的诗歌,如果文章的语言显得太浅陋,太粗俗,实在是没有让人读下去的欲望,也似乎没有办法跟所鉴赏的对象放在一起。诗歌吸引人的地方，最根本说来是一个没有办法定义的诗性美。鉴赏的文章我以为也应当具有某种诗性美。且不说古人的论诗，就用诗的本体赏析诗歌的美感，就是古人的诗话在某种程度上也是具有诗性美的文体。既然鉴赏文章比起诗话来最好的一点在于说得更加明白，那么在明白的基础上，“说得美”我以为是更高层次也是必要的要求。

从另一个层面上来看，我们从小到大所受的教育喜欢把诗歌拆开来看，把诗歌拆成一句一句的组合还不够，更可以把一句当中的字词都拆开来解读，好像诗歌的好处就仅仅在于其中运用了什么修辞手法，“炼”了哪一个动词。

这样的一种解读方式是把一首诗歌看成了四个句子或者八个句子，我们在探讨的就不是一首诗歌为什么美，好在何处，而是这四个句子为什么美，这八个句子好在何处，这很明显是一种支离。诗歌作为完整的一个篇章，当然有其在布局谋篇、起承转合上的经营和构思，如果拆开来看，而不说明这上一句和下一句的关系，甚至为什么接着要写下面的词句，那就真的是七宝塔拆，美人肢解。就算一首诗每一个句子都很漂亮，诗歌本身并不一定是一首好诗。诗歌的好当然跟其句子有莫大关联，但是跟句子之间的排列组合，跟意思上的承接关系也很重大。试想一首诗的句子不变，依据平仄改换顺序，这首诗歌可能就失去了好的质素。“句秀”和“神秀”相比，我以为“神秀”是更高层次的境界。而且现在不仅关注句秀的更多，连句子为什么好也容易套在公式当中进行说明。比如这个句子用了比喻的修辞手法，所以好，这句话是乐景写哀情，所以好。其实我们更应该解决的是为什么这句话用了比喻就好，为什么乐景写哀情就好？别的诗也有用比喻的，为什么就境界低了？也有乐景写哀情的，为什么就不能被传唱？诗人在写诗的过程中，是不知道，或者说应该不是刻意用这些文学批评的话语凑出来的诗歌，那都是灵性的流泻，是自然的抒发。如果我们一味地用这样的方式去解读，诗歌真的没什么了不起，不就是用了些手法，遵循了些平仄，押了个韵，句式比较齐整罢了。诗歌的好处究竟在哪儿？我想每一首诗，每一首好诗都是独特的个体，都是诗人个性的表达和创造，用一个放之四海而皆准的后人归纳的文学批评的范式去评断前人呕心沥血的经营，应该是不恰当的。

我啰啰唆唆地讲了这么一大套，提出来了一个我以为比较好的诗歌鉴赏的方式，也许流于理想化，也许很难达到，但这是我所要追求的一种方式。古人讲："看似寻常最奇崛，成如容易却艰辛。"好事多磨，总是困难的。但若是总流于简单，怕是不好。那么这个我提出来的标准我这接下来的几篇文章达到了吗？大概同样是没有的，但也许会有几分影子，似乎会让大家觉得跟以往看到的诗歌鉴赏文章有所不同。只要有不同，我就会很欣慰了。可是对我设定的标准，我自己究竟达到了几分，请大家为我评断吧。

不写亲人的故去，不写院落的改易，他写了新生

回乡偶书二首

唐·贺知章

其一

少小离家老大回，乡音难改鬓毛衰。
儿童相见不相识，笑问客从何处来。

其二

离别家乡岁月多，近来人事半消磨。
惟有门前镜湖水，春风不改旧时波。

这是一首我们小时候就会背诵的古诗，诗歌不长，而且言辞都很浅显。讲的是一次回乡的经历，在小时候往往还体会不到。而长大之后，终于明白，对故乡、故土和家的眷恋在我们这个农耕民族五千年的历史里，时刻都是共通的。

写这首诗时，贺知章已经八十六岁。他三十七岁考中进士，在之前就已经离开了故乡。在我们的文化语汇中，游子往往被比喻为风筝，而故土

则是在地上持着风筝的那只手，只要没有还乡，哪怕安定、哪怕衣锦，都是漂泊。家可能可以有多个，但故乡是唯一的，是你从小生长的地方，是父母所居住的地方。正因为长大了总要离去，故乡就跟我们儿时的记忆联系在一起，我们想到故土，往往不是想到那黄土、那土中的作物，而是想到那人、那事，我们会想到儿时欢乐的伙伴，想到以前更为年轻、也许更为康健的父母、祖父母，想到儿时的游戏，而感慨今天的变化。所以故乡是回忆的地方，是属于过去的地方，而过去是值得怀念的。

这两首诗的题目叫“回乡偶书”。“偶书”的意思是偶然写下的，并不是刻意地钻研，而是自然的流露。年轻时离家，现在已经垂垂老矣，过去的记忆，中途的经历，就成了这简简单单的几句，所以里面的句子平白如话，承接非常自然，质朴中有着力量，平淡中充满情感。就在淡淡中讲了一个我们每个人都能读懂，也都能体会到的那份感情。

“少小离家老大回”，多么简单的句子。“乡音难改鬓毛衰”，多么自然。前一句讲了一处对比，后一句又讲了一处对比，对比，自然就是有变的，有不变的。贺知章对故乡的经验没变，自己的名姓没变，这故乡的土地也没变，变的是我贺知章的年龄和躯体。“昔我往矣，杨柳依依；今我来思，雨雪霏霏。”离开故乡的时候，“我”还是一个年纪轻轻的书生，而今天“我”再次回来已经是一个年届耄耋的老汉。虽然乡音还是没有改变，但是“我”的毛发已是不饶人。杜牧讲：“公道世间唯白发，贵人头上不轻饶。”这是没有办法的事情，我们生而为人，贫穷我们可以抗争、疾病我们可以抗争，但我们唯一抗争不了的就是老去。

在我爷爷那一辈，十几岁、二十岁，看见有人来招兵就当了兵，兴许一个人去集市上买了酱油就离开了家，也许到七十岁才找到时间，回家看看。如果入了国军，那还去了台湾，兴许就一辈子也回不了家、见不了亲人。贺知章说，虽然“鬓毛衰”，这是自然之力，“我”改变不了，但是不变的是我的乡音。这乡音背后所代表的，就是对故乡的怀忆。别人听到你的乡音，一听就知道你是哪里人，向你询问家乡的事物，谈及家乡的改变，你怎会不怀念呢。几乎所有的诗人都有这样的伤情时，王维讲：“君自故乡来，应知故乡事。来日绮窗前，寒梅著花未。”而在韩愈的笔下，那是“马上相逢无纸笔，凭君传语报平安。”有版本讲这里是“乡音无改”，我以为“难改”比“无改”要好，因为“无改”只是说的一种现象，就是没有改变，而“难改”则有一种纵然想改也无法改变的力量在，这种改变的无奈，反成一种更深的对家乡的怀念。

这几十年的沧桑变化，几十年的怀念故乡，就通过这两句话，十四个字，两处对比写了出来，余味无穷。而且回到故乡的那份感情，竟可以被贺知章说得那么轻松，仅仅只是“少小离家老大回”，好像只是一场短途的旅程，昨天去了，今天就回了。而今天和昨天在现实中竟相隔了几十年的光阴，如此轻松的叙述，有着如此深切的沧桑。

接下来，他写到了一群儿童。这一老一少，又是一重对比。“儿童相见不相识，笑问客从何处来。”

可知道，贺知章自己也曾是这少小的儿童，这些儿童也将会在未来成为贺知章这样的游子，这样的“相见”是极具空间感的。贺知章对故乡也许生活了二十年，回忆了六十年，而这种回忆竟被儿童稚趣的发问而冲淡。故乡的变化有很多，人世的风雨也有很多，他为什么不写亲人的故去，不写院落的改易？他写了新生。贺知章与儿童之间的观望，一个看到了幼稚，一个看到了陌生。但实际上，一个代表的是过去，一个则是未来。从现代的意义上看，这句诗有未来感；从禅宗的意义上看，这句诗有轮回观。自己的“老大”与儿童的“新”，这种对比的碰撞是极为强烈的，而如果我们简简单单一读，又会被童趣逗乐。这真真是这句诗的美感所在。每一个儿童都是充满童趣的，而每一个儿童的成长都是注定要离家的，这份感觉，贺知章写了，千百年来，从未改变。

第一首诗写的大半是人世，第二首诗开始写了自然。苏轼在《赤壁赋》中借“客”之口说：“哀吾生之须臾，羡长江之无穷。”人世的老去就够引得我们悲慨了，但自然的无穷又引得我们万分的羡慕，我们今天看到的依然是秦时的明月，汉代的长江，但是曹操死了、苏轼死了、秦皇汉武唐宗宋祖都不在了。因为还有断壁残垣，所以可发思古之幽情，这是怀古诗的滥觞。但贺知章在这首诗里讲的不一样。这首诗的最后两句“惟有门前镜湖水，春风不改旧时波。”虽然也讲的是人世的变化与自然的永恒，但却勾起每个个体生命的回忆。耄耋之身看那镜湖之水，一如小时：春风依然吹皱绿水，柳树依然年年抽芽，天上依然有云卷云舒，哪怕院落之中无名的花朵也是年年开放。但是自己的身体却不能像小时那样在湖边戏水，折柳树枝丫，卧观流云，簪花狂笑，自己老去了。故乡的记忆，竟可以化作一帧一帧贴在眼前的景物，但是自己却不属于这记忆中的少年，这是悲哀的。但这贺知章又写得多么轻松，只一句“离别家乡岁月多”便总括了，这是何等戏谑、又何等达观。

无边的汪洋，何其广阔的天地

望月怀远

唐·张九龄

海上生明月，天涯共此时。
情人怨遥夜，竟夕起相思。
灭烛怜光满，披衣觉露滋。
不堪盈手赠，还寝梦佳期。

中秋节的主体是月亮，这首诗又一定可以被称为写月亮的代表。所以其中的句子常常被人拿来在中秋使用，也非常恰当。写中秋的诗词不少，写月亮的诗词更多，在这些诗词中，有些的写作背景会类似，诗人的经历有的也会有相仿之处。但是不同的作品所呈现的情感，勾勒的景致却或多或少有着分别，如果挑出具体的作品对比来看，其差异会更加明显，不能用一类定性的词笼统地概括。

中国古典诗歌的生命实在有很大一部分是诗人自己的生命，每个人的生命体验和语言构造都是不一样的，所以当他们面对同样的生命遭际，面对类似的景物时，所选取的角度、抒发的情感都有区别。我想，诗词大概可以分得出来好坏，但是情感就很难说一个好，另一个坏，或者说达观的就好，悲伤的就坏。每一个认真的诗人都值得被尊重，值得被独特细致地对待，进入不同的诗人作品也都是不一样的世界。

这首诗的创作背景是在张九龄被贬之后，被李林甫排挤，终至罢相，后来被贬为荆州长史的那段岁月。就这三个诗人的命运来看，张九龄算是幸运的，苏轼可能比张九龄沉沦点，而张孝祥实在是最不幸的，连官都没的做。但是张孝祥似乎却是这三个人里面最高兴，最富有激情的，苏轼好像是最悲伤的，这有时是跟个人的性格、那一瞬间的心情和创作时当时当地的环境有关，不能一概而论。那我们就具体来看看这一篇。

这是写月亮的名篇，开篇就不凡。“海上生明月，天涯共此时。”非常简单的话，简单得不能再简单了，但这样的境界确实高出众人。似乎有一种景象，只需要用最简单的词描绘出来，就足以震慑一切。如果用多的辞藻去铺排和堆砌反倒显得杂乱。这是非常工整的一副对联，正是因为简单，而简单中有一种自然的大气，这样就有了直指人心的力量。无边的汪洋，何其广阔的天地，那样碧蓝碧蓝的水，在黑夜中显得更加深沉，是一种用墨调出来的深蓝，沉静。而且隔得远，听不到一点波浪的声音，只能借着天光看见一队一队的浪纹朝着岸边拍打过来。在台湾的时候，听见当地人说过一种叫“月亮海”的景观。每到农历十五，入夜了之后月亮才会慢慢升起来，而那样的月亮真是又大又圆，月出之前，海面一片漆黑，而月亮突然跃出，就立即让整片大海变得光亮起来，有一条反射的银带从海天相接处延伸到你的面前。一轮明月突然就从海面上探出头来，升腾起来。也许太阳是火做的，跟海水还不相容，我们只说太阳是从扶桑树上飞出来的金乌，可月亮是那么的冰清玉洁，像美玉一样，夜中看，真的好像就是沐水而出，慢慢升腾起来，辛弃疾不说“虾蟆故堪浴水，问云何玉兔解沉浮”嘛。而且这句话似乎是说那月亮升起的一刹那，世界把所有的焦点都放在了她的身上，她成为全世界的中心。所以“天涯共此时”，地无分南北，人无分老幼，世界上所有的地方（那个时候当然还没有时区或者半球的意识）都享受着同样的景物，同样的良辰。就像王建说的那样“今夜月明人尽望，不知秋思落谁家”，世人尽望月大概是中秋时节的诗歌传统。就算人与人远隔天涯，看到的依然是同一轮月亮，处在一样的时间。

正是因为那一轮寄寓情感的月亮跃出了海面，好像就把天涯的时间固定在这一刻了，所有的人在这一刻所看所感都是一样的，虽然可能身处两地，但这一轮圆月拉近了彼此的距离。这是怎样的一个时间啊，今夕何夕！天涯共此时，就算隔得再远，这是我们所共同拥有和享受的东西。这两句话境界写得阔大，情感上似乎充满着一种激情。海上的明月已经有非常大的空间感了，可是天涯与共，又将这分空间感延伸出去。

一个“共”字就说明了自己内心是有所寄托的，是有一个怀远的对象，用这个月圆来沟通的，点题而不着痕迹。而既然内心有所寄托，是要借这个月亮来完成对远人的怀念，第二联就对此进行承接：“情人怨遥夜，竟夕起相思。”这个情人，可能指的是有情之人，也可能是寄情之人。有情必然有所想念，有所关心，有所寄托，如果一个人没有这样的想与望，当然不会觉得夜晚长久难捱，也不会一夜不眠了。有情之人可以是诗人自己，当然也可以被解读成一切有情感寄托的人，此夜诗人是不眠的，但不眠的绝不止诗人一个。而如果理解为寄情之人，那就会是自己思念的那个远人，可能是自己的亲人，当然也可能是自己的朋友，那就是想象对方此时的情境。其实对方那个令诗人寄情的人，自然也会是有情之人，所以无论是自己还是对方都应当会怨恨这一轮圆月，和由这个圆月带来的长夜。“竟夕起相思”，自己是有情之人，心中又有一个寄情的对象，因为相思故而长夜难眠。这是再自然不过的解释，但我们能不能有另一种我以为更加浪漫的解读呢？那是“这寂静的长夜不得不让人去思考想念”，因为“情人”，怨了“遥夜”，又因为“竟夕”，才慢慢升腾起相思。身处在那种情境中，感受着那样的氛围，内心的情绪自然而然在氛围的渲染中，升腾起来。

想不去想，不去思念，可是这寂静长久的夜晚却不得不让人去思考想念。这一联很妙的地方在于没有把对那一个远人的思念在最开始就提出来，所以让人可以有另一种解读的空间，好像是因为本身是一个有情之人，那么心中有一种郁结的情志，所以一晚就难以入眠，空对着这漫漫长夜，却不明确究竟是什么让自己郁结。就是那一种“情人”的本质让自己在这一夜睡不着觉，后在长夜慢慢地流转时，在寂静中慢慢开始思考时，逐渐看到了月亮的团圆和自己的孤寂，就在这独处中升腾起了相思。好像这相思并不是一开始就有的，不是自己主观选择的，而是在这一片天涯与共的静夜和月光的照耀中慢慢感受到的，是逐渐涌动起来的。

这是一个长夜，还是一个难捱的长夜，为什么睡不着，或许是因为屋里的光线太亮？把蜡烛的光灭了或许好些？可是“灭烛怜光满”，这可是一个明月之夜，月光那么透亮，那么光明。烛光一灭，正好给月光腾出了空间，那原本被烛光所充盈的房间，现在被月光充盈着，那如水的光亮又怎能让人入眠。烛光还跳动，屋里还是昏黄的，可月光那么宁静，那么美好，那么轻盈，在屋里的每一个角落，好像连自己都被月光所环绕包围着，真是让人徒生爱怜之情。此情此景，怕是更难睡着了。这样当然是一种解释，可是诗歌的语言就是这样，其丰富性有一部分来自于语汇间关系的不确定，谁又能说“怜光满”一定是“灭烛”的结果呢？为什么不能解读为“灭烛”的原因呢？看到了“海上生明月”，那么美丽和漂亮的月光，怎么会允许屋子里面小小的烛光和她争辉呢？正是因为爱怜这样充盈丰沛的明月光，所以要灭掉蜡烛。这真是古人的幸运，灭掉了屋里的一根蜡烛就能让周围的环境变得暗，变得干净，给月光留出来完整的空间。我们现在就算把屋子里所有的吊灯台灯都关上，也看不见月光洒进屋内的景致，我们看得见那一轮圆月，可是体会不到那如水的月光，而没有光的月亮，似乎就少了一层与我们接触的关系。

无论如何，那是一个没有光污染的古代，诗人此刻也睡不着了，睡不着便出门吧。现在大概已经是午夜了，可是因为这层相思怀远之情，还是不能入睡，真是“竟夕”，有一整个夜晚。深夜之中，月光都已经变得亮堂起来，充盈了整个屋子，露水也渐渐生长起来，寒意下来了。觉得自己身上的衣服变得单薄了，所以要“披衣”。这里的“披衣觉露滋”倒没有多重意思的解释，因为一定是因为感觉到露水的滋长所以才会去“披衣”，不可能是披上了衣服才觉得起了露水。这是跟前面两句不一样的地方。这四句话非常可读，第一句话和最后一句话都很明白，“情人”是“怨遥夜”的原因，“觉露滋”是“披衣”的原因。可是中间的两句都可以从两方面来进行解读，前两个字可能是后三个字的原因，后三个字也可能是前两个字的原因。

原先在屋内，所以“怜光满”，后来诗人披衣出门，就转到屋外，融入这个广大的月光笼罩的世界之中。在那样的夜里，虽然看到的是一片空旷的天地，但一定会感觉世界当中是被一种东西所填满的，那就是月光。月光跟日光是不一样的，当世界黑下来的时候，月亮就好像一泻银流，放出真实可感的光芒填充了空旷的夜晚的世界。身边和周围都会让人感觉是切实存在的光芒，好像身处澄碧的水中，而且“水中藻荇交横”，其实“盖松柏影也”。多么美好的月华，多么丰沛的情感都可以寄托在这一片月光之中，诗人在思念一个远人，能不能“我寄愁心与明月，随君直到夜郎西”呢？月亮在那里，可以请她代为传递，可是月光却“不堪盈手赠”。用双手捧住好像手中确实有月光充盈着，但所有人都知道那是虚无的，是只属于个人心灵的，那样的体验也是个人的。那月光，充盈着世界的月光，不能相赠。但是这样的句子所抒发的情感本是无奈和悲伤的，可是这句子中似乎却没有悲伤的氛围。似乎是“我”说出来了，那一位“我”寄情的远人大概就能够懂得这样的景致和心情，而且更是“天涯共此时”，我这里有这样充盈和丰沛的月光，寄情的远人那里自然也会有的。似乎也不用我从这边送给他，他就自己能够从这长夜里直接收到了。既然不能也不用把这样的月光送给那个远人，而且这样长久地想念也见不到那个远人，还不如“还寝梦佳期”，期待和他在梦境中的会面了。说句俏皮一点的话，这一联的意思就好像是“想这么多也没用，还不如睡觉去，说不定能做个梦还能梦见心中所想念的那个远人”。所以这首诗虽然是一首思念远人的作品，而且作于张九龄被贬谪的时候，其情感基调却不是悲凉的，精彩地运用了五言的体式,而且用一个非常广大的空间把自己给囊括进去,其中的达观和旷适,和这样的一片月光实在是非常的相合。古人评价这首诗说“浑是一片元气”,说得真好。

要知道清泉明月并不为你而存在

山居秋暝

唐·王维

空山新雨后，天气晚来秋。
明月松间照，清泉石上流。
竹喧归浣女，莲动下渔舟。
随意春芳歇，王孙自可留。

王国维在《人间词话》中提出来“境界说”，说诗词“以境界为上，有境界则自成高格，自有名句。”直到今天，有无“境界”依然是判断一首诗或者词好坏的一个很重要的标准。可是境界究竟是什么，怎么样判断一首诗有没有境界，依然是很难明说的。在文学作品中，判断一件作品究竟好不好，往往跟一个人的鉴赏能力和个人喜好程度有很大的关系。我在这里借用王国维的境界说，但是我以为在诗歌中，尤其是中国古典诗歌中，这个境界实在可以分成三种，乃是诗的境界、人的境界和哲的境界（或情的境界）。

诗的境界是完全就文本而言，语汇的精妙与否，词语的遴选是否恰当，乃至于布局谋篇和味外之旨、言外之意的传达，甚至于音律的协和、咏叹的顺畅都可算作让一个文本成为一首诗的条件，这些条件的完备乃至于精良，就让一首诗有了诗的境界。其实就文本来说，这诗的境界就是文本的全部，但中国古典诗词从来不是一个只阅读文本的审美体系，更要把这种文本的组合和创作者平生的遭际和理想放在这文本之中，这些都属于文本之外的东西。我们从一个人的诗歌中看这个人，看他所处的那个时代，所经历的世事，并从这些方面继续获得大量的审美享受。所以往往一个诗人的作品会成为一个系列，从这个系列的全部和每一首诗作为这个系列的片段，我们可以看到这个创作者本身的境界，是人的境界。我常常以为在中国的文化传统中，最伟大的诗歌就是那个活成了一首诗的人，所以人的境界也是非常重要的评价体系。

那么第三个就是哲的境界，哲便是理，有时便是禅。中国有大量的禅理诗，进入了宋朝之后，出现了很多说理诗，但有些只是讲禅理、讲道理罢了，诗歌作为文学文本本身的境界并不高妙，诗歌变成了为禅理、道理服务的载具，那种诗歌说理的境界很高，但是诗的境界并不高，我想是不能算作好的诗歌的。但并不是所有的诗歌都是诉诸某种禅理的表达，其实更多的诗歌是在诗歌当中表情述志，所以在哲的境界之外，有时便是用情的境界来评断。情的境界便是情感表达的高妙与否，情感本身的真挚与否，等等。而这三种境界往往需要在一首诗当中寻求一个平衡，而平衡得最为到位的，一定是一个伟大的诗人，我最喜欢的几位诗人，如杜甫、陶渊明，还有这首诗的作者王维都是这样的伟大的诗人。

王维的诗歌大多都包含着一种禅理，如果对佛教和禅宗一无所知的话，大概会觉得王维的诗有些拗口和简单，很难体会出其诗歌的绝好之处。而如果对禅宗的道理略知一二的话，那真是会觉得他的诗写得好，而且基本上篇篇都能让人觉得是这三种境界的绝妙统一，既有诗的美感，又有禅的况味，再有一分自己对人生的一种体悟和表达，他的诗歌是可以常常摆在案头，频频赏读的。

这首诗的题目是《山居秋暝》，意思就是一个秋天的傍晚，天慢慢变得黑起来，一个居住在山间的人，也就是王维本人，所看所感的东西。所以他第一句话就说“空山新雨后，天气晚来秋。”在一个空旷的山中，刚刚下过一场秋雨。“新”就是刚刚的意思，可是“新”还有清新鲜亮的意思，所以这一个语汇就能给人以联想的可能，好像刚刚下过了一场雨，万物都变得清新明亮了起来。好像这一场雨让山间的万物获得了生机，可是后面一句怎么说？“天气晚来秋”，天逐渐变晚了，那种晚凉的天气就让人感觉到了已经是秋天。要知道秋天是一个肃杀的季节，在中国传统文化中是摇落的，是万物都要趋于衰微和毁灭的季节，是一个没有生机的季节。可是在王维的眼中，一场刚刚下过的秋雨，让这疏林、空谷好像都弥漫着一种清新和生命的感觉。那秋天并没有和肃杀联系在一起，而是在观赏山间雨后景色的时候，天气慢慢变凉才让人感觉到的这一丝秋天的气息。好像那秋天在早上并不存在似的，只有到了晚上才慢慢显现出秋天的本色出来。他叙述的语气完全是一种旷然的感觉，是一种欣然的接受，甚至有一点发现的惊喜在。而且王维说这座山是“空山”，空山倒是常常出现在禅宗的故事和偈语中，在后面甚至提出禅宗悟道的三个境界，第二个境界便是“空山无人，水流花开”。山怎么可能是空的呢？有那么多的树木，那么多的小兽，那么多的飞鸟和虫鱼，甚至还有林叟和樵夫。那是因为他看到的是一个清新的世界，是一个混元的世界，所有的东西都统合在了一起，去除了此物和彼物的分别，万物都在按照自己的个性去生活，没有那一种寻访和追求的执念，所以在王维的眼中，这是一个净化了的山，是一个空旷的山，是一个清新自在的山。

刚刚还是傍晚，现在已经进入了晚上，所以他写“明月松间照，清泉石上流。”禅宗讲求“万物静观皆自得”，所有的东西都在按照他们本来的规律和生活方式自在地生活和行动着，所以在一个悟道的人眼中，他看到所有的东西都是那么的自在，那么的安详，他只需要把他看到的这种万物自在的感觉写出来就好了，这是他山居生活最大的感受。有很多人为了表现这种万物自在的生活去仿效王维的这种笔调，可是我读起来就好像他看到的是一个拼接起来的世界，万物都堆在一起，都死气沉沉。所以简单地去写这种自然中的景物并非易事，但王维做得真好。

在王维的笔下，万物真的在自在的行动和生活，而不是简简单单地存在在那里，从他的笔下可以看得出来他自己观看的愉悦和享受。到了晚上，他依旧看向那空山之中，但是这"空"其实是一个圆满充盈的世界。他看到了地上已经是斑驳的影子，抬眼一看，一轮明月正在松针之间，可是这明月并不是冷冰冰定在那里不动的，它在"照"，它升起来，又移动着，整个世界都充满了它所投射的月光，这是在他叙述的过程中就自然隐含着的一层动态，那地上的影子、空中的月光都在移动着。月亮就在那里，松树也就在那里，它们都不知道自己的所在，但就组合成了这一副漂亮的景致。

此时的他，不仅看见了世界中充盈的月光，更在一种绝对的静谧中听见了有汩汩的清泉在石上流动，那声音也充盈了这个夜晚的世界。要知道清泉明月并不为你而存在，为什么明月就来到了松间？为什么清泉要在石上流动？没有任何的原因，那是它们自然自在的本性。就这两句，构成了一个山间自足的世界。在这里，松树早已经没有了所谓高洁、坚韧的传统，明月也剥离了思乡、醉酒的神话，清泉不是品茗的活水，石头也不是奇崛的可观，它们就是它们自己，就是自在自足的圆满。

那人悟道就是要回归自然，脱离人类社会吗？就是要跟山林鸟兽为伍，谢绝人事的侵扰吗？不是的。一味地去追求山野，弃绝人事依然是抱了一层别见，并没有达到物我为一，万物自化的境界。看看王维又感受到了什么？"竹喧归浣女，莲动下渔舟。"人是在他的世界之中的，他的世界并非只有明月、清泉，依然有浣女、渔舟。一阵竹林的喧闹，也许伴着一些浣女的谈笑，他知道那群洗衣的姑娘归来了，她们要回到她们各自的家中。这个"归"字很值得解读的。陶渊明在归去来兮辞中写他归去之后看到的景物："云无心以出岫，鸟倦飞而知还。"从山林中出去是云的无心，而鸟飞累了就自然要回来。他写的是云是鸟，实际上说的是自己。王维这里我想是有这层意思的，但可能更多了一层意思。浣女一天的工作之后终究要回到她们各自的家中，每个人都是这样，在经历了世事之后总要有个归所，那是每个人自己的选择，王维的归所在何处，我想应该就在这山居之中，自在之所吧。正是因为他找到了自己的归所，安然闲适地自处，所以虽然浣女的谈笑本是嘈杂的，他却能写得如此安闲。

也许在他的庭院后有一大片池塘，里面遍栽着荷花，秋天也许还不很深，荷花并没有完全凋残，在同样的从松间照下的月光中，他看见了池塘里荷花荷叶的轻轻摇动，也许还听见浅浅的“鹢首徐回”“棹将移而藻挂，船欲动而萍开”的水声，他知道是渔舟在池塘里细细穿行，也准备收网归家了。人们说王维的诗是“诗中有画，画中有诗”的，我想这“诗画一体”一部分说的是诗歌当中颜色的描写，另一部分就是场景的刻画了。要想用短短几个字就写出一幅画的意境，是不容易的，要么就显得呆板无生气，要么就显得简单不丰富了。“诗画一体”绝不是说的诗成为画的说明，而是一首诗在诗的美感的基础之上兼有画的某种美感特质。王维的诗有画的特质，二三对仗的两联刻画了四个场景，而每一个场景都是画。但是他的好就好在每一个场景都有一个动的因子，更在一些细微处增添一些声音，这是画所做不到的，就让那些场景变成流动的，全方位的，他笔下的世界就跟他眼中的世界一样，充满了活力和生气。因为画自有其图像呈现的律动在，而如果诗完全去描绘一幅画的内容，文字本身就没有图像的律动，就显得拙劣而呆笨，那诗就完全变成了画的说明体，就是最等而下之的了。

他给我们看过了他眼前的世界之后，发出了一声感慨：“随意春芳歇，王孙自可留。”现在已经是秋天，春天的芳华早已经凋零殆尽，现在当然是“春芳歇”的时候。可是王维说“随意春芳歇”，任凭这春天已经过去了，这对于我是一件很随便的事，是一件无所谓的事。为什么无所谓呢？这首诗中他已经给了答案，他写了四句秋天的景物，这秋天的景物并不比春天的差啊。而且若没有第二句，只看第一句都以为这是春天的景象呢，只有天色渐晚，凉意上来才会让人发觉这是秋天。这就像宋代一位禅师说的“春有百花秋有月，夏有凉风冬有雪。若无闲事挂心头，便是人间好时节”。一年四季都有可以赏玩的地方，都有其美丽之处，也都有可以悟道可以修行的所在，何必非得拘泥于春天的景物，而到了秋天就要为那些凋零之物悲伤痛苦呢？所以早已不在意那春天已经过去，现在已经是秋天了。也正像钟嵘说的“春华春鸟，秋月秋蝉，夏云暑雨，冬月祁寒”，这四候都可以“感诸诗”。因为对春天过去的无所谓，所以当然就“王孙自可留”。王孙就是贵族公子，在这里当然就说的是王维自己了。

西汉《招隐士》有一句诗说“王孙兮归来，山中兮不可久留。”《招隐士》形容山间“山气巃嵸兮石嵯峨，溪谷崭岩兮水曾波。猿狖群啸兮虎豹嗥，攀援桂枝兮聊淹留”。山间环境如此险恶，所以隐士要出仕，离开山野。可是在王维的笔下，山间完全是另一派的风貌，那么轻柔可人，那么安然自在，自然得出的结论就不一样了。而且说到山间的险恶，人世的险恶难道就比山间的少吗？王维在安史之乱时供任伪职，平乱后被捕下狱，后来因为在乱中做了首《凝碧池诗》加上弟弟的求情才免于一死，降为太子中允。在此之后便逐渐由半仕半隐转为隐居。这一句诗和他的生活恐怕有着或多或少的关联罢。

处处都是风景，时时都可妙悟

终南别业

唐·王维

中岁颇好道，晚家南山陲。
兴来每独往，胜事空自知。
行到水穷处，坐看云起时。
偶然值林叟，谈笑无还期。

这是我非常喜欢的一首诗，而且越读越喜欢，诗中透露出的一种生命境界，实在是非大智慧，大快乐之人所不能道。五言诗本来就有一种古意，而像王维这样把平生禅悟非常自然地融合在诗歌当中，更是让诗歌平添了姿彩。读来就好像是诗人的谶语，又像佛理充盈的禅机。王维被称为“诗佛”，他的禅理不是像谢灵运一样有些生硬地放在诗歌的结尾，而是早已进入了诗禅合一的境地，承接了唐朝诗歌情景交融的进步。所以王维本身就真正参透了禅理，又本身具有了诗性，在一个天才诗人的笔下，这两者就融汇成了非常好的诗歌。

在王维的诸多诗歌中，这一首五律实在可以算得上是他的代表作。我曾经在一场考试中遇到了这首诗，考试的过程中就突然升腾起一种感发来，考完之后更是意犹未尽。回到宿舍，不止地抄录这首诗，真是越抄越喜欢。这首诗真的有一种能让人静下来的力量。那我们现在就来看看这首诗究竟好在何处，其中又透露着怎样的一种生命体悟。

王维的一生算是幸运的，事业有成，家中也富裕，父亲是太原王氏，母亲是博陵崔氏，都是极其重要的世家大族。可是后来发生了安史之乱，王维被叛军捉拿，留在长安，任了伪职。后来肃宗复朝，将一切留任伪职的官员按罪处罚。王维因为弟弟的求情和自己的一首《凝碧池》诗而豁免，真是大幸。但后来王维就逐渐脱离官场，更加笃信佛教，大隐隐于朝了。所以他的一生，尤其是后半段，对他的打击是挺大的。但佛家给予了他慰安，他自己的修行和感悟也达到了一个平常人难以企及的高度。

"中岁颇好道，晚家南山陲。"在中年的时候就曾追寻过人间的智慧，那种修行的法门，可能因为种种原因，没能够到达一种自己希求的境地。现在老了，到了晚年，终于居家南山之麓，算是得偿所愿，可以修行。为什么"中岁颇好道"，但只有到了晚年才安家南山陲呢？中岁为何不就在南山脚下找处地方作为容身之所？那南山脚下的家不止是一种看风景的房子，更代表着一种深山隐居，独自修行的心境。中年当然可以有四处的房屋，但是晚年的智慧与安宁的心境确实在中年时期是怎么也求不来的。杨绛说过一句话，少年汲汲于爱情，中年急于成名成家。无论古代还是今天，中年是一个人最具活力的时光，要养家糊口，要实现理想和抱负。少年在学习，想谋得个一官半职，中年便就是在各行各业努力拼搏，想要升迁、扩张。一颗外向的心灵，马不停蹄的生命，怎么可能拥有宁静的长久的思考空间呢？最多也就是一会儿出去游山玩水，一会儿去去佛堂，听听讲经罢了。主要的心思，当然还是"修齐治平"、还是"为天地立心"，是不可能放在这自我的修行上的。所以中年只可能好道，愿意喜欢这样的事情，但是身体力行，几乎是不可能的。只有到了晚年，也像王维自己说的"晚年惟好静，万事不关心"，都不关心了，你才可能远离城市，长久的栖息在碧山之下。如果还想着今天发生了什么，谁谁又如何如何，你怎么可能脱离尘世，而自在地悠游在南山脚下呢。

“兴来每独往，胜事空自知。”禅宗讲究教外别传，以心传心，是不大看得上语言的功能的。其实现在的西方文论，也有一种超越语言的思潮。人们真能够把自己的内心世界用语言完好无损地表达出来吗？又能够让别人能百分之百地了解你在想什么，在体会什么吗？任何人都知道这是不太可能的。也许对于知识还可以，一加一等于二，可以用语言清楚地表达，但是内心的想法，体悟的法门，世间穷通的道理，真是用语言说得出来的吗？语言是一种符号，而符号是具有随意性的，尤其当符号是一种非实物性的东西时，每个人的解码即便不是千差万别，也一定是五彩缤纷的。语言是一种交流的工具，但是我们常常都会有这种东西只有我自己才知道，别人无法理解的语言孤独之感。所以禅宗中就常常认为语言的传播是多么的无力，多么的曲解。

而真正的自己的修道，自己的感悟，真是旁人难以懂得。所以禅宗才会讲那么多的故事，写那么多的公案，用棒喝去让人体悟，因为他们认为那是比语言更要真实的存在。故事呈现的是一种“象”，一个图案，而图案似乎才应该是我们了解这个世界的方式。因为这种言语上的孤独，和体悟的终究难以分享，每个人都是单独的。但是单独不等于孤独，心灵总会在自然中寻求一种契合和知音。所以王维“兴来每独往”，那体会到的胜事，只能自知。

我们常常觉得不能分享，人便无法快乐。但实际换个角度看看，也不是每个东西都能分享的，王维在诗歌中分享了他的生活状态和生命方式，但是他的体悟究竟如何？只有他自己守着一个宝藏，且没有芝麻开门的咒语。我们读他的诗歌，每个人都有自己的理解方式，我们每个人也都得到的是自己的宝藏，也都没有芝麻开门的咒语。

“行到水穷处，坐看云起时。”王维不是说他“兴来每独往”吗？他去哪儿呢？只有两个字，就是“随意”。何时何地不是风景啊？古人讲“万物静窥，皆有所得”。有人评价王维的这首诗说：水穷云起，尽是禅机；林叟闲谈，无非妙谛。当一个人真的圆满自足，融会贯通之后，处处都是风景，时时都可妙悟。水穷处，何谓"穷"呢？穷就是尽，而水会有尽头的吗？那路的尽头都是人的主观设定，不是那路尽了，而是还没有很多人去走。所以我认为这里水穷了，那这里就是我眼中的"水穷处"，当我认为还能往前走，那"水穷处"便就在前面。所以想按图索骥，寻找王维得道之点，那只是徒劳罢了。每个人都不一样，自然每个人修道体悟的方式也不同。世间的成功学和各种学科的知识错就错在对就是对，错就是错，太过单一、隔膜、断裂了。

走到了"水穷处"，在看什么呢？"坐看云起时"，王维在看的是什么？体悟的又是什么？他写得真妙，完全没有说出来，只提供了一个意象，但是我们每个读者都能有自己的解答。解答的方式是千万种的。在我的理解中，他感受到的是世间万物的流变和云卷云舒的闲散的快乐。周易里面对"道"的解释是"独立而不改，周行而不变"。所以中国人是非常讲究变动不居的，万物都在流动，没有完全静止的所在。要说辩证法，中国人的自然辩证法是极其高妙的。云就这样升腾起来，变化起来，而这一切都在诗人的眼中，说诗人的心随云而变也好，说云随诗人的心而变也罢，总之是万物交融，不分你我的。这种快乐，真是我们一般人难以感受到的。随意去走，走到了水穷处，走不了了也不想走了便就坐下，就坐下看花开花落，云卷云舒。

"偶然值林叟，谈笑无还期。"这两句有些人可能读着会觉得奇怪，为什么他竟会愿意和林叟闲谈啊？林叟，有的版本写作邻叟，有些差别，但我以为在这里显得不那么重要。在一般人的印象中，高士都是出群的，是不愿意和世间之人攀谈的，觉得俗。那他为什么还愿意和林叟攀谈呢？也许我们会想，那山中的樵夫，行舟的渔父，不都是隐士的象征吗？王维这里说的应该是和隐士相攀谈吧？我倒不这么认为。这里的林叟就是普通的乡村老头，是没文化不懂诗书的农人。当一个人把自己端得很高，以为尘世和出尘的自己，身份相差天壤，他就只能是终南捷径的功名之内的人罢了，算不得真正的高士。禅宗有一个特别著名的境界说，“看山是山，看水是水”到“看山不是山，看水不是水”，到最后“看山还是山，看水还是水”。这是一个破除知识分隔到破除我执的过程。从第一层到第二层，万物的分隔不见了，从第二层到第三层，“我”不见了。那种自命清高的高士，还把“我”放在头等大事，而王维早就已经破除了我执，达于浑化。偶然碰见了一个农夫，不是刻意地寻找，而是随缘的相遇，这个很重要。无论是皇亲贵胄，还是乞儿饿殍，都能与之攀谈，而且享受其中，“谈笑无还期”而忘却时间。这最后的一句，要是别人所写，我一定会认为笔力欠佳，结束得太过随便，但是王维把它放在这首诗中，因为前面的铺垫和值林叟的偶然，让这句话成为极好的收束，给人无穷的力量，王维的境界是真的高。

这首诗就好像是一幅遍是图案的画，其中解读的丰富性实在让人惊叹，对着王维的诗，甚至都能让人有顿悟的感觉呀。诗佛之名，绝非溢美。这只是我的个人解读，我相信这首诗中还包含着千万种的解读方式，这些解读方式都跟我们自己的生命密切相连。

在温婉安然中默默诉说着自己的苦痛

留别王维

唐·孟浩然

寂寂竟何待，朝朝空自归。
欲寻芳草去，惜与故人违。
当路谁相解，知音世所稀。
只应守寂寞，还掩故园扉。

在中国的诗歌史上，孟浩然和王维并称“王孟”，指的是两人的诗风相近，他们都常常在诗句当中流露出一种对隐居生活的向往，和对山水风光的热爱。可是两人的生命历程却大不相同，王维身居高位，生活优渥，最后能够在自己兴建的庄园之中大隐于市，孟浩然的一生却没有那么幸运。他曾经在四十岁的时候去京城求仕，可是应进士不第，失败而归。一个生命历程已经过半的人，突然转向另一种跟以往都不相同的生活，却又在最后失败而归，只能重返原有的生活轨迹，这个人此刻的心情应当是非常复杂而值得品味的。这首诗就作在孟浩然在京都求仕失败之后，将要返回故乡，跟王维告别的时候。

写这首诗的时候，孟浩然已经在自己求“隐”的生命轨迹中生活了四十年，突然求仕，终又不第，这里面应当有对友人的不舍，对这段生活的别离情。无论是对过去还是未来，都应当有他自己深刻的体悟在其中。

“寂寂竟何待，朝朝空自归。”这句话的意思很明白，翻译成白话文也就是“如此的寂寞还在等待着什么？每天都是自己归来。”我常常觉得王维和孟浩然的诗中都有一种哲理意味，这种哲理意味是有更丰富的内涵在的，在某种程度上可以被理解为禅味。这一联，一句是孤寂的等待，一句是希望的落空。人在生命中常常有类似投石问路的行为，想要在生命中做一个跟以往都不相同的转变，做出来一些朝着新方向的努力，就好像是在一个池塘中投入了一颗石子，然后就在忐忑和焦急中等待着自己努力的回应。也许在某时，已经厌倦了等待，想到了结果可能最终是落空的，但是习惯了等待，等待就变成了一种状态，而对这种状态的适应也让人会想要继续等待下去。这样的等待最终是孤独的，因为自己的理想和信念，自己的努力和付出，只有自己是最深切的关联人，所有的旁人不一定没有关心，但对自己来说，都只是外人的寒暄罢了。“竟何待”，这是对自己的发问，为什么还要等待？虽然不想再继续等待了，但是不断地自问背后，还是等待状态的延续，还是“朝朝往”，每天都出去寻找，去寻找自己内心所系的东西。可是天天都只落得“空自归”。不仅是只有自己独自回来，而且希望也落空了，都不存在了。可是即便落空，他的希望也并没有破灭，因为下一个早晨他又会去寻找，这样才会有下一个朝朝的“空自归”。他的寻找，也构成了他等待的行为。我们知道他要去寻找的无非是考试的结果，他求仕的成败，那终归有一个具体的时间，可是他不直接写得知结果的一天，而是写每天的追寻和等待，这就让这一句话突破了小我的限制，获得了巨大的时空感受。自己的等待，每天的追寻，每天的失落，还有又一天的追寻，但最后的失意的结果还是不得不来，他还必须要承受。

他的求仕之路并没有成功。他得舍弃这边的生活方式和想要做出的改变，他最终是要回到原来的生活轨迹之中去的。他说：“欲寻芳草去，惜与故人违。”我见到过两种对这一联中“芳草”的解释，一种说这是指他自己的理想，一种说这是以芳草喻田野，指的是隐居的生活。我个人同意后一种解读。当然芳草可以有理想的含义，但是如果在此处是这个意思的话，那么他此刻的理想当然是入仕，考中进士，可以为家国社稷尽自己的心力。而如果他想要追寻这样的理想，就会跟自己的“故人”分离，这里的故人指的是谁呢？是指的他故乡中跟他一起隐居的高士吗？可是他毕竟来到了京师，已经把这样的“欲”转为了现实，按照这样的意思，他已经与“故人违”，而且他似乎也不太可能在给王维的诗中写到他家乡的友人。这里的故人当然应该指他诗题中的王维，所以这种说法似乎不能成立。他是在现在求仕道路的失败后，所做出的感想。仕不成，当然就会转为隐。在这样的歧路上，兼济天下的道路已经向他封闭了，在长安的失意也自然催生他重新对隐居生活的向往了。所以这里的芳草指代的是田野，是他过去和未来的隐居生活。因为长安并没有给他以本来向往的机遇，他只能回家，所以才会在此处跟王维相离别。那个隐居的生活是孟浩然所喜爱的，也是可以把那种生活当作高士的追求的，可是要回到那种生活中他得离开长安，他并不留恋长安中的一草一木，宫殿千门，他所叹息的只是这样的追求会让他跟王维相别离，这是他所不舍的。

不舍，但是不得不去做，这是孟浩然的无奈，这个别离是必成的结局。别离时刻最容易的就是对相聚时刻的回忆，孟浩然在长安数日，“朝朝空自归”，他自有他的感叹：“当路谁相解，知音世所稀。”“当路”就是当权者的意思，自己的才华没有得到该有的赏识，京华冠盖，没有人能够珍惜孟浩然的才学，没有人能够理解孟浩然的愿望。那一个懂你的人，实在是世界上最稀有的财富。当自己的一腔热血投注出去，却没有人相应，甚至一点回声也没有，那样的冷漠带来的失落自然有一种悲惨的况味。能有一个懂你的人，知道你的能力和价值，愿意给你平台和机遇，并且在困难的时候与你分担，这样的人恐怕真是难以遇到，千年的历史中又有几对？而人生在世，常常要面对各种各样的选择，面对选择，大多都知道要权衡利弊，可是人生中多少的选择，这一条路和那一条路，其利弊是那么明显又那么悬殊的？大多数的选择恐怕都是各有利弊，而且相差无几，两难的处境才会是人生的常态吧，那这样的权衡实在是一种无可言之的伤痛。谁知道自己会更适合哪一种生活呢？

中国的传统文人常常面对仕与隐的两难，虽然孔子在千年以前就教导我们“邦有道，则仕；邦无道，则可卷而怀之”。可是“有道无道”的判定常常只能是历史的烟尘散尽之后，后人才能做出的评价，这样的选择对每一个时代的亲历者，都不会是简单的答案。就连思定“少无适俗韵，性本爱丘山”的陶潜，还不是有“行行停出门，还坐更自思”的时候？况且能想得像陶渊明一样清楚的人又能有几个？大部分人面对着两难的境地，有过隐的念头，恐怕都很难说清楚哪一种道路是自己的天命所在吧。孟浩然隐居四十年，寂静思考的时候，为什么又突然有了仕的念头，想尝试一种从前没有过的生活方式，是对人生价值的拷问，还是对自己道路的不确定？不知道。不过这样的心理状况大概也是每个人都会有的经历，但尝试了，失败了，最终还是回到从前。

“只应守寂寞，还掩故园扉。”这是他回乡之后的场景，他也许对自己过去的行为产生了疑问，他当然会产生疑问，是否本就应该自守寂寞，自己追求隐居的高洁，就不该踏入这凡尘俗世之中，追求功名利禄？自己过去的选择是否正确，而此次的追寻又是否值得。如果孟浩然一直能够在隐居的生活之中完成自己，从来不踏入这功名的圈子，他的隐居可能更为纯粹，获得后世的声名可能更为高尚，对于他自己的内心也许也更容易接受，可是这样的结果，导致了一个在求仕路上失败者的隐居，是一个求仕不得，而选择隐居生活来完成自己的诗人。他的内心当然会有无穷的煎熬，五味杂陈。

此次归去，他说“只应守寂寞，还掩故园扉”。孟浩然大概不想要再出门追求仕进了，要回到故园之中。而因为“知音世所稀”，回到故园又“与故人违”，知音不在故园，好友不在故园，隐居的寂寥无人可以共享和分担，无人访求,只能自掩门扉。以一个关门的动作作为整首诗的收束,其实中间是有深沉忧愁和哀怨在的。他是否悔恨当初的“出门”?这两种道路的选择于他究竟成败几何?他究竟应该选择什么?他也许在思考,也许这次他有了一个答案,可其实六年之后,他又回到长安求仕,还是没能成功,他的心境也许一直处在这样的仕隐矛盾之中吧。

梦想的破灭,一种生命方式转换的失败,又重新回到早先的生活场景之中,皇帝不赏识他的诗作,反倒说他“不才明主弃”是“卿不求仕,而朕未尝弃卿,奈何诬我!”怀才不遇,生活方式选择的破灭,个人理想的难以实现,这其实是非常深重的悲哀,再加上与友人的离别,这样的情感贯穿在这首诗中,但是整首诗没有激愤之语,没有狂躁之气,都在一股温婉安然中默默诉说着自己的苦痛。不是大开大合的塞北秋风,而是浸润良久的江南烟雨,这便是中国诗歌“温柔敦厚”的境界,更是“王孟”的境界。

窗中好像已经包含了千年的岁月

绝　　句

唐·杜甫

两个黄鹂鸣翠柳，
一行白鹭上青天。
窗含西岭千秋雪，
门泊东吴万里船。

这是一首非常著名的小诗，大多数人可能在牙牙学语时就背过。诗歌很简短，一共就四句二十八个字，对于小孩子来说容易记诵。而且两两对仗，第一句和第二句，第三句和第四句分别构成了两副对联。音节悦耳，句式工整，自然是这首诗便于流传的原因之一，但这种句式上的巧妙却不是这首诗得以传唱并奉为经典的最主要原因，这首诗虽然短小，但意涵是颇为丰富的。

杜甫一生颠沛流离，几乎是在盛唐出生，可是事业的起步阶段就遭遇了安史之乱，这种战乱、贫困的苦痛几乎和他的中晚年是紧密相关的。而他一生最开心最快乐的时候，除去青年还未经世事的不算，就是他在成都严武的麾下，做幕府的日子了，那个时候杜甫修建并扩大了草堂居所，有了一个安定栖身的住处，而且四川天府之国，人民也较为富足，风景秀丽更不必提。严武对杜甫很好，两人既为世交，又曾经同朝为官，写诗唱和。这首诗就是安史之乱大体平定，严武仍镇成都时，杜甫在花溪草堂写的。诗歌一共四句，写的是一派早春的景象，战乱似乎已经过去，国家又要回到正轨上来，这似乎跟早春积雪消融，生机一片的景象不谋而合。所以杜甫笔下的早春景象，既有他个人的感情在，也有整个时代的大背景在。

那我们就来看看他是如何把这简单的早春所见写得如此之好的。早春的景象有很多，绝句中只能写有限中的有限，如果还要抒情的话，那能写的景物就更少了。杜甫已经是写得非常多了，整首诗中没有直接的抒情段落，而是将自己的情感非常巧妙地隐含在了书写的景物之中，就是这样也只能写四个景致，那选择什么不选择什么是很重要的。

杜甫在前两句中写了黄鹂、翠柳、白鹭、青天，多么丰富的色彩！这也是春天跟冬天相比一个最大的不同。古人论画时曾形容“冬山如睡”，而“春山如媚”，冬天的大地是一片的沉寂和惨白的，而春天则开始冰消雪融，万物回归到各自本来的色彩。这个时候“感柔条于芳春”，柳条变得柔软起来，灵动起来，一点点细小的鹅黄嫩叶开始生发，并逐渐变得翠绿。翠和绿看起来都是形容颜色而已，但翠就更灵动些，而且带有一种潜在的喜爱之情，翠色较深绿而言要带点黄色，而较浅绿而言，则更为明亮。翠柳就刚刚是早春的那种景象。冬天，鸟都蛰伏起来，动物都在冬眠之中，那种寒冷的侵袭，让动物都不愿离开自己的巢穴，出来觅食也一定是落空的，所以冬天的自然十分的乏味。春天到了，鸟兽虫鱼都开始活动，黄鹂跳上了枝头，那种鲜艳跳动的亮黄和柳枝柔和摇摆的翠绿融合在一起，实在和谐。

不仅如此，黄鹂是要鸣叫的，那轻灵婉转的鸟鸣，打破了长久的沉寂。诗中有了声音，也许色彩总是静态的，可是声音却一定是生命力的展现。毕竟早春时节，虽然树上现在只有两个黄鹂，可是它们的声音足够响亮，足以传到草堂之中的杜甫耳畔。也许是听见了它们愉快叽喳的声音，有了一种春天的昭示，杜甫看向了窗外，去寻找声音的来源，于是他看到了“两个黄鹂鸣翠柳”，紧接着在那柳树的后头，是“一行白鹭上青天”。柳树都长在水边，白鹭又是水禽，所以从柳树后面紧接着看到白鹭是很合理的。白鹭出来了，说明水面的冰融化了，也许四川的水面在冬天也不会结冰，但到了春天，那水一定是从凝滞转为流动的，春水暖了，鱼儿上来了，白鹭才有吃食，才会在水面上变成一群，飞起来才是一行。

前面的黄鹂还只是在树上啼叫来显示一种动态和生机，这里白鹭直接的飞腾是最佳的生命力的展现。从黄鹂到白鹭是由近及远，而从翠柳到青天则是由下而上，这是一个人自然的观看过程。而且，由地上的翠柳，到了一片无比广博的天空，那是多么自由自在的空间。“一行白鹭上青天”，这是一个多么广大的境界，浩瀚的天际中，就有那么一行、那么几只从诗人面前飞起的白鹭，它们可以多么自由地驰骋！而且天青鸟白，这是多么平和安稳的景象，是战争过去了，是皇帝重回正统了，是国家将要恢复正轨了，这其中的喜爱和欢乐他没有写出来，都隐含在这句话当中。

顺着白鹭的视角，看向了天空，是一个更远更高的世界，在这个世界中，这个视线中，他看到了山顶的积雪。这个积雪千年不化，一直都在那里。当然这个雪的意象跟冬天的死寂就没有关系，也不是灾难或者战争的象征了，因为在一片生机之中看这样的一片宁静的空间是可爱的，是享受的。

这西岭上千年不化的积雪，他是从窗子中看到的，他说窗“含”，透过窗子看到的，可不就像一幅画一样，那西岭的积雪可不就被窗子含住了吗？可是那是真实存在的景物，放在这里，杜甫想说的并不是窗子含住了那西岭上的雪，而想说的是含住了那千年的积雪，重要的是“千秋”，好像那么长的一个时间段就在他一扇小小的窗子之中，就在他的草堂之中。

他先把一个自然界的观看境界扩大了，接着他还要把他草堂的境界空间扩到最大。窗子中好像已经包含了千年的岁月，而开门之后呢？“门泊东吴万里船”，门前就停泊着一艘小船，这艘小船虽然小，因为毕竟他住在花溪旁，溪流中开不了大船的。可是船虽小，却从东吴而来，水路之上，也有万里的距离。这万里在船上，是船的经历，可是现在就停泊在他的门前，这万里也就在他的门前了。每天开窗，看见西岭终年不化，已有千秋的积雪，每天就透过这一扇自己的小窗与这已经千年的雪相对，而开门之后，依靠在门扉之上，又对着来自东吴的万里行船。这就有一种虽然不出门，但是天地万物都囊括在我这一室之内的感觉。而且这也是春的景象啊，因为春气回暖，所以西岭的冬雪就已经消融，而终于留下的是永远（当时毕竟还没有“全球变暖”）都不融化的千秋雪。而“一年之计在于春”，无论农商，人们也开始了活动，所以门前才会有来自远方的那艘船。

可东吴，是东方，安史之乱中受到极大影响的地方，现在居然可以有一艘小船造访，说明那边的战乱已经停息了，已经安定了。而杜甫的家乡正在河南巩县（今巩义市），和东吴是同样的方向，从四川回家乡，一定是沿着长江顺流而东。东吴的万里行船是否有杜甫积压已久的羁旅行愁和对家乡的盼望呢？应当是有的。既有人来，也可顺流而归嘛，纵然不归，但对家中人事的思念，对他们平安与否的牵挂也总是可以到达的了。

这是一首早春时节的不朽名作，由近及远，由下而上，再将屋外之物囊括进屋内，最后再推门而出。早春时节的一派欣欣向荣，以及杜甫非常复杂的感受，他都十分成功地融合在一首绝句之中。不过，他最后也没能回家，而是客死在一艘通向家乡的小船之上了。

他的野望变成了对这些苦难的深刻记忆

野　　望

唐·杜甫

西山白雪三城戍，南浦清江万里桥。
海内风尘诸弟隔，天涯涕泪一身遥。
惟将迟暮供多病，未有涓埃答圣朝。
跨马出郊时极目，不堪人事日萧条。

这首诗作于唐上元二年，也就是761年，这首诗跟《绝句诗》一样，作于杜甫在成都花溪草堂时。可是那首《绝句》作在这首诗后763年，那一年安史之乱最终得以平复，而作这首诗的杜甫，虽然有了安身之所，妻儿也都得以团聚，但是国家仍然在战乱之中。这一年虽然史思明已经被史朝义所杀，战争已然有了转机，可是在古时那样的通讯条件下，这样的讯息似乎一时传不到杜甫那里。因为这样环境的不同，整个国家的处境还在危难之中，所以杜甫眼中所看到的景物，所呈现的状态就和《绝句诗》中大大的不同了。

诗题是“野望”，所以第一联就写野望所见之物，那是“西山白雪三城戍，南浦清江万里桥”。说到绝句那首诗的时候，其实已经可以看到杜甫没有在单纯的写景物，表面上看起来只是景物的承接，可是其中却有自己内在的感情和想要表达的东西。这个和一般常常举例的马致远《秋思》还很不一样，马致远的那支曲子是把一些具有相同特点的意象组合在了一起，最终烘托出了一种意境，比较类似于电影中的堆积蒙太奇，有很多讲电影电视的老师也都会使用马致远的这支曲子做例子。但是杜甫不是，杜甫在这一联中所举的西山、白雪、三城、戍、南浦、清江、万里桥，并不构成一种意思堆叠的关系，而是各有其指代的。这个不像是堆积，而是有一种类似于反差的意味在里面。

第一联杜甫就开始对仗，写到了野望中所看到的四个方位中的两个。一个是西边，一个在南边。西山在成都城西，其中主峰是终年积雪的，所以看到的白雪是西山顶上终年不化的积雪。这个也就是《绝句》中同样出现的“西岭千秋雪”。《绝句》里面的白雪不是一种感伤和悲情的象征，可这里确是的。因为在“西山白雪”后面接的是“三城戍”，这个时候叛军和唐王朝的战争还在继续，这里的三城指的是四川的松、维、保三州，都驻扎着军队，防御着战事。跟战事连接在一起，这白雪也就带有了情感色彩。从这首诗中看不出来这是哪个季节所作，杜甫写了白雪，没写余雪，如果是冬季那理所应当，如果是其他季节，是可以营造出一种寒冷和肃杀的氛围的。

而第二句写南边，看到的是“南浦清江万里桥”。“南浦”在中国古典诗歌中是有其特定意义的，就是一个送别之所。这个跟后面的万里桥也相应。万里桥却也在成都城南，蜀汉时费祎访问吴国，临行前对诸葛亮说：“万里之行，始于此桥。”那么清江也自然就是锦江。这看似简简单单的野望的景物，又有什么复杂的情感呢？杜甫出城而野望，看到的东西绝对不少，为什么要写这样的景物，是什么让杜甫做出了如此的选择？这仍然有他在《绝句》中借“东吴万里船”所流露出来的情感。杜甫的故乡是在吴国的那个方向的，所以费祎的“万里之行，始于此桥”访问了吴国，而杜甫若要归家，也是“万里之行，始于此桥”。清江向东流，南浦是别离，别离之后，乘船向东，过了万里桥，那是杜甫回家的方向。在第一联中，杜甫写了两类他最为关心的事物，一个是仍然没有结束的战争，另一个是对故乡的渴望，这两种情感隐匿在看似简单的写景之中，而这样的隐含也为后面的抒发做了铺垫。

因为看到了“南浦清江万里桥”，顺着江流的方向，顺着万里桥延伸的方向，他当然会想到了家乡，以及因为战争而音讯全无的亲人。所以这样的感慨是自然就出来了的：“海内风尘诸弟隔，天涯涕泪一身遥。”这南浦的清江，这万里的路途，中间有太多的阻隔，有太多难以逾越的鸿沟。不仅是这一条道路是这样，他在凤翔的时候、长安的时候都曾经怀念过他的弟弟们，都曾经想要回到故乡，但都没有成行，这些路途都被阻隔了。不仅是这一条一条的道路不通，整个国家，四海之内都灌满了风尘。这风尘当然来自于“渔阳鼙鼓动起来”，自然来自于战车、战马飞腾而起的尘土，也来自于人民逃离家园的仆仆风尘。这整个大的社会环境的动荡不安，导致了自己和骨肉相连的弟弟们的分隔。而自己现在身处天涯，虽然是天府之国的四川，可也是“力崩山摧壮士死，然后天梯石栈相钩连”的边陲，和河南所处的中原地区依然算是天涯了。诸弟在中原，生死存亡、苦乐悲哀自己都全然无法知道，而自己所在的边陲之地何时能够归家，能否最终归家都是未知的。“一身遥”，好像自己被全然孤立了出来，弟弟们可能还可以相依为命，可是自己完全成了一个局外的人，何况杜甫是长子大哥，对弟弟的牵挂自然更深。且不用说是“遍插茱萸少一人”，杜甫这连“遥知兄弟登高处”也都是不可能的。

想到了故乡，想到了归家，想到了自己的骨肉至亲，可是又知道在当时的环境中，归家是不可能的。而自己又已经五十，年过半百，况且身体常常染病，已经不似年轻的健壮有力了，这样的年岁、这样的身体究竟在生命的余年中能不能归家呢，我想这也会是杜甫要考虑的。

“惟将迟暮供多病，未有涓埃答圣朝。”想到了自己的现状和前景，这里的情感就由家庭兄弟之间的思念，转向了自己的考量。在此时，年岁的增长，最令杜甫心痛的倒不是能不能最终回家，要是定格在那里，也就不是杜甫了。年岁的增长，自己的日渐老去，杜甫伤心的是自己的能力没有为国家服务，自己“致君尧舜上，再使风俗淳”的理想还没能实现。孔子讲：“四十五十而无闻焉，斯亦不足畏也矣！”说一个人如果四五十岁还没有干出一番名堂，那这个人估计一辈子也就如此了，而此时的杜甫已经五十了。中国伟大的士大夫令人敬佩之处就在于他们能够以天下为己任，在重要的关头能够选择天下而不是自己的快乐，能够考虑天下的兴亡而不仅仅是一己的升迁贬谪。现在已经是杜甫的迟暮之际了，而且又常常有病，身体不好，也许杜甫也在想自己的未来在何方，自己是否还能有实现自己理想的机会？杜甫做过官，当时被叛军捉住羁留“敌占区”的长安，杜甫冒死出逃，到陕西凤翔去见皇帝，皇帝赐官左拾遗。可他很快就因为案件被贬，皇帝也不愿听他的建议。他一直都不认为这是皇帝的过错，一直都认为是自己的不足。他说“无才日衰老，驻马望千门。”他依然在检点自己，认为自己所处的是一个“圣朝”，皇帝贤明，国祚昌盛，而自己却没有半分贡献。

“涓埃”就是非常细小的东西，杜甫说自己对这个圣朝的贡献是连涓埃都没有的。他有一种愧疚，论语里说“天下有道则现，无道则隐。邦有道，贫且贱焉，耻也；邦无道，富且贵焉，耻也。”杜甫认为天下是“有道”的，是圣朝嘛，可是自己却贫且贱，丝毫没有把自己的才能发挥出来，奉献给国家和人民，他觉得这真是羞愧、耻辱。

他从来没有怪罪过那一个无道的君王，其实他有过做官的机会，也为他的理想付出过努力，可是统治者并不领情，这件事怪不到诗圣的头上。后世的我们知道，那本是一个“无道”的时代，杜甫选择了“显”，最终“贫且贱”，我们今天都会认为这是光荣的，而且是伟大的。可是他痛心的更是这一朝的人民，与其说他没有选择隐，不如说他舍不得隐，他舍不得不看这个世界，舍不得独守自己的才华，舍不得不看这个世界中受苦的人民。所以当整个国家都陷入战乱的时候，他怎么可能抽身而去，他看到了“三吏三别”，他看到了“西山白雪三城戍”，他看到了“野哭千家闻战伐”，那世上的疮痍都在他的眼中，他止不住地去看，而且越看越把这种愧疚往自己身上揽。这是他感人的地方。所以他在这首诗的最后说“跨马出郊时极目，不堪人事日萧条。”

这是他感慨的原因，野望，本来是“游目骋怀”，极目四方来提供一个内心情志纾解的渠道的，可是他的眼睛总能看见那些苦难和乱离，他的野望，他的“极目”，他的“跨马出郊”，变成了更大空间内的关怀，有他自己的丰富内心情感，也有这个国家社会正在经历的一切悲伤，更包含了那人事的萧条，那是民众的悲哀。战争耗损的，死亡的，是一个个平民百姓和他们的家人，战争需要的粮食和饷银来自于这些底层人民的提供，他们的生活在这样的悲剧时代中，遇到了诸多的变故，变得萧条了。

这一联，第一句写的还算快乐，轻快地跨了马，要到郊外去游玩，那也许是他最初野望的动机，可结果却是他的野望，变成了对这些穷苦和苦难的深刻记忆。本来野望是快乐的，是闲适的，可杜甫的野望却在“不堪人事日萧条”中结束，他想闲适，他想快乐，可是看到了这些，他选择看到这些，他无法避免看到这些，他快乐不起来，当然他的关切和最终的不快乐，才让他获得了历代以来几乎所有人的尊敬。

当满怀时代和个人悲哀的四目
在一片春光之中重新对视

江南逢李龟年

唐·杜甫

岐王宅里寻常见，
崔九堂前几度闻。
正是江南好风景，
落花时节又逢君。

《杜诗镜铨》里面说这一首诗“子美七绝，此为压卷。”《唐宋诗醇》则说得更夸张，这一首诗就抵得上白居易洋洋洒洒一篇《琵琶行》。这首诗作于大历五年，正是杜甫生命的最后一年，从大历三年开始，杜甫终于把他东游的计划付诸行动，乘着一艘小船出了夔州，而这一年，他到了长沙，也正是在长沙，他见到了李龟年。杜甫诸体皆擅，但最能代表杜甫风格的应该是律诗和长篇的古体诗。那种深沉的史诗意味和悠远的荡气回肠，也跟杜甫的个人气质最为相和。而绝句则常常被评论家认为是杜甫的弱项，但这首七绝，却足以让唐朝诗坛颔首，此诗可以与其他著名的唐人七绝并举为第一。

绝句大都以微言大义为上，简简单单的二十八字，可以蕴含无尽的意味，这些没有写出来的余味是靠诗人的暗示和读者的体会所共同完成的，所以一首绝句的艺术水准并不低于律诗，甚至长篇的歌行。这也就是为什么《唐宋诗醇》可以将此诗跟白居易的《长恨歌》相提并论的缘故了。虽然人们的评断常常比较夸张，但这首诗的意涵之丰沛，情韵之悠长，不仅在杜甫的诗歌之中，甚至在唐朝的七绝之中都可以位列前茅。这是杜甫生命中最后的绝响，其二十八字之中蕴含了他多少的悔恨和一生的追求，也囊括了一个时代的悲哀。

这四句诗写给李龟年，明白如话，自然顺畅得像是杜甫和他见面之后脱口而出的语言：之前在岐王宅里、在崔九堂前都见过你，今天又在这样的一个时节见到了你。这真的是我们日常见面都会有的寒暄，甚至是一种打招呼的方式，可是为什么在这里就会变得有这么强烈地摧折人心的力量，而成为杜诗七绝的压卷之作呢？杜甫，我们常常把他归结为一个盛唐诗人，当然，他生活的年代是唐朝的开元天宝以至于大历年间，开元盛世当然是盛唐的顶峰，杜甫属于盛唐也毋庸置疑。当然我们也不会忘记杜甫所经历过的离乱和战争，这在我们看来构成了杜甫的两面。但是我们常常会因此而忽略杜甫所处的整个时代，他整个的生命历程。他不是出生在一个战争的年代，他见过盛世的海晏河清是什么样子。我们常说"由俭入奢易，由奢入俭难"，这句话相当一个人、一个家庭而言，而当这个俭和奢的对象变成了一个国家，一个社会，那么一个国家整体的富强和堕落会凝聚多少个体生命的苦痛和悲哀？杜甫开元盛世时出生，他见过一个富强的唐王朝的自信和人民的欢乐，他为之骄傲；而当这个王朝堕落了，所有的辉煌都一去不返了，一个皇室在混乱中苟延残喘，人民在战争和饥荒中四处奔逃，作为一个中国传统的文人士大夫，他的心境如何？他曾有"安得广厦千万间，大庇天下寒士俱欢颜"的豪言壮语，可终其一生都没有那样的官位来给他施展拳脚的机会，当了一个拾遗官却又因为不太懂得君前答对，逆犯了龙颜而匆匆离任。面对一个衰败的走下坡路的国家他有过无尽的悲哀，但这个国家何曾有过半点的切实的机会让他去实现自己的理想？

他的悲哀是面对一个国家社会前所未有的衰败的悲哀，也是自己一生没有机会施展抱负，而年华却如此易老的悲哀。他的生命如此贴切地和那个国家的兴衰起落缝合在了一起，他的诗作都是他自己心境的表达，也是那个唐王朝的颂歌抑或是挽歌。

可这并不仅仅是杜甫一个人的感触，任何一个从开元天宝盛世走来的人，尝过了盛世的滋味的人都会有此感慨，这首诗的另一个主体，赠予的主体，他的生命同样跟着这个时代一起兴衰起落。李龟年是唐明皇时期著名的乐师，擅长歌唱，在玄宗时期，深受唐明皇宠幸，也常被其他王公贵族召见。

从这首诗的前两句可以看出，岐王李范和崔九崔涤都曾经把李龟年奉为宾客。而在安史之乱后，大概来不及带所有的乐师一起入蜀，唐宫乐师都四散出宫，流落异乡。到了晚年，李龟年同样是靠自己的音乐本领来换取衣食。从王公贵族的座上宾，到流落民间以卖唱为生，他的遭际当然也印上了一个时代的悲哀。后人编过一出著名的《长生殿弹词》，其中的主人公就是李龟年。其中第一曲《一枝花》“不提防余年值乱离，逼拶得歧路遭穷败。受奔波风尘颜面黑，叹雕残霜雪鬓须白。今日个流落天涯，只留得琵琶在！揣羞脸上长街，又过短街。哪里是高渐离击筑悲歌？吓哈倒，倒做了伍子胥吹箫也那乞丐！”更是名声在外，个人的遭际无比清晰地流露在这一段老生的唱词之中，情感多么浓烈。这支曲子曾经在清代的时候跟《千忠戮》并称为“家家‘收拾起’，户户‘不提防’”，可见其传唱程度。这样两个带有时代印记的人，经历过了那么多的欢喜悲哀之后，在江南重新见面，这该是多么的不容易，又隐含着多少自己身世和时代的大的悲哀在其中。

好友久别重逢，有多少话可以说出来，有多少询问和关切可以写？但是杜甫没有，这一次的会面本身就饱含着丰富的情感。不见的时候自然是各有各的不容易，这样的境况大概都是相同的，但是上次见面的时候是在岐王的府邸，是在崔九的堂前，是在长安，是在盛世，在那样的一个环境之中，我听过你的歌吟，而且是常常见到，不时传来响遏行云之声。那样的生活多么的快乐，给了自己多么美好的回忆。当我们都还年轻，当唐王朝是如此的兴盛，当我们好友之间交谈甚欢，当我们的宴饮那么的频繁，当我们还没有经历这些战争乱离和苦痛，当我们还不知道我们需要经历这样的悲哀时，我们是如此的无忧无虑，我们有说不完的话，聊不完的理想和抱负，花不完的时间，逛不完的好去处。在华夏乃至世界最强盛的王朝的都城，快乐地听着你李龟年的歌吟，实在是一种不可多得的享受。那婉转的歌喉，高亢的仙音，再加上手指拨动之中的琵琶，足以给人留下无比美好的回忆。可是现在呢？杜甫说："正是江南好风景，落花时节又逢君。"只这一转一合，便有千钧之力。

江南，是多么美好的地点，又是在那么美丽的时节。暮春三月，我们又再次相见，这是多么令人高兴的久别重逢。可是时间变了，年龄变了，环境变了，王朝变了，周围的一切都变了。从前那两个意气风发的翩翩少年，已成了两个贫病潦倒的白发老人，世事沧桑，风云变幻那一段生命历程有多少可歌可叹的地方，又有多少难以言述的委屈。

这两句话凝结着无穷的厚重过去，却戛然而止在见面的一刹那。那一刻他们是如何互相诉说的？杜甫没有写，也写不出来，那种王朝兴衰和个人少老的紧密结合，是常人难以想象的痛苦。可毕竟风光明媚，毕竟他乡遇故知，相见时，两人的心情怕都是复杂得很，用语言明说，不如留人想象的好。这两句话中，就因为这种留白开拓了无尽的空间。江南之地，繁华富庶，暮春三月，正是满目春光。飞花满眼，草长莺飞，落红如坠。风景依旧，可是人事全非。在高中时，这首诗的最后两句常常被用来考究是乐景写哀，还是哀景写乐，其实真的无所谓了，当两双满怀时代和个人悲哀的眼在一片春光之中重新对视,那自然流露出来的两行清泪,和无言中感受到的静谧兴亡,便是这首诗最好的诠释了。

一颗孤独的心灵在一片秋林黄叶组成的荒野里

喜外弟卢纶见宿

唐·司空曙

静夜四无邻，荒居旧业贫。
雨中黄叶树，灯下白头人。
以我独沉久，愧君相见频。
平生自有分，况是蔡家亲。

司空曙这个诗人可能算不上出名，这首诗可能很多人也不知道，但是其中的颔联应当是无人不知的。一个意境的营造就可能如此深刻地打动很多人的心灵，并且经久不衰，历代如此。什么是一个好的意境的营造，什么又是一首好诗的标准呢？这恐怕是一个复杂的问题，而且很有可能并没有答案。这首诗可能知道的人不那么多，但绝对不影响它成为一首好诗。诗歌是诉诸心灵的文体，中国的古典诗歌则更是一种人的文学。在只言片语之间，在语言的音律之中，读者因为一种同一民族的文化环境有可能不自觉地就被打动，而如果一问原因，可能说不出来。我们读诗，常常是读那一个写诗的人，也更是在读我们自己的遭际。

这首诗写的实际上是一件非常简单的事情，自己的一个亲戚到自己家里做客，又睡了一夜。多么平常的生活经历，我们可能每天都在发生，但是当一颗诗心和这个经历碰撞，在这件事情当中走过，他自然产生一种得失的悲喜，并且通过诗的语言写了出来，将一己小我的欢喜悲哀扩大为人类共同的情感体悟，在他人当中，在历史当中产生长远的共鸣，这就是诗人和常人不一样的地方罢。

司空曙这个人是唐代大历年间十才子之一，诗题中的卢纶也同样是“大历十才子”之一。在史书上，司空曙被记载为磊落有奇才，但“性耿介，不干权要”。这样的性格，让他落得一个清贫潦倒、仕途不顺的下场。而这样的才气，配上这样的下场，足以让人替他扼腕叹息。写这首诗时，他的年纪应该不小了，颔联中的“白头人”当然是他自己。这首诗打动我的地方就在于他无比的真诚，将自己的喜悦和长久以来的孤独寂寞都写了出来，就像一个爷爷奶奶辈的老人很亲切地流露出孩子般的笑容。一颗“赤子之心”，足以让这首诗流传千古。

这首诗的结构也很简单，前面两联写自己的现况，后面两联写自己对卢纶的感情。“静夜四无邻，荒居旧业贫。”在一个非常安静的夜晚，四周一个人也没有，不仅屋内一个人也没有，屋外一个邻居也没有。就是那么一座孤零零的庭院，既不像现在有楼上楼下，也没有左邻右舍。“四无邻”，前后左右、东西南北，一个人都没有，完全是自己一个人住在旷野之中。就好像写瓦尔登湖的梭罗，也像现在独居在湖边小屋的度假人。不同的是，后面两者是自己的选择，是为了安静地体验生活的原始味道，并且不是永久的居住。而司空曙的字里行间流露出的是对一个拜访的人的向往，对一个朋友，一个依靠，一个伴侣的向往，很明显他跟梭罗不一样，他不想这样。一个安静的夜晚，屋里屋外只有自己，该是何等的孤独，甚至有些可怖。还不仅如此，夜晚的安静让他环视周遭，也让他思考。他环视的结果是什么呢？“荒居”。他思考的结果是什么？“旧业贫”。不仅没有一个人的陪伴，居住在这一片荒野之中，连这座宅院都显得如此的萧索。而且不仅是现在举目所及的一切如此的荒凉破败，自己家中的产业，乃至于自己的功名、抱负都显得贫乏了、破败了。梭罗待在瓦尔登湖，他不觉得失意困顿，因为他要体验孤独，倡导这样一种生活方式，他知道自己有出来的一天，而出来了这部作品就成功了，他有一种中年人的希望，因为他还有多的时间。可司空曙没有了，他已经垂垂老矣，仕途不顺，以后也没有机会再顺畅了，自己已经门可罗雀，失去了人们的拜访，自己也没有机会去结交新的朋友了。一个老年人的悲秋和一个中年人的悲秋应当是完全不一样的。

他接下来写了这个千古名句："雨中黄叶树，灯下白头人。"雨中的黄叶树究竟是他所看到的景象，还仅仅是他捻出来的意象做的比喻而已？我想，应当是他看到的景象。虽说雨夜不可能是静夜，也就不会是此夜，但他独居在荒野之中，逢着秋天，周遭应当满是黄叶树了。也许在某个雨夜他听见了窗外的声响，在心中留下了印记。诗歌的时间有的时候会错乱，因为诗人有时像王国维讲的"古今而观之"，将不同时刻的记忆放置在一首诗当中。他居住在荒野之中，又是一个秋天，四周的树木都逐渐变黄，他的身旁没有城市的喧嚣，所有的一切都在自然的时序中，接收着秋风的清扫。一颗孤独的心灵在一片秋林黄叶组成的荒野里，该是怎样的一种感觉。但这些并不足以让这一联千古传唱，这两句的好处就在于对举性的比喻。就实景来说，一个是屋外的景物，一个是屋内的人事，而这两样东西竟如此相像。黄叶树，树木经历了春天的勃发，夏天的茂盛，到了垂暮的季节，所有的生机都变黄变衰。宋玉说的"悲哉秋之为气也，萧瑟兮草木摇落而变衰。"不仅如此，黄叶树都在雨中。秋天的寒雨一点一滴打在这些垂暮的老树身上，多么寒冷，这些树木，这些黄叶一点遮蔽都没有。黄叶不似绿叶那样挺立高昂的，是垂下来的，而且摇摇晃晃，不知什么时候就掉落了。那雨打在上面，晚风吹过，就像暮春时节的落花似的，"夜来风雨声，花落知多少"。这种瑟瑟的感觉，五个字表达得淋漓尽致。窗外听见了肃杀的秋风秋雨主导着一切，屋内呢？"灯下白头人"。叶子黄了是老了，人的头发白了是老了。屋内屋外都是垂暮，风雨打在叶子上，打在屋檐上，打在墙壁上，屋内的人自然也会感受到这种自然力的催逼，那种漫上来的寒冷是渗入肌骨的。人在哪儿呢？“灯下”，司空曙真是神来之笔。那个时候的灯是油灯，不像现在的电灯，那么稳定，那么光明。火苗是跳动着的，是忽明忽暗的，那种光的摇动明灭，难道不构成另一种形式的“摇落”吗？而且这句话写了人，写了灯，就写了影子。光的明灭带来的就是影子的摇动，那难道不就像雨中的黄叶一般，瑟瑟微微？那雨中黄叶树即是他屋外的环境，也是那个灯下白头人的同类。这一联不流传，真是一点理由都没有。

自己住在这样的一个环境当中，人又年纪大了，无人陪伴真是最痛苦的事。所以他接下来就写外弟卢纶见宿，同样是一位老人的真挚。“以我独沉久，愧君相见频。”

“以”是一个虚词，虚词的意义有很多，在诗词当中用虚词有一个不好的点就是意思不明确，但好处同样也在意义的丰厚。这里可以把这个“以”解释为“因为”，但这个“因为”当中又好像包含着一种自责内疚的情感，就好像后面那个“愧”的意思。我自己已经孤独、沉寂、落寞了这么久，我不是一个成功的人，不是一个可以帮助你的人，这好像有愧于你这么经常来看我。这在常理看来，亲戚之间互相看望应该是一件很正常的事情，不该互相谈论着所给所求，但他这么写我以为有两个原因。首先，这是所有人离他远去的原因，是所有人不来看他的原因，就是他沉沦、落寞，官小阶微或已经离职，正因如此，门可罗雀。其次，在现实中亲戚之间往往也有所求，也并不是所有的亲戚无论发生什么，都会互相走动的。俗话说“贫在闹市无人问，富在深山有远亲”。一个人的困顿很有可能连他的兄弟姐妹都会离他而去。他应当是体会到这样的悲哀的，他的亲戚可能也不会只有这卢纶一个吧。所以他对待这样一个常常来看他的外弟是充满感激的，一份自责、一份愧疚、一份喜悦都在这一联当中。他没有对那些势利的人大肆挞伐，对那种行为做猛烈的抨击，他没有，他只是无奈，只是自责，同时对他的外弟能过来住上一晚充满了喜悦，就像是一个晚年独自生活的老人一样,充满了孩童般的真诚。

他的喜悦真诚,可爱。他居然为卢纶来见他,这么频繁的看望他找原因。好像是为了安慰自己不用觉得这么愧疚,也不用多想,为什么其他人不来,而外弟来得这么频繁。是因为“平生自有分,况是蔡家亲。”平常的交游就有很深厚的感情了,我们的感情是很深厚真挚的,这种感情当然不会随着境遇的起落而改变的,而且我们又不是普通的朋友,我们是亲戚,“蔡家亲”用了一个典故,就是表亲的关系,我们是亲戚当然更有血缘的关系了,我们的亲情更不会随着境遇的改变而有所变化了。我的外弟来看我当然是重视这份亲情了,也是我们平生交游积累下来的感情啊。读到这里,好像就能看见那个灯下白头的老人露出了孩子般的笑容,自己起码心灵还能有个寄托,自己的身边还能有个伴侣能常来看看自己。似乎他还在心里说:“哈哈,这个朋友交的好,况且我们还是亲戚呢。”这时的他已经不用去想人情冷暖,世态炎凉,一个亲情的答案和友情的慰藉足以让他笑逐颜开,他真是一个有“赤子之心”的人。也许人老了之后都会像个孩子?理性地想了半天的世态人情,都被感性的一句“我们是朋友,我们是亲戚”做了最好的解答。

所有的腥风血雨，
都会被亘古不绝的长江冲刷干净

西塞山怀古

唐·刘禹锡

王濬楼船下益州，金陵王气黯然收。
千寻铁锁沉江底，一片降幡出石头。
人世几回伤往事，山形依旧枕寒流。
今逢四海为家日，故垒萧萧芦荻秋。

怀古诗在我们的诗歌中也有着悠久的传统，跟咏物诗一样，怀古诗也不是完全的对象叙述，不仅仅是抒发对过去那一历史事件的感慨，更不是要详细说明那个历史事件的发生过程。怀古诗一定是运用历史，而非简单地描述历史。在怀古诗中，诗人看到了一种跟历史事件有所勾连的景物从而抒发怀古之幽情而创作的诗歌，占了不小的部分。触景生情，看到面前景物之中所囊括所包含的更广远的空间，再想到自己的阅读经历和生命经验，怀古的感受也就能自然而然地抒发出来。

面对“秦时明月”“汉时关”，面对汉苑唐砖，那种苍茫的历史感就延伸

到了诗人的眼前，自然会有一种情感的发生。其实也不一定是诗人，每一个看到古迹的审美个体应当都会在心灵中有所震荡，古人曾经走过的地方，曾经触摸过的物件，甚至曾经登临而抒发的场所都会在当下的个体和古人之间创造一种奇特的联系。虽然古人不在了，但物件仍在，这样一种永恒和瞬间的对比，是很多怀古诗的主题。有许多不好的怀古诗，诗人虽然看到了眼前的景物，但没有太丰沛的感情，却一定要靠抒发这种“景物依旧、斯人何在”的惆怅来提升整首诗的意蕴，很明显，这样刻板地提高，实在让情感流入俗套。所以，一首好的怀古诗，究竟应当如何来体现诗人在那一刻的情感，并且取得延宕而深远的韵味，是每一个创作者都需要思考的问题。跟咏物诗不完全咏物，而是通过咏物来写人一样，好的怀古诗也往往是从历史的场景中，取得一种可为当时所用的理念，甚至是教训，借古而讽今。清人曾经评价这首诗是“唐人怀古之绝唱”，这首诗也确确实实是把情感、景物、历史和当今联系在一起，而且联系得极为高妙，是怀古诗中不可多得的佳作。

这首诗开篇就不凡，气象宏大：“王濬楼船下益州，金陵王气黯然收。”这说的是三国时期西晋灭吴的故事。司马氏夺取魏国政权之后，先是灭掉了刘禅的蜀汉，然后又灭掉了东吴。而诗中所提到的王濬便是伐吴最大的功臣，当时王濬在西晋任益州刺史，坐镇天府之国，全国只有东吴一地尚未统一。王濬向西晋朝廷提议伐吴得到允许后，便在长江上游处建造大船，据说组建的船队是以前的历史中都没有见过的，船只极大，所以刘禹锡在这里说那是“楼船”。中国历史上有两个很有趣的现象，一个是中国西部的政权若是由东部逆江而上进行攻打很难成功，一个就是定都南京的政权往往运数不长。这两个现象在中国漫长的历史中，有许多可以佐证的例子。而王濬东下攻打东吴正好把这两个规律都印证了。“王濬楼船下益州”，这一句写的极有气势，尤其是一个“下”字，几乎在言语之间就奠定了王濬必胜，东吴必败的结局。王濬由长江上游，顺流而下，浩浩荡荡的楼船队伍，倾巢而出，顺着江流的大势压向金陵。这个“下”字的动感，再加上楼船的高大，生生在文字之中就产生了一个由庞大军容带来的巨大阴影，而金陵就在这个阴影之下，所以“金陵王气黯然收”。承接得非常自然，而且写得非常快意。

刘禹锡的这首诗，是站在一个统一国家的立场上，对史实抒发理解，这从后面的几个句子中可以看得很明显。那么在这样的立场下，全中国只能有一个中央政权，只能有一个王气所在之地。虽然金陵富庶繁华，也号称有王气所在，可是这样一个地方割据势力与中央力量的相比，也只能算是分裂势力，最终是一定要失败的，其王气一定不能长久。所以当王濬的楼船还没有对准金陵这个方向的时候，那个东吴政权还能苟延残喘，一旦“下益州”，那金陵的东吴政权必定只有一个黯然的结局。这两句放在开头，就给了西晋的楼船一个刀锋所指，所向披靡的感觉，那股子剑气就化作了文气的一部分，从而显得酣畅淋漓。

刘禹锡写了两句历史事实，其实已经突出了他所要表达的统一主题，可他还嫌不够还要再来两句。因为前面毕竟是说金陵的“王气”，显得太抽象，那这“王气”具体是怎么“黯然收”的呢？那是“千寻铁锁沉江底，一片降幡出石头。”开头两句已经气象万千，后面如何承接实际上是很难的，可是这首诗妙就妙在承接得非常好，而且都有一种疏阔和开合的气象。

当时东吴为了阻隔西晋的进攻，在长江中放置了很多铁锤和铁索，想要以此来对抗西晋的船队。可是那样的负隅顽抗究竟是没有用的，偏安一地的地方政权，整个国家的分裂势力一定是会被消灭的。所以虽然有千寻的铁索，有那么精心设计的防御工事，可是在统一的步代前也只能是“沉江底”，起不了任何的作用。当时王濬知晓了东吴的计策，便用木筏带去铁锤，用火把烧断了那千寻的铁锁，那样的阻隔终究只是暂时的权宜之计，或许能阻挡一时，但是不可能永久。最终那么精巧的，好像无敌的千寻铁锁都沉在了江底，而一片降幡伸出了石头城。这一联对仗极好，“千寻铁锁”用“千”来表明设计之完备，而“一片降幡”则用“一”来表现最终的落魄。纵然有千寻的铁锁，最终也必须要伸出那降幡来。而且一是“沉江底”，一是“出石头”，一个朝下的动作对一个朝上的动作，两个反方向运动的动作将这一联的空间感打开了，只是“沉”是东吴的失败，“出”也还是东吴的失败。在这个空间之中，无论东吴如何动作，最终结果都一定是西晋的胜利和孙皓的投降。这首诗的首联和颔联四句话都在讲一个历史事实，可以说在古典诗歌中已经占了非常大的篇幅，可是细细读来，并不觉得累赘而呆板，反而显得雄壮而富有气象，由一个抽象的概念到一段具体的描述，而将主题和气韵贯穿，这实在是这两联的好处所在。

可是吟咏过去的历史总得要跳脱出单一历史事件的局限，诗人往往会从一个事件中看到更为广大的时空。“人世几回伤往事，山形依旧枕寒流。”《三国演义》开篇说：“话说天下大势，分久必合，合久必分。”这样的分分合合，分裂和统一难道只在西晋攻打金陵的时候出现吗？而且西塞山这里的战事只发生过王濬东下这一回吗？有多少的分合，多少的战争都发生在这样的一个环境之中，这样的国土又已经改朝换代过多少遍了？面对这样一个盛景，难道只会联想到西晋灭吴的故事吗？那真是“人世几回伤往事”，在这样一个厚重的历史时空中，多少风流人物已经“逝者如斯夫”，多少朝代政权已经兴亡有数了？而且“人世几回”，放在人的一生中，跳脱出西塞山这一时一地的限制，又会见到多少历史的遗迹，从而在多少的环境中感怀历史呢？有太多的历史事件赋形于现实的山河和瓦砾，千年的历史兴亡在这一句之中有其分量。

而那些事件，那些伤怀，都来自于诗人自己，来自于生活在这样一个世界中的人。人记住了历史和过去，用一个短暂的“有情”之眼看向这样一个承载着历史记忆的世界，从而会触景生情，忧时伤世，可是“山形依旧枕寒流”，这样一个“无情”的自然世界并不管人世的兴亡轮替，不去理会这些人生短暂历史永恒。纵然西晋灭了东吴，西晋又亡了，五胡乱了中原，北周变成了隋朝，李渊又建了唐朝，李世民还发动了政变，可是西塞山没有丝毫的关心，“山形依旧枕寒流”。这自然之景不会去管这些分分合合，同样到了秋天，山体的景致不会变化，依旧是落叶飘黄，依旧是横卧在江面之上，枕着逐渐变凉但不会封冻的长江。这条长江中沉过多少艘战舰，溺亡过多少士兵，有多少政权凭借西塞山和长江天险妄图独立，西塞山看过了太多的兴亡，所以没有兴趣。每年的秋天都是“山形枕寒流”，所有的腥风血雨，都会被亘古不绝的长江冲刷干净。但是在西塞山所观看到的如此长远的历史时空中，是否有种情况是长久的，是常态，而另一种情况是短暂的，是一定会过去的呢？刘禹锡其实在这句话中给出了答案。“山形依旧枕寒流”是常态，这是多么静谧的场景，多么安然，多么平静，所有的喧闹和战乱都一定是瞬间的爆发，但是终归要沉静下来，变成亘古不易的秋季景象。而战争总是发生在分裂的状况下，平静则是在统一的氛围中。所以刘禹锡虽然只是写景，但依然有其非常强烈的主观情感在里面。

最后一联中，刘禹锡很明显地表明了他写这首诗的意图，那是跟当时的现实有非常紧密的联系的。“今逢四海为家日，故垒萧萧芦荻秋。”这整首诗都流露出一种统一是历史的必然和常态，而分裂则是短暂的，是终将失败而复归于统一的历史过程。但如果刘禹锡只是想说明这样一个道理，其实是不需要这第七句的。他既然说了“今逢”，实际上就明确说了这首诗有现实意义，而这正是怀古诗中最为可贵和难得的地方。刘禹锡出生于中唐，当时的唐朝已经经历过安史之乱。平乱的过程中，政府设立了很多节度使，而且给予节度使非常大的地方权力，这让中唐以后的割据势力逐渐有抬头的趋势，唐朝后期也在平定藩镇的叛乱和藩镇势力的复燃中反复，而这种割据也最终导致了唐王朝的灭亡。刘禹锡写作这首诗，从总的主题和最后一句来看，跟当时的社会现状实际上有莫大的关联。如果脱离了当时的社会现实，单看这第七句，实际上会显得有些奇怪，为什么要写自己身处一个“四海为家”，也就是统一的王朝之中呢？那是因为他在故意强调，统一的王朝中不应当有割据的势力，不应当有分裂的倾向，而分裂者，割据者一定会落得一个跟当时孙皓一样的下场，纵然有兵马粮草，有城池壁垒，但是一旦王军兵锋所指，也只能是“一片降幡出石头”。

那些分裂者，不论是过去的孙皓还是今天的节度使，都一定修建了不少的防御工事，修建了无数森严的壁垒，可是在一个统一的国家，这些东西是有用的吗？那些东西被修建起来之后的结果呢？当时节度使的下场还处在看不见的未来，可是跟他们一样的孙皓，那些东吴的堡垒是什么下场呢？那是“故垒萧萧芦荻秋”。堡垒都荒芜了，城垣都破败了，战争都失败了。这是孙皓的下场，当然也可以比对今后唐朝各个藩镇的下场了。那些为名为利的割据势力，终究是要成为“故垒萧萧”，在“一年一度秋风劲”中，在亘古不易的自然景象中，甚至在长江的激流中，在西塞山永恒的注视中终结一切。所以诗中的最后一句，说是写景，也不完全是写景，而是在自然的书写中容纳进丰富的可解读的空间，用一个非常完整的结构完成了整篇的“思古之幽情”。

这人世的变易，该向何处告知呢

梦微之

唐·白居易

夜来携手梦同游，晨起盈巾泪莫收。
漳浦老身三度病，咸阳宿草八回秋。
君埋泉下泥销骨，我寄人间雪满头。
阿卫韩郎相次去，夜台茫昧得知不？

这是白居易的一首感人肺腑的忆友诗。在唐代的诗坛上，常常有几位诗人的名字并称的情况。虽然人们往往是因为他们诗风相似而将他们联系在一起，但不要忘记，这些名字并举的诗人有不少是非常要好的朋友。像李杜、王孟、元白。他们之间的往来唱和之作，有很多都被我们奉为经典。杜甫的《春日忆李白》，孟浩然的《留别王维》和白居易的这首《梦微之》都是这样的作品。当彼此都是伟大的诗人，而且感情深笃，遇到自然人事的改易变迁，自然就能有感而发，创作出真挚而不朽的诗篇来。

元稹和白居易都是中唐时期的诗人，志同道合且福祸相依。元和十年三月，元稹被贬为通州司马，而白居易则在八月被贬为江州司马。在被贬谪的时候，诗人之间的互相唱和成为了彼此的慰藉，也因此留下了不朽的诗篇，时至今天，我们还能为他们的友情而动容。

写作这首诗的时候，白居易69岁，而元稹已经去世九年了。白居易在元稹生前就常常梦见他，这从元稹的一首《酬乐天频梦微之》的诗题中可以看出来。但是那时梦见还能作诗以寄，还能够得到对方的复信从而获得思念的纾解，可是现在，纵然再梦见了，但斯人已逝，此离情别绪，在这样的日夜思念中又如何解得呢？

"夜来携手梦同游，晨起盈巾泪莫收。"昨天晚上是"枕上分明梦见"，还一同游玩嬉戏。可是早上起床之后，忽然发现，那只是大梦一场，现实中的好友早已不在。也许昨夜的梦境中还有过去一同唱和往来的画面，还有共同贬谪时候互相砥砺安慰的场景，可是突然日照高起，梦中的一切都被打碎了。白居易在开篇并未说明元稹已经故去有九年之久，只是用一个"夜来"，一个"晨起"进行对比，好像昨天晚上还好好的，可是今天早上就一切都改易了。就在梦醒时分的一刹那，所有美好经历就都变成了回忆。夜里的"携手"，到了早晨，就变成了独自的泪流。梦境与现实之间的巨大反差让人难以接受，南柯一梦的虚幻，夜里重温的美好，都被枝上啼叫的黄莺打碎了。这巨大反差下的情感构成了诗人创作的动机。

梦境中是"夜来携手同游"，现实中白居易只说是"盈巾泪莫收"。究竟现实是怎样的呢？生者是白居易，死者是元稹。第二联，很自然地就转到对自己和思念对象的叙述上。自己已经是"漳浦老身"，而且"三度病"。那对方早就成为"咸阳宿草"而且已经是"八回秋"了。原来无论生者还是死者都在经受着时间的摧残，第一联中的"泪莫收"恐怕还有白居易对自己的人生感慨在其中。这里的"漳浦老身"是白居易自指，用刘桢曾在漳浦卧病的典故。白居易曾经说："长沙抛贾谊，漳浦卧刘桢。""漳浦"指的是发源于山西的漳河，白居易祖籍山西太原，现在69岁的他早就是"老身"了。年纪已经老迈，又不在漳浦的故乡，还生了三场大病。生者的命运竟是如此的悲哀。而死者呢？元稹已经逝世九年，归葬咸阳之后，坟墓一定早就长草了，而且那草都经历了八年的枯荣。白居易不是曾经说那"离离原上草，一岁一枯荣”吗？可是少年的他吟诵的是“野火烧不尽，春风吹又生”，如今看到的就只有“八回秋”。生者久病，死者衰草，无论生死都展现出一番垂暮而衰颓的景象来，这恐怕是他心境外化的展示了。

第三联是我个人最为喜爱的一联：“君埋泉下泥销骨，我寄人间雪满头。”其实这首诗的第二联和第三联讲的事情是一样的，都是作者和元稹现状的对比，但是连说两联，从不同的角度去说，而且能够让人感觉不到重复，就要考验诗人行文的能力了。这首诗是站在生者的角度去写逝者，主要想说明的其实是死者的故去带给生者无尽的哀愁，所以死亡实在是死者和生者都需要经历的苦痛，至于孰轻孰重，谁受到这场死亡的影响更大，带来的折磨更多？从这首诗来看，大概白居易以为生者是要更为苦痛的。死者已经撒手人寰，精神已经悠游到了另一个世界之中，只剩下一具形体在默默归还给自然。他的精神已经放下了一切，人世之间的所有痛苦似乎都离他而去了。而生者则还沉浸在苦苦地思念之中，经受着这人世间情事的折磨，至死方休。

元稹生时，白居易的思念还能够化为一封远方的书信，并且还能够得到对方以同样的思念化成的答复，而现在，这首诗写就之后，又将寄往何方呢？诗中白居易还以“君”，这个面对面交流，或者是书信中的用语来称元稹，可如今这个“君”又在何处呢？白居易又将对谁言说？“你”已经埋在九泉之下，身形正在被那泥土一点一点侵蚀。九年过去了，“你”的容貌，外形，也正跟“你”的身体一样，都在被时间侵蚀，在记忆中，在坟墓里。此时的白居易，在洛阳望着咸阳，在人间想着泉下。同样的一段思念，在此时变成了人鬼两隔，已经是完全不同的地域，完全不同的世界了。

地下，那一个寄寓着自己深深思念的形体在不断地消亡，而在人间的自己却还在被无尽的思念所折磨。“我寄人间雪满头”，多么感人。对方的身体已经消失殆尽，可自己仍然用满头的白发去追忆，去想念，去努力地把自己的好友印刻在脑海中。“雪满头”，多么浪漫的一个比喻。满头的白发就像银白的雪花一样，带有一种纷纷扬扬，漫天洒落的动感。那种愁绪的延绵不绝，就好像融进了冬天的彻骨严寒和雪花的翩翩缠绵一般，无穷无尽，永不止息。“寄”是什么意思？不光元稹要去世的，人都是如此，只是人间的过客，是“寄住”在这里而已。时光如逆旅，最终我们都要办理离店的手续。君埋泉下，元稹在另一个世界，白居易也只是暂居此处，最终也会在另一个世界中和他相聚，因为那才是生命的终点，可是暂居于人世就要忍受这暂居的生者的苦痛。一个“寄”字，我觉得也可以理解成“寄往”的意思。毕竟这首诗类似于一封写给梦中之人的信，可白居易要寄出的不是文字，而是“雪满头”。他是将这样经受苦痛而获得的满头白发，思念成疾的憔悴面容“寄”到了人间深处。他将自己的情感表露给世人看，将自己的思念传达给世人听，纵然有人已经忘却了元稹的存在，那白居易的“雪满头”便是给世人的提醒。自己的思念并不因为对方身形的“泥销骨”而改易，仍旧是苦苦的思念，无论春秋冬夏都生长出满满的白雪。

这样看来，究竟是死者的苦痛更多，还是生者呢？而且，白居易的最后一联告诉我们生者不仅带有一层思念的苦痛，更是看尽了死者魂牵梦绕的家庭后续的发展，死者亲友的后续命运。人知道的少便就是幸福的，知道的多了，知道的长久了，苦痛也就随之而来。在历史的长河中，有些人死得早还真的就是一件幸运的事，没有遇上重大的灾祸，没有遇到后来的更迭和动乱，没有看到自己家族后来的凋敝和流散。有的时候，在一个走下坡路的时代之中，活到最后的人，往往是最苦难的人。西方神话中的地狱，人都死不了，就得一遍一遍地经受着那种苦痛，真是最严厉的惩罚了。所以人的寿夭竟真的可以跟人的悲喜成正比例关系吗？那《红楼梦》中苦痛最为深重的人是谁？贾母恐怕不是，恐怕是注定要守活寡，活下去经受这一切的薛宝钗吧。元稹九年前死了，死后的一切他都不了解，而如果是一个对他毫不关心的人对他家庭后来的苦痛也不会有任何的感觉。可是作为他的挚友，白居易不仅对他的生活抱有极大的关切，而且对他死后家庭的命运也会有深刻的关心。可是他看到了什么？“阿卫韩郎相次去，夜台茫昧得知不？”阿卫是元稹的小儿子，而韩郎则是元稹的女婿，他们都去世了。作为元稹的同辈人，而且比元稹还大七岁的白居易还在，可是元稹不在了，连元稹最小的儿子，和与他儿子同辈的女婿都死了。那样的一个家庭，真是人丁凋敝，命伦绝丧了。可以说，白居易不仅要经受元稹逝去的苦痛，更要经历元稹的后代都如此短命的悲剧命运，作为一个挚友，他的关切在此处就成了悲哀的源头。

“夜台茫昧得知不？”坟墓、阴间因为封闭而不见光明所以被称为“夜台”。元稹在阴间了，他的小儿子和爱婿也都相继过去了，在那样的一个环境之中他们能否相见？见到之后是否也会共同感慨生命的无常和家业的悲哀？又或许在那样的一个世界之中，他们根本就不能相见，根本见不到对方，那元稹就更不知道这个世界所发生的一切，白居易纵然想要告诉，也是求天无路，告地无门了。元稹已经成为那样一具枯骨，他的精神已经仙游，这人世的变易，该向何处告知呢？又或许，其实不知道，对他而言，更是一种幸运吧。只不过，无论元稹是否知道，仍然健在的白居易是知道的，他的知道，又因为他的友情而加重了这层相思，苦痛的其实是诗人自己。

失去、不再来；未来、不可知

离　　思

唐·元稹

曾经沧海难为水，
除却巫山不是云。
取次花丛懒回顾，
半缘修道半缘君。

这是一首非常著名的描写爱情的诗歌，而且这首诗可以说是以句闻名，说起这首诗的题目和作者可能知道的人并不多，但是这首诗的前两句应该是无人不知的。这首诗的作者元稹是中唐时期和白居易并称为“元白”的多情才子，但是清人陈世镕说：“元、白并称，其实元去白甚远，惟言情诸篇传诵至今，如脱于口耳。”元稹的诗才比不上白居易大概是公认的，但是元稹的言情篇写得好也是公认的，我以为在元稹诗歌中，精华之中的精华就是《三遣悲怀》和这首《离思》了。

开头两句，千古绝唱。对仗工整，大气磅礴，又饱含深情，令人回味无穷。这样的对子似乎永远是可遇不可求，是需要靠才情的积累和灵感的乍现才可以获得的。

“曾经沧海难为水”，语出《孟子》。孟子讲：“故观于海者难为水，游于圣人之门者难为言。”意思就是看过了海，就会觉得其他的水难以吸引自己了，这就像你在圣人的门下做弟子，那其他人说的话，在你看来，就会难以拿得上台面来。这样一解释，那这句话的意思就显得很简单，既然是悼念亡妻的诗作，那这肯定就是一个比喻，亡妻自然是沧海，其他的女子自然就是其他的水。那这句诗就可以被翻译成，曾经看过了你韦丛，那么其他的女子就都难入“我”的眼睛了。但这样一解读就显得稀松平常。换言之，如果元稹这一句写的是“曾经观海难为水”或者是“曾经东海难为水”，这首诗能否被传唱还就真的不好说了。一字之差，差别巨大。孟子没有讲“沧海”，讲的是“海”，但如果加了一个“沧”字，就会给人无穷的联想，这就是单字的力量。

“沧海”能给我们怎样的联想？我们讲“沧海桑田”，自然界的景物都会如此的变易，而人世如何呢？我们以为高山是亘古的，汪洋是亘古的，是不变的。但是葛洪的《神仙传》里记载“麻姑自说云：接侍以来，已见东海三为桑田。”那东海曾经三次变为田地，斗转星移，那人世该经历多少变化！唐代诗人储光羲也说：“独往不可群，沧海成桑田。”过去元稹看到的那沧海是韦丛，但现在呢？沧海桑田，人世变迁，沧海已成桑田，韦丛和自己早就是阴阳两隔了，这份悲哀我以为就从这个字的选择中体现出来。

第二句元稹说：“除却巫山不是云”，意思大致是跟第一句一样的，曾经看过了沧海，其他的水就都难以吸引我了，曾经看过那巫山的云雨，其他的腾云和雨露在“我”眼中都算不得云，算不得雨了。但是，还是那句话，这句诗好，就好在意思不是单一的，而是多重的，有非常丰厚的可以解读的内容在。“巫山云雨”是一个典故，典出宋玉《高唐赋》：“妾在巫山之阳，高丘之阻。旦为朝云，暮为行雨，朝朝暮暮，阳台之下。”这个典故后来引出的词，比如巫山、比如云雨都变成了男女交合的代名词。中国人比较讲究含蓄，男女之事我们常以“一株梨花压海棠”“翻云覆雨”作为替代，但这些词语说出，却是何等的缠绵！但我们要注意的是，《高唐赋》中那云雨的比喻，更有一重无常的变化在。“旦为朝云，暮为行雨”，早上是云，晚上就是雨水，“朝朝暮暮”，一天一天地过去，那每天就都有这些变化。云是水汽的氤氲，雨是水汽的冷凝，云的游走、产生和消失跟南方的雨一样，可以来无影、去无踪，一瞬间就可以变化无穷。过去云雨一样的缠绵悱恻，那么欢乐幸福的过往，也真的就像那云雨一样，“来如春梦几多时，去似朝云无觅处”了。这人世的变化就跟那水的变化一样，一旦消失，就再也找不到那半点的踪迹。

所以你看，这两句真是绝。有字面的意思、有用的典故、有典故之外的含义。字面对得工整、典故也对得工整，典故之外的含义更是引人无限的联想。而且不仅如此，这两句多么大气，气势多么磅礴！一会儿是无边的沧海，一会儿是高耸的巫山，而且在吟咏中竟囊括了所有的水、所有的云。真是气象开阔变化万千！短短十四个字，讲出了多少离合悲欢，多少人世无常，多少风云变幻，多少痴情男女。真是漂亮。

讲完这两句之后，后面两句就显得比较平常了，当然只是“显得”。因为前面两句实在太好，那后面的句子相比而言，跟前面的两句相比就显得有点小家子气了。诗歌的气韵放出去是很容易的，所以一般诗歌的境界是一步一步开阔，但像这首诗，前面两句那么开阔的境界突然在后面收回来，不得不说是有些难受的。这一点，我觉得也是这首七绝的艺术高度恐怕不如他的另一首作品《三遣悲怀》的原因。

而且，对第三句来说，似乎不但在境界上没有开阔之功，反有重复之嫌。前面已经说了“曾经沧海难为水，除却巫山不是云”，句中就有“观于海者难为水”的意思了，而且说得那么丰富、那么详尽、那么好，为什么第三句要再说一遍“取次花丛懒回顾”呢？这显得重复。

但这也不是完全没有原因的，写这第三句我以为就是引出了第四句，必须要让诗的描写范围小下来。因为元稹这首诗必须要落脚到他的亡妻身上，这之间就必须得要有一个过渡。而第四句也真的能绾总全诗，“合”得漂亮。元稹为什么“曾经沧海难为水，除却巫山不是云”？他为什么“取次花丛懒回顾”呢？这三句问题的答案就在这第四句中：“半缘修道半缘君”。一半是因为“我”在修道，是受“我”的心志的影响，一半是因为“你”，“我”的亡妻。第四句平白如话，但感情是非常真挚的，也写出了写这首诗的原因——为了怀念诗歌中的“君”。其实元稹虽说是“半缘修道半缘君”，实际上修道只是个托词。为何修道？因何修道？我以为他想说的就是“这所有的原因，包括我修道的原因，‘曾经沧海’的原因，‘除却巫山’的原因，‘懒回顾’的原因，都是因为你啊，我的亡妻！”这第四句也是好的，真诚，不做作，把所有的情感意象都压到最后一个“君”字上，就在无意之间打动了你我。元稹若不是真的怀念，写不出来。

多少人世变化，都在这首诗中；多少沧桑感慨，都在这几句里。失去、不再来；未来、不可知。沧海，都能变成桑田；巫山，都有朝朝暮暮的变化，人世中，恐怕那怀念的过往是会勾起我们每一个人的情思的。元稹一个人的悲伤，能引起我们千万人的共鸣，而我们每一个人的共鸣、每一个人的故事，都会是这首诗最好的注解。“曾经”“难为”，人人都害怕见这样的辞藻，但每一个人都曾见过。而这，恐怕也是这首诗传唱千古的原因。

那蝉的声音叫了一个夏天

蝉

唐・李商隐

本以高难饱，徒劳恨费声。
五更疏欲断，一树碧无情。
薄宦梗犹泛，故园芜已平。
烦君最相警，我亦举家清。

这似乎是一首不太出名的诗，课本里没有选过，各种练习题里也没出现过，我因何会读到这首诗已经记不清了，但依稀记得是在高中的时候偶然读到的，当时觉得音节和辞藻很美，就有了个印象，记下了。这几天连着在写五言的诗歌，也许在最初知道中国的近体诗分五言和七言的时候，只把五七言当成两种不同的格式，是"殊途"，但是最后都能"同归"，达到诗人的目的，但最近越来越觉得这两种所谓的格式所呈现出来的联想和情感是各有特色的，就好像两种类似但毕竟不同的传达情感的媒介，情感传达的过程中也都带上了媒介自己的某种特点。以我现在的感受，大体上五言较沉静，七言较炫目，打个比方五言一唱三叹，七言长袖善舞。但要再说细，我就说不上来了，这种幽微差别可能是一种诉诸心灵的东西，用语言来形容恐怕就要词穷了。

世人都知道李商隐的无题诗，而且大多数人都认为那些是描写爱情的。也正因如此，再加上那些无题诗文辞华美，音律协和，故常被人传唱、引用。其实那些诗歌中有不少是“难解的诗谜”，指意不甚明了，道学家有道学家的讲法，向往爱情的有向往爱情的解释，各有道理，真假难辨。但李商隐并不只有那些无题诗，他有大量的清晰明了，可以被解读的好诗，这首就是其中之一。这些诗歌也构成了李商隐的另外一面。诗人留下来了大量的作品，可能有一部分作品被大众所熟知，成为口耳相传的经典，并成其代表风格。但是读得越多就越发现，每一个诗人都不是单一的个体，其风格也不唯一，人们所见只是部分而已。

我家在武汉三环边上某处的一楼。卧室的窗户边正好有一棵树，从我搬进这个家到现在，掐指一算真挺吓人的，已经整整七年了，这棵树一直都在，跟着我一起成长。早晨有鸟鸣，夏夜有虫唱。前几日，秋天还不算深，有一晚我突然在半夜醒来，心里躁得很，睡不着了，等慢慢心平静下来，我忽然听见那棵树上传来一点一点，那么幽微，那么轻细的蝉声，断断续续，时隐时现。虽然天气还热着，但早已经不是夏天那种高亢激昂的响亮了。我突然就想起这首诗来，突然就懂了这首诗的第二联。我总觉得中国最伟大的诗歌是那种把人生片时的心灵体验写进去的，也许在最初是因为这首诗的一句话或者一个词记住了这首诗，但当你同样碰到此景，这首诗也许就突然飞到你的脑海当中，就懂了那一份触此景而生的情。这千年之间的交流就在这万古四时不变的景物中达成了。

“本以高难饱，徒劳恨费声。”蝉这个小虫高居于树干之上，而所有小昆虫都会在地面生存，所以它就没办法捕食小的昆虫作为食物，而它又不在树枝上定居，它也没办法以树叶为食。所以在中国传统中，蝉是餐风饮露的昆虫，是最清丽最高洁的一种动物。不仅如此，它还放声歌唱，歌唱是一种表达，而且它的歌唱没日没夜，不知疲倦，所以希腊神话中蝉和代表艺术的缪思女神有着关联。所以李商隐第一句就写这蝉自己选择待在这么高的地方，本来这么高就会难以饱腹，你何必叫得这么长久而不知疲倦呢？你这样叫完全就是徒劳，不会有人给你送饭，也不会有食物落在你的旁边，你待在这么高的地方，注定就是难饱的。李商隐完全是一种对它说话的口吻在写，你为什么这么不知疲倦？你为什么这样没日没夜地叫？这样有用吗？

中国咏物诗都有借物喻人的传统，写物实际上小半写物，大半写人，而且这个人很有可能就是他自己。骆宾王《在狱咏蝉》里不也说吗？“无人信高洁，谁为表予心？”写蝉的高洁实际上是写那些喜爱并追求清丽高洁的人，那些追求清高的人一定是要知道这清高就是那“世外仙姝寂寞林”，是一定寂寞而有代价的，也大多有沦落和失意的苦痛，但你愿意和那些蝇营狗苟之徒同流合污吗？这是自己选择的道路，当然就要坚定地走下去。正像屈原说的“亦余心之所向兮，虽九死其犹未悔”。可是李商隐毕竟没有退隐，他还在做官，他有一份文人修齐治平的意志，可是他不得志，而且他又是个文人，他当然要发声，希望有人能够听得见他的诉求，能给他一个施展抱负的平台。李白曾经吟咏过的袁弘不就是那样的幸运儿吗？可是那样的幸运儿又有几个呢？所以“徒劳恨费声”说的是蝉，说的也是他自己，其实这首诗不就是他自己说的“费声”吗？可是他还是要写，一定要写的。

“五更疏欲断，一树碧无情。”这第二联写的真是好，五更时分是一天中最冷的时候，将近黎明。李煜不也说“罗衾不耐五更寒”。在那一天中最冷的时候，又到了秋天，人是有衣物可以遮蔽的，有衾枕可以御寒，可是蝉是什么都没有的，而且还站得那么高，真是受尽了寒风的吹拂，饮尽了秋天的凉露。那蝉叫了一个夏天，由于经历了寒冷的摧袭，声音已不那么饱满了，也不连续了，由高亢转为怯怯生生，由连续转为疏落，好像就要断掉了一样。如果在你的城市能听见蝉声，不妨在晚夏初秋的静夜中听听那种断断续续的声音，真能让人徒增怜悯之情。

这“五更疏欲断”的声音，饱受摧残的声音，但还坚持着没有最终断掉的声音，有谁听见了？没有人听见。那蝉所倚靠的依旧翠绿的树听见了吗？没有。这一句真的是一点道理也没有的，蝉叫得快要断了跟树有什么关系？树要怎样做才能算有情呢？这都是没有答案的。但他真是任性，就这样写出来，无理却真妙。这一句是非常有画面感的，树有叶子作遮蔽，可是能遮蔽得了蝉吗？蝉就那么怯怯地叫着，不休不眠地叫着，树就那么静静地站着，时不时还从树叶的缝隙中送来一缕寒凉的西风，乍一看，树真的是无情，虽然它什么都做不了，但在观者眼中却是这树什么都不做。这当中自然也有李商隐自己的悲哀，他诗的词句那么美，可他一生都处在牛李党争的夹缝中，郁郁不得志，死时只有四十多岁。在他困顿的时候，最想倾诉的时候，也知道倾诉是没用的，可他唱着“费声”。但就算他唱到了“五更疏欲断”，已经天地转寒，声嘶力竭，依旧没有人去倾听，去理解，去给他一个施展抱负的平台的，他的周围都是“无情”之人呐。他就是那只蝉，依靠在参天的绿树上。可那绿树参天，怎会对这一只小蝉有一丝一毫的照顾呢？他真是“徒劳恨费声”。

“薄宦梗犹泛，故园芜已平。”这一句初看觉得有些突兀，因为前面都写的是蝉，这两句很明显跟蝉没有关系，是诗人自己的情况。但是如果知道了前面两句有所指的话，这一句读来就显得自然了。通观全诗，这首诗的整体结构就是写两联蝉，写一联自己，再用最后一联把自己和蝉结合起来。这是写自己的一联，同时也印证了前面写蝉也有诗人的影子。诗人一生都做的是小官，而且辗转各地，四处漂泊，就好像是水中的一块浮木，既没有力气去乘风破浪，也没有依凭可以协助，完全就是杨花飞絮转蓬一般。中国的文人往往有仕和隐的选择，如果说仕途不得意，不能够兼济天下，还可以选择“诛茅江上”，独善其身，这也不失为一种人生价值的实现。所以李商隐就说了“故园芜已平”。家乡的田地已经荒芜了，正所谓“田园将芜胡不归？”似乎是时候该归去了。可是注意诗人的用词，他虽然像一块浮木一样，漂离不定，可是他“犹泛”，还在漂泊，而家中田园“芜已平”，田园已经荒芜了，诗人是用一种非常哀怨和无奈的语气说的，他不可能真正地回家隐居。他不像陶渊明，那么解气地说了一句“误入尘网中，一去三十年”，或者无比高昂地长叹一声“归去来兮，田园将芜胡不归”，马上就能挂印回家。李商隐没有这个决绝的心志，所以仕与隐在这一联中不是他所拥有的两个选择，而是都不可能达到的无奈的心累。

正因如此，诗人和他笔下的蝉有了太多共同的地方。诗人把自己所拥有的特质赋予在了蝉的身上。所以他在最后说“烦君最相警，我亦举家清。”在这个秋天的五更时分，四周的一切都寂静无声了，只有那棵树上的秋蝉还在“疏欲断”地叫着。李商隐应当是无眠的，听到这样凄厉悲凉的叫声，他自然是有身世之戚的。在这首诗里，前两联因为是咏物的关系，诗人把自己的情感藏得很深，第三联中他展现了自己的矛盾心情，既不能隐也无法仕，但没有明显显露出自己激烈的怨愤之情。但在最后一句，诗人终于说了出来，这个五更的黎明，似乎只有我和你这只蝉还在交流，你的叫声像是对我的警示，若是有这样的选择就必定有这样的结果——“我亦举家清”。此刻你不是我歌咏的对象，你的清高跟我一样，遭际跟我一样，我也如此的高洁清丽，当然也一样的“徒劳恨费声”，一样的“一树碧无情”。这里诗人挑明了自己的情感：他写这首诗是为了什么。其表达也就都在这句尾联之中了。李商隐是一个美的诗人，但千万别忘记了他是一个不得志的诗人，是一个想要有所追求，却被命运绊脚的诗人。

一枝梅花就带来了满园的春意

早　　梅

唐·齐己

万木冻欲折，孤根暖独回。
前村深雪里，昨夜一枝开。
风递幽香出，禽窥素艳来。
明年如应律，先发望春台。

中国人写诗的传统，是把诗歌当作自己抒情言志的一个通道，是一种为自身代言的文学体式。诗人用诗人之眼在世界中偶然发现了一个跟自己当下的心境契合的物件，从而想要歌吟，想要咏叹，这便出现了咏物诗。诗人所吟咏之物，或是清高脱俗以喻秉性，或是受遇不公以引抱怨，皆是一己与外物的纯然一统，发物之情，即是抒己之心。咏何物，从何种方面去咏，即是诗人主观情志的表达，这也就是为何咏物诗万首，首首不同。

梅花，择一年中最寒冷的时节开放，本身就带有一种不羁的气质，是抗争、是持守。隆冬时节，“万木冻欲折”。首先是气温低，所有的树木都好像被严酷的天气冻裂而僵硬。气温低还不够，冬天的狂风更要把那些树木折断，正所谓“寒风摧树木”。这个风跟那种“雨横风狂三月暮”的风还不一样，暮春时节的风虽然大，但却柔和，只是因为花朵更加的细嫩所以显得像是“风狂”，但这冬天的风是真的狂，再坚硬的枝干都会被撕扯，再多的树木都会被刮断！所以崔道融才会在《梅诗》中说：“朔风如解意，容易莫摧残。”

气候如此恶劣，枝干尚且不保，更不用说有嫩芽敢在这个衰草连天，“疾风高冈裂”的时间露头了。这是一个万木沉寂，寒锁乾坤，萧条而毫无生气的时间。但是怎么样？有“孤根暖独回”，只有一条根脉跟别的不一样，也不知是春天的温暖首先青睐于它，还是它首先拼尽了全身的气力，去迎接了春的温暖，反正有这一条根脉突然就有了暖意，突然就春回了。这一条根脉与其他树木就不一样，一边是“万木冻欲折”，是普遍的状况，是所有生灵面临的境况，一边是“孤根暖独回”，是这一种生灵的情形，举世皆浊，唯梅独清，举世皆折腰于北风朔流，唯梅花可带雪傲立。

第二联，诗人写道“前村深雪里，昨夜一枝开。”《唐才子传》记载有一个传说，据说齐己曾以这首诗求教于郑谷，诗的第二联原为“前村深雪里，昨夜数枝开。”郑谷读后说：“‘数枝’非‘早’也，未若‘一枝’佳。”齐己深为佩服，便将“数枝”改为“一枝”，并称郑谷为“一字师”。虽是一个传说，但可以从一个侧面说明此句的好。在第一联中，诗人写的一边是万木，一边是孤根；第二联则一边是深雪，一边是一枝。也许下了一夜的鹅毛大雪，雪已积得很深，而且又是夜晚，没有太阳光的照亮，没有一丝一毫的温暖，正是寒冷到达了极点的时候，却有一枝梅花突然绽放，既不是跟别的梅枝一起结伴抗寒，又不是处在万木迎春的时节，就是孤零零的一枝梅，蓦地盛开了。在中国古典诗词中，花常常会跟人联系在一起，花开就是要给人看的，可这枝梅花在深夜里开了出来，给谁看呢？它不是给人看的。这枝梅花开放，不是为了人的赞美，花开不与人看，只是因为这种植物自己的内心，它的德行必须要求它带雪迎春，就要在寒风中抗击，所以梅花不得不在这个时候开。花开还挑一个人们都在酣眠的时候,暗暗开了,默默开了,无声地开了。不求人们的赞赏与颂歌,只是默默装点了世界。所以齐己写的这枝早梅的品行是非常好的,而所歌咏对象的品性高洁,也是诗人自己意念的表达,这也在某种程度上映射着诗人自己的抱负与持守。

“风递幽香出,禽窥素艳来。”这一句开始转向对梅花周围景物的描写,更添加了一层想象在其中。再也看不出是寒冬时节了。那第一句写的摧树木的寒风,巨力的朔流,到这里,在梅花和诗人的眼中竟变成了缕缕的和风,是递送梅香来的使者。而那禽鸟在惊诧地偷看,看着这一朵的梅花,降落到了这条梅枝之上。这首五律到了这里,有了颜色、有了香气、有了动物(还是欢脱活泼的禽鸟),就有了勃勃的生机。好像已不是冬,雪已经化,一枝梅花就带来了满园的春意。

描述一枝花,无非“香”“艳”二字,它的颜色如何,它的气味如何。但是香艳我们听来并不是一个好词,它太外显了,太打眼了,太俗媚了。而诗人这里说的是幽香、是素艳。那香气不是喷薄而出的高香,浓烈的脂粉气,那艳也不是浓重的烟熏妆,像灯红酒绿的市井俗物。

那香气是细细的、暗暗的,只有静心体味,由和风送来才可以感知到。那美丽的花瓣是白色的,淡黄的,品红的,都是素色的。本来不该称艳,但是只有放在了梅枝之上,就可成为美丽,是清雅的,高绝的,仙骨逸韵。这种美自然就不是牡丹、玫瑰之美,而是世外之美,是脱俗的。这一联中,“幽”“素”二字,实在是好。世人常称道林和靖《山园小梅》中二句“露禽欲下先偷眼,粉蝶如知合断魂”,就我个人而言,我以为这两句也同样高妙。

“明年如应律,先发望春台。”就算到了明年,梅枝依然会是第一时间盛放。但究竟还会不会是这“一枝”先开,那就不知了。但诗人说,如果可以的话,自己要发愿让这梅枝最先在望春台上盛放。“台”是高的,由上而下俯视,是显眼的,诗人是要这梅枝在那台上独占鳌头。这很明显地表明了诗人的心迹,就是明年春来之时,不愿总在那前村的深雪里,一枝孤零零地开放。他不仅要把这种高洁清雅的品质保存在自己心中，同时还要去追寻望春台上的价值,去取得儒家兼济天下的抱负,要独占鳌头。齐己早年曾热心于功名仕进,是颇有雄心抱负的。然而科举失利,自己又不为他人所赏识,故而也一定有怀才不遇的感慨。但是在这首诗的结尾,他并没有消沉,依然充满了希望,还在坚守着自己的理想与抱负,等待着可能的时机,这是他十分可贵的地方。

千亿的不屈,千亿的春来第一枝

梅花绝句(其一)

宋·陆游

闻道梅花坼晓风,
雪堆遍满四山中。
何方可化身千亿?
一树梅花一放翁。

上一篇文章是一首咏梅的五律,这是一首同样歌咏梅花的七绝。歌咏对象是同一个物件,但是诗体不一样,诗人不一样,这两首诗歌就有着非常不一样的呈现,但是同样精彩。

其实如果读诗读多了的话,我们应该会发现,每一种诗体所呈现的美感特质是有细微差别的,古体诗和近体诗差别会大一些,大家也能体会得到,还有那律诗和绝句也就不一样,律诗可能更像是一种长篇的歌剧咏叹,而绝句则像是一支山歌小调;五言和七言也有差别,就我个人的体会而言,五言可能更多的是一种刹那直观或是古朴高绝的味道,像竹林隐士的点暗钩提,而七言则呈现出一种非常精致幽深的美感特质,像是宫廷御窗的雕花栏杆。但这不是一种学究性的探讨,不可一概而论,每首诗都有它不一样的地方。接下来我们就具体看看这一首陆放翁的咏梅七绝。

陆游曾经写过很多首歌咏梅花的诗，这只是其中的一首，但是好像大家都认为这一首非常的特别。具体特别在何处，我尝试用自己的视角来对这首诗做一个解读。

第一句说："闻道梅花坼晓风"，"闻道"就是听说，听说梅花怎么样？"坼晓风"，"坼"是裂开的意思，杜甫曾经写"吴楚东南坼"说的是洞庭湖好像把吴地和楚地裂开了一样。一定要注意的是，这个"坼"字不仅仅是一种张开的状态，更是一种胀裂的动作，可以勾连起我们脑海中爆裂的想象。

"嘭"的一下，梅花的花苞盛开了。看过梅花的人都有这种体会，梅花的枝干是虬曲的，花苞非常小但是非常饱胀，那数层花瓣非常紧密地被包裹在坚硬的外壳之内，梅花的盛开确实比其他的花类更有一种爆裂的感觉。而且，这种爆裂更可以作为梅花与北风相抗争的情态描写，不退缩，不犹豫，开了就是开了，还要爆裂地炸开这一角的春色。诗人的这句诗因为这一个"坼"字而显得非常有动感。

不仅如此，梅花是在什么情况下爆裂的呢？陆游写了，那是"晓风"。跟齐己那首诗不一样，齐己的早梅是在深夜里无声无息地开放的，而陆游的梅花则是在第一缕曙光熏热的晓风中爆裂开来的。陆游的梅花就有了一份蛰伏之后，遇到了清晨阳光中微微透露出的一丝温暖，显出了十分春色。

那接下来展现出来的究竟是不是十分春色呢？于是，陆游的诗就一个"闻道"，听别人说的，过渡到了一个现实的，自己周遭场景的描写。"雪堆遍满四山中"，这就证实了，那确实是十分春色，第一句诗说的是实话。陆游说梅花是"雪堆"，梅花的花瓣当然是粉白的了。齐己不是说了吗？那梅花的色彩是"素艳"的。这一堆一堆的素雪，一簇一簇的梅花，怎么样？几个夜晚的蛰伏之后，一阵晓风吹来，就"遍满四山中"，全部开放了。四山当然是东西南北，或者是前后左右了，总之，是周围四个方向的山，围绕着自己的山，都被这如雪的盛开的梅花所占满了，诗人自己则处在了梅雪围绕的中心。想想这景色,何其美!

写此诗时作者已78岁高龄,闲居在故乡山阴。我们可以推想,就在一个早晨,陆游一开窗、一推门,就看到的这种景色,他被完全围绕在充满着春色的梅花之中,无边的春色就在他的举目所及之处。

但是就算前面两句有多么好,它们也算不上是警句,这首诗中真正千古传唱的句子,是后面两句:“何方可化身千亿?一树梅花一放翁。”

在这两句中,陆游发挥了非常奇妙的想象力,他说什么时候我能够分身成千万亿个陆游,使得“一树梅花一放翁”。我之前看到的解释,大都是把这句话理解成陆游要站在每一树梅花前面去欣赏,也有的版本把这一句话说成是“一树梅前一放翁”。那就是在那雪堆遍布的四山之中,乃至于这整个世界之中,要去不断地欣赏梅花的高洁品质,不断地赞颂梅花的抗争精神。但我想,这里应当还有另一种解释,不是单纯的欣赏,不是只站在梅前,而是要真正地化身为梅花,要开遍整个天地之中。

李商隐在《送臻师二首》中有两句,我以为跟这两句的意思非常相似:“何当百亿莲花上,一一莲华现佛身。”李商隐说什么时候这个世界上能够开满百亿的莲花,世界之中,无论清浊之地,无论哪个角落,都有一株莲花在开放,莲花代表的是高洁、是智慧,那这个世界当然就是高洁是极乐的世界了。但是还不只这样,每一株莲花上都有一尊佛的出现。据说佛祖释迦牟尼的每一个毛孔都可以生长出一株莲花,而且每一株莲花上都会有一个小的金佛,那些小的金佛就是佛祖的化身了。要使李商隐的理想能够真正地达成,百亿的莲花就是百亿的智慧,百亿的清静,那这个世界就是人间的极乐。

莲花代表智慧,百亿的莲花就有其指代的含义,在陆游的诗中,梅花同样有其象征意义。那种不屈的精神,在严寒中只要有一丝的晓风,就能“遍满四山中”。而如果陆游的理想能够达成,那千亿的梅花,千亿的放翁,就是千亿的抗争,千亿的不屈,千亿的春来第一枝。同样是一个理想的世界,是陆游的心向往之。可是他的理想在现实社会中能够实现吗?他生活的南宋，外交上的屈辱，让多少仁人志士在抒发着新亭的感触。梅花般的不屈和抗争精神，在那个时代中荡然无存。陆游临终写下的“但悲不见九州同”，表明他是多么想要化身成为这样的梅花，并且在那个时代中开放出千枝花朵来。当然，这并不一定是陆游在写这两句诗的本意，可是一旦他在潜意识中有这种心志，当他看见了这么美妙的自然景物，这壮丽大观的“雪堆遍满四山中”，必也是“心有戚戚焉”。

曾经写下过“心在天山，身老沧州”的他，写下过“塞上长城空自许，镜中衰鬓已先斑”的他，会有这样的情感吗？我以为是有的。这百亿的梅花，百亿的放翁化身，似乎也可以做如此的解读。然而可惜的是现实中的梅花最终也没有开放，他也已是“身老沧州”了，已是78岁高龄闲居故乡了。而当这样的一双眼睛，看到这样的景致，这样一个终生爱恋梅花的人，看到了他的理想在自然中竟然得到了实现，他内心的波荡和矛盾我们大概也是可以想见的。

谁能一听这有理想有抱负的诗人之叹

剑门道中遇微雨

宋·陆游

衣上征尘杂酒痕，
远游无处不销魂。
此身合是诗人未？
细雨骑驴入剑门。

一次，从地铁站出来，想到了李白杜甫，想到了这一首诗，竟兀自流下泪来，难以自禁。总感觉这首诗具有千古传响的力量，是历代诗人悲叹的总结。也让我去思考，诗歌的存在究竟是诗人怎样的一种流露和表达。总之，情难自禁，写就此文。

诗歌，尤其是中国古典诗歌，发轫伊始，自然是饥者歌其食，劳者歌其事，是一种内心情感的自在流露，无所谓功利，只是抒发。但到了后来，诗歌中带有了一种人的志向，便生发出了中国诗歌的言志传统，主要成为士大夫，也就是文人抒情言志的工具，走在民歌的并行道上，时而交汇，时而远离。既然诗歌是需要言志的，是士大夫精神生活的流露，那么，从诗歌中自然也能体会到士大夫的精神世界和他们的欢喜悲哀。

在中国古代的传统中，士大夫成功的标准有许多叙述。比较著名的，自然是公叔豹的“三不朽”，孔子的“修齐治平”，张载的“为天地立心，为生民立命，为往圣继绝学，为万世开太平。”归纳起来，无非是文学的成就、功绩的达成，承担起历史、现实和后世的责任。但是在所有的这些责任中，哪一种是最为重要的呢？公叔豹的“三不朽”把“立言”放在最后，孔子的“修齐治平”，并没有提到文学成就，张载的“为往圣继绝学”也只排在第三位。文学的成就，归根到底是无用的，对现实的民生、政治、国家，乃至于对自我价值的实现，用处微乎其微，只能是在审美活动中给人以巨大的精神力量。所以大概大部分的诗人不会以自己诗歌的成就为傲，因为诗歌只能是委婉通幽的表达，不能带来现世的价值。

陆游的这首诗，写在诗人由陕西南郑被贬到四川成都，途经剑门关时。陆游的一生可以说是立了功绩的，他在晚年不是说“僵卧孤村不自哀，尚思为国戍轮台”吗？当时的大环境是南宋偏安一隅，北方有辽金的强大势力，不断威胁着赵宋王朝。任何一个有担当，有抱负的士大夫文人，都应当以救国为己任。那么哪里可以救国呢？《桃花扇》的最后一折，李香君和侯方域隔着道观门相遇，李香君说“侯郎素有抱负，不在岭南定在闽北，不在粤东定在赣西”那些地方义旗云集，才是报国之地，不会就归于山隐林泉。同样，在南宋那个大的环境中，前线的南郑才是报国之地，此番被贬，是由前线转为后方，由贫瘠之地转为富庶繁华。当时的成都是仅次于首都临安的繁盛之地，而且成都的长官正是陆游的好友范成大。若搁着一般士子，此次被贬实是大幸。远离了硝烟，更能与好友相聚。但是真正的士子，是要以国家民族为己任的。此次西下益州，便正是如那侯方域一样，是消极的逃避，是放弃了家国。只不过侯方域是自己的选择，而陆游是皇帝的诏书。陆游是无奈的。

可以想象，当他将入剑门之时，身后是滚滚烟尘，是前半生的奋斗；身前是勾栏瓦肆，是天府之国。又逢着微雨，该升腾起多少的凄凉，多少的回忆。本可复沓绵延做成长歌，但是只用一绝句，将所有的言外之意藏在其中。“衣上征尘杂酒痕”，这里写的便是过去的回忆和现状的交织了。衣上是南来北往，施展抱负，报效国家的行旅所沾染上的烟尘，也是他在边关日夜寝食，驱程万里逐寇所沾染上的胡尘。但是现在是如何呢？“杂酒痕”。为何染上酒痕？有两种解读方式。一种是说壮志未酬，只能借酒浇愁，所以酒痕染上衣冠。好像一般都采用这种说法，但我觉得这种说法认为这句话讲的是过去的事情，并不全面。陆游的前方难道不是可以引发“酒痕”的所在地吗？过去是征尘，现在要渐渐融入那勾栏瓦肆之间的生活了，即将要过起繁华的歌酒生活，所以那酒痕也就有了放纵享乐的意味。但这种意味是陆游所不愿的，却是不得不面对的。所以他用了一个“痕”字，而“痕”字多少也让人产生“泪痕”的联想，他的经历和遭际使得这样的联想也有其可能性，但是他不明说。

“远游无处不销魂”，回望一生，多少远游，塞北江南。到了今天，这从北往南，从“铁马秋风塞北”到“杏花春雨江南”的旅途不也是远游吗？为何销魂呢？是因为路上的羁旅，还是因为对家乡的怀念？是因为对故国的愁绪，还是壮志未酬的哀叹？我想，都是有的。古代的男儿就是要志在四方，当然就是要走南闯北。那种只身在外的游荡，是无论如何不能减少他愁思的分量的。陆游不也讲吗？“三十年间行万里，不论南北怯登楼”，为何“怯登楼”？登楼的意象在中国古代实在是非常丰富的。登楼必然远望，远望可以当归。故乡归不得，故国也归不得。真是“飘飘何所似，天地一沙鸥”。若是抱负能够实现，他被重用也还罢了。但是当一个文人壮志未酬，不被重用，满腹经纶，无处施展。他自然会愁苦，会销魂。内不能安老母妻儿，外不能定社稷黎民，人生价值在何处啊？

“此身合是诗人未？”终于陆游要问这一句话了。“合”是应当的意思，我这一辈子难道就是一个诗人了吗？在我们今天，诗人好像是一个特别崇高的职业，是跟人的生命性灵紧密联系在一起的，好像只有天才才能成为诗人。我总以为这是今天诗歌没落的现象。但在古代，不是的，人人都会写诗，人人都懂得欣赏，文人几乎都是诗人。虽有好坏，但基础都很高。

所以每个人都是诗人，只是有一流二流的区别。如果是现在，有一个青年也用这样的口吻一问，我们会觉得他很骄傲，凭什么就说自己是一个诗人呢？但陆游这样一问，带来的是历代所有以诗成名者的悲哀。当然，这其中更有他自己的悲哀。其实想想，古往今来，多少伟大的诗人，都曾追求过仕途的顺进，希望为家国社稷贡献才学。但是伟大的诗人大多没有遂愿。他们不想以诗闻名，因为诗歌是生命中的部分，只是业余的消遣，心性的抒发。杜甫讲“名岂文章著，官应老病休”。多少次读这两句，都替杜甫难过，他那万代传唱，与日月同光的理想终究是没有实现了。我们常以为李白是多么潇洒的一个诗人，但别忘了杜甫说出了太白的内心：“秋来相顾尚飘蓬，未就丹砂愧葛洪。痛饮狂歌空度日，飞扬跋扈为谁雄。”李白求仕，被赐金放还；想要求道，却也没能达成。李白的一生，真是飞扬跋扈，但是“为谁雄”？自己的生命终究是空落了的。陆游这样一问，是说难道自己就要成为一个只写诗来彰显自己、报答国家的人了吗？是说自己难道只能以诗为名，再无功绩的建树了吗？这一句转，真是转得有千斤的分量，有无穷的悲哀。

“细雨骑驴入剑门”以一个画面作结是诗歌中常用的手法，解读的关键就在于这个画面背后的意蕴。这句话之所以被历代的文人所称道，在于营造了一个极美的意境。而我以为这句话的关键，在于一个“入”字。前面所讲的，都是今昔的对比。背后是沙场征战，报效国家；前面是瓦肆勾栏、歌舞升平。后面是士子情怀，家国天下；前面是放纵享乐，诗词歌赋。陆游所写的实际上都是选择和对比。剑门关则是选择的当口。入还是不入？这是陆游的关键。从前面的文句看得出来，陆游是不想入的。他向往那一种真正能够报效国家的方式，不愿意偏安一隅。但是没有办法，皇帝下诏，他不得不入。他“细雨骑驴入剑门”真是万般的无奈，只能让驴子自己走入了剑门。这句话其实也用了个典故。唐朝有一个相国叫郑綮，擅长写诗。有一回皇帝问他：“相国近为新诗否？”对曰：“诗思在灞桥风雪中驴子上，此何以得之？”诗歌总是休闲时的消遣，当一个人真正忙起来时，是没有心情也没有时间写诗的。所以“相国”近日写不成诗歌。但是陆游偏偏就在这风雨中的驴子上。陆游是寻诗去了吗？是被逼着寻诗去了。

常常讲，“国家不幸诗家幸，赋到沧桑去便工”，王国维也讲“天以百凶成一词人”。世人只看到诗人的文才和美句，谁能一看这些有责任有担当的士子之泪，谁能一听这有理想有抱负的诗人之叹。

跟着这些一起接受秋风的审判

秋　　夕

清·黄景仁

桂堂寂寂漏声迟，一种秋怀两地知。
羡尔牛女逢隔岁，为谁风露立多时？
心如莲子常含苦，愁似春蚕未断丝。
判逐幽兰共颓化，此生无分了相思。

以前对这个诗人不甚了解，以我的课外所闻，也只是知道他有十六首很著名的《绮怀》诗罢了。但是几乎所有提到他的文章和演讲，一定都会提到他最著名的诗句："似此星辰非昨夜，为谁风露立中宵"。这句子确实极美，也极感人。最近翻台北的旧书肆，翻到了一本黄仲则（仲则即是黄景仁的字）诗选，顺手买了下来，也确确实实没想到要来读。

但有一天，正好是个晴夜，大大的月亮挂在天上，我拿着书到阳台上去读，先拿着一本小说，觉得不大合适，后来换了一本讲美学的，也觉得没有感觉，就突然想起了这本书。举着他的诗集，书上面就是月亮，念一段文字，看一下月光，真是极好。而且突然翻到这一首诗，里面的句子有"为谁风露立多时"，简直可以说是那句传世之句的前身，但这首诗也非常好。

一年四季当中，春秋两季是最吸引文人的。我们常常会谈到说少妇怀春，壮士悲秋。春天，万物摇荡，会感触到我们的心智，自然生出一种成双结对的愿望；而到了秋天，万物飘零，所有的生机都沦于衰败，一年将尽，自然会让人感慨自己的志意是否达成。所以春天常常有爱情诗词，而秋天则常常有咏怀诗句。

但是很奇特的是，中国人有一个节日叫七夕，正好在秋天。这个节日中，天上有一对一年只能见一面的情侣要见面，而所有的喜鹊在那天又会非常兴奋，如果人还在青年，又是独身，自然又会升起一种和春天相同的感情。会去怀念过去的感情，远方的游人，那这样的秋怀竟可与春怀相同。但是所见到的景物是不同的，所感发的情感也一定会有差异，所以这首诗跟春日里写的情诗相比就一定会产生一种新的观感。

诗人以自己所处的地点为开始，“桂堂寂寂漏声迟”。“桂堂”当然是用桂木做的厅堂了，桂木是一种香木，那桂堂自然就有一种美好的象征。可是这种美好的地方怎么样？是寂寂的。是一个人也没有的，换句话说，堂内是空虚的。周围都是香木，这本来是一处美景，但是因为寂寂之感，美景带了一丝哀伤。不仅如此，李商隐讲：“昨夜星辰昨夜风，画楼西畔桂堂东”。在过去的某个时间里，“你”“我”都那么美好，而“我们”相会的地点在“画楼西畔桂堂东”，这“桂堂”因李商隐的诗句，成了幽会处的代名词。所以这句诗有可能并不是实指，而说的是“你”的离别，过去时光的不复，让“我们”原来幽会的那个场所变得凄清而寂寥了。

这个地方寂寥了之后呢？“漏声迟”。漏，是古代计时的工具，可为什么会显得“迟”呢？那一定不是计时的工具坏了，而是时间难熬。长夜漫漫，更何况是七夕的长夜，天上正有人相会，那是他们盼了一年终于盼到的相会，可是“我”在哪里呢？“我”正在过去“我们”的记忆当中啊，而“我们”的记忆终归是过去的，现在寂寂的桂堂不更让“我”哀伤吗？这份哀伤跟天上一比，真是何以排遣！漫漫秋夜何以竞渡。

而“我”的这种秋怀，现在的感觉是只有“我”一人能感受到的吗？不是的。那是“一种秋怀两地知”。诗人遥想远方的伴侣，她应当也是这样，这寂寂的秋夜一定也是无法排遣而黯然神伤的。这秋怀的产生正是因为这句话当中的“两地”，是分隔带来的苦痛。但是诗人也只能说“她应当也是这样”，是否真是这样？恐怕诗人自己也要打一个大大的问号。也许这个“她”并不是一个确实的人，只是一种诗人要遣抒的一种情感所指，也许她是一个确确实实的人，但是已经跟过去有了变故，产生了分别。

好了，接下来的两句应该来讲是这首诗当中比较精彩的段落。我们给小孩子们讲牛郎和织女的故事是怎么讲的？牛郎和织女在天上相会之后，被王母玉簪一划，他们俩当中就出现了一道银河，只有在每年七月七日这一天才能够相见。无疑，牛郎和织女的故事在我们的叙述中是一个悲剧，一年只能见一面。所以李隆基和杨贵妃才能执手嗤笑他们。可是要知道，人间有多少人想要相伴，可数年连一面都见不了的呢？远游的商人，离家的士子，边疆的征人，以及今天异地工作、学习、生活的子女，回家无定日，见面无定时。天上的两位起码每年这个时候都没有其他的事情，是一定会见面的，还有个盼头。但在人间，有多少人，是连盼头也没有的？那曾经笑话天上二位的唐明皇在李商隐的诗当中怎么说的？“当时七夕笑牵牛”。等到安史之乱爆发，杨贵妃被赐死，那是再也见不到的了。我曾经在去年的七夕时写过一首诗，序言的最后，我说：“七夕之会，聚时虽少，一年当有一度；人间之会，几年可有灵鹊万只，得架此桥？”在那首诗的最后，是这样的两句：“总以人间多热望，何尝一岁一团圆？”我想，这跟黄仲则的这句“羡尔女牛逢隔岁”所要表达的情感是类似的。你们俩一年一度有相逢，可是“我”跟那位女子何时可以相逢，乃至于是否可以相逢，都是不知道的了。后面一句，“为谁风露立多时”写的真是好。夜晚待在户外久了的话，身上是会带上露水的，而在秋天，那是真的寒凉。而且不仅仅是有露水啊，是“风露立多时”。风在不断地往身体里灌，露水浸透了自己的衣衫。可是“我”依旧站在这里，桂堂也好，庭院也罢，已经不能确定站了多久，但是一定会继续站下去。站在庭院中干什么呢？思念远方的女子，眺望天上的牛郎织女，感触自己的身世孤独，听那漏声一点一滴，熬尽这永夜，都可以是诗人“立多时”的原因。有太多的话没有讲出口，是因为讲不出口，也是因为不知道如何讲出口。正像作者的发问：“为谁？”是为了一个具体的人吗？还是为了一种无奈的秋情难遣？诗人也许都不知道为谁而如此，为何而如此，因而成为一种无可奈何的情怀感慨。这句诗真是含蓄而隽永。

正因为有这样一种说不清、道不明的愁情一直萦绕在自己的脑中，这种愁情的散发并不仅仅是在这个风露的七夕之夜。这种情感更是在自己生命中的其他时刻也显示出它的力量，让自己愁苦。所以诗人不仅仅是这一夜已经“立多时”，更是“心如莲子常含苦，愁似春蚕未断丝。”他的内心就好像是莲子一般，中心是苦涩的，不能随着事件的变化而改易。心中的愁绪更像那蚕吐出来的丝线一样，绵延不绝，不能断裂。这里黄景仁说的不仅仅是苦，命是“常含苦”，不仅仅是蚕，且是“春蚕”。那种苦涩的感觉并不迸发于一夜，并不只在触景睹物时才流露出来，而是一段长久的时间，是漫长的折磨。那愁绪和思念就好像是从春天的萌发开始，一直延伸到了现在。原来这一夜的风露只是他生命中普普通通的一夜，他的内心“常含苦”，他的忧愁更横跨了春秋。这一联实际上是将他在一夜中的情感进行了扩大，扩大到更广大的时间之中。

但是跟前面的几句话相比，这首诗的第三联似乎显得稍差些。因为这两种意象也并不是他的首创，而是两个已经被用得太多的意象。莲子心苦过去就有很多人已经用过了，贺铸有一首咏荷花的词里面就有“红衣脱尽芳心苦”的句子；而春蚕吐丝的意象更是出自于李商隐的“春蚕到死丝方尽”。律诗的中间两联都要求对仗，往往是诗人最要细心雕琢之处，如果找不到合适的方式，或是没有进一步的思考，很可能就会显得有些随便了。

最后一联写得也好，“判逐幽兰共颓化，此生无分了相思”。这里的“判”同“拼”，是不顾惜、甘愿的意思。什么叫“判逐幽兰共颓化”？幽兰，多么美好的东西，但是经历了春生、夏长，在这个秋夕依然是要凋零，陈子昂《感遇》诗里面写："迟迟白日晚，袅袅秋风生。岁华尽摇落，芳意竟何成？"一个人的情感，他美好的追求，在这个秋日之中就跟着那些幽兰一起，颓化了，失落了。他宁愿如此，甘愿如此，甘愿跟着自己所喜爱的，所珍惜的志意或者是女子，跟着这些一起接受秋风的审判，接受命运的生老病死。他虽然有这样的一些怀思，有这些萦绕在他身边久久不能离去的愁绪，但是他愿意依凭着这样的忧愁去追寻自己的理想，甚至愿意接受这样选择的后果。但是"此生无分了相思"，纵然如此，也有太多的无常，太多的变化，这一辈子也是没有办法治愈自己的相思了。

这是其中的一个意思，我以为还有一种意思应当也可以作为这句话的说明。黄仲则身体不好，常常染病，而且经常失眠。要知道黄景仁是一个早夭的诗人，三十五岁便因为疾病而去世。所以这里的被"判与幽兰共颓化"的，也许更像是黄景仁自己的身体和生命。秋天是疾病多发和病情易加重的季节，诗人的感怀是否也因为自己身体不好而有感而发？我觉得很有可能。而且很可能是因为自己的多病，才发出后面一句"此生无分了相思"的感慨。如果不谈这份病痛，诗中最后一句就是一种无奈的猜想和对前景黯淡的想象。但如果把这份病痛放进考虑的范围内，那最后一句则多了一层绝望的痛苦。在一个萧索的秋日，病痛缠身的夜晚，我想诗人应该是更有可能写出这样的诗句。那真是不知何时可见，不知是否还可见了。

人所有的病痛中，相思病应该是最为痛苦的吧。所有的病痛都是暂时的，相思病是永久的。所有的病痛都会有明确的结果，或者是小病而无大碍，或者是重病而有机会治愈，又或者是绝症而需要面对死亡，但相思病是不一定有明确结果的，所有的愁苦都来自于这可见不可见的未来。相思如何"了"，我想，每一个人都有自己的答案吧。

这响亮的背后是一种郁结不平的哀鸣

旅馆夜成

清·黄景仁

斜月阴阴下曲廊，燕眠蝠掠共虚堂。
床头听剑铮成响，帘底看星作有芒。
绿酒无缘消块垒，青山何处葬文章？
待和烛跋些许语，又恐添渠泪一行。

这是一篇言志的诗歌，我认为是写得非常不错的。当时读到这首诗，心中一震，其中言语应该是很能够引起一些文人墨客的共鸣的。具体讲这首诗之前，有必要对这首诗的背景做一个介绍。

这首诗作于春末，当时黄景仁正在采石矶，是在前往寿州的路上。采石矶在今天的安徽省马鞍山市，是一处历史非常久远的风景名胜地，而且因为地势非常险峻，属兵家必争之地。而在更古的时候，采石矶有一个别名，也就是牛渚。牛渚有一个非常著名的典故，也就是李白在《夜泊牛渚怀古》里面写的“余亦能高咏，斯人不可闻”。这讲的是谢尚和袁弘的故事，袁弘当时就在牛渚的船上诵自己写的《咏史》诗，谢尚碰巧听见，觉得非常好，就大加赞赏，还邀其前来谈到天明，后来袁弘就被举荐而平步青云。所以袁弘可以说承载了中国读书人非常深远的一个愿望，那就是被伯乐赏识，从而实现自己的理想抱负。要知道这个识人的伯乐是多少人，尤其是不得志的文人所梦寐以求的啊。采石矶这个地方就因为这个故事，再因为李白的名句而带上了赏识的意涵。

当时黄仲则属于失意的状态，又在一个春末的晚上，想他应该是翻来覆去也睡不着，一股不平之气自然就升腾起来，就汇聚在这首诗当中。所以这首诗的好处就在于其中字里行间涌动着的不平之气，而这股子不平则鸣的慨叹又引得多少失意之人的共鸣。

好，那我们就来看看这首诗是如何表现诗人的不平之气的。开篇讲："斜月阴阴下曲廊"。月已经不在天空的正中了，已经西斜了。那为何不是上半夜，月在东边呢？因为这句话里面有一个"下"字，月亮在夜晚中东升西落，既然是"下"，应当是月落时分，说明黄仲则写作这首诗的时间该是下半夜了，更说明诗人应当是一夜未眠。月亮的光亮是非常微弱的，而且是一种冷冷的光彩，将所有的景物都罩上一层泯灭色彩的滤镜，所以那光本就是阴阴的。但是这里的阴阴更显出了黄仲则自己的感受，是有诗人主观情绪的投注在的。那月亮"下"的地方在哪儿呢？我们说诗歌是一种非常精练的文体，如果要传达出一种很妙的感觉，那每一个字都是值得琢磨的，每一个意象都是创作者精挑细选过的。月亮是"下曲廊"，这个"曲"就很有意思了。曲就是弯，不是直的，是百转千回的，自有一种缠绵悱恻的意境在。可以想象那月亮慢慢沉下天空，月光投射在门外一条弯弯曲曲的廊道上，廊道在地上显出长长的冰样的影子，那影子虬曲在一起，交合在一起。随着月亮的变化，影子更显出各种各样的形状，并移动着。这样的景象，对于愁肠满腹、彻夜难眠的黄仲则，当然好像是心境的外化，是这首诗的激发。所以诗人用曲廊这个意象，用的是非常好的。

窗外是月光照着曲廊，那室内是怎样的呢？那是"燕眠蝠掠共虚堂"。堂是虚的，是无人的，是凄清的。诗中写有两种动物，燕子睡了，只有蝙蝠还飞来飞去。燕子是白天活动的动物，蝙蝠昼伏夜出，人也是白天活动的，那现在更应该跟燕子一样，是睡着的状态啊。可诗人睡不着，无法跟燕子一起酣眠，只能跟飞掠的蝙蝠共享着月色夜光。蝙蝠是怎样的生灵啊？虽然在纹样中，蝙蝠可以跟“福”取个谐音，但在实际的生活中，蝙蝠却是夜间的生灵，是陌生的动物。在辛弃疾的词中“绕床饥鼠。蝙蝠翻灯舞”，蝙蝠是跟饥鼠并排放置的。“蝠掠”在夜间总也是瘆人的，与蝙蝠“共虚堂”，当然更是寂寞凄清。

第一联，诗人说他没睡着，在深夜时分依旧没睡着。原因是什么？读完整首诗我们知道那是因为他胸中郁积着一股不平之气，也许他也像李白所咏叹的那样“余亦能高咏，斯人不可闻。”可是他不睡着做了什么呢？第二联就做了说明。第二联和第三联写得是非常好的，第二联虽然写的是诗人不眠而做的事，但是处处都体现了那一股子不平之气。韩愈讲“不平则鸣”，胸中有郁闷当然就要有一种抒发，要显露出来自己的愤慨和烦恼。钟嵘在《诗品序》里面就讲“佳会寄诗以亲，离群托诗以怨”，诗歌就是一种人们抒发这种感情的渠道，还有什么呢？魏晋人士有长啸。我们现在还不是遇到不高兴的事情会大喊大叫来发泄吗？黄仲则这里就是“床头听剑铮成响，帘底看星作有芒。”他弹剑，看星。他弹剑，弹的不是一般的剑呐，是会锵然作响的宝剑。古人常常会用弹剑的方式来抒发自己胸中的不平之气。真正用钢铁做的刀剑我没有见过，但如果在深夜时分，周围四下无声的时候，用大的指力“邦邦”弹鸣的话，那应该是颇有气势的。这一句是借剑的怒鸣来替自己哀号。第四句他说看星，看星看似是一个非常平常的晚间活动，又有什么特别的呢？为什么说这一句也体现了黄仲则自己的不平之气呢？关键在于后面三个字“作有芒”，那星不是一般的星星，而是非常光亮的星。“作”在这里是一个形容词，我们常说的“作作有芒”就是形容光芒四射。天上一点点小的空间，释放出那么大的能量，那么光明、璀璨，好像是爆裂一般的热量，那刺眼的星光仿佛有一种巨大能量带来的视觉观感。那样的感受，给人的震撼力也是不小的。这一联，一句写声音，一句写视觉，看似平常，但从剑气星光中都透露出一种爆裂的响亮，这响亮的背后则是一种郁结不平的哀鸣。

第三联就是很明显地说出来自己不平之气的来源："绿酒无缘消块垒，青山何处葬文章？" 人们喝酒的原因往往是因为心中不快，胸中有块垒，不平之气需要借酒来抒发。《世说新语》说阮籍就是"胸中块垒，故须酒浇之" 但借酒往往都是消解不了真正的愁绪的，李白不就说嘛 "举杯消愁愁更愁"。苏轼 "夜饮东坡醒复醉" 之后还不是长叹一声 "长恨此身非我有，何时忘却营营么"？其实无识者、想法简单的人喝一喝就醉了，醉了起来就忘了，算是纾解了不平之气，但是文人墨客、迁客骚人都知道酒醉中只是幻境，只有一时之缓解，终究是要回到现实当中的。但是自己的志意和理想又绝不会与现实相妥协，所以只能"举杯消愁愁更愁"，也就是黄仲则这里讲的"绿酒无缘消块垒"。

胸中之气无法借酒排遣，但终究是要排遣的呀。酒这条通路闭塞了，前面讲的弹剑和看星也都是一时的快乐，终究如何呢？作为一个文人，最想干的事、最擅长干的事也最愿意干的事就是写文章，文章是绝对可以抒发自己的感慨的。曹丕《典论论文》里面怎么说的？"盖文章，经国之大业，不朽之盛事。年寿有时而尽，荣乐止乎其身，二者必至之常期，未若文章之无穷。" 文章是可以流传万代而获得声名的。但是黄仲则怎么说？"青山何处葬文章" 自己的遭际是不得志的，胸中不平之气是没法儿舒展的，好不容易有点可以寄托自己理想的文章，又不见赏与当下，只能"葬"在青山之中。

我手上的这本选集解释 "葬文章" 的时候是这样讲的："在政治黑暗、社会环境严酷的时代，读书人写了文章，常藏于名山，函于石匮，以期诸异代。" 这是不错的，李贽就有著名的《藏书》和《焚书》。但我以为这样讲是不够的。诗人在这里为什么不用"藏文章"而用"葬文章"？首先当然是因为平仄的关系，"藏文章"是三平尾，这是格律的大忌。如果我们抛开声律(因为不用藏也有很多仄声字可以取用)，"葬" 跟 "藏" 的区别在何处？藏是有希望的，希冀于后代人的评价，是相信后代人可以给自己公正评定的，是可以给自己声名的。但是葬就是一点希望也没有了，是完完全全地与草木同腐朽，是不可能有人再看见，不可能继续流传下去了。那是“死去何所道，托体同山阿”而已呵！所以用“葬”实在是更为悲伤和绝望的。但这也不是全部的解答，要知道诗人自己是体弱多病，而又满腹经纶的。诗人《自叙》中说“年甫二十七耳，气喘喘然……恐贫病漂泊，脱有遗失，因检所积，十存其二三，聊命故人编次之。”二十七岁就编次自己的全集，是何其悲凉的一件事。而且所有的文章只有十之二三留存了下来。就此来看，“何处青山葬文章”当然还有一层不知所往、郁郁而终、满腹经纶只得与身体同朽、为蝼蚁所食的身世之概。

最后一联说：“待和烛跋些许语，又恐添渠泪一行。”“烛跋”的意思就是灯烛的最下面一截，灯烛已经燃烧殆尽，说的是夜深了，自己长久未眠。但是否就不能说这残烛有自己的身世之指呢？夜深的残烛，自己这贫病之身谁说又不是残烛一支呢？无人相伴、无人可排遣这满腹愁绪，想要和残烛来倾诉几句话，还想留一点东西在这夜间、这世间。可是怎么样？“又恐添渠泪一行”，只能换得残烛的一行蜡泪。自己的身世过于悲凉了，那蜡泪更像是自己的清泪。那蜡烛就是自身的外化，就是一个物化的自己呵！对着它说话，其实是对着诗人自己的身世说话、对着自己的不平之气说话，自说自话才黯然伤神、空添清泪一行啊！这首诗写得真的是好，一股不平之气是诗人写作的缘起，诗人所选取的各个词汇、意象都显示出了这一股不平之气而让读者可以感受得到。我面前这本选集在这首诗的后面有一句选者的评价：“天以百凶成一诗人”，其实原句是王国维说的，讲的是词人，但谁说诗人又不是如此呢？

不仅是娇俊的人面，更有无限的花光

思帝乡

唐·韦庄

春日游，杏花吹满头。
陌上谁家年少，足风流？
妾拟将身嫁与，一生休。
纵被无情弃，不能羞。

过了年，基本上就是早春的天气了。虽然还带着年时的余寒，但梅花是早已开放的，迎春也在层层叠叠的绿叶之间生出了一点花苞。总之，大地春回。中国人擅长联想与归纳总结，四时和四方是对应的，春天的背后就站着东方。当来自东边海洋上的水汽慢慢袭染我们的周遭，冬天的干冷就换上了春天的温润。中国人不仅仅把东南西北和四季对应起来，在我们的文化记忆中，春夏秋冬还会对应着元亨利贞。春天到来的时候，我们常常会说一元复始、万象更新，好像我们又重新触碰到自然界中生命的气息。

经历了秋天的肃杀、冬天的蛰伏，一切的嫩绿和娇滴又重新妆点我们的视界。因为蛰伏了，所以再一次勃发出来就会显得更加猛烈，更加盎然，这就让春天有了它不可替代的美丽。而人也是如此，一整个冬天我们都窝在家中来抵御窗外凛冽的北风，到了终于春风化雨、冰消雪融的时节，我们当然会想要走出家门，一亲那东风的芳泽。所以我们春游，我们踏青，我们除秽，我们祓禊。也正是因为这种蛰伏，春天的出游会特别多，春天的情思也会特别多，那种春风骀荡、桃红柳绿的感觉也最容易撩拨起人的情思，让人挣脱了束缚。这首《思帝乡》，由韦庄所写，存于《花间集》，独树一帜，非常特别。

《花间集》是一个什么样的集子呢？欧阳炯在序言中讲："递叶叶之花笺，文抽丽锦；举纤纤之玉指，拍按香檀。"所以《花间集》是一个文人创作的，给歌女演唱的一本歌集，既然是歌女来演唱，要么出现在勾栏瓦肆之间，要么出现在宴席欢会之上。这种场合就决定了集子里的辞藻要华丽，要声色犬马，要美女和爱情。所以大都是用繁华享乐的笔调来描写美丽的女子和男女之间的情事。而这种写美女跟爱情的小词往往可比作一幅仕女图，是工笔画。而这首词特别的地方就在于其描写的这位女性不是一般花间词中的"闺门旦"，而是一个活活泼泼的小"花旦"，于是这首词就感觉更好读，显得尤为真实可爱。这首词在《花间集》中，就好像是一场要让长虱子的江南春雨中，突然有一个蹦蹦跳跳的小牧童出来了，给人的感觉更活泼了。

"春日游，杏花吹满头。"前面不是说春天就油然而生一种想要出游的感觉吗？春天就得出游，就得要踏青，游玩途中正是青年男女情愫滋生的最好场所。正当好的年华配上正当好的时节，一个女子在蛰伏愁寞了一个冬天之后，看到一位少年在春光的照耀下，那么俊朗，那么多姿，心中不由燃起一种巨大的想要冲破藩篱的欲望，那是生命本身的热力的释放。所以这"春日游"是为了舒活筋骨，是为了赏那春光，更是为了穿上最漂亮的华服去欣赏最俊美的异性和被最俊美的异性所赏。

春天的远足，不仅是娇俊的人面，更有无限的花光，所以韦庄就写了，那是"杏花吹满头"。我们现在有人去拍婚纱照什么的都喜欢在春天的时候站在樱花树下，然后有个人专门使劲摇那棵樱花树，为了要看到那落下的花瓣出现在照片里。前天还看到一则新闻，说有个地方的人不拍婚纱照，也在那里摇树，就是为了看花雨。花雨恐怕是春天一等一的美景，然而在韦庄的词当中不需要你去破坏大自然，风一吹，自然有那“杏花吹满头”，多美的景致！人本身就美，加上这一头的杏花，更省去了“徒要教郎比并看”的麻烦，真是人面花光交相辉映。

这么美丽的女子，戴着一头东皇的礼赠，突然她看见了什么？“陌上谁家年少，足风流。”那小路上有一位翩翩公子，风流倜傥，英俊潇洒，少女的一颗春心就这样被击中了。我也美，春也美，他也美，这么多美的东西难道不该聚在一起吗？她可能就这么想的。我们今天去祈求爱情往往说是在对的时间碰到对的人，那这首词里就是在最对的时间碰到了最对的人。

所以这个女子也不管什么矜持不矜持了，也不管什么大家闺秀要等人媒妁了，刷一下就说“妾拟将身嫁与”，还“一生休”，这种女孩你说可不可爱，太可爱了。好像她就马上冲过去，站在那位少年的面前说“我要嫁给你了，我把我一生都托付给你了。”这种力量不是规约的力量所能达到的，它是一种自然之力，是封建礼教绝对挡不住的。它根植在你的心中，是你生而为人的一个部分。所以你看，那突破传统的举动往往发生在春天，人是自然要求解放的，杜丽娘那一句“不到园林，怎知春色如许”在当时是多少女性的心声。这位女生也许是冲过去了，也许是在心中狠狠地想着，我就要嫁给你了，看你怎么办。而且还不是就仅仅嫁了了事，加了一个时间限定，一生都跟定你了。这是不离不弃，是绝不改易。坚贞、热情、活力、勇敢，这个活泼的小女孩的性格形象，韦庄就用短短的 34 个字写了出来。

但我们知道啊，嫁娶之后便是婚姻，婚姻当然会有欢乐忧愁。而在中国古代社会，给了男性无限的特权，女子要主动跟男子离婚是不可想象的，只有可能男子把女子休了，逐出家门。所以在中国古代的文学中我们有思妇、怨妇、弃妇，而男子只有两种情况会痛苦，一是追求不得，二是妻子亡故。

而我们又知道多少男子写了多少悼念妻子的绝美文章后，转头就找了下一个呢？苏轼、元稹莫不如是。所以中国古代女子的命运是非常悲惨的，你把你的一生给了男子，说不定男子转头就把你抛弃了。卓文君被司马相如追求，不顾家人的反对去私奔，司马相如家中什么都没有，卓文君不得不当垆卖酒，后来司马相如富贵之后，还不是差点纳了妾，弃了卓文君？知道了这些，你就更能体会到那一个“一生休”的女孩儿的真情了，虽然有可能“被无情弃”，但这是春光的选择，是自由的选择，是她自己而非父母的选择，这一点对她来说就够了。

而且她不是没考虑到被弃的情况啊，她并不是一个做事头脑发热的女子，她知道自己作为一个女性，在那个社会中就有可能最终被弃，但是她怎么说？她说“纵被无情弃，不能羞”就算你是一个无情的男子，就算你最后要把我这个不顾一切也一切都没有的女子抛弃了，我“不能羞”，我也绝不后悔，绝不懊恼。因为这是我自己的选择，所以我愿意承担这样的后果，我不悔恨。

所以我常常觉得，在中国古代，女子比男子勇敢得太多，要承担得太多，要付出得太多。“名节”二字虽然同时悬挂在男人和女人的头上，但是对待女人比对待男人似乎要苛刻得多。男子的折节和悖伦有可能会因为其才干和政绩而改变，如唐太宗，如魏征，而女子的改嫁则往往难逃人背后的指责。正因如此，就更显得韦庄笔下这位女子的可爱动人。

那飘零多么盛大，多么让人不可拒绝

清 平 乐

南唐·李煜

别来春半，触目柔肠断。
砌下落梅如雪乱，拂了一身还满。
雁来音信无凭，路遥归梦难成。
离恨恰如春草，更行更远还生。

这是一首非常美丽的小词，美丽而哀伤。我们对文学也好、绘画也好，往往要求在绝美处要有一种内涵的存在。如果是非常美丽的东西，但是缺少一种内涵、一种值得深思的余韵，那么，这种美丽就是虚浮的、空洞的。我们现在有一个负面词汇叫“花瓶”，对文学有一种负面评价叫“堆砌辞藻”，这都是我们这种审美诉求的表达。

对小词而言，历经了由唐至清的演变，如果只讲美女和爱情，如果只讲一己的悲哀和苦痛，如果仅仅是堆砌辞藻，如果仅仅只是在酒席宴会上才会演奏的歌谣，那么它就缺少了一种深沉的余韵，缺少了流传和品鉴的价值。从最浅显的角度来看，这首词写的是对远人的思念之情。但中国诗歌史上有过多少思念的诗词？为何这首词就能流传至今，而且能为人所激赏呢？这就在于这首词的譬喻和句子的铺排了。

思念远人且有关爱情的文学，往往都包含着男女之间的交通互换。要么是女性所写，思念男性的文章，要么是男性写作的，思念远方的美人，还有可能是男性写作的假想自己是远方的那位女性，以对方的口吻来思念自己。在古时候，女子是大门不出二门不迈的，不会在屋外待太长时间，更别说远游了，而男性则被要求是志在四方。所以往往是男的成了游子，女的成了思妇。这首词中一个“归”字，让我们最初就会认为这首词是男性以自己的口吻所写，思念的是远方的女子。

第一句就说：“别来春半，触目柔肠断。”开头就是一个“别”字，什么背景环境、前因后果都没有交代，一开篇就吸引人。“我”和“你”的离别转眼间竟就过了这么长的时间！而“我和你”什么时候分别的呢？诗人没说。只说到现在的时节。“我突然想到和你的离别，而现在竟然春天都已经过了一半。”这两人的“执手相看泪眼”的日子是什么时候？是春初？是去岁的冬末？还是去岁的夏天？不知道。这里就有让读者充分的想象，似乎比说出来更好。这离别的时间可以因为不同人的见解而可长可短，而无论长短，其中都漫溢着双方，或者起码是写作者这一方的思念，好像在思念中不知不觉就过了春秋冬夏，而从思念中偶尔抽身，竟是“春半”。

在这春天将尽的时候，“我”突然意识到了时间的久长和流逝的迅速。当“我”把“我”的思绪从思念中抽出的时候，当“我”不再沉浸在自我的遣怀，就忍不住要向外界去看。而这一看如何？那是“触目柔肠断”。看到了什么？他不说。小令的字数很少，能写好小令的人一定是懂得留白艺术的人，而且一定是高手，讲一点，留出更多的空间给人遐想，而且讲出来的这一点要包含引人遐想的因子。这首词中的这个引人遐想的因子就是“春半”二字。春天将尽，伴侣又不在，“我”看到了什么？而且是一看到，眼睛一接触那样的景物和环境，就要“柔肠断”的？是“落花人独立，微雨燕双飞”吧，是繁华落尽，是韶华流逝，是燕侣莺俦而自己孑然一身吧。这样春末的景物都有可能汇入到诗人的眼中，而成为其柔肠寸断的原因。

“砌下落梅如雪乱，拂了一身还满。”何其美丽啊！这简直是这首词的点睛之笔，也是我个人最为喜欢的两句话。这里的“落梅”不是我们平常所说的梅花，是白梅花，开放比较晚，所以到“春半”的时候才开始凋零。白梅花凋零的样子是如何？“如雪乱”，像雪片纷飞一样，盛大、寒冷而悲壮。杜甫不是有诗这样说：“一片飞花减却春，风飘万点正愁人”，那一片的花飞减却了春的色彩，但现在是怎么样？是风飘万点，举头四望，万山全是飞花，都在讲述着春天的凋零，这是怎样惨烈的一种景象！那一树台阶之下的白梅花，它的花朵也是这样的凋零啊。并不是一朵一朵的坠落，也不是一片一片的枯萎，是在最盛时，还纯洁雪白之时，许是被风吹过，许是被雨淋着，“如雪乱”一般纷纷扬扬地飘下。已经无所依托，已经是随风飘散，没有更好的动词可以形容，只一“乱”字就有这飘零之感。

难道只有花是如此吗？诗人说：“拂了一身还满”。这已经是最伤感的景象，最不想在这种心境中看见的景象，可是这景象不但不远离，反倒还拉扯着你，让诗人也成为这景象中的一部分！花朵飘零到诗人的身上，沾满了衣袍，这本该是多么喜人的场景啊，我们现在不还常去摇一些花树而达到这样的效果吗？词中的这个人还不用这样呢，花朵自然地被风吹来沾满衣袍，但是他却要将这种飘零之物拂去。为什么？自己如同这飘零的飞花一般，无根无依，情感也像这落花一样衰颓，如今这飞花飘到他的身上不更让他见花犹怜吗？他当然赶紧拂了去，但是“拂了一身还满”。真是无奈，那飘零多么盛大，多么让人不可拒绝，春天的风，尤其是春末的风是多么的令人伤悲！人类小小的一个举动却耐不住自然那么强大的摧枯拉朽的力量，天上洋洋洒洒的飞花，怎么是一拂就可以停止的呢？那种飘零之感，身世之戚，竟可以因为这一拂而加剧。人的努力都白费了，终究无法抵抗这思念、这自然，是更加的无奈。

既然相隔万里，“你”“我”分别，那么“我”可不可以采取一些办法来解决这种思念呢？

通信？有“你”的信来吗？那是“雁来音信无凭”，看着那些从头顶经过的大雁，脚上是否系着“你”给“我”的信件？没有。那“我”能跨越千山万水，与“你”相聚吗？词中说：“路遥归梦难成”。“你”“我”相隔如此的遥远，“我”怎能归去？

但无法归去仅仅是因为“路遥”吗？道路再遥远，只要想归，总可以归去的呀，那季鹰想着家乡的羹汤就回了，陶渊明想着诗酒田园就归去了，纵是道路再遥远都会是“载欣载奔”，为何偏偏这首词中的这个人就回不去呢？那不是因为仅仅路遥，而是因为除此之外还有各种各样的事情，有各种各样的牵绊和阻挠。因为有这些外界的因素，纵然想要归去，但“归不得”。这才是真正令人悲痛的点。

对家乡的想望，对故人的思念，只能停留在半夜三更的梦境中，但是有时候这样的梦境往往都难以成就。所以有一种说法是这首词有可能是李煜写给他的弟弟李从善的。这个时候李煜所统帅的南唐还没有被宋朝所灭，李从善入宋之后被宋朝扣押作为人质，李煜几次要求宋廷放还李从善回南唐，都被拒绝。所以这首词写在彼时竟然可以有这样的意思在这里面。是自己没有收到弟弟的近况，从而“雁来音信无凭”，而弟弟则是“路遥归梦难成”。李从善难道不想回到南唐，回到李煜的身边吗？难道他是因为路途遥远所以才回不来吗？恐怕是政治原因斗争，令他欲归不得。所以这首词既可以看作是男方在怀念远方的佳人，也可以看作是一个哥哥在怀念身处异国他乡的弟弟了。小词真的是有多种解读的空间，可以给人多重的联想。

最后一句，李煜讲“离恨恰如春草，更行更远还生。”这也是常常为人所称道的一句话。古来有人用山比作愁绪，也有人用水比作愁绪。但李煜就着这春末的时节，用了春草。愁绪如果表达得好，就要给人一种绵延不尽的感觉，但是高手在写自己愁绪的时候往往会跟当时的场景当时的心境产生关联，这对于人的情感而言，是非常自然的一件事，这样写出的愁绪就不仅仅是不尽的，更是切实的。像李白“白发三千丈，缘愁似个长”，白发喻愁绪之长，也跟愁绪产生了关联。像李煜“离恨恰如春草，更行更远还生”，春草的生命力是非常强的，白居易不是说吗？“野火烧不尽，春风吹又生。”草的种子埋在地下，经过冬天的蛰伏，一有温暖的春风拂过，就立即生长起来，而且四处都是茂密的草丛，一直在生长，一直在延长，延长到最后就是视线的尽头。这展现的是一个无限广大的空间，这个空间由一个极富生命力的绿草所填满，也被诗人的愁绪所填满。用一个极富生命力的东西譬喻自己的愁绪，真是天才想出来的转义。

绿草的生命不止，愁绪便无法消失，而且还要随着这样生命力的延伸而扩大。嗬，这句子真美，也真伤感。“我”要继续往前行走，“我”不想看到这引发思念的春草，可“我”走得出这样一个空间吗？“我”走不出，越往前走，还是能看见这样的春草，再往前走，还是这样的愁绪，冲不破，离不开。简直像孙悟空困在了如来佛的手心一般，诗人被这远离的愁绪所牢牢困住，无法挣脱。

望不穿崇山峻岭，大河奔腾，远望竟成空

浣 溪 沙

北宋·晏殊

一向年光有限身，等闲离别易销魂，酒筵歌席莫辞频。
满目山河空念远，落花风雨更伤春，不如怜取眼前人。

前日见同学分享了这一首词，心有所感，故而想说上两句。对这首词我并不陌生，高中时就读过背过，觉得文字非常美，很喜欢。不仅如此，我跟这首词还有一个小的故事。我有一个非常要好的女性朋友，也有一个很好的男性朋友，他们俩是一对。不知怎么的要闹分手，我这个人又是劝和不劝分，所以老希望他们在一起，就抄了一遍这首词的下阕给了那个女生。那个女生当然知道我说的是什么意思，又坚持了一段时间，最终还是因为各方面原因分了。不过在他们分开之后，女生则更加幸福。这也让我对以往劝和不劝分的行为产生了深深的怀疑。大抵年轻有的是资本，可以花很多时间，见不同的人，可是当一个人到了中年，各自成家，甚至垂垂老矣的时候，恐怕就会对这首词的最后一句话产生共鸣。

但这首词仅仅是在写这样一个非常简单的情爱问题吗？当然不是。前天看了梁文道的《一千零一夜》讲王国维《人间词话》的四期，他所有的

言论我都没记住，只记住了一句话，王国维虽将其作品命名为词话，但里面也讲了诗歌，整部作品更是体现了他对中国文学乃至美学的一层思考，还有其对人生的体悟。

其实何止王静安呢？大多数的中国词人都会在词中体现一种生命和感悟，那便是味外之旨，言外之意。正如张惠言说的，小词可以“道贤人君子幽约怨悱不能自言之情”，无论是显意识的也好，潜意识的也罢。

这首词其中就有晏殊的人生，他对生命的感悟。而且我们可以很明显地看到，这是他想写的主要内容，是显意识的层面。他列举了很多的矛盾，很多值得惆怅的事情，而在最后用一种所谓的达观进行纾解，完成这首词。我见到有人说这首词体现了晏殊的洒脱，下笔明快，我的理解很不一样。

晏殊一开始就讲，“一向年光有限身”。“向”实际上是“晌”，一晌有两种意思，一种是指时间很久，一种则是指时间短暂，很明显，这里是后者。年华是多么的短暂，多么的迅疾，白驹过隙便就一片夕阳了。年华多么的短暂，而你的身体呢？你的生命呢？也是有限的。我记得有一位西方诗人曾说：“你何必贪恋睡眠，因为以后你将沉睡很久。”跟宇宙相比，个人的生命永远是短暂的，而且是异常短暂。而在今天，我想我们可以对这句话做一点新的解读，不仅是你的生命有限，人的身体何尝不是被限制的？人只有五官四肢，没有三头六臂，占据着狭小的空间，行走也一定是有限的范围。生老病死，生死不论，老和病却又限制着我们的行动。人的大脑何尝不有限呢？庄子说：“吾生也有涯，而知也无涯，以有涯随无涯，怠矣。”我们不能够全知全能，也不能够共感万物，既不能下潜海底两万里，也不能高飞九霄云外，一切伟大的想象加诸现实，多么有限。

而在这短暂的生命、有限的延伸之外，又如何？“等闲离别易销魂”还不能有长久的欢愉，不能有长久的相聚。“等闲”便是无端。随随便便就别离了，转瞬之间就要分开。也许刚刚结束寒暄，刚刚把酒言欢，就要分开。杜甫的名诗《赠卫八处士》，前面讲“人生不相见，动如参与商”。这是多么困难的会面，可到了最后又是“明日隔山岳，世事两茫茫”。这样的别离是多么迅速，多么的无端，自是让人销魂。

所以晏殊就说了：“酒筵歌席莫辞频”。世事这样无端，人与人之间的离合竟然是这样的短暂和无奈，那么在短暂的团聚中当然就要尽情地享乐。怪不得有的人会说这首词当中有着一分豁达和洒脱。但是实际情况是怎样的呢？任何一种语言文字都有它的特点，不同语汇的组接就能产生不一样的意思，这种非常幽微的组接后的意思就是我们需要解读的言外之意。这句话说“莫辞频”，不要推辞，是一种劝慰的口吻，也就是当事人觉得酒宴频繁了，不想去参加时一句劝慰的话语。为何当事人不想参加了呢？只有可能是当事人体会到了这种“人生不相见，动如参与商”的感慨，一切的繁华和欢乐都是短暂的，而人都会在这世间天地中流浪漂泊。而这个当事人自然是词人自己，是词人想象别人安慰自己的话。这句话的背后是一种洒脱吗？毋宁说是一种无奈。韦庄有非常著名的五首《菩萨蛮》，我非常喜欢，其中第四首中“遇酒且呵呵，人生能几何”与晏殊的这句话多么相似。韦庄当时漂泊在蜀地，故园归不去，“洛阳才子他乡老”，多想已是无益，所以他说“尊前莫话明朝事”，看惯了人间无常，所以放纵歌酒。其实但凡人也都是这样，只有在极度无奈而且无法改变的事情面前才会自我安慰，“莫辞频”。我想，这句话不是洒脱，而是无奈。

接下来晏殊又举了两个悲哀的例子，“满目山河空念远，落花风雨更伤春”。这都是非常传统的中国文学抒情的悲哀场面，但也都是人之常情，所有人都有的经历。这第一个例子，用笔气势雄浑高阔，可以说一洗《花间》《尊前》的娇柔之态，但整首词的风格还是去五代不远。“满目”说得真好。我们常说“远望可以当归”，登高望远往往有一种望乡的情怀在。可以是望着自己的故土，也可以是望着朋友的方向。看见了什么？青山重叠，没有留下一点空隙、一个远望的通道。青山大河都是阻碍，故园如何到达。远望是可以当归，可是望不穿崇山峻岭，大河奔腾，远望竟成空。不去登高远望，就在一般的生活中，又有了多少愁苦在。“落花风雨更伤春”，杜鹃一叫，春天就没了，一切的繁华都将衰败。四季之中，春秋寄托我们太多的情感。暮春时节，最美最娇艳的花朵不在了，而在秋天，一切的生命都将转为衰败。在中国人的思维中，人和自然是全然一体的，我们对其他生命的关怀也有着我们自己的投射。在风雨之中，落花飘摇而下，流离不定，正像一颗游子的心，又像一个在政治风雨中飘摇的人的形象。总之，一切的外力催逼着美好的凋零，一个不得志或者是心中有所郁结的人，看见落花，自然会产生共鸣。

所以这首词晏殊实际上举了四个人世间悲哀的例子，每一个例子都和他也和你我息息相关。上阕给了一个纾解的通道，“莫辞频”，实际上是一种无奈，而非洒脱。下阕的纾解方式又何尝不是呢？“不如怜取眼前人”，用的是元稹《莺莺传》最后的一首诗。元稹的《莺莺传》是非常有名的唐传奇小说，后来被王实甫改编成《西厢记》，可《莺莺传》是个悲伤的结局，张生另娶，莺莺另嫁，不像《西厢记》中二人的大团圆。在《莺莺传》的最后，张生经过莺莺宅邸，对莺莺发出邀请，莺莺不见。张生求得恳切了，莺莺就写了这一首诗给张生：“弃置今何道，当时且自亲。还将旧时意，怜取眼前人。”将过去我们彼此的那分情意，用来好好珍惜现在你我身边的伴侣。这个句子非常耐人寻味，似乎说的是珍惜当下，但这句话跟上阕的最后一句语气一样，都是劝慰的语气。“不如”是有悔恨和无奈在其中的。那是否就真的有这样的一个人呢？晏殊的崔莺莺究竟是谁？我想不能做这样狭隘的解读，这个“眼前人”可能只是一个喻托，不一定实指一个真人，可以是现在的场景，现在的处境，不妨随他去吧，“遇酒且呵呵，人生能几何”嘛。

那为什么这首词就不能看作是表达了词人的洒脱呢？非得用无奈去解释吗？非得。如果晏殊把上阕的“莫辞”改成“且须”，“不如”改成“更将”，语义就会改变，有可能作洒脱解释。但是他没有，这是他自己的选择，自己的情感。

自己就站在这一片粉红的花雨之中

临 江 仙

北宋・晏几道

梦后楼台高锁,酒醒帘幕低垂。
去年春恨却来时,落花人独立,微雨燕双飞。
记得小蘋初见,两重心字罗衣。
琵琶弦上说相思,当时明月在,曾照彩云归。

词这种文学体式原本就源于勾栏瓦肆之间,是写给歌女演唱的歌词。演唱的地点往往是酒席宴饮之间,所以词在最开始大都描写美女和爱情。先是歌女们自己创作,后来在唐宋之际又有文人加入。而正因为有文人的加入,词的文学性就得以加强。但虽然有文人的加入,词依旧被文人认为是“艳科”,是“小词”,不登大雅之堂的。所以文人的创作也是为了歌女演唱的需要,依旧写的是美女和爱情的主题,而且往往虚构词中人的状态,虚构出所寄情的那一个对象。这样的状况可能到了晏殊,甚至柳永、苏轼之后得以逐渐的改变,词开始作为一种可以抒发自己内心情致的文学体式。这里的晏几道就是写歌词的能手,据他自己在《小山词》的跋说,沈廉叔,陈君宠家有莲、鸿、苹、云几个歌女,自己每次写好了词作就交给她们几个进行演唱，而这些词作也正是通过歌女之口而流传人间。这首词里面的小蘋大概就是歌女之一，这首词也就很有可能是为了怀念那一个叫作小蘋的歌女而作的，其中自有他的情感存在。

这首词虽然只是为了怀念一段感情，一个歌女，但它得以流传，一定是因为这首词之中包含了一些个人感情之外的共性，包含了一些更为深广的层次，这样才能够引起其他读者的共鸣。这首词写得极美，但又突破了绮丽的限制，写得丰满而真挚。而且纵观全词，其中的对句非常精到，布局谋篇也十分耐人寻味。

头两句就构成一副对子，“梦后楼台高锁，酒醒帘幕低垂。”写得多美呀。楼台被修建多么高，配上了多么精致的锁扣，自己床边的帘幕又缓缓低垂着，这一切都发生在他梦后酒醒时分。他虽然写的是梦后和酒醒，实际上也写了梦里和酒醉时的样子。楼台高锁说的是楼台的美丽吗？帘幕低垂写的难道是帘幕的漂亮吗？不是的。在梦中，他所思念的那一个人一定和他见了面，甚至互诉衷肠。可能在那个他们过去常常歌游宴饮的楼台之上，他们一起饮酒，一起赋诗，一起高歌欢乐。可是“来如春梦不多时”，美好的梦境多么的短暂，终究那不是现实。梦后醒来，那楼台的相聚，再次的欢歌并不存在。那是“楼台高锁”，也许美好的记忆就封存在上面，也许那个思念的对象就在这楼台之上，但是楼台之高让人无法攀登，就算得以攀登，狠下心来一定要“溯洄从之”，不惧“道阻且长”，那锁扣也是无法打开的，终究是分隔了。

《古诗十九首》里面有一首“西北有高楼”，那也是一幢高楼，那楼高到“上与浮云齐”，楼上有多么漂亮的装饰：“交疏结绮窗，阿阁三重阶。”可是那样的高度难以到达，楼上能听出来有人在奏乐，可乐曲竟是那样的悲凉，“不惜歌者苦，但伤知音稀。”虽然那个楼上的人在苦苦地弹奏，可没有人能够攀登到高楼之上，去听她弹奏，孤独和冷寂是楼上人的体会，而无法攀登而上却是楼下人的痛苦。在这首诗的最后，诗人讲：“愿为双鸿鹄，奋翅起高飞。”看来只有想化身成鸟，最终才能飞上高楼。

可是晏几道面对的处境比这还要不如，纵然晏几道也能“奋翅起高飞”，知道美好的东西就在高高的楼台之上，那绮窗的锁，门上的封也是打不开的。梦中的一切也都只能在梦中，现实一点也达不到。酒已醒来，看见的只是卧房中床榻前，帘幕的低垂。低垂这两个字带有一种没有生气，慵懒的感觉，也许酒醉时，过去的欢歌场景历历在目，虽说是一个人的醉酒，但在眼前似乎变成了一群人的狂欢，周遭的一切在他的眼中一定是欢快的、跳跃的、灵动的。也许在过去，他们曾经在卧室中有愉快的谈话，有亲密的举动，有无数个相伴而眠的夜晚，那是多么的快乐，多么的幸福。那女子香闺的帘幕当然也会寄寓他无限的相思，如今的酒醒，剩了独身。而且帘幕的低垂更带有一种阻隔的感觉，一觉醒来，低垂的帘幕阻挡了他想要远望的双眼。所以这两句实在是写得非常好，明着写了酒醒和梦后，隐着也写了梦中和酒醉。而在梦后酒醒之间，看到的都是一种阻隔和想望之思的不可得。

既然有所思，看到了楼台高锁，看到了帘幕低垂，心中自然会有所摇动，有所情思要就此产生。“去年春恨却来时，落花人独立，微雨燕双飞。”以前的欢歌宴饮，如今只剩自己一人，梦醒了酒醒了，去年的一股春恨就隐隐袭来。可是这不是现在的思念，今年的春恨吗？他为什么不说这是今年的春恨，而说“去年春恨却来时”？这样的思念，这样想望不是今年才有的，是去年就开始逐渐的升腾起来的。今年的相思也就是去年相思的重复，每到这样的时刻，都有这样的相思。

“去年”这个词实在是一个可以无限回溯过去的词，所以去年有，去年的去年有，年年都是“去年春恨却来时”，年年春天的酒醒梦醒之后，都陷入在这深沉的相思之中。年年春天都有去年的春恨，年年的春天都是“梦后楼台高锁，酒醒帘幕低垂”，年年的春天自然也都是“落花人独立，微雨燕双飞”。晏几道在梦后酒醒所见所闻之间想到了年年的春恨，又在年年的春恨间想到了自己年年春天的遭遇。这十个字，境界足当千古。一个思念的人，静静伫立在一片飞絮落花之中。四周都是飘零和破败，但有的是那么美的飘零，那么丰富的色彩，飞花万点，随风舞动，自己就站在这一片粉红的花雨之中。他可能昂头远望，可能低头沉思，那一个人孤独地站立多么的悲凉。每次读到这个句子，我脑中想到的永远是一个人叉手的背影，因为我实在难以想象怀揣着这么深沉的思念，站在这样的景物之间的人该有着怎样的表情。而春尽有随风的落花，更有着无边的春雨。春雨是那么细微，那么绵密的所在，在那一片春雨之中，他看见的是双宿双飞的莺燕。“燕双飞”而“人独立”，用动写燕子，用静的像一幅画一样的笔调写人，燕子竟是何等的幸福，不用经受这相思之苦，更不用感怀这落花之悲。只用了十个字，留人无限的想象。

说尽了现在的相思苦，他开始回忆过去的时光：“记得小蘋初见，两重心字罗衣。”那个被他如此深沉思念的女子究竟是怎样的呢？他写的是他第一次见到“小蘋”时对她的印象。人和人第一次的见面总是会给人留下深刻的印象，也是最具有浪漫色彩和情感倾注的。而且对于男性和女性的见面，第一次的见面自然正是女性最小，最美好，最青春楚楚动人的时候，那种女性青春轻盈的感觉，就从这一个“初”字透了出来。

诗词往往可以给人以这样的联想，一点文字的变化都能给诗歌的韵味带来改变，每一个字都有着不同的感觉，最初的时候往往是最美好的时候。第一次见到小蘋看到了什么？“两重心字罗衣”，她穿的那么漂亮，是两重带着心字图样的锦缎的衣服。这样的衣服不是一眼就望到底的，而是穿了两重，一层望进去还有另一层，两重的心字图样交叠出多么丰富而绚烂的图案。中国的女性在古代强调内秀的美丽，是要把自己的美好隐藏起来，能够看到一点，但不能一览无余，不能过于招摇。这也就是为什么“胸前如雪脸如莲”词语尘下，而“暗露双金钏”格调高雅了。所以小蘋穿着两重心字罗衣，多么翩翩，多么有层次感，多么的幽微可爱。可是这样的描述还有一层更深刻的意思。外面一层心字，内里一层心字，两重的交叠，不正有心心相印的意思吗？所以这样的描述也有可能不是实写，而是晏几道主观的加工，把初次见面两心相悦的意思隐藏在了这“两重心字罗衣”

之中。当然这也有可能是我们主观的臆断，但我想这样的思考有它的道理，是可以作为参考的。

古代对美好女性的定位不是仅仅靠脸的，要有品德，不要过于外显，这也就是晏几道说小蘋是两重罗衣的缘故，但古代对美好女性的定位也不是仅仅有品德就够了的，还要有才华。那晏几道所思念的这个女性是不是这样的美好，值得他的思念呢？他说这个小蘋不仅是穿着得体，相貌姣好，更“琵琶弦上说相思”，弹得了一手好琵琶，而在琵琶上又诉说着那么温柔款款的相思之情，那是多么的迷人。而且正像是韦庄《菩萨蛮》里面说的：“琵琶金翠羽，弦上黄莺语。劝我早归家，绿窗人似花。”琵琶奏响就是盼着那个思念之人的归来，也许在初见的时候，听见小蘋琵琶上的思念还是一个虚指，可久而久之，他们互相的交游玩乐，那琵琶上思念的人恐怕就是词人自己了。看来不仅仅是晏几道在思念那个歌女，小蘋也在思念着他。但究竟是晏几道离开了还是小蘋远去了，或者是小蘋已经不在了？我们都不知道，他没有讲，留下了一个永远的谜。

“当时明月在，曾照彩云归。”思念是永久的，可过去已经不再。只有年年的春恨还在，只有年年的落花在，年年的微雨在，年年的人独立、燕双飞在。还有当时的那轮照过我们欢歌宴饮的明月还在，可是明月底下的人间却已经是换了模样，当时的明月还在，可当时的欢游已经不在了。同样的一轮明月，曾经照过那么美好的人间事，在它的底下，有那么美好，那么色彩斑斓的云彩从天边归来，那么美丽的景物，那么美丽的过往，那么美丽的经历自然是历历在目，可是现在却要对着那个见证了一切的明月忍受自己独处的悲凉。而“彩云”又不仅仅只是实指自然界美好的景物，彩云在中国诗歌传统之中有指代美人的意思，所以这句话就不仅仅是写的寄情的自然景物，而与整首诗的怀思有着深切的关联。

古人曾经说这句“所谓柔厚在此”，柔厚是什么意思呢？语调之柔，意蕴之厚，当然有着温柔敦厚的意思了。整首诗的思念没有强烈的呼号，没有过分爆裂的情感，这句话更是将一种思念之情带入了一种空灵的境界。

这句话没有直写思念，可是读者无不知道这句话写的是思念。一个“当时”，一个“曾经”，自然有怀念的意思；一个是物件仍“在”，一个自然是盼望而不可得的“归”，相思之情也就油然而生了。

看到了一如万古长空的春山如媚

蝶 恋 花

北宋·晏几道

醉别西楼醒不记，春梦秋云，聚散真容易。
斜月半窗还少睡，画屏闲展吴山翠。
衣上酒痕诗里字，点点行行，总是凄凉意。
红烛自怜无好计，夜寒空替人垂泪。

这也是北宋词人晏几道的作品，有许多人喜欢北宋的晏殊和晏几道，觉得他们的词缠绵悱恻，委婉含蓄，有优雅的美感，可以反复吟咏，甚至一唱三叹。在上一篇文章中我提到晏几道曾经和两位好友时常一同游乐，每每填好了词作就让其中一人的四位歌女去演唱，他的很多词作也是通过这样的方式流传人间。专门在酒席宴上为歌女演唱所创作的歌词，很难说在创作的初衷中有他的寄情和喻托。这一首词跟上一首词不同，没有叙述具体的事件，也没有点明思念的人物，只是抒发了一种感情，很可能没有实指。而且这首词也没有具体的创作时间，所以很有可能就是在他们宴饮之际，晏几道创作出来给歌女配乐演唱以助兴的。但是就算如此，能说这样的词作就没有价值和情感么？一定不是的。哪怕词人主观上没有自身的隐射，但在叙述和描写的过程之中，一定有潜意识自我情感的注入和参与的，因为睹物思人，触景生情是人之常态，而如果没有情感的注入，就算是歌词也不会耐读的。这首词是一首好词，不仅是因为它流传至今，而且被选入《宋词三百首》，更是因为这其中有词人内在情感的注入，有一种使读者共鸣的力量。

我们常常讲诗词要写得委婉含蓄，这一点在词的身上显得尤为明显，诗歌可以呼号，让自己激愤或痛苦的情感如行云流水一样地流出几十句来，但词不行，不仅句式限定，字数也都是限定了的。有些东西甚至都不会直接的说明，但它内在的勾连却都是在词人的精心设计之中的。

词在最开头营造了一种场景，这种场景也就成了后面词人寄托情感的场域，也为他后面接续填词提供了一个引子。“醉别西楼醒不记，春梦秋云，聚散真容易。”在西楼饮宴，跟三五好友，一同游戏谈笑，最后以至于大醉而归，这是多么快乐的一件事。可是这样的场景，谈话的内容，欢乐的细节，乃至于他们的游戏，射覆的内容可能在酒醉之后，大梦方觉之时都难以记起了。这也是从古至今人们都在咏叹的困境，快乐是不能够永久的，甚至于回想起幸福时光的细节都变得那么困难。还不用说过了几年，或是等人年老回想年轻的浪漫时光，就是当时的宴饮，仅仅一醉之后，一夜到天明这短暂的时光，就难以记起了。

当然也不是全都记不起，他记得“醉别西楼”，记得醉了，记得离别，记得西楼，可是忘记的是宴饮的欢乐，忘记的是同桌的伙伴，忘记的是美好的事物。这人和人的相遇，欢乐时光的碰触真是太难了。古人讲“世间好物不坚牢”，那月亮圆了就必定是要阙下去。有了良辰美景，好友或亲人聚不到一块儿，好友如若有约，那恐怕也是缺了张三，少了王五，团圆、年轻、过去，那么美好，那么短暂。真是“春梦秋云，聚散真容易”。浪漫的春梦，纤细的秋云，一阵夜凉，一阵晚风可能就吹散得无影无踪了。人与人之间的相遇何尝不是如此呢？刚刚“今夕复何夕，共此灯烛光”，马上就“明日隔山岳，世事两茫茫”。也许过去的事情曾经入过春梦，也许秋云曾经成为他寄意的对象,可是转瞬即逝,连踪影都寻不到。说是“聚散真容易”,其实这是偏义复词,是“散”容易,“聚”自然是难的。

前面三句写出情起的缘故,这一句点名词人现在的状况:“斜月半窗还少睡”,这是晚愁袭来。月亮并不圆满,只是残月,而且斜月的意思不是月亮刚刚升起,而是已经快要落下了。后半夜的月亮已经低至半窗,在窗棂的一半,把月光射进屋来,已经是凌晨,快要黎明了。可是这样的光景,他却睡不着,原因在前面的三句已经说出来了,是因为这一缕晚愁,在夜间突然忆起往昔时光,可惜均已物是人非,连细节都难以记起了,感叹过去的时光飞逝,而人与人的聚散容易。词人是睡不着的,月亮已经西斜了,冷冷地照进屋来,可是“画屏闲展吴山翠”。

这句话写得真妙,但似乎令人摸不着头脑,为何突然写屋内的屏风?首先我们要弄清楚的是,这首词写的是一个秋天的晚上。词写在何时,文本中并没有明确指出,虽然写了春梦秋云,可是无法判定这首词写在秋天而非春天。这涉及中国传统中对秋天的定位,秋天的代表方位是西,秋天的代表物件是月。这两个词都出现在了这首词的上阕,这是带出来这个季节的感觉,隐指了秋天。在其他的季节中,作诗作词的人对这“西楼”和“斜月”是会用得很慎重的,所以晏几道没有明说,但是给了秋天的暗示。词人在秋天的夜晚如此的愁苦,怀念着过去已经不可得的种种,可是他也许是顺着斜月照进屋内的月光,看到了那一个屏风,屏风是如此的安闲,不理会他的愁苦,就那么安闲自然地展览着它身上所绘制的一切。一颗愁苦的心灵,看到一个屋内的物件不理会他的心情,愁苦当然会加深。而且那画屏闲展的是“吴山翠”。江南的山川,春日的娇翠,多么美好的过往!现在已经是秋天,是万物凋零,落木萧萧的时节,画屏上绘制的是过去春天的美好,一如当初的岁月。

画是不会变的,正如对过去的记忆最绚烂的部分是不会褪色的一样,可是周遭真实世界的时节却有着一年四季的轮回,自己的现状也有着起起落落,分分合合的更动。这种感觉可能跟我们看到过去的照片是一样的，可是看到过去的照片只是个人对过去的回忆，但看到了一如万古长空的春山如媚，更是把世界的永恒和瞬间囊括在这一句之中。画屏上是一种亘古不变的美好的昭示，它安闲地看着这个肉身凡胎愁苦的一瞬，而这一瞬是这个肉身凡胎意识到的，却挣脱不了的，要一直忍受的无奈。这句话写得多么好啊！

“衣上酒痕诗里字，点点行行，总是凄凉意。”这实际上承接的是上阕的第一句，“醉别西楼”是宴饮的结束。宴饮上醉过，当然衣上会有酒痕，宴饮上游乐过，当然会有誊抄留下的诗篇。有时候人总会觉得刚刚过去的一段经历好像梦幻一般，那究竟是梦里的还是现实存在过的？哦，可能找寻到了那时的照片，看到了那时候的手记，家里还摆着那时候的纪念物，原来那时候是真实存在过的。当人会这样想的时候，现在的境遇一定是比不得从前，甚至跟从前的反差极大。在愁苦之中，想到了之前可能有过的欢游，如果那真是臆想出来的，并不存在的梦境，可能还好受一点，因为毕竟没有过那欢乐的时光，也许不是梦境，但处理过了所有与之相关的物件，清理掉所有的记忆，那样的时候可能真的变成并不存在的“梦境”。但是怕就怕有个东西一直在提醒着你，那不是梦，它真实存在过，让人不得不想。“醉别西楼醒不记”那不是一场梦，真的有欢愉的过去。衣上还残留着过去带着欢笑的酒痕，面前还堆着那时唱和的诗词，那酒痕、诗句的点点行行，勾连起过去和现在，记忆和现实。可是“点点行行”仅仅写的是诗篇吗？这暗中其实有“泪”的因子。因为愁苦而落下的“泪”才最适合这一点一滴，一行两行。所以这“点点行行”确实会让人有这样的联想，也正是有这样的隐指，才让后面的“凄凉”，增添了几许兴味，变得更加自然。

屋内只有他一个人的，可是这样的情感似乎必须要有一个倾诉的对象，画屏的安闲拒绝了他，似乎只有红烛的清泪可以作为他的慰安。“红烛自怜无好计，夜寒空替人垂泪。”

虽然红烛有泪可以作为一种安慰，却也毫无办法。过去就是过去，不可回，纵使有将来，可是将来是否能够见面，谁也说不清。所以红烛没有办法，就算是滴泪也是“空垂”。用红烛落泪来说明追惜，古已有之，李商隐说“蜡炬成灰泪始干”，杜牧说“蜡烛有心还惜别，替人垂泪到天明”。长夜之中，月光冷，月亮孤，诗书掩，窗外寒，似乎只有这一点红烛在散发着热量和暖光，能够引起人们的注意，让愁苦的心灵有稍稍的平复。可是红烛多么细微，力量多么有限，就是这一点“替人”的垂泪，也要饱受“夜寒”的侵扰。整首词都在一种宁静的悲凉之中，好不容易最后冒出了一点红色的火苗，却又被四周的秋寒所紧紧包围，但这确确实实是词人在那样的环境当中所仅有的一点依靠。

这首词虽然有可能作于宴饮之间，但是它被晏几道认真对待了，也许在有意无意中被晏几道注入了自己的感情，又在有意无意中激起了人们广泛的共鸣。这样的词美得纯真，写得动人。我想，就算是他宴席上的作品，等他年老之后，家道衰落之后，偶然再读，也会发现写出了自己不一样境遇的真实况味吧。

当所有的热闹变得在周遭之外，在可见不可触的距离中

生查子·元夕

宋·欧阳修

去年元夜时，花市灯如昼。
月上柳梢头，人约黄昏后。
今年元夜时，月与灯依旧。
不见去年人，泪湿春衫袖。

元宵节是中国传统中非常重要的一个节日，因为灯市、宴饮、聚会的娱乐活动，文人墨客创作了异常丰富的歌咏作品。就诗而言，当然是苏味道的《正月十五日夜》最为著名，其中写“暗尘随马去，明月逐人来”和“金吾不禁夜，玉漏莫相催”都是千古传唱的名句，这首诗也是诗人在一次元宵节的征诗比赛中夺魁的佳作。但是这首诗虽然描写得很欢腾，气氛也写得很热烈，但欢乐之外的内涵似乎就少了些。

上面这首是欧阳修的《生查子》，也是千古传唱的名篇，其传唱的程度甚至比苏味道的《正月十五夜》更为广泛。究其原因，当然是写的比那首

诗更简单，辞藻也更朴实了，我们一看就懂。这首词好就好在朴实无华，更接近一种原始的咏叹。庄子讲：淡然无极而众美从之。有时候我们可以体会到越简单的句子，越可以给我们以真挚的感情享受，相反太过华美有的时候会让我们感到几分虚伪和卖弄。所以我们一起来看看这首非常“简单”的词。

这个“生查子”的词牌让人乍一看以为是五律。每句五个字，一共八句，排得整整齐齐的，这到底是诗还是词啊？词牌中有一些并不是真正的“长短句”，很多都是一样字数的，比如说“浣溪沙”就是每句七个字，一共六句。那么能不能说这首词就是旧体诗歌呢？虽然词可以算作广义的诗，但是从狭义方面讲，词跟诗还是要截然分开的，其美感特质、创作的方法都是完全不同的。这首词除了格律跟律诗不同，中间两联没有对仗之外，是明显分出了上下阕的，而近体诗则一定是浑然的整体，是没有这种显见的对比的。除此之外，更不一样的地方在于，王国维讲：“词之为体，要眇宜修，能言诗之所不能言，而不能尽言诗之所能言。诗之境阔，词之言长。”词乃是一种更为精微、更为意象性、更为含蓄、更具有一种另外解读可能的文体，词的审美和诗歌的审美虽然有相似性，但不同处更多。

这首词明显地分出上下两阕，那么这上下两阕因为“去年”和“今年”用词的缘故就很自然地呈现出对比的样子。而我们在读诗词的时候，这种人世变换的对比，我们读得多了，那“人面不知何处去，桃花依旧笑春风”不就是这种变化吗？那“江山留胜迹，我辈复登临”不就是这种变化吗？自然的亘古不变，人世的百代衰移，两相对比来显出自身的无奈，我们读了一些，但是这首词的对比并不完全是这样的。

元宵节，又称为上元节，灯会是必不可少的。灯，本来就是在夜晚中点的，为的是获得白日里的光明。而元宵节那一天不仅仅是一家点着灯，是万户都点着灯，不仅仅是在室内点着灯然后透过窗纸显露出亮光，而是把灯火都悬挂在外，还有个集中的地方，那万家灯火、一夕聚会，就可以想见那个地方会是多么的热闹！而且灯上又会有美丽的花纹，还会有各式的灯谜，集会之时再加上春风的洗礼，当然也就是青年男女沟通情爱的场所了。所以你看，中国人沟通爱恋总是那么的诗意，需要一个绝美的场所，上元节的时候，天上是一轮大大的圆月，周围满是花灯，就像欧阳修讲的“如昼”，街上往来行人，树林幽僻之地，寻一石桌石凳，携一点米酒或是春茶，那是再好不过的约会场所；清明节的时候，乘着春风，嬉戏于刚刚融化的春水，看着春草，听着早莺，折着柳枝和花朵，扑着蜂蝶，一个春天在此，谁还敢说有比这更好的场所呢？如果说清明最适合白天的赏游，那么上元节更适合花前月下。

所以欧阳修就写了：“去年元夜时，花市灯如昼”。在过去的那一年元宵，灯会是多么的美，攒集起来的灯光好像映彻了天边，那是“火树银花合，金桥铁锁开”，极尽奢华、热闹和繁丽。集市上可能还没有天黑，或者不是太晚的时候就已经很多人了，人们在购物、在交谈、在游戏。但是你要注意，欧阳修这里写的是“花市灯如昼”，就其意思来看，他其实可以写“灯市光如昼”，但他加入了这一个词，其意蕴就大有改观。这个花字，可能来自于灯上修饰的图案，可能来自于集市上的花摊，可能就是一个简简单单对美好灯会的赞美，更可能说的是集市上来来往往的如花美人。欧阳修用了一个“花”字就可以带来种种的联想，因为花代表着美好的东西。

如果这两句只是写当时的情况，后面两句人就要登场了。而人的登场，并不是在如昼的花市登场的，而是伴着月亮登场的。一个大的场域放在前面，一个时间带来了一个人的出现。“月上柳梢头，人约黄昏后”，月亮已经上了柳梢，夜已深了，在这样一个夜深人静的时刻，这个女子终于出现了。有版本说是“月到柳梢头”，这个很显然没有“月上”要好，“月上”有一种逐渐上行的过程感，是轻缓的，是浪漫的，“月到”则显得直白而粗野了。欧阳修这首词写人的妙处就在于非常安静，虽然是一个“灯如昼”的集市，但是你在他的描写中找不到一点声音，只是有光、有花、有月、有柳梢，那些声音会在我们的想象中，但永远是隔离的，是淡远的。所以虽然欧阳修这首词写的是一个无比热闹欢腾的景象，但是在写人的时候，这个安静贤淑的女子一定要出现在“月上柳梢头”之后，当所有的热闹变得在周遭之外，在可见不可触的距离中，这一段感情才开始弥漫。这似乎有一些辛弃疾所谓“蓦然回首，那人却在灯火阑珊处”的意味。人们谈情说爱是一定要安静的，我们常讲耳鬓厮磨，情侣之间声音近乎耳语，这样一个比常人更接近的距离才是爱情火花诞生的时刻，没有谁会在闹市中定了终身，喊着情话的吧。所以这两句话真是写得非常的妙，一下子就让周遭安静了下来，仅听欧阳修慢慢地讲着这件事情。去年“你”“我”在那样一个美妙的场景中相会，举目所及全是如昼的花灯，上方是一轮皎洁的圆月，透过柳梢斑驳的枝影打在“你”“我”的脸上，“我们”在一处僻静的地方说着情话，执子之手，直到晓风残月。真是今夕何夕，见此良人！

可是欧阳修马上就转到了今年的情境，欧阳修肯定是在今年的上元节有所感触，才写下的这首词，去年早成为回忆，今年才是不得不面对的事实。那事实是怎么样的呢？欧阳修用几乎跟上阕一样的章法和句式就说了，去年跟今年一样，“我”都在这里，都是绝美的“元夜时”，月亮还是那么硕大，那么圆润，花市依然灯火喧天，整城不夜，依然游人如织，集市之上人们谈笑、游戏、购物，没有更易改变，似乎跟去年一模一样，好像“我”又回到了去年的那一个夜晚，跟那一位良人一起，耳鬓厮磨、卿卿我我。我在前面讲，这首词的对比跟“人面不知何处去，桃花依旧笑春风”不大一样，不一样就在不变的东西。我们知道“人世有代谢，往来成古今”，自然是亘古不变的，只有人是会生老病死，更替往来的，所以那“人面桃花”的故事、登岘山的故事、苏轼赤壁的故事都是感慨这样的悲凉。但是欧阳修看到的景象更为悲凉，自然没有变化，依然是去年的月亮，依然是有春天，依然是去年的柳枝，花年年开在此时，年年都会盛放，自然没有变化，但是只有自然没有变化吗？人世一样没有变化，一样的集市、一样的街灯、一样的欢愉、一样的上元之夜，别人的热闹还是别人的热闹，改变的只是什么？改变的是“我”自己的热闹。只有“我”的那一位良人不见了。“月与灯依旧”，自然和人世都还是那个样子，唯一不见的就是那“去年人”。

王夫之在《姜斋诗话》里有很著名的乐景写哀、哀景写乐的论断，举例如“昔我往矣，杨柳依依；今我来思，雨雪霏霏”，那是不一样的景物配上不一样的感情，但是这首词不是，景物都一模一样，到了不可以更加相似的地步，因为一人的衰谢而景物就从乐景变成了哀景。别人都没变化，只有你的良人不见，这种两相对比是更显出悲凉来的，所谓“怪黄莺儿作对，怨粉蝶儿成双”，看到别人还在耳鬓厮磨、卿卿我我，自己怕就更不好受。

所以这首词写的真是非常的简单，但给人感觉非常的真挚，有很多可以解读的东西。虽然说“词别是一家”诗词在具体的文本中无法比较，但就审美感受而言，还是可以有高下之分的，而就我个人喜好而言，我当然是喜欢这首词更胜于苏味道的那首夺魁诗了。有人认为这首词是景祐三年词人怀念他的第二任妻子杨氏夫人所作，此说法可以为大家提供参考。

最美的姿态,又是他最想见到的人

江城子·乙卯正月二十日夜记梦

北宋·苏轼

十年生死两茫茫,不思量,自难忘。
千里孤坟,无处话凄凉。纵使相逢应不识,尘满面,鬓如霜。
夜来幽梦忽还乡,小轩窗,正梳妆。
相顾无言,惟有泪千行。料得年年肠断处,明月夜,短松冈。

中国有悼亡诗的传统,从诗经开始,一首一首怀念已经故去的亲人或同伴,一直传到今天。古话说“慎终追远,民德归厚矣”。对故去之人无法忘却的记忆和怀念,构成了诗歌当中非常重要的一个组成部分,也是华人情感归依的一种寄托。悼亡是怀念,诗是文学。虽然从古到今悼亡诗传下来不少,但好的悼亡诗并不多。要么容易写得虚假,要么容易写得太苦,那个度实在难以拿捏。委婉含蓄、温柔敦厚在真挚的情感,激烈的回忆中从来不是一件容易的事。

我常常以为中国人孜孜以求的是一种沉静之美。我们不大喜欢激烈的情感,因为那会像戏剧,是可以演出来的。有一句话说“观人于揖让,不若观人于游戏”。波涛汹涌,一时的激烈容易造就,但是细水长流的涓涓,和日积月累的思念却是不易，而后者才是真实和诚挚。而且悼亡诗容易写得太过个人，太过琐碎，如此就难以与他人引起足够的共鸣，文学性便弱了，便缺少了一种他人可以体尝的观感，流传就显得困难。所以古往今来，人人都有怀念故人的情感，人人都能写悼亡诗词，但如何把自己的情感用恰当的文字表达出来，尤其是写在诗词当中，能使一己的情感变成万众共读的诗歌，做到的并不多。

这首词写的东西很简单，一场梦而已。可梦终究是虚幻的，即便在梦中一种不可能变成了可能，现实的终将到来也会使这种可能总带有一种无奈的哀愁。苏轼梦见了故去的妻子王弗，妻子已经逝去十年之久，没有了当时丧妻的极大苦痛，已转为一种沉静的回忆。不需要大声地哭喊，也不需要痛陈这十年的孤苦，这种深挚的感情就被苏轼这么淡淡地说了出来。“十年生死两茫茫，不思量，自难忘。”相隔已是十年之久了，十年是多么长的一个时间，原来朝夕相伴的一对神仙眷侣，甚至是更早的青梅竹马，耳鬓厮磨的日子一去不复返了。不是远游他乡，也不是抛家傍路，而是生死永隔。我常常以为在生离和死别当中，生离是更痛苦的。因为死别完全断了人的念想，是一种根本没有希望的绝望，但是生离则是有所希望，但希望渺茫，在通信不发达的古代，完全不知道对方的结果和自己是否能够再次见面。引颈望穿，可能最后换来的是一种更加深沉的绝望。但是死别也并不是简简单单的永不相见了，因为人有记忆，而这种记忆又常常化作梦境给人以不断的提示，也许将要忘记了，又让你在梦境中重走一遭，好像欢乐的时光还历历在目，似乎更有相见的可能。只有在醒来之后，才发现斯人已矣，空留回忆罢了。

生死的隔断，苏轼说“两茫茫”。这三个字用得真好。他和妻子两人，一个生一个死，一个在阳世，一个去了阴间。阳世和阴间本都是惶惶的苍穹、混沌的时空，见到的都是广袤的空间。可是那一个可以跟你一起共同经历的人不在了，去向了不同的世界，苏轼在阳世是对着茫茫一片，王弗在阴间又怎么不是自己对着茫茫一片呢。分隔之中的“两茫茫”让双方已经不能互相通话、支持、鼓励。由十年前合卺同枕的夫妻变成了生死之后的寡人。十年是一个长的时间，是一个可以遗忘的时间，也许在最开始，苏轼每天都会想念故去的妻子，可是渐渐也会遗忘掉炙热的情感，也会适应没有王弗的生活。也许没有这一场梦的激发，苏轼也很难写出这一首《江城子》。可是逐渐地不去想过去的事，不去想王弗的死，但终究对那种亲密的生活，相伴的温暖，风雨同舟是不能忘怀的，尤其是在一个觉得孤独的夜晚。

“千里孤坟，无处话凄凉。”这才是现实，现实中是如何呢，不是过去的耳鬓厮磨，也没有再相见的机会。连伴在妻子的坟旁，在现在都是一件不可能的事。自己在山东密州，而妻子在自己的故乡四川眉山，多少高山密林，多少不息大川都阻隔在这之中，连一望都是不可能的事情。相隔千里，是多么广大的空间，那一座孤坟，有多么的微小，多么的怯怯依依。诗人有一种呵护和关怀的情感，想要去温暖一些什么，保护一些什么。千里之外的那一座孤坟，现在该是多么的寒冷啊，而这千里的江山都是无情草木，有谁能去呵护那月下的故冢呢。而自己呢，自己能去吗？相隔太远，那心中的曲意，真是没有办法言说，自己的身形到那里去更是一件不可能的事情。

可是中国不常常讲人死了之后可以往生的吗？如果有缘分，再一次转世依然能够相见。西湖边三生石的故事是尽人皆知的。既然苏轼和妻子有这样深笃的感情，那转世后一定可以相见的啊。可是苏轼怎么说？“纵使相逢应不识，尘满面，鬓如霜。”这十年当中，没有碰到这样的人，而十年已经过了。不用说自己根本不知道那一个转世的女童长得什么样子，哪怕王弗转世后带有前世的记忆，自己的样貌也在这十年的孤苦伶仃和政治的风霜雪雨中改变了、苍老了。纵然有一次机会，能和转世后的王弗再一次见面，但那也是形同陌路，擦肩而过，自己不认得她，她也认不得自己了。苏轼在上一句不说“无处话凄凉”吗？他妻子的凄凉，恐怕是千里孤坟无人依靠吧。而他的凄凉是什么呢？孑然一身，形影相吊？这一句中的“尘满面，鬓如霜”，难道不是他的一层凄凉吗？

“夜来幽梦忽还乡，小轩窗，正梳妆。”到了下阕，终于开始写梦了。题目是梦，可是这首词真正写梦的也就只有下阕的前两句罢了。其他的句子都写的是梦醒时分的回忆和现实。而将现实摆在前面，就好像那梦是为了满足他的心愿而来的。那一座孤坟远在千里之外，哪怕在人世相见都只能擦肩而过，那么什么可以满足苏轼那只为一见的愿望呢？什么可以了结苏轼十年的相思之苦呢？而且王弗葬在了苏轼的家乡四川眉山，对妻子的怀念，是否有一分对故园的怀念？我以为是有的。“尘满面”的意思是辗转各地，也就是未能回乡啊。所以这一个梦满足了他太多的心愿。忽然的一个梦，那么幽微，那么美好的一个梦，让他回乡，让他回到过去的家乡。他看见了什么？那应该是他十年以来最想看见的场景吧。“小轩窗，正梳妆”这是一个非常漂亮的景观，雕花的窗子，就像一个景框，也像一个画幅一样，圈出来了一个美丽的女子正在梳妆。梳妆的过程，是一个女子由美丽变得更加美丽的过程，而且在中国古代，更是一种让丈夫欣赏的过程。温庭筠的词说“梳洗罢，独倚望江楼”。是为了什么呢？要看“过尽千帆”中是否有丈夫的归船。如果有，那一定要以自己最好的状态去迎接。古话说，女为悦己者容。而当女性倾慕的对象并不理睬她的时候，她也就会“承恩不在貌，教妾若为容”。苏轼的妻子在窗棂间梳妆打扮，正好在梦中被苏轼撞见，他的妻子是最美的姿态，又是他最想见到的人。他妻子正在梳妆也是为了有一种想见到苏轼的心意在。最好的结合、最好的碰面，就在这个梦中实现了。

苏轼在梦中就知道，这是一场睽违已久的会面，是一个在现实世界中不可能的会面。是一个漫长的人生经历之后的会面。有太多的话想说，有太多的苦衷欢乐想要让对方知晓。那“千里孤坟”之苦，那“尘满面，鬓如霜”之苦，那“十年生死两茫茫”之苦，似乎都能在这一场会面当中得到解脱。可是太多的言语想要说明，却发现“相顾无言，惟有泪千行”。不知道从何说起，也不知道该说些什么。那么多孤独的岁月，那么多宦海沉浮，那么多风尘满面，先说什么呢，究竟该说什么呢？妻子在那边的情况，这十年来的温饱依靠，想问些什么呢，不问些什么呢？谁知道。他们不是朋友，不能“主称会面难，一举累十觞”。他们是朝夕相伴的夫妻，是无话不谈的亲人。此时真的只能是万般辛苦口难开，什么都说不出来。那所有的悲欢离合，苦痛哀愁，历经的坎坷都在这千行的眼泪中流了下来。相对而泣，既是自己的不易，又是对对方的慰安和感同身受。

可那毕竟是梦，如果大梦一场，永不醒来倒也挺好，可梦毕竟要醒来。梦中的相见只能是短暂的无言，可现实还在，终将要分别。“料得年年肠断处，明月夜，短松冈。”现实中没有阴阳界的会面，只有“十年生死两茫茫”，只有生者的怀想，年年的断肠。这首词写梦写得少，但写得动人，写现实写得多，因为那才是苏轼每日要承受的真实。

真想到五湖四海中做个闲淡的散人

临江仙·夜归临皋

宋·苏轼

夜饮东坡醒复醉,归来仿佛三更。
家童鼻息已雷鸣。敲门都不应,倚杖听江声。
长恨此身非我有,何时忘却营营?
夜阑风静縠纹平。小舟从此逝,江海寄余生。

有些诗词,基本上不需要介绍诗词的背景,只看文本就是非常好的享受。背景跟文本的关系可能有所对应也可能没有,所以有些可以放下不表,但是这首词是一定要先讲讲苏轼的创作背景的。

讲苏东坡的背景往往都会引他自己的两句诗"问余平生功业,黄州惠州儋州"。苏轼的一生极不平凡,有大起也有大落,而且往往是交替而来。外贬、召回、外贬、召回、外贬、召回,而且一次比一次贬谪得远、贬谪得偏。这首诗就作于苏轼被贬黄州时的第三年。苏轼被贬黄州是因为所谓"乌台诗案",这个案子其实有点"文字狱"的味道,但影响极大,苏轼甚至差点被处死。但后来皇帝没有杀他,而是将他贬至黄州当团练副使,但不许擅离黄州,无权签署公文。

对于中国真正的士大夫而言，或者不说是“士大夫”，对中国真正的文人知识分子而言，人生在世为的是什么？宋代的张载说：“为天地立心，为生民立命，为往圣继绝学，为天下开太平。”这是中国以儒学修身的文人知识分子所毕生追求的东西。而要达到这个目标，只有出仕为官，在天子脚下，为生民立命。所以升官在真正的文人知识分子的心中不完完全全意味着发财，更意味着更有机会实现自己当初的抱负和理想，更有机会实现圣贤书所教授的“修齐治平”。同样道理，对苏轼来说，贬官意味着远离中央政权，而这则意味着远离了自己的理想，远离了生命存在的价值。

一般人在解释这首诗的时候往往会说，他没有被痛苦压倒，而是表现出一种超人的旷达。谈到这首诗的内容就说他有时布衣芒屦，有时月夜泛舟，他要从大自然中寻求美的享受，领略人生的哲理。我以为这样的解释是值得商榷的，恐怕印证了王国维的话：“解人不易得。”苏轼放达没错，但好像我们已经形成了“苏轼等于放达”，“苏轼的作品大多表达了一种旷达情怀”的条件反射。以我读这首词的感受，我以为他的放达并非真正的超脱，而是一种极其无奈的感慨。由于不愿悲观厌世，所以放达不得不成了他的选择。

“夜饮东坡醒复醉，归来仿佛三更。”一个真正达观超脱的人也许会干这事儿，但恐怕不会用这样的语调说出来，那样的人，要么像刘伶醉酒“死便埋我”，要么像谪仙太白“我醉欲眠卿且去，明朝有意抱琴来”。而苏轼清楚地记得他是“夜饮”，是在东坡，还记得要“归来”，记得那归来的时间是三更。

为何要夜饮？因为那漫漫长夜逼得你要去思考自身。夜晚，不像白日里有那么多的事物要你去处理，可以暂时忘却自己的烦恼，夜晚的寂静是绝对属于你自己的。正因为在夜中，放下了一切，一个人只能去想唯一放不下的自己。所有的理想，少年所有的努力读书，都被这一次贬谪而打消殆尽，能不愁吗？能不寻醉吗？而且从这首词里我们看不到别人的陪伴，只有一个孤零零的苏轼，拿着酒杯浇着自己胸中的块垒。“醒复醉”一会儿醒着，一会儿又醉了，自己也分不清楚究竟是醒还是醉，究竟是忘了还是没忘，是解脱了还是没有解脱。但喝过了半夜，毕竟不能一直喝下去，毕竟不能完全放下，苏轼成不了刘伶，终是要归来。

归来的时候"好像"已经是三更了，因为喝酒时曾经醒过，所以大概知道是三更，而又醉了，故而确定不了。为何"醒复醉"？在一个酒所织就的梦幻中，也许有抽离出来的时候，而回到了现实，对现在和过去的不忍直视，只好再返回那个梦乡。

而最终结束了饮酒，在三更的夜色里，听到的是"家童鼻息已雷鸣"，而且"敲门都不应"。通过苏轼的笔触，在这个时候我会想当一个家童多好啊，能睡得香甜，睡得深沉。每天只在自己的小天地中活动，无忧无虑，没有烦恼。而那苏轼正是因为背负了太多的情感和理想，夜幕降临，无法安眠，才去东坡独自喝酒。谁不想安眠？但是胸中之事让他无法安眠。虽然他的情感有些消沉，但不得不说苏轼的人格是伟大的，在今天一般人碰到了烦心事，喝了闷酒，回到家里，敲门也没人应，碰个一鼻子灰，这人是一定会大发脾气，摔这摔那的。有时对自己的伴侣子女都不会客气，何况"不应"的只是一个仆人？仆人不就应该照顾好主人，无论何时何地吗？此时不给开门更应该大发雷霆才是，但是苏轼如何？"敲门都不应，倚杖听江声"好像半是戏谑半是苦笑地说"他睡得好死啊，都听不见我敲门"，又不忍声嘶力竭的呼喊，不忍用手杖大力地敲打家门，想了想，算了，给他一段安眠吧，不去叨扰他，"我"再去江边独坐一会儿吧。这一句，是达观的，而且笔调和语气如此淡然，就好像他在面对面地跟你回忆昨晚的一个经历，是一个故事、一则趣闻。

在江边，没有了酒精的迷醉，那旧日往事一件件浮上心头，再也躲避不了。他唯有长叹，这句话是多么真实，他也许隐藏了很久，但终于说了出来："长恨此身非我有，何时忘却营营。"

也许在人世当中有两种精神状态最值得吟味，也最具有审美的力量，一是孤独，二是无奈。这两种精神状态只有在人最安静，最能审视自己的时候才会出现，而这两种状态的出现又更能让我们沉静。这两种精神状态虽不等同于悲观，但总是难受的。所以我们往往可以审美于他人的无奈与孤独，却无法忍受自己处在这种状态之中。可是，在今天普遍的社会现实中，所有人都一定有过这样的感情，但是大部分人会将孤独转化为哭泣和悲痛，而将无奈转化为愤怒和不满。我们好像已经忍受不了这两种情感，非得用激烈的发泄来缓和自己的情绪，这实在失却了静与美。

到现在为止，我一直认为苏轼是值得我五体投地地佩服的，他经历了常人无法想象的痛苦，而他的处理对策却值得我们所有人学习。他到了江边，深知这种经历无法逃避，这份根植于自己内心的驱动与现实的不可得的矛盾无法忘怀。他感慨呀，“我只恨我的这一个躯壳不是完完全全属于我自己的啊，而什么时候能忘却这世间蝇营狗苟之事？”这句话用了《庄子》里面的典故，舜曰：“吾身非吾有也，孰有之哉？”丞曰：“是天地之委形也。”我的神思属于自己，我的智识属于自己，我的精神和灵魂是自己的，但是这肉胎凡身，这生命所寄存的所在确是“天地之委形”，是不由人的。你的生老病死，你的家境背景，你的经济财力，乃至于你长得是否标致，身形是否健硕婀娜，由不得你。

但苏轼难道就只有这一层意思吗？不是的。不仅如此，个体的身形还会影响到自己的精神和灵魂，一个人所处的环境还会影响他要去做的事情。这所有的选择、行为、态度、甚至行程，又有哪一件是个人可以完完全全自由进行选择的呢？很多诗人都会感到他们的灵魂和精神被身体束缚住了，这其中我想一半是因为身体的物理性质，一半是因为身体的社会属性。你苏轼想当官，现在就困在了黄州，你怎么当？你苏轼想隐退，你胸中那“修齐治平”的理想，从小读的孔孟的教导，你怎么隐？一个人完完全全被束缚住了。精神想做的事情，这个肉身都做不了，做不到，这实在是无奈至极，没有一点办法。

官场险恶，宦海浮沉，那不如学了孔子乘桴，学了陶潜饮酒，学了庄周坐忘？“何时忘却营营”真是一句无奈的提问，只有这一条解脱的法子，可是苏轼做不到。“何时忘却”？要忘便忘，真正要放下的立即就放下了，哪来什么“何时”，问这句子就是忘不了，永远忘不了。

在江边想了那么久自己的事，最后就拎出了两个字，就是“无奈”，就好像杜甫讲的“葵藿倾太阳，物性固莫夺”，那是自己的“物性”，忘不了，放不下。所以再看看眼前的河水吧。“夜阑风静縠纹平”，夜又深了，风很细很细地吹着，那河水的波纹好像丝织品一样，柔润纤细。他的苦痛没有化为激狂、长号或暴怒，他不怨天尤人，也不自怨自艾，他只是很沉静地看着自己的身世，吟味自身的无奈，而正因了这寂静的长夜，他能吟味自身，也正因了他自身的沉静，他才能看见这寂静的夜晚和夜晚中静静流动的外物，更易的时间。可他终归是不甘的，他还是想在最后大喊一句：“小舟从此逝，江海寄余生”。

据说这首词苏轼一写完就流传得很广，当时黄州的政府一看这最后的两句，还怕苏轼要逃跑呢，赶紧到苏轼的居所去看他，结果发现他正在床上呼呼大睡。那政府官员真不懂苏轼。苏轼的这两句前面，其实有两个字他没说，那是“真想”。他真想就登时拿来一叶扁舟，就顺着这条河流往下走，到五湖四海中做个闲淡的散人。“他真想”，意味着那就是想想而已，他做不出来。他的本心，不会让他做出这样的事。他知道他的本心是什么，他这一辈子要完成什么，所以他很可以拿佛家道家的思想来做慰藉，但他不会以退和隐做立身的法门。他终归是一介儒生，是一个要兼济天下的儒生。所以他估计在河岸边喊完这两句，就回了他的寓所睡起觉来了。这两句话，只能是他的一个解脱，或者说是暂时平复内心无奈的举动，但是，对他来说，也就只能是两句话而已了。

而这，也正是苏轼的伟大所在，他如果就真的乘一叶扁舟浮于江海，他绝不会如此被后人传颂。他的伟大就在于他失意时不灰心，得意时不骄纵，有独立的思想，也有可以排遣的方法。他是谦谦君子，能温润如玉。

过去的高位,过去的尊荣,在此刻都不存在了

西　江　月

北宋·苏轼

世事一场大梦,人生几度新凉?
夜来风叶已鸣廊,看取眉头鬓上。
酒贱常愁客少,月明多被云妨。
中秋谁与共孤光,把琖凄然北望。

这首词的创作时间和地点历来有所争论,有认为这首词作于黄州的,也有认为这首词作于儋州的。但这两个地点虽然不一样，却都是苏轼被贬谪的地方。而这首词作于什么年份尚不清楚，但是这首词作于中秋确是明白的。在一个贬谪的地方,一定是孤身一人,而孤身一人过中秋,这其中的情感可以想见。更别说这其中甚至还包含着被贬谪的悲怀在。这首词说的东西很少,也很简单明白,不是一首难以读懂的作品。但其实用简单语写精彩的诗歌，比用复杂和深刻的语言写作要困难得多。但如果有大才,能够做出这样的浑然天成,却又不落俗套的作品,那一定会激起历代读者的共鸣,从而传唱的。

这首《西江月》最高妙的句子就在于上下阕的两个对子,那我们就从这

第一个对子看起。“世事一场大梦，人生几度新凉？”这世间的事情，“我”所经历的事情就好像是一场梦境一般。这梦境意味着什么呢？苏轼在一生的仕途之中，并不像有些命运悲惨的诗人一样，一辈子都沉沦，都不被重用，苏轼有过极高的官位，又经受了极大的打击。苏轼在官位最高，仕途最顺利的时候，曾经是朝廷的大员，并且受到皇帝和皇太后的礼遇。但他的一生真的坎坷，马上就被贬谪，外调出京。这样的大起大落，对他来说真的就像梦境一样。过去的高位，过去的尊荣，在此刻都不存在了。如果一个诗人一生都惨淡，一直都没有“起”，只有“落”的时候，他不会感慨人生如梦。只有像苏轼这样的，李煜那样的，由奢入俭，乃至于最后潦倒而死，才会写得出“多少恨，昨夜梦魂中。还似旧时游上苑，车如流水马如龙。花月正春风。”那些真正经历过的，在自己身边的东西，一下子就跟自己远离了，跟自己没有半点关系，甚至成为别人的囊中之物的时候，这是一场梦境。

什么是梦？梦是虚幻的，是短暂的，是变化无穷的，是不知道什么时候就改变了的。白居易不是在《花非花》当中说“来如春梦不多时，去似朝云无觅处”吗？春梦从来都是那么的美好，却又那么的短暂，那么的不可捉摸。而究竟是现在是梦境，还是过去的生活是梦境呢？究竟哪一种是更不可接受，更为虚幻的呢？也许这现状和过去的差别，就像那个庄周和蝴蝶的差别吧，也许都是梦境，他们似乎都那么不可把握。

而他为何能感受到这“世事一场大梦”呢？他的第二句就做了解答。“人生几度新凉”，这一句话应该是他切身的体会，并且由此悟出了前面第一句话的道理，也许正是由于世事如梦，所以才感受到了那么多的新凉。这一句话本来有两个版本，一个版本写作“秋凉”，我以为“新凉”要更好。后面本来就有句子说这首词是作于中秋了，这个地方写“凉”字，自然就带有“秋凉”的意味，再写上一个“秋”，似乎就显得多余。但“新凉”确是加了一个非常妙的意思进去了。年年都有秋天，年年都有秋天的凉意，但是每年经过了夏天之后，那种温暖甚至燥热的感觉会让人忘记过去秋天本有的那种寒冷,每年一旦下了一场秋雨,或者刮起了秋风,人们总会感到“呀,秋天又到了,这么的凉！”这种凉是一种惊诧的感受,是由夏入冬,年年知道却年年不适应的一种感觉,是每年都会重新感受到的“新凉”。而且这样的意思,跟前面的“几度”是非常符合的。已经经历过非常多的秋风和凉意了,生命的历程中已经有了太多的悲伤和被排挤,但是每次碰到,每次的发生,都像“新凉”一样,都会让人重新感受到那种悲苦和失意。这一个字的不同,能带来一种意思的改变。

这里的凉,既是他现在切身感受到的那股秋天的凉意,又是在命运的波折中所逐渐体会到的心凉。毕竟是秋天,中秋的到来,秋天都过了一半了,这又是个晚上,怎么可能不感受到渐起的凉意呢？张九龄不说“披衣觉露滋”吗？他现在所处的地方是怎么样的呢？“夜来风叶已鸣廊,看取眉头鬓上。”中秋赏月一定是在晚上,晚上又总带来一种宁静,这种宁静有时会转换为自我的思考,并带来寂寞和悲伤的格调。但今天晚上不应该啊,中秋的晚上本来是人间和乐、天上月圆的气氛,是一个大家团圆的幸福之夜,在这样的夜里并不应该悲伤,应该互相交流,分享亲情或友情带来的欢乐。可是苏轼被贬在外,人生地不熟,又怎么可能有亲人或者朋友陪伴在身边,跟他一起过中秋呢？所有的人都在欢聚,都在团圆,自己一个人看着这轮无限圆满的月亮,心中的况味自不必说。他的周围真的是跟平常的夜晚没有区别,可是在这样的一个日子就显得悲凉了起来。一点人声也没有,一点人的走动也没有,过道里,走廊里只有什么声音？只有风的呼啸和落叶飘飞的声音。安静成这样,又落寞成这样。周围的环境是这样,自己的人生是这样,而自己如何呢？“看取眉头鬓上”,看到了什么？眉头当然是紧缩,无限的思愁在眉间生长扩大。鬓上是什么？当然不会是依旧乌黑的长发,而是“鬓已星星也”,无论他是在黄州还是在儋州,他都年纪长了,精力衰了。秋天是最容易让人感慨年华的老去的,尤其是在听着廊道里阒静无人,只有破败的秋风吹着破败的落叶的时候。

他自己是愁锁眉头,“鬓已星星也”,可他现在在干什么？“酒贱常愁客少，月明多被云妨。”这一联自然是触景生情。他也跟平常人家一样，在这样的一个佳节的静夜之中，喝着酒，赏着月亮。但是他只有自己一个人，周围连一个说话的人都没有，这是为什么？他给自己寻找到了一个理由，是因为“酒贱”，喝的酒并非好酒，当然就没有人愿意过来跟他一起品尝。他仅仅在说“酒”吗？如果这个“酒”是他自己的话，他自己现在岂不也是“酒贱”吗？官阶是小的，自己是被贬的，这样一个落魄的官员，门可罗雀似乎是人情冷暖的应有之义。人们不到他这里来，真的是因为喝的酒不够好吗？真正的原因当然是他的贬谪让他远离了亲人和好友，又因为这样的遭际，使得任上的同事不愿意和他亲近罢了。谢灵运曾经讲“四难”，良辰、美景、赏心、乐事。已经“客少”了，赏心之人不可得，可是现在连这个美景都要渐渐消失了。那一轮明月，可以让他寄托内心情感的，乃至于互相交流的洁白美好之物，却“多被云妨”。白居易不是也说“大都好物不坚牢，彩云易散琉璃脆”嘛，连辛弃疾都说“快上西楼，怕天放、浮云遮月。”就是那样仅剩的一点美好的东西，唯一能够让自己获得一些安慰的东西，都是如此的不坚固，不长久，一下子就看不见了，好像一个唯一的沟通方式突然就被杂波所干扰，就失效了。这样一个中秋之夜，唯一一件能够让他跟别人共同拥有的就是这轮天上明白如雪的月亮，可是也没有了。可是这又不仅仅是在说眼前的正在被云朵抹去的月亮，他自己被贬谪的心境，难道不像这月亮现在的心境吗？他也是一轮明月呀，为何那轮明月现在在黄州、在儋州，就不在京城呢？那些谗臣和奸佞不就是这样隔断的流云吗？他真是非常高妙地把自己和所见的景物融合在了一起。

而这被云妨的月亮就自然承接到了下一句的发问“中秋谁与共孤光，把琖凄然北望。”既然在上一句当中，他已经把自己比作了那轮月亮。月亮自然是全世界只有一个，它的光那么干净，那么清冷，是孤光。月亮跟人世的交流就是通过这个光亮来实现的啊，但它被云朵遮蔽了，它的孤光和谁能够相照呢？月宫是多么的冷寂，好不容易在中秋之夜，所有人都会抬首望天，能够跟它“与共”，但在它最大最圆最亮的时候，流云遮住了，没有人能看见了，那样的光亮在这个夜晚能和谁“与共”呢？而在这样的中秋之夜，苏轼独自在黄州或者儋州，虽说是“天涯共此时”，可是他的周围没有一个能够跟他共赏这一轮孤光的人。他这样的发问，当然也是为他自己而问。问的结果是什么？究竟有没有这样的一个人，在周围没有，在远处有吗？他问完之后“把琖凄然北望”，这究竟是有这样的一个人在北边，所以向北而望，还是没有这样的一个人，只能远望寄怀？大概都可以说得通。如果有，那个人可能是他的兄弟，那么抒发的就是兄弟之情。也有可能是望着北边的都城，朝廷，希望能够得以重用，驱散那流云，重新实现自己的政治理想。毕竟杜甫说“每依北斗望京华”，“北望”自然会有望朝廷、望都城的味道。苏轼没有明说，但整首词表达的似乎把这些情感都包含进去了，也许就都在这句话当中。

天上真的有久长，就真的可以不管那朝朝暮暮

鹊 桥 仙

北宋·秦观

纤云弄巧，飞星传恨，银汉迢迢暗度。
金风玉露一相逢，便胜却人间无数。
柔情似水，佳期如梦，忍顾鹊桥归路。
两情若是久长时，又岂在朝朝暮暮。

中华民族实在是一个无比浪漫的民族，在诗经和楚辞的时代，我们就将自然界的周遭染上了人类的色彩和情感。与自然界的沟通交流、让我们生活周围的草木虫鱼都有了一层精神的意味。经过了千年的发展，我们形成了自己的一套符号体系和神话传统，我们与自然界共感，与神明共感，体会着他们的欢喜悲哀。

这是一首最著名的七夕词作。七夕本就是天上的事，人间竟因为女儿的乞巧而成为一个节日。到了现在，无数青年男女热忱的期待，更是让这个节日多了一层爱情的意味，变成所谓中国的“情人节”。其实我现在倒觉得不必再让专家来说“七夕不是情人节”了，把七夕当成情人节来过也未尝不可。不说是在情人的眼中，天天都是情人节，本不必设定一个情人

的节日。就是天上的那一对隔了一年，在今天见面团圆，人间的众生也替他们高兴，天上和人间的对比，也显出人间的每个个体的幸运或不幸。就是在女儿们乞巧的过程中，当然会激发出男女欢爱的情致来，也自然会有远人的思念和身边人的怜惜在。那唐明皇和杨贵妃不是也在七夕之时执手笑那牵牛吗？

七夕鹊桥相会本是传说，在我们的心中就是愿意相信这是牵牛和织女相会的日子，是一件浪漫的事！什么是浪漫，我以为就是整个民族或个人愿意放弃旧有的理性，完全用感情做一些精神上的事。也许它是冲动的，在理性世界中是可笑的，但这种浪漫给予我们精神上的极大享乐。对，也许有人会用尼采的说法。这浪漫便是那恣意狂欢的狄俄尼索斯，那理性便是万丈光芒的宁静雕塑阿波罗。

到了这一天，所有人在心中都发现那云不一样了，星星不一样了，草木不一样了，乌鹊不一样了。万物在夜晚中都“有情”起来，好像天地将要给那一对分隔四季的男女促成这一次团圆。在西王母的禁令下，只有这一天可以见面，爱情的力量让天地都为之动容，真是举世界之力搭那一座鹊桥。秦观，用本就是“有情”的诗人之眼，看着这“有情”的天地万物，在这样一个浪漫的时光中，他看见了什么？“纤云弄巧，飞星传恨”，那云变得纤细起来了，柔美起来了，似乎在这样一个时间，云变得聪慧乖巧，仿佛要促成一点什么。那星星，牵牛星和织女星，在今天好像开始能够说话，互诉衷肠。在这样一个夜晚，所有地上人的眼光都在看着那一对星斗，好像那星星的周围一切都在为他们营造着条件，七夕之约，不仅仅是对牛郎织女二人，更是天地万物的约定，所有的东西在这一刻都要达到最完满，这样一场一年一度的约会绝不能有半点闪失。这两句，一个“弄”字，一个“传”字，写得多么好！弄是娇羞的，是不显露的，但又显示出暗暗的快乐。好像那旁边的云朵都暗自兴奋又有点害羞。这种情感真是多么的细腻，又有多么引人共鸣啊。传，暗通款曲，终于得以在今天把一年的遗憾、惆怅都倾诉出来，对方一定可以听见。只这一字，牵牛和织女竟是多么温柔的相见，不是风高浪狂的热烈飞奔，而是依然羞涩地缓步向前。妙极。

“银汉迢迢暗度”，让人多么快乐！那迢迢的阻隔在今天都不是事儿，那西王母的禁令在今天都是废话，这是完全自由的一片天地，玉簪画出的大水在今天也只能默默细流。一切的阻挠和坎坷，今天都得让路。一年之中，银汉都是迢迢，但在今天可以暗度。这句话，一个“迢迢”让人想起多少诗经的句子。诗经里面多少人是因为大水漫漫，河流宽宽而不得见那一位心中的美人的？“在水一方”，却“道阻且长”。“汉有游女”，却“不可求思”。正因如此，所以“金风玉露一相逢，便胜却人间无数”。人世之间，实在是有太多的限制，心中所喜爱的人，也许只是一面之缘，并无寻找的可能。或是也被家长阻隔，人间的家长可没有西王母的慈悲，西王母还留出一天允许年年相见。或是游子在远方，思妇在高楼，只能是“悔教夫婿觅封侯”又“肠断白频洲”。唐明皇和杨贵妃笑那牵牛又如何呢？笑罢则安史乱起，乱起则潼关破，潼关一破则马嵬之变，可叹一个帝王家却不及卢家莫愁。虽然后来戏曲的长生殿让两人在天上又相会，也得永久，那真的可以笑牵牛，可是在人间，却只是雨霖铃罢了。黄景仁不也说吗，“羡尔女牛逢隔岁，为谁风露立多时”。天上虽然一年一次，但其会有期，而人间则是太多变数了。十年不见，常常有。而且人生只百年，会面的日期又何其有限。此般无奈，天上难知，人间难比。

“柔情似水，佳期如梦，忍顾鹊桥归路”。可是会面就是这样，杜甫的《赠卫八处士》说得很清楚：“主称会面难，一举累十觞。十觞亦不醉，感子故意长。明日隔山岳，世事两茫茫。”相聚的时刻总是短暂的。相聚之前多么期待，相聚之时多么兴奋，将要远离则多么痛苦。天上这一点与人间类似，任何的欢乐总难长久，任何的相聚也有定数。前半夜许是在兴奋中难眠，后半夜则是在离别的苦痛中难眠罢。俗话说好事多磨，没有无奈，美从何来。两人的欢笑，互诉的柔情，就好像鹊桥下面的细细流淌的银河，永远难尽，但也不会断掉。可是这美好的日子却多么短暂，一夜的时光，睡着了便就是一场梦吧。就算像牛郎织女一样，守着终夜，毕竟短暂，“来如春梦几多时，去似朝云无觅处”。所以这样的分别，意味着又是一年的不见。那鸡啼秋晓，这二人怎么能够忍下心来看那归去的道路呢？“相见时难别也难”这是人间的苦痛，可天上竟然也有吗？

秦观给出了答案。“两情若是久长时，又岂在朝朝暮暮。”这样两句，究竟是达观还是悲哀呢？可能不同的人有不同的答案吧。两人的情意若果真是天长地久，又何怕这一年一度呢？这句话意思很简单，也说的是牛郎织女的感情，可是人间的真情实意跟他们相比究竟是类似还是大大的不同？人间竟有久长的东西吗？牛郎织女的感情从远古时期一直存在，到了今天，从今天开始也将一直存在，到时间的尽头，世界的末日，他们的感情是永远的。在一个无限的时间中，一年见一次面又算得了什么呢？加起来，他们若是人生百年，竟得天天见面，真比人间要幸运太多。

人的寿命多么有限，百年已是高寿。能见到一生的另一半，并在一起的时间，七八十年算是长久了。可是这七八十年会发生多少事情！出差、异地、归宁、云游，太多的东西能够把人硬生生地扯开，又有太多的事情会占用两人一起的时间，这还不算上争吵、打闹、冷战。人与人在一起的时间竟是多么的有限，人间真的有久长吗？天上真的有久长，就真的可以不管那朝朝暮暮，人间哪有久长？我想，润之先生是懂的，“一万年太久，只争朝夕”，真是这句话的最好注解。

在那样一个广阔的天地中，这样的声音真是必有回响

念奴娇·过洞庭

宋·张孝祥

洞庭青草，近中秋，更无一点风色。玉鉴琼田三万顷，着我扁舟一叶。

素月分辉，明河共影，表里俱澄澈。悠然心会，妙处难与君说。

应念岭表经年，孤光自照，肝胆皆冰雪。短鬓萧骚襟袖冷，稳泛沧溟空阔。

尽挹西江，细斟北斗，万象为宾客。扣舷独啸，不知今夕何夕。

张孝祥这个名字可能有点冷僻，其实他是南宋所谓豪放派非常重要的代表人物，可能是因为他夹处在苏轼和辛弃疾这两个天才之间，所以光辉显得不那么闪亮。但是这一首词，作为他的代表作，实在是写得荡气回肠，值得人久久回味。在一个偶然的机会，突然就想起这首词里面的两句“尽挹西江，细斟北斗，万象为宾客”，这真是我非常喜欢的一首境界开阔，情感豁达又不失粗陋的好词。

要是说这首词好在何处，其实可以抛开一切的说明和讲解，读一遍，就

难以忘记。而且这首词押的是入声韵，所以如果大家把每一个押韵的字都读成去声，这首词的音韵美就更加显露出来。那种胸襟和气魄，我想只有可能是此情此景此人才能够造就出来。王国维曾经说“太白诗纯以气象胜”，我想，这首词也担得起这样的评语，其中的气象实在有慑人的魅力。

他的描景非常有画面感。一开始他就说“洞庭青草，近中秋，更无一点风色。”因为这首词的题目叫过洞庭，所以第一句就点题，而且说明了时间。洞庭湖和青草湖的样子其实可以有很多的描写方式，面积的大小、水面的高低、清澈与否之类，可是他第一句只选取了一个点，“更无一点风色”，一点点的微风都没有，是如此的寂静。而且在寂静之外，“近中秋”和无风的特点，其实都有另外的含义。中秋月圆，近中秋，那月亮就接近于圆，而且秋天的月亮是最大最亮的，而无风就意味着湖面没有波澜，后面的语汇就有所依托。正是因为近中秋的时间和无风的湖面，所以怎么样？“玉鉴琼田三万顷，着我扁舟一叶。”这句话写得真是漂亮。秋天的圆月，感觉离人很近，那么大那么圆，周围没有一点人造的光源，湖上的世界是一片的黑暗，只有天上的月亮在照耀人间，那种感觉真是可以想见。而且那个湖是洞庭湖，那么大那么广远的水面，四周没有半点的高山低谷，只有一片无风静宁的大湖，一望无际，四周全是水面，连一点岸边的影子都望不到的。“玉鉴琼田”，玉和琼其实意思很像，琼就是美玉。玉做的镜子，遍布着美玉的田野，有多大呢？“三万顷”，三是一个虚指了，就是那种不可想象的广大。玉做的镜子是什么？李白说“小时不识月，呼作白玉盘”，那是月亮，但谁说湖不是一面镜子呢？承载了月亮的光华，那一样是“玉鉴”。三万顷的湖面，三万顷的天地都承载了月亮的光芒，都像玉做的镜子，都像美玉遍布的田野。多么澄澈，多么温润，多么干净。在这样一个无限广大的世界中，周围只有月亮、星空和湖面，自己在哪儿？“着我扁舟一叶”写得真流畅，真痛快。周围一片黑暗，无尽的大湖，是多么伟大的力量，可是自己只有一条小船，还是古代那种小小的木船，一个不大的浪就能打翻的。

可是他的笔调里面，没有恐惧，只有无限的享受。好像自己跟这个周围的世界不是分隔的，而是被周围的世界所环绕、所拥抱。这一叶的扁舟就包裹在这无限澄澈的“玉鉴琼田”之中，这是一件多么值得快乐和欣慰的事情，环绕自己的都是世间最高洁，最干净的东西，一点微风带来的波浪也没有，一点杂质也没有。而且他用的是“着”是一个附着的关系，好像是随水飘动，根本不想去显示自己的力量一样的，很享受这种被自然推移的过程。这种愉悦快乐的感觉写得真是好。

他之前还只是一种比喻，可是这世界究竟是怎样的呢？那是“素月分辉，明河共影，表里俱澄澈。”因为只是近中秋，所以月亮还没有达到最大最圆的时候，其实这种时候才是最美的，当然是在没有人造光源的情况下。有一句话叫“月明星稀”，当月亮最亮的时候，周围的星星就显得没那么明亮了，而在这个时候，不仅有月亮，还有璀璨的银河。就想想张孝祥所见到的景物吧！一片澄碧的湖面，四周都看不见岸边，全是平整的水平线，没有任何的人造光源，所有的光都来自天上，那月亮，那银河，天上的月光星光又都反射到那个无风如镜的大湖之中，真是天上一个银河，水中一个银河，也许又万物无云，那样一个天堂般的世界就是张孝祥所看见的吧。我想似乎只有在李安的《少年派的奇幻漂流》中，主人公派晚上在海面上漂流的场景与此类似吧。月亮是那么的干净，澄澈，没有一点杂质，那光芒和星光一道“素月分辉”，照彻人间。那一条银河，那么多的星星和有色彩的星云在闪耀，可是这一条天上的银河并不孤独，“共影”那是因为水中更有一条一模一样的斑斓银河。那个世界，那一叶扁舟，真是天上水中“表里俱澄澈”，都是绝好的所在。这“一表一里”说的是什么呢？当然天上是表，水中是里。而这外界是表，内心中受到的感动和净化当然也就是里了。这是多么难得的奇景，现在更是不可获得，自己的周围只有自然的草木和天上的星河，已经是难以观赏的了。仅仅从这文字上，我们能够获得这样的解读，可是这景物的妙处，实在是在于切身处地。那样的一个环境之中，看到了那样的一个景物，无风无云，天河澄碧，没有亲眼所见，那真正的妙处自然是“难与君说”了。而且张孝祥的意思并不止于此。良辰美景也许并不是那么难以获得，但有了良辰美景并不够，如果你不能“悠然心会”，没有这样一颗懂得自然的心灵，没有这样一个愿意去欣赏的心志，甚至没有这样一个可以体会到澄澈的净洁的意念的话，更不能欣赏了，也就更是“妙处难与君说”了。

那他这样说的意思是什么呢？他下片就要来谈谈自己的这样一颗素心了。“应念岭表经年，孤光自照，肝胆皆冰雪。”这首词上片写景，下片主要是抒情，而这首词是在宋孝宗乾道二年，张孝祥因为受政敌谗害而被免职，从桂林北归，途经洞庭湖，在旅途中写下的。他的心情在这首词中肯定会有表现，也有人说这首词里有暗暗的悲凉。但是说实话我读出来的是决然的旷达，他所有的悲凉都被他的旷达所消解了，在这样的一个政治打击之后，他能写出这样干净快意的作品，实在是不简单。他毕竟是被免职的，而他看到了这清清世界之后，当然会想到自己的心灵究竟是怎样的。不用说，当然是“一片冰心在玉壶”，只有一颗清澄的心灵才会对这样的景物产生如此强烈的共鸣。桂林在岭南之地，“经年”也就是一年之久，张孝祥回忆他在桂林做官的这一年，说是“孤光自照，肝胆皆冰雪”。他当然是孤独的，桂林还不是今天的风景名胜，不是甲天下的山水，而是南蛮之地，是未开化的地方。可是他持守住了自己的那一片清洁的光亮，持守住了自己高尚的节操。词人反观这一年的光阴岁月，“肝胆皆冰雪”，五脏六腑都是冰清玉洁的，就跟自己现在这周围的世界一样，是一体的。虽然被免职，但自己无愧于人。所以词人说“短鬓萧骚襟袖冷，稳泛沧溟空阔。”因为被免职，鬓角和须发都变得稀疏起来，连衣裳都觉得单薄，显得颇为潦倒，可他把这些看得很淡，都放得下来，就好像那个泛舟的渔父一样，也像那个“乘桴浮于海”的隐者一样，因为内心无愧，所以达观而无所畏惧。词人每当心情有那么一段低落的时候，就马上淡然下来，立即看到了一个广大和开阔的世界，心情一下就舒畅了。

从上片开始，到这里已经有一个情感的变化。情感从上一句开始变得强烈了起来，这种情感的蓄积当然要有一个爆发。在上片时候，他在自然之中，被自然所环绕、拥抱，无比享受那样澄净的氛围，可是现在他说什么？“尽挹西江，细斟北斗，万象为宾客。”他不再被自然所环绕，他将自己心灵的境界放大了，放得无限大，以至于装下了这个外界的自然，所有自然当中的景物都变成了他内心的一个部分，由他赞许和歌颂的高高在上的高洁的象征，变成了他面对面可以交谈的朋友。此刻的他，完全成为这个世界的中心，他的心灵是天上地下的独尊。看看他的心胸多么的阔大，西江变成了他招待宾客的酒水，北斗七星变成了酒勺，而世间万物成为他的宾客好友。李白《襄阳歌》中也写“此江若变作春酒，垒曲便筑糟丘台”，在游洞庭的时候也写“且就洞庭赊月色，将船买酒白云边”。总的看来，我以为张孝祥的句子胜了诗仙，也可能是长短不一的句式比齐整的句子更有一种表达雄壮的气势在。念张孝祥的这一句话似乎要非常大声，要不然完全抒发不了这句的豪迈之气。可是张孝祥的这句并不只是空吼，“尽挹”，把西江舀得多么干净，从头到尾都在他的酒罐之中了，而“细斟”又多么精致，好像万象都装进了一个小小的酒杯之中，北斗七星就将那一江之水泼洒给了世间的万物，成为所有物件的甘霖。西江，何其长远；北斗，何其崇高；万物，何其丰富；而这些都被他操控，成为他的宾客。这一句的豪情就足以震慑词坛。既然万象都是他的宾客，西江和北斗都在他的掌中，那么他在此刻也就不孤独了，也就不必孤光自照了。“扣舷独啸，不知今夕何夕。”古人在心情激动的时候，或者是内心有情感要抒发的时候，坐在船上就用手叩击木质的船舷，发出一定的声响，而且可以独啸，发出清越响脆的声音。在那样一个广阔的天地中，这样的声音真是“必有回响”。如此的良夜，这么丰沛的景致，这样广大的心灵，真是“今夕何夕”。

这首词非常有画面感，且具有令人无限联想的空间，每每读来，实在令人心醉。还是开头的那句话，见不到那样的景物写不出这样的词，见到了那样的景物，没有一个开阔豁达的心灵，也写不出这样的词。当一个人把万物都囊括在自己的心胸之中却又懂得细腻对待的时候，他是无敌的。

只留下一个空空落落的自然世界

好 事 近

宋·朱敦儒

摇首出红尘，醒醉更无时节。
活计绿蓑青笠，惯披霜冲雪。
晚来风定钓丝闲，上下是新月。
千里水天一色，看孤鸿明灭。

朱敦儒是宋朝的一位词人，身处南北宋交替时代。宋史记载：“敦儒志行高洁，虽为布衣，而有朝野之望。靖康中，召至京师，将处以学官，敦儒辞曰：‘麋鹿之性，自乐闲旷，爵禄非所愿也。’固辞还山。高宗即位，诏举草泽才德之士，预选者命中书策试，授以官，于是淮西部使者言敦儒有文武才，召之。敦儒又辞。”他曾经两次被皇帝下诏任用，但是都没有答应。北宋灭亡，宋室南渡之后，第三次被高宗征召，他才在亲朋的建议下到临安任职。当时的环境自然是国家危难，强邻环伺，一半的江山落入异族之手，他也曾写过很多感慨时事、非常激愤的词作。后来也正是在这次任官过程中，因主战且和主战的李光交往过密，从而被罢官。罢官之后，曾经居住在临海、嘉禾等地，隐居的几年中，写了不少词作，包括这首词也是在这段隐居的时间里所写的，这些词大都流露出一种隐士的达观思想。

无论是诗人还是词人，只要是优秀的作家，大都会有一种天才。而天才则可以表现为不同的方面，有些人的天才被投注在了现实的关切中，经过苦心的经营创造出精妙绝伦的诗篇，而有些人的天才则幻化为涌动于个人内心的一种真气，变成一种灵明的流泻，是生命的高蹈。余光中说李白那是“绣口一吐，便是半个盛唐”，那种在诗歌中随处可见，处处喷涌的灵气是其他人难以拥有的。而朱敦儒的词，在我看来，就有这种灵明流泻的美感，是一种潜藏在他内心的真气，通过词的绣口自然而然地灌注全篇的。朱敦儒词的疏朗气韵和空阔世界，在宋词中是少见的，他的某些词作甚至比我们常用“旷达”来形容的苏轼还要来得漂亮。

经过三次征召，他终于步入仕途，当时举荐他的人称他“深达治体，有经世才”。可是官没有做多长时间，他就感受到了官场的丑恶和黑暗。右谏议大夫汪勃弹劾他“专立异论”，最终被征召他的皇帝放还。入仕之前在隐居，入仕之后没过多久又开始了隐居的生活，他只是官场的匆匆过客。这就好像是《红楼梦》中青埂峰下的女娲五色石，本来居于云端，后来到红尘中走了一遭，变成了贾宝玉，终于在红尘中开悟，最后“归于彼大荒”而返回一样。原来未入红尘的时候，大概是看不上红尘俗世，入过红尘之后，终于又看破了红尘。朱敦儒本写了六首词，都是用的“渔父”这个题目，这是这一组词的第一首。

“摇首出红尘，醒醉更无时节。”摇着头就出了红尘，到了红尘之外的生活中，那醒着和醉着的生活就更没有日夜的分别了。摇着头当然是一个动作，这个动作中包含着什么呢？对红尘的不屑？对自己最终接受第三次征召迈入仕途的苦笑？对自己终究没能隐居终身，名节受损的无奈？恐怕都是有的。在这个情境下，他的内心情感应该是丰富的，所以他不直说自己的内心情感究竟是如何，而只用一个外露的动作来做揭示，留人以思考忖度的空间。“出红尘”这三个字放在“摇首”之后，真是妙。红尘滚滚，出去哪是那么容易的一件事呢？往往还需要修炼一番，度脱一番。可是这在他面前好像就易如反掌一样，摇着头就能飞升于红尘之外。而且这首词的题目叫渔父，渔父在中国古代的传统中，从屈原开始，就指代的是隐士，而且是属于隐居于山林溪泽之中的智者。渔父总是跟船联系在一起的，那这里的“摇首”，我想就不仅仅是摇头的意思了，更可以理解为摇着橹，船头摆动的样子。在一左一右地推摇中，舟船在不断地往前行进，一次打鱼的过程，船从渡口驶出，驶入了千里的江湖之中，那也真的是“摇首出红尘”，从一个兴许挂着红灯的渡口到了一个更为广阔的甚至是烟云缭绕的天地之中。所以这一句话既可以当作他内心对官场不屑一顾的写照，又同样可以当成是写渔父打鱼的过程，而在他和渔父之间存在的类比，也正是他想要告诉我们的。屈原在《渔父》中说：“举世皆浊我独清，众人皆醉我独醒。”他又假托渔父之口来回答：“圣人不凝滞于物，而能与世推移。世人皆浊，何不淈其泥而扬其波？众人皆醉，何不哺其糟而歠其釃？”所以朱敦儒用这个典故，在这里说“醒醉更无时节”。到了渔父的世界之中，已是自在的逍遥，可以与一切和光同尘。何去管世人的醒醉，红尘的浊清呢？已经可以达到了“圣人不凝滞于物，而能与世推移”的境界。自是“沧浪之水清兮，可以濯吾缨；沧浪之水浊兮，可以濯吾足。”

出了红尘之后，到了那“相忘于江湖”的天地之中，“活计绿蓑青笠，惯披霜冲雪。”张志和的《渔歌子》里面说“青箬笠，绿蓑衣”，朱敦儒应当是化用的这一句。“蓑”是身上穿的衣服，而“笠”则是头上所戴的帽子。这两者都是用纤维植物编织而成，蓑衣是用草和棕麻所编，而箬笠则是用竹篾和箬叶所制。因为江湖之中水汽氤氲，打鱼的时候肯定在江河之中，雾气也很常见，打鱼人穿着这些可以阻挡掉水汽的侵扰，所以这样的装束也成了渔父的象征。这样的装束不仅仅是箬笠和蓑衣而已，是有颜色的。那是青色的箬笠和绿色的蓑衣，那种颜色就能跟外在的“青山绿水”融为一体，无法分辨人、舟和山水。这实在是与天地精神同往来的最高境界了，好似归化山林，与天地同一。这绿蓑青笠好似一件隐身衣，人世红尘的俗物看不见他，可是自然山水却对他一览无余。渔父的生活便就在这绿蓑青笠的帮衬下，隐匿于山林，却也悠游于山林。身上穿的是绿蓑青笠，可是还不够，这渔父还“惯披霜冲雪”。霜和雪本是自然之物，可是在朱敦儒的笔下也构成了渔父的衣饰。在一般人看来，那霜和雪代表的是一种寒冷的天气，是不适宜出外活动的季节，可是渔父确是“惯披霜冲雪”，已经习惯了，甚至有一种乐于“披霜冲雪”，在这样的天气下更要出去的味道在里面。隐匿之人清高脱俗，对这种已是自身的同化的寒冷当然会更加爱赏。这四个字是非常有画面感的，霜和雪都是白色的，而渔父所穿戴的又都是青绿色的，代表春天的衣服在这两句中，爬上了冬天的色彩，这样的生活就贯穿着四季。绿色的蓑衣披满了白色的霜花，而青色的斗笠又积上了一层白雪。不同的季节、不同的装束都构成了他的“活计”，构成了他的生活，构成了他的装束。渔父对待那样一个风波的世界，对待那样寒冷的天气，没有畏惧，也看不到常人所见的困难，已经成为习惯，已经纵浪大化之中。

这首词境界开阔，用语清丽疏朗，这一点尤其在下阕体现得明显。“晚来风定钓丝闲，上下是新月。”前面一句不是说有“披霜冲雪”，“出没风波”的时候吗？可是那些风波，那些不利的环境总有消散的时候。正像苏轼讲的：“云散月明谁点缀，天容海色本澄清。”所以纵然“披霜冲雪”，也总有“晚来风定钓丝闲”。当那些不利的环境都退却之后，风平浪静的美景就是一般畏惧困难之人所不可见的了。当狂风转细，钓丝闲静直挂，没有人的叨扰，只留下一个空空落落的自然世界，那是多么漂亮、多么难得的机运。一切的风波都是暂时的，都没有渔父所存续的时间长久，所以渔父可以司空见惯，在风波之中就怀抱宁静的期许。当夜色渐深，微风细细，江面上、河面上、湖面上除了渔父自己，一个人也没有，就那么坐在船头，手持一根钓竿，钓竿的尖头垂下一根直直的丝线，垂到水面之下，只为钓上几尾小鱼。而他的眼前看到的是什么？“上下是新月”，头顶上没有世间屋檐房顶的遮挡，那天灵盖就直接和苍穹相沟通，地面之下，没有泥土的阻隔，澄净的水面好像映出了另一片天空。所以天上看到一个月亮，水中还看到另一个月亮，坐在两个月亮之间的那个人不就是渔父吗？那是真的就融入这样一个秘境之中，完完全全被这些极清极雅之物包裹在其中，这是多么美的一个景致啊，又是多么开阔的境界。“新月”我们在天文中往往说的是农历初一，月亮完全被地球遮住，从而不能为人所见的时间。但是我想，在此处，新月应该被理解为一个偏正短语，即新是月的修饰词，是一个形容词。如果看不见月亮，那他所写的充盈天水的景物是什么呢？若他想要说的是星星，何不就写星星呢？我想，这里的“新月”那是一种在不一样的心境下观看的月亮，是“新的月亮”，是红尘世俗之中的人所看不见的白璧无瑕，清纯可爱。而且浮云散尽，晚风初定，千浪趋静，那样的月亮在天空中，或弯或圆，毕竟大大一个，真真是银光洒照，充盈天地。而且水中的月亮，就好像是被清洗过一番，和天上映照为一，洗过之后，不也万象皆新吗？出没风波之后，且等到晚来风定之时，万水环绕，上下天光，那样一个广大的世界只属于出离尘世的渔父一人。这样开阔的境界，读来令人爽朗。

最后两句，朱敦儒说：“千里水天一色，看孤鸿明灭。”上面两句是那么开阔疏朗的一个境界，可是这句话还要把这个境界推到更远的地方，那是“千里水天一色”，在那样一个“风定钓丝闲”的晚上，不仅看到的是上下的天光，周遭澄净的环绕，更可以往远处眺望，那水的世界是无边无际的，没有阻碍的，视觉的观看可以到极远处。他看到了千里的水天，都在这上下新月的照耀下，都圆融在一起，都会合在一起，没有界限的分别，没有高下的分别，没有远近亲疏的分别，都化而为一，都澄净如一。在这四句中，所有的景物都是安静完满的，都是澄净的。可是在最后一句，朱敦儒来了一个点睛之笔。那是一只“孤鸿”，为这所有的安谧精美加上了一点动态的元素，让整个景物变得活脱而潇洒。那孤鸿飞在高天，而且距离甚远，所以一会儿看得清，一会儿看不清，就在那天空的遥远处时隐时现。可是他说那是“明灭”，就好像那孤鸿变成了一颗星子，在黑色的天空中眨眼一般，不断地飞向远方。本来一只孤鸿总会引起诗人的哀怜和愁思的，落单的孤雁，南飞的寄托，但是在这样一个“不凝滞于物，而能与世推移”的渔父的眼中，那就是它的生活，没什么好抱怨的，没什么好哀愁的，在“我”的眼中，就是一个天边的景物罢了。“我”可以很自在地，很悠闲地看着那一只飞鸟飞向远方。它飞向远方，自有它的快活在，自有它的生命在。何必哀怜？无非都是自然之物追寻自然之性罢了。其实最后一句是很可以有不同的解读的，因为“孤鸿”这个意向在中国有其传统，而在这篇作品中究竟指代的是什么是不明确的。指代的是自己的高洁和幽独？还是指代的是红尘中碌碌的世人？还是指代的是有功利追求的士大夫？我想，每个人都可以有自己的想法，而且恐怕都是有道理的。但我的理解，这就是一个天边的景物，是作者自然之性的一个外化表露。这明灭的孤鸿，作为这首词的收束实在是点睛之笔。

朱敦儒的词，尤其是其晚期的作品，大都有这样的一个风格。其中疏朗的笔调、闲适却阔达的意境实在是可以让人品读再三，是极好的。但是如果我们把这样的词作放进他当时所处的时代，在那样一个国家存亡之秋，表达出这样事不关己的旷达毕竟有些不合时宜，而且他后来竟然又在秦桧的笼络下，晚年出任鸿胪少卿，这确实在道德上是经不起推敲的。但他的词作毕竟是好，我想，我们还是暂且抛开那一段危难的岁月，不去想他在晚年跟秦桧可能有的唱和交游，而就只看看他的词，就从这样的达观中获取我们自身的审美享受吧。

那样一种不断地、回忆式地、无结果地追寻

风入松

宋·吴文英

听风听雨过清明,愁草瘗花铭。楼前绿暗分携路,一丝柳,一寸柔情。料峭春寒中酒,交加晓梦啼莺。

西园日日扫林亭,依旧赏新晴。黄蜂频扑秋千索,有当时、纤手香凝。惆怅双鸳不到,幽阶一夜苔生。

“清明”本是形容天气的,时岁至此而天朗气清,空气顺明,万物都清丽明洁,是为清明。所以清明是踏青的好时候,是春游的所在,也往往是男女爱情滋生的时节。但是由于历史的因素,我们的清明节更多了一层慎终追远的含义,要在春天最浪漫时追思先祖,要在春雨最缠绵时回忆早年。这个节令,就更多了一份记忆的深度。人,再看到他人热闹时,会想到自己的孤独;而在自己热闹时,能够不忘记已经享受不到这份热闹的故人,是谓将心比心。

我们何以称之为人呢?因为记忆,所以我们有传承的文化;因为艺术,所以我们有高深的思考;因为情感,所以我们有胜于一切群居动物的社会结构和交流。清明,正极好地体现了这种关系。

人，最痛苦的事情是什么呢？江淹《别赋》中说："黯然销魂者，唯别而已矣。"人有生离亦有死别，至于这两者谁更痛苦？各人都自有体会。生离，痛苦在明知可以见，但不知何时能够见，更不知他现在的情况如何、此生能否再次相遇，痛苦在不可知的等待。死别，痛苦在一眼合上，便永不可能相见，从此便是人鬼殊途，死别的痛苦在于决然一刀的割断，永无再见的可能。无论如何，清明是属于新生的恋爱和对故人的怀忆的，这位故人可以是多年的好友、过去的恋人、已经逝去的亲朋。这似乎是一个很好的时间，让我们在浮躁中、不断向前的强力中，稍稍安静下来，回看一下我们自己的过去。

这首词是我在高中时读到的，当时就被这首词感动了，前日放了春假，不知不觉就念出来那"听风听雨过清明"，正是这首词的首句。这首词历来被认为是思念一位情人的作品，那位女子只是离他而去，并不是亡故了。对吴文英来说，这种生离怕就比那死别更加痛苦罢。

杜牧的名诗"清明时节雨纷纷"，清明节往往有雨，可是清明节也有大好的春光啊，有春花遍野、春鸟鸣唱，可以尽去赏玩。连杜牧都要去"借问酒家何处有"么。但是吴文英怎么说呢，"听风听雨过清明，愁草瘗花铭。"真是百无聊赖，放下大好的春光不赏爱，什么都干不了，只能用风声与雨声来消磨这清明。无事可干，便如何呢？只能"愁草瘗花铭"，"草"就是写的意思，原来是因为有满怀的愁绪无处排遣，所以见不得窗外的青翠景色，只能用雨声和风声解愁。

可愁绪是雨声风声解得了的吗？只怕那缠绵悱恻，剪不断理还乱的"清明时节家家雨"更添了吴文英的几多愁绪罢。要知道清明虽是踏青的好时节，但却不是赏花的最好日子。此时接近晚春，众芳都已准备好谢幕。台湾大学有一个杜鹃花节，满校园当中全是杜鹃，那个节日持续多长时间呢？只有数天而已，所以春花真是世间最易逝的事物了。从叶子中的零星小点，到长成一枝花骨朵儿，再到含苞待放，尖处稍稍地张开一个小口，等待它盛放，那是月余的功夫。而一旦盛开，风雷雨水尽尽打来，娇红翠绿，萎然一地。

跟花儿的这个特征很像的，就是女子的容颜。女子最美最美的年岁公认的就是“二八花钿”“豆蔻搔头”，十六七岁、十七八岁，那种年轻的美胜过一切。但是十六七岁、十七八岁，那种最美的黄金年华充其量五年而已。五年之后，花容渐老、不复青葱。李白《长相思》里说：“美人如花隔云端”，所以历来诗人都喜欢用花比美人，不单是因为两者皆美，更是因为两者之美都易逝。所以在暮春时节，又是清明回忆，当然看着眼前的飞花就会想着心中的那个女子了。《瘗花铭》实际上就是葬花的铭文，真是其开也盛，其逝也速。

跟花一样，最美好的年华已经不在了；同样跟花一样，那位女子也已经不在我吴文英的身边。可什么还在呢？他下面就写了“楼前绿暗分携路，一丝柳，一寸柔情”。“我们”分别时的楼还在，离开远去的路还在，楼前的绿树还在。而且那是柳树，最能体现别情和眷恋的树种。那些柳树现在依然长发飘飘，充满柔情。要是人不在“我”身边，她所有的东西都随她去了，所有承载“我们”共同记忆的东西、地方都消失了，只要一个人努力想去忘记这个离开的人，就不是一件难事。但是没有，人离开了，东西还在。俗话说睹物思人、触景生情，看到那些东西，就会想到曾经的共同回忆。

吴文英还在、东西还在，那个人却离他而去了。或是两隔天涯、再难相见；或是同在一个城市，但没有相见的理由和机会；甚至是人鬼两隔。这实在是世间极痛苦的一件事。吴文英能看到这样令他回忆的物件，而且这份回忆比一般更不寻常。那道旁的株株柳树都系满了思念之情，楼前的土地承载了多少不舍、多少依依、多少哀情。又是草长莺飞二月天，又是踏青的好时候，但是这回春还在，“我”还在这里等“你”，“你”却离开了，这样踏青只能成为回忆而默默折磨着自己。

这无尽的愁思该如何排遣呢？“料峭春寒中酒，交加晓梦啼莺”，只能借酒浇愁了，不是浅酌低唱，而是酒饮酣醉。可是酒给人的热力似乎可以驱散内心的悲伤，但是那外边是料峭的春寒，酒产生的热力并不能做丝毫的抵挡，虽然酒醉，但是身体却依旧寒冷，而寒冷带来的，就是孤独。眼前的“对影成三人”，通过身体遇冷而颤的反应，知道那并非真实。这酒真是徒增了昏眩而未能解愁。

那如果一觉梦回呢？期待能在梦中与她相遇行不行呢？像苏轼一样，“夜来幽梦忽还乡，小轩窗，正梳妆”，还能见她一面，看得真切。但是不行，吴文英说那晓来有梦，交加啼莺。这自然让人想到金昌绪的《春怨》：“打起黄莺儿，莫教枝上啼。啼时惊妾梦，不得到辽西。”本来做了梦，和自己想见的人相遇了，但是早上黄莺一啼叫，惊碎了自己的梦境，使人突然由一个遂愿的梦境突然回了现实，这巨大的反差真是让人更增愁绪、无从排遣。这两种最常见的解愁方法，最合适的消磨时间的方式，在吴文英这儿竟都失去了作用，那春寒浸体、晓莺乱啼好像都在要他不许欢愉、不许忘却一样，直直地让他面对这清明的风雨。

进入下阕：“西园日日扫林亭，依旧赏新晴。”西园自然是承载着诗人和那位女子情感的所在了。那西园还是跟原来一样，不是像牡丹亭里面的园子或是大观园、沈园一类的园子，在人作鸟兽散之后就荒芜了，这西园并没有改易。吴梦窗说每天都还会派人来打扫，为什么呢？是希望那位女子终能够回来，或是希望自己不会忘却？大概都有吧。

他说“依旧赏新晴”。他依旧可以到这里来欣赏新晴之景，好似当年一样。可是并不能真如当年一样。有许多的景致永远都在那里，永远都能被诗人所见，可是年少时见，年老时见，得意时见，失意时见，感觉一定都是不同的。不同的时间、不同的环境、不同的心情，景物依旧怕是会加剧情感的波折了。唐代刘希夷的两句“年年岁岁花相似，岁岁年年人不同”让那首《代悲白头翁》成为千古传唱，而李煜的“雕栏玉砌应犹在，只是朱颜改”更是道出了这份悲哀。吴文英的这个依旧，只是景物依旧，人，早就变了的。何以能完全的依旧呢？

从这首词中看得出来，那西园应该是一个充满了作者和佳人回忆的园子，既然如此，“日日扫林亭”“依旧赏新晴”的他还是会经常过来，那“物是”

对“人非”的怀想就不会仅仅停留在“楼前绿暗分携路”一处上。所以他说“黄蜂频扑秋千索，有当时、纤手香凝。”秋千架子上有好多好多的黄蜂在萦绕、旋转、扑腾，为何呢？蜂蝶是逐香的，那是因为秋千的绳索上有这个女子当时留下的香气。这是我当时读这首词最为喜爱的一句话，真的是太妙了。前面的语汇辞藻所营造的意境是何其静默、何其感伤，但这里突然一下子就有了动感，而这种动感所带来的灵动和跳跃给这首词增添了太多的亮色。“依旧赏新晴”竟然看到了这样的景致。按照常理来说，这是不可能的，香气怎可能经年累月到现在？而且那蜂蝶怎可能频扑秋千索，上面一无花香，二无蜜采，为何扑它？

而这很明显是一个虚构，但这是最美的谎言，是“无理而妙”。如此荒诞的话的美就在于他说的真实，因为说的真实，所以荒诞便可以引为痴，而痴自然是美的。也许是碰巧有几只黄蜂在当时那架秋千旁边飞舞而被他看见，而也许在当时，当他推着那位女子的秋千时，真的曾经有过黄蜂和粉蝶过来翩翩。他想着，眼前的景和记忆中又有了重叠，好像人物依然，黄蜂又来寻香，真的好像是香味留存至今。这种留香的假象在现实中自是不可能的虚假，但在吴文英的心中却是真实的，在这首词当中更是真实的。这句话一写，就不仅仅是物是人非，更有那位女子的一个部分留在了此处，在“我”的脑海和记忆中与“我”相伴。这句话看似简单，但其中情感运用非常精到。黄蜂的动作在一个“频”字，此字不仅是黄蜂动作的形容，更是作者思念的频率。黄蜂的频扑，是作者的移情，与其说是黄蜂频扑，毋宁说成是作者频嗅。那样一种不断地、回忆式地、无结果地追寻，正是美感所在，也是读者会扼腕叹息、引为共鸣之处。

读高中的时候，学校里正好有一个秋千，那当然是很多青年俊侣相伴依偎的地方。又因为那个秋千正好在教师办公楼后面，所以所有的人在上面说爱谈情都是浅吟低唱、耳鬓厮磨的，自有一种静静的美。我每次经过那里时，总会想起这句，想着吴文英也去嗅那秋千索上的凝香。最好的年华和岁月，到如今只怕也多有改易，那秋千上的香凝只怕也引起许多蜂蝶乱扑吧。

多少回忆、多少叹息，最后的结果如何呢？“惆怅双鸳不到，幽阶一夜苔生。”终于忍不住说了，接近于直白地说了，仍旧是“惆怅”。“我”如此病酒，如此伤春，如此“听风听雨”过那清明，原因为何？“双鸳不到”，“双鸳”可以指女子的绣花鞋，也可以兼指女子本人，在此处很明显就是女子本人了，是这位女子不在。但并不仅仅如此，鸳鸯的意象自古就是情爱的象征，而“双”这个字比二、两更会多了含义，正如“独”“单”比一更多了含义一样。晏几道讲“落花人独立，微雨燕双飞”。“双”跟“独”是相对的，是“对”的意思，是“比并”的意思。“双鸳不到”，既是你未到，也是姻缘未到、伴侣未到的意思。而因为这“双鸳不到”，所以看见那阶前“一夜苔生”，青苔长于幽暗处，无人处，若是常有人经过，那阶上是不会有青苔的。青苔所生全赖这不到的双鸳，若是当时相伴、常嬉戏时，这阶上一定是干净明洁的吧。而至于说是“一夜”，好似昔日欢愉犹在昨日，而现实中分别的时间已经这么久了。好像昨天才刚刚细数牵牛，今天已是幽阶苔生了。

在这首词里，作者和那位佳人分别的时间好像一会儿长、一会儿短，那分携路的“绿暗”，从叶子生发到绿叶成荫的过程，自是时间之长，而“当时纤手香凝”和“一夜苔生”自是时间之短了。只是那时间之长是确实长，时间之短是因欢愉的回忆而带来的幻想，所以“长”是实景，“短”是想象，在时间长短的错杂交叠之中，给读者一种昏乱的假象，而细细一想，这时间到底还是长的。

也有那一颗心，也有那“多少缠绵”

惜黄花慢·孤雁

清·贺双卿

碧尽遥天，但暮霞散绮，碎剪红鲜。听时愁近，望时怕远，孤鸿一个，去向谁边？

素霜已冷芦花渚，更休倩、鸥鹭相怜。暗自眠，凤凰纵好，宁是姻缘！

凄凉劝你无言。趁一沙半水，且度流年。稻梁初尽，网罗正苦，梦魂易警，几处寒烟。

断肠可似婵娟意，寸心里，多少缠绵！夜未闲，倦飞误宿平田。

中国古代文坛，由于男女地位的不平等，以及后来“女子无才便是德”思想的影响，长期以来被男性所占据。不可否认，在中国古代，男性创作出了非常璀璨的文化成就，但是就有那么一些女性，尽可能地突破了性别的禁忌，去追求知识和文化，也创作了丰厚的文学作品，成为我们文化中不可多得的财富。而其中有许多女性作家，她们的作品不让须眉，甚至在某方面超越了男性。比起男性的创作，在过去的环境中，女性们的求知和创作则更为艰难辛苦。而正因如此，她们笔下的辞章则更有可能是血泪的编织，是不可不吐的生命感慨。真的很难想象，我们的文化中少了班婕好、李清照、贺双卿会是什么样子。

贺双卿不仅是一位女性，还是一位农妇，所以她的人生经历基本上无迹可寻。她的生卒年只是一个概数，而她去世的年纪，恐怕至多也就是二十几岁。清人丁绍仪在《听秋馆词话》中写道："双卿生有夙慧，嫁给金坛周姓樵子，家无纸笔，所为诗词悉芦叶写之。"这真是多么悲惨的一种境遇。她年少聪慧，7 岁便到私塾去听课，后来就精通诗词，只是嫁给了江苏金坛的周姓农民，家中贫困，没有纸笔，想要创作时根本无法找到写作的载体，她有很多诗词，那些不得不去诉说的情感都是写在农民家中易得的芦叶之上。她生于农村，嫁到了一个贫穷的农民家庭，可是她的悲惨并不仅此而已，她的丈夫、她的婆婆对她无不凶狠异常，农活本就粗重，而在农活之外，狠婆恶夫对她常常打骂，她受了无尽的斥责。婚后没有几年，她便在这样精神和肉体的折磨中故去了。这样一个带夙慧而来的，被有些人称为"清代第一才女"的贺双卿，真是用她的生命印证了那句"天以百凶成一词人"。

这是一首咏物词，咏物在中国的传统中往往跟抒情言志联系在一起，所咏叹的对象在某种程度上往往就是咏物者的化身，是自身情感的外化表达。贺双卿悲惨的身世，可叹的遭际不就跟这首词中的孤雁相似吗？据说她当时在田间干完农活之后从打谷场上归来，看到了天边的一只孤雁，可能由此联想到了自己的身世，就那么呆呆地望着，被婆婆看见后，遭到了严厉的斥责，受了惊吓，几日之后，这种难以言说的情感便注入到了这首词中。

"碧尽遥天，但暮霞散绮，碎剪红鲜。"开篇气势不凡，多么美的意境！农活干毕，正是傍晚时分，田地绵延不断，一眼可以看到很远。天空澄碧如洗，这种青翠、充满生机的色彩在天边一直延伸到很远。天空不仅有碧色的底，还因为太阳将落，让云端都充满着霞光。"暮霞散绮"本是来源于谢朓的诗："余霞散成绮，澄江静如练。"谢朓是因为将要离开京师，登上三山，以一个极高极远的视角来看到天边的余霞好似锦缎，看到澄碧的江水恍若凝脂。谢朓的诗中也充满了美好而丰富的色彩，把一种离愁烘托到了极致。可是比较一下谢朓的色彩和双卿的色彩，谢朓的色彩似乎显得比较凝滞，比较“客观”，而双卿的笔下，色彩显得生动，好像变成了生命的主体。一个是“白日丽飞甍”“杂英满芳甸”，一个是“碧尽遥天”“碎剪红鲜”。这“碎剪红鲜”四字，恐怕是男性作者永难想到的。这四个字拆开来看好像显得就那么稀松平常，没有任何意义，而且这四个字放在一起，初读完全不知道这是什么意思，可只要细细一想，会发现竟是那么妥帖，那么传神。这四个字发挥它们各自零散的意义，让这个句子成了这四个意义的聚集，从而产生积累的效果。太阳西沉，余光照射在云朵之上，可是云朵不是一张白纸，更不是一个今天摄影所用的“反光板”，云朵充盈着水汽，所以那种反射是非常有层次感的，可能最外边是金红的色彩，而稍稍往里就变成品红，而再往里，水汽最为绵密的地方则好像变成了大红。同样有太阳的余晖放射出来的光芒，投射到了整个“碧尽遥天”之中，又被那带来暮霞的云朵，碎碎剪开，整个天空就是一张绝美的用色彩堆积的画卷。“红鲜”，“鲜”在我们今天大概首先想到的是鲜艳，但是“鲜”还有新鲜的意思，新鲜是充满着生命的动感的。“碎剪”是动词，自然让后面的两个字带有宾语的味道，可剪的究竟是什么？难以言述。既是鲜活的红色，也是红色的鲜活，这样的词语组接实在是太漂亮了。贺双卿不像谢朓说“杂英满芳甸”，她只用两种颜色，碧和红，通过文字的组接，就让这一片天空变得那么丰富，那么充满生命。

这样美好的晚天是孤鸿出现的场景，有这么美丽的天空自然吸引着人去看，看到遥天的尽处，结果发现那里有一只孤鸿。此刻，因为孤鸿的出现，引导着整个晚天的情感发生了变化。充满生命力的晚天终归是“夕阳无限好，只是近黄昏”。终究是要慢慢变成一种红鲜将尽，热力消散，天气转凉的时刻。

“听时愁近，望时怕远，孤鸿一个，去向谁边？”这一句写得真是细腻。孤鸿这个意象在中国传统中就带有一种幽独、离弃的感觉，懂这个传统的人，有这个身世的人，看到此情此景当然会潸然泪下。但是不懂得这个传统，看到天边的一只孤雁，就算内心也有这种情感的郁结，恐怕就不会有这么强烈的感受了。这也就是为什么贺双卿看到了，会感伤，会哭泣，而她的婆婆看到了，没有任何感受，还要斥责她的原因。孤雁的形象，会激起她无限的哀愁。她在夫家没有任何依靠，不仅是没有人能够理解和懂得她的情感她的诗词，她的夫家还会斥责她的文学创作，甚至不给她的个人情感留一丝一毫的空间。

《诗经》中有一首诗叫《竹竿》，其中就说："女子有行，远兄弟父母。""有行"就是出嫁的意思。十几岁就离开了父母兄弟，到了一个完全陌生的环境，如果丈夫不疼爱的话，那就没有一个人认识你，没有一个人可以成为你心灵的寄托和依靠。贺双卿当然是处在这样的境况下，她承担了一个女性出嫁的悲哀，也承担了一个文人到了一群没有文化的人的悲哀，她当然是最有资格看到孤雁而创作这首词的人。她怕看到这种能够引起她愁绪的东西，因为孤鸿有哀号之声，所以听见的时候自然就怕那孤鸿离得近，是怕那种哀号的声音离得近，声音大，显得明晰。而因为听见了这种声音，想要去看那只孤鸿的时候，又怕那孤鸿离得远，为什么呢？孤鸿离得越远，显得越小，在一个偌大的天空中显得更加渺小，更加孤寂，更加形单影只。孤鸿面前是茫茫的群山，其上是浩浩高天，前方是"道阻且长"的远路，完全不知道那只孤鸿的去处在哪里。那样的迷茫，再加上一缕晚秋凉风的渲染，对贺双卿而言，真是最大的折磨。所以只要有孤鸿的存在，无论远近都会给贺双卿带来哀愁，由听及看，由看及听，都会发出"孤鸿一个，去向谁边？"的问句。李清照也有过这样的问句，可是李清照有自己的回答，她相比于贺双卿还是要幸福些，有能力来进行改变。所以李清照在发出"殷勤问我归何处"之后，笃定地说道"九万里风鹏正举。风休住，蓬舟吹取三山去。"可是贺双卿面对她眼前的一切，都是迷茫的，是完全无助的。"去向谁边？"她没有回答。

毕竟已经到了晚上，孤鸿不可能一直飞翔，总要找个地方歇息，可是它能在哪儿落宿呢？它这种愁情又有谁人知晓？“素霜已冷芦花渚，更休倩、鸥鹭相怜。暗自眠，凤凰纵好，宁是姻缘！”雁是水禽，善于游泳和飞行，最喜欢寄居的场所就是水边的芦花荡中，那里有吃食，还能遮蔽。可是孤雁是落单了，飞行至此，现在是晚凉的天气，那芦花渚早就染上了寒霜，原本温暖的水域也已经不适合栖息。这样的畸零的身世，悲惨的命运，那水中的同为水禽的鸥鹭会去感念，去怜惜吗？不会的。只能自己找处歇脚了，只能自己“和衣而睡”了，没有人去怜悯，没有人会去照顾。那凤凰是百鸟之母，应该会照料这只落单的水鸟吧？可是天高皇帝远，而且终究没有结成“姻缘”，而终于和她结成了“姻缘”的是什么？贺双卿想说的是什么也不言自明了。

这一长句，讲的好像都是鸟的事情，其实在最后，她憋不住了，非得要说个明白，那“姻缘”二字，不正说明了，这些鸟其实都是人的化身吗？至于鸥鹭是谁、凤凰是谁？恐怕我们难以查考，并且给出一个特定的答案了。当然有些评析者给出了自己的推测，说那“鸥鹭”是双卿的丈夫，而因为双卿有一个交游的文士圈，所以“凤凰”就是她交游的文士。不过我恐怕难以认同这样的观点，因为鸥鹭和双卿的丈夫很难联系到一起。我如要推测的话，鸥鹭在中国传统中是忘却机心的代表，是方外之士、清高脱俗的象征。一只落单的孤雁怎么能博得世外之人的垂怜？他们怎么会从打坐已久的蒲团上，从封闭已久的茅庐里，为一只孤雁而施以援手呢？所以我倒以为这鸥鹭是双卿交游的文士。那些文士恐怕只是把跟双卿的交游当成风雅之事，跟双卿可以一起探讨诗文、吟诗作对，可是对双卿的生活，她命运的遭际，恐怕不感分毫兴趣。而那凤凰，恐怕是一个双卿真爱之人，也许有一个实体，也许就是一个她所营构的一个完美的幻想。写这凤凰，我想她主要的用意是说她的现况不是凤凰，她的现况竟是那“素霜已冷”的芦花渚。

可是她面对这样的境况，有任何能够改变的方法吗？她能做出改变的努力吗？完全不可能。所以她能够怎么办？“凄凉劝你无言。趁一沙半水，且度流年。”她的生命已经被荒废了，被她的命运，被她的丈夫，被她的婆婆荒废了。在那样的境况下，她永远不可能获得她本来该有的成就。

“凄凉劝你无言”，面对这凄凉的天气、凄凉的环境、凄凉的命运、凄凉的心境，劝你不要抱怨，不要多言。据说贺双卿有一次还劝谏过她的丈夫，结果又是被她的丈夫和婆婆加以责骂和毒打。她能有什么话再说呢？只能是劝自己“无言”罢了。命运在此，造化弄人，当时的社会没有赋予她反抗的权利。“趁一沙半水，且度流年。”找一块小小的沙滩，拥一环弯弯的细水，就这样，把自己的一辈子过完也就好了。而且她说的是“趁”，趁自己还能够找到这“一沙半水”，趁自己还能拥有这“一沙半水”，因为这样的境况也是不能长久的。看那“稻梁初尽，网罗正苦，梦魂易警，几处寒烟。”秋收已经结束了，田地中的稻谷已经被采集完毕，晚秋的孤鸿恐怕再难在这田家找到半点吃食。飞了一天，应当是饥寒交迫的，当太阳西沉之后，恐怕最需要的就是一点饱腹的食物和一个温暖的居所了。《庄子·逍遥游》里面说：“鹪鹩巢于深林，不过一枝；偃鼠饮河，不过满腹。”可就是这一点点的需求，这只孤雁也找不到了。不仅如此，夜幕降临，该有猎人出动了。没有吃食，还得警惕猎人的网罗，这晚上连安眠都是希求。这样一个世界为何对它如此不公啊。没有人怜惜，没有吃食，没有安全温暖的居所，连“一沙半水，且度流年”这样再简单不过的愿望都成为幻想。它的生命真是被人处处相逼。这当然是贺双卿自己的写照。她在另一首《浣溪沙》中说：“汲水种瓜偏怒早，忍烟炊黍又嗔迟。日长酸透软腰肢。”打水去种瓜，被夫家斥责说早了，忍着柴火的烟气，去烹煮饭食，又被他们斥责说迟了。这样天天如此，月月如此，年年如此，一辈子就待在这样的一个环境之中，真是“日长酸透软腰肢”，也真是“稻梁初尽，网罗正苦，梦魂易警，几处寒烟”。

“断肠可似婵娟意，寸心里，多少缠绵！”她虽然是一个农妇，虽然已经嫁人成为要承担社会责任的成年人，可她还是有丰沛的情感表达，有强烈的情感需求，而这些东西，她无法对她的丈夫表露，也很难对外人说出口。所以最终这所有的情感她都只能深埋在内心之中，折磨自己以至于断肠。而且就算平常有诗词可以作为一种宣泄情感的渠道，但是写诗作词在古代女性的教育中也是罪状一件。据说贺双卿的婆婆就多次烧毁过她的作品。宋代的一位女词人就写过这样的诗句："女子弄文诚可罪，那堪咏月更吟风""添得情怀转萧索，始知伶俐不如痴"，这位女词人叫朱淑真，她的词集就是《断肠集》。她们有同样炽热的内心，有同样丰富的情感表达的需要，可是在过去的那种社会条件下，允许男性创作、允许男性选择、允许男性抒发，却剥夺了女性所有的这些权利。那女性同样是一颗心，也有那"多少缠绵！"那只能是郁结为终，至于断肠。这一句话真是替她自己，也是替古往今来多少女性喊出的一句话，同样是"寸心里"，同样有多少的缠绵！

"夜未闲，倦飞误宿平田。"孤雁去寻找它晚上的居所了，这最后两句话，完完全全写的是她自己，完完全全地告诉读者，这首诗里的孤雁就是她。晚上还有农活或者是家务要做，还不能闲歇下来。一天从睁眼到闭眼，从起床到睡觉，都处在忙乱之中，而不得解脱。她就是那只孤雁，飞了一天，已是极度的疲倦，可是"夜未闲"。飞已经飞不动了，只好"风歇时下来"，却没有沧溟水给她拨动，只能寄宿在这"稻梁初尽，网罗正苦"的平田之上。同样的劳累、同样的寂苦、同样危难的处境，可是她飞不动了，离不开了，只能在此歇息，只能忍受这命运的安排。"误宿平田"，这难道不是她最想要说的话吗？她是一个不凡的女子，带夙慧而来，天资聪颖，而且能够写下这样绝美的诗篇，是充满灵性和智慧的一个人。可是天不遂人愿，让她误落了田家，这样一只本该在天空中翱翔的鸿雁，却降临在这样一个跟她的诗文才气格格不入的地方，遇见这样一个摧折她的夫家。

其实上下阕的最后，她都有想要把牢骚尽表的欲望，但是欲言又止，只有借助一个鸟儿的悲剧来诉说自己的愁肠。她想说，但恐怕不敢说，这样的情感却正好让这首词变得含蓄内敛却有千钧之力。初读这首词的时候，谁能想到这样绝美的辞章竟然出自一个农妇之手？谁能想到这样的情感竟然是用粗陋的书写工具写在叶片之上？谁又能想到这个农妇是如此的年轻，而她的丈夫对她又是如此的狠毒？我也真替她感到庆幸，这首词没有被她的婆婆烧毁，而能够流传下来，让后人能够读到这样一个呜咽中美好的生命，悲剧中持守的天才。可是她究竟是陨落了，她有更多的词作湮没在历史的灰烬中，湮没在她本来该有的生命历程中。

不与繁花争艳，却在肃清时装点

采桑子·塞上咏雪花

清·纳兰性德

非关癖爱轻模样，冷处偏佳。
别有根芽，不是人间富贵花。
谢娘别后谁能惜，飘泊天涯。
寒月悲笳，万里西风瀚海沙。

在我上高中的时候，纳兰性德是很受我们班的女生欢迎的，常常在课上课下看见女生们在翻他的词集或者是人物传记。我们的语文课，因为老师开明的缘故，是会允许学生上讲台去讲课的，不是十分钟或者是半个小时，而是把一整篇课文让一个学生来讲，尤其是在学习古典诗词的时候。记得有一本叫《中国古典诗词选读》的课本，其中唯一选了一篇纳兰性德的《长相思·山一程》，女生们都抢着要讲。也许是当时没有读到好的纳兰词吧，在高中我对纳兰词不是很有感觉，上课也讲的全是杜甫诗。可是纳兰终归是被称为"清朝第一词人"，这也不是没有道理，他的词作在有清一朝也算是独树一帜，也有他自己的持守在的。

这首词作于康熙十七年十月，这个时候纳兰性德是一个二十出头的小伙子，虽然他英年早逝，只活了三十一岁而已，但他现在的创作心态还是非常的年轻的。他是康熙的侍卫，词作于他护驾北巡期间，在塞外看到了漫天的大雪，兴起而作，这一点也可以从他的标题看出。中国的传统，无论诗词文章，咏物必然带有自己的印记，是用外物来做自己心志的表达，这首词也不例外，既可以看作纯粹的咏雪花，也可以在其中寻找到纳兰性德对自己志意追寻的痕迹。

一个二十出头的青年，跟随皇帝北巡塞外，又是秋冬季节，所望之处当然是一片的清寂，一点生气也没有的。在眼前，能够作为一点生命力的遐想的，作为无聊时分遣兴的，也就是这名为花的雪了。咏雪的传统是有的，李商隐就说“旋扑珠帘过粉墙，轻于柳絮重于霜。”雪花的轻盈姿态和寒月里广阔世界中的纷纷扬扬自然是能够打动诗人的心志的，就像孙道绚说的“悠悠飏飏。做尽轻模样。”可是纳兰性德却说“非关癖爱轻模样”我不是不喜欢雪花那轻盈的姿态，我喜欢，但我要歌咏它，要赞美它却不是因为或者不仅仅是因为它的轻盈和婉转。而是因为什么呢？下面他说出来的就是三个原因。“冷处偏佳。别有根芽，不是人间富贵花。”

“轻”这个字在中国传统中可能会招来两极的评价，一种是往清丽和高洁的方向发展，一种就是向轻佻和虚浮的方向发展。所以一个“轻”的模样并不能显示出它的个性和品德究竟是如何的，也不能构成一个有理想、有追求的诗人要赞美这一个物件的原因。所以纳兰说雪花的美好不在于或者不仅仅在于它的轻盈，而在于它“冷处偏佳。别有根芽，不是人间富贵花。”雪花不像其他的花一样，到了冬天所有的生命都消失了，都惧怕那一个严寒和干燥的季节，生命是难以存活的。没有花会选择在这样一个季节开放，而且越冷越严酷，这朵花开得越好。在自然界的植物当中，没有这样的存在。而雪花正是如此的，说它“冷处偏佳”，就是不仅仅不惧怕这种严寒，不用像同在冬季开放的梅花一样做出抗争的姿态，它就属于这个季节，是这个季节造就了它的美丽，在寒冷的时节偏偏就装点起来，更加美丽，这是凡尘俗物所不可能的。而它为何能够如此呢？诗人做了个推想，“别有根芽”。它不是凡尘俗物，所以品性就更加的不一般，对抗严寒反倒成了一种悠游的自在。而且人世之间的花朵，都有生长的根芽，就长在花朵之下，哪怕是春末时分漫天飞舞的杨花柳絮，我们也能知道那是从杨柳枝头飘零的落花。可是这雪花的根芽究竟在何处？在天上，其根不同于人世，其芽更不在人间，在云端、在星辰、在仙女、在月光，都是极干净极纯洁之物。所以这花也就“不是人间富贵花”。人间的花朵，大都开与人看，似乎在人们的眼中都有一种求欣赏求赞美的样子，花的样子虽然美好，虽然可人，但毕竟比不得塞上雪花的烂漫自在，比不得幽涧兰花的深藏不露。当俗世的其他花朵放在这两种花的面前，似乎都带有了一种功名利禄的追求，带有了一点乡愿的味道。而雪花当然不属于这种，不与繁花争艳，却在肃清时装点，不去追求人们的追求和趋奉，却在自己的生命中完成了自己。不富贵，当然就是清雅，这样的“清”就把开头的“轻模样”带到了清丽和高洁的方向了。

上阕说完了，赞美了雪花的品格，当然也说得是诗人自己的追求。纳兰性德在写这首词的时候，笔下的雪花当然带有他自己的印记。他跟雪花处在一样的环境之中，他自然也是“冷处偏佳”，同样也“不是人间富贵花”。他未必遇到了什么挫折，但这也不妨碍他内心的纯真和高洁，从而看到了雪花产生起一种自我的慨叹。

下阕情感转换就很剧烈了，从一个赞美本身品性的角度一下子变成了对它现状的担忧。“谢娘别后谁能惜，飘泊天涯。”这么美好的品性，这么高洁的节操，可是古往今来的文人墨客赞美人世之间的花多，而咏唱这“别有根芽”的花太少了。恐怕也就是东晋谢道韫一句“未若柳絮因风起”能够流传后世了，在她之后，又有谁能对雪咏叹，感怜这样的花朵呢？没有人了。当然他说的很夸张了，前面我们也引过李义山和孙道绚的词，还是有人会去怜惜这转瞬即逝，只生长在寒月的花朵的，但是毕竟很少，跟春天的花朵是无法比拟的。“飘泊天涯”。这句话说得很好，因为前面一句的铺垫，这句话带有了很丰富的意涵。好像因为谢道韫之后无人去怜惜这样的花朵，导致雪花进不了尘世之中的文人的眼睛，自然也就不能引起俗世之中人们的关怀。被俗世所遗忘，被人们的记忆所抛弃，城市之中没有这雪花的一席之地，只能好似放逐一般地，飘泊天涯。而且纳兰性德此刻就在天涯之地，塞外的边疆，这四个字当然也是他自己切身的感受。他在跟随康熙帝的军中写过不少的词作，那种羁旅行愁时常流露出来，《长相思》不就说“故园无此声”吗？对家园的渴望，对故乡的留恋，跟他赋予此时雪花的心境多么相似。因为无人能惜，所以只好飘泊天涯，而“飘泊天涯”，雪花自己也能因为“别有根芽”而展现自我的美丽，诗人对雪花的眷恋和雪花自己的持守可以说有了更进一步的提升。这种被人们记忆的放逐，被人们关切的遗忘，很难说有或没有纳兰性德自己的身世之戚，但是这种感觉是一定会引起读者的广泛共鸣的。

最后两句说：“寒月悲笳，万里西风瀚海沙。”身处军中，寒月塞外的条件当然比不得京城，会是十分辛苦的，一般人们在秋冬时分的军旅诗词中总是把雪也当作困难的一部分，岑参不就说“纷纷暮雪下辕门，风掣红旗冻不翻。”吗？可是在纳兰性德的这首词中，他把雪跟自己放在了一个战线上，雪不是人的对立面，不是人要抗争的困难之一，雪在纳兰的心中，还是那花一样的存在，是美好的事物，从而那些困苦和艰难雪跟人是一同忍受的。塞外的行愁、家园的远离、寒风的呼啸自己在面对，这雪花同样在面对。雪花难道不想在城市之中飘洒吗？难道不想在文人墨客的身边飘洒吗？可为何流落至此？人们的遗忘，对富贵的追求自然是诗人心中的原因之一了。所以现在所面对的景物，不是那“绿蚁新醅酒，红泥小火炉”，而是“寒月悲笳，万里西风瀚海沙。”军中的悲歌，边关的冷月，呼啸的西风，无尽的沙漠，那纷纷扬扬的雪花就会被风吹拂到这样的境地之中，在这里飘落，盛开，最终融化。诗人用一个景象作为结尾，“万里西风瀚海沙”，无边的西风吹拂，无边的沙漠广袤，诗人自己最终是可以离开的，可以回到都城，回到城市之中，可是这高洁清丽的雪花，这“别有根芽”，“冷处偏佳”的品格，这脱离凡尘俗世的天降之花，却要永远待在这里，无法改易。这样的联想，让这首词的想象空间继续的延伸，这是雪花的悲欢，当然也是人世遗忘、无人怜惜的悲剧。

第二章 心中的篝火

一首好诗

中国人写诗的传统可以追溯到部落时期,从最早的“断竹,续竹,飞土,逐肉”到今天,可以说无数的创作者写了更加难以计数的诗歌作品。除了那一位教育家孔子编订诗书，用老人家道德的眼光将原始的诗经进行人为的删减,只留下三百零五篇的精华,剩下的诗歌的流传基本上是被人喜爱故而传唱,所以能够流传至今的。刨去今人还未经时间检验的创作,流传到我们今天的古代诗歌应该是有一个大概数量的，有大多数的诗歌是消散在历史的烟云之中了。那么是什么决定了这些诗歌就可以被人们记住,可以被流传,就是好诗,而其他的诗歌就不被人所喜欢、不是好诗呢?

诗歌对于中国人来说应该不是一件繁难的创作,因为古体诗基本上没有任何格律的限制，是一种非常自由的创作方式。就算是近体诗，押韵、平仄再加上律诗的对仗,这在没有从小接触的今人可能有些隔膜,但在过去,对于从小就接触了押韵、平仄和对仗的古人来说并不是一件难事。而且近体诗比古体诗更好的一点,就在于既然近体诗设定了一套规范,那么这就是一个文本可以被称为诗歌的基础，那么只要符合了这套基础就可以被认为是诗歌。评断一件作品是否诗歌，其实跟作品的艺术性没有太大的关联，而取决于作品对形式的遵循。所以我们看到古人的画上有大量的题画诗,其实有一部分都可以算作是应酬诗歌,其艺术水准是不高的,这大概跟现在的人发一个微博或者朋友圈赞美一下是一样的意思。

所以诗的创作，尤其对古人来说，并不困难。但既然有这么大量的诗歌创作，是什么决定了一部分诗歌就得以脱颖而出，成为好的诗歌，甚至是伟大的诗歌呢？又是什么让其他的诗歌成为平庸之辈，甚至难以卒读呢？如果说长篇大论的文章可以通过段落之间的组合，叙事的详略，描写的神肖去评断，这一点点短的诗歌，怎么也会有高下之分呢？这其实是一个比较宽泛的问题，我并不求把这个问题说得很明白，我只是想在这里跟大家分享一下我的看法。

《毛诗大序》中说："诗者，志之所之也。在心为志，发言为诗。"诗是"情动于中而形于言"。诗跟其他的文学体式一样，都是跟人的情感相关的，但诗歌比起其他的体式更诉诸心灵的摇荡和感发。"诗"的篆书，左边是一个"言"字，右边的上边是一个"之"字，下面是一个"心"字。之代表一种移动，是心灵的移动，摇荡，被催发而不得不说的一种话，这种话是跟个人的心灵密切关联的。常常是因为一种外物对心灵的感发，让心灵获得了一种感情，这种感情可能刚开始还是幽微的，不显露的，但是慢慢蓄积，甚至如果有阅读体会，那就会再加上文学传统中各种各样的符号对情感的放大和叠加，情感就变得丰富和激动了，而情感在内心当中作用就产生一种疏导和流露的欲望，如果选择用语言来流露，就成为一首诗歌。那么在自然当中，很有可能一颗诗心被自然当中的优美景物、静谧清晨、日夜流变而感动，从而联想到各种各样的经历和人事，从而成就了一首诗歌。在人世之中，则是有可能一颗诗心感受到了嘉会的欢愉和离群的惆怅，而将自己这个主观的情感向外部投射，去看到自然的山川为之变色，染上了一层欢乐或者悲哀的感情，自己的一颗诗心和这种变色了的自然相交流，诗歌就成为这种交流的产物。所以在我看来，诗歌一定是在心在物的，是一颗心和一片山川的结合，其中会有历史的变迁，会有风云的变幻，会有文化的典故，但都是在一颗诗心的控制之下的人与物的相和，这是一首诗歌的正常生产方式。

既然诗歌本应该是这样创作的，那么诗歌的境界中就包含着自然。这种自然既是对山川草木的敏感和关怀的自然，也是遣词造句的自然，更代表着一种情感的自然。

我们去读诗歌，其实往往读的是一种感觉，这种感觉可以说得出来，也可以说得明白，但说不出获得这种感觉的原因。这种感觉是完全诉诸心灵的，不仅是作者的创作是诉诸心灵，连读者的接受也是诉诸心灵的接受。有的时候，对有些诗歌，特别是一些意思很浅显明白的短的诗歌，完全是没有办法讲出个之所以好的原因。就那么一遍遍读，就一遍遍被它感动，就忘不了了。那杜甫的“迟日江山丽，春风花草香。泥融飞燕子，沙暖睡鸳鸯。”有什么言外之意？很难说有，但读过一遍就忘不了。那一片春光，多么美丽，多么活泼，言语之中有多少杜甫的喜爱和对安定生活的无限依恋。四句话，四个场景，如果是照了四张照片，绝没有这四句诗有感染力。语言是可以看出一个人，一个久经沧桑的人真正的喜悦的，虽然他只是摹景，一句情感上的话都没有说，但完全读得出来那种喜悦心情。这就是语言的魅力，诗歌的魅力。

诗人和其他人的不同在哪里？诗人看到的自然界那是“相看两不厌，只有敬亭山。”那是“我见青山多妩媚，料青山见我应如是。”诗人和一座山能成为如此之好的朋友，可以与自然之景相知甚至相融。诗人对自然界的一草一木都饱含着关怀和留恋，他对自然的景物是动了真感情的。李白写月，他不是在写一轮住着嫦娥的月亮，更不是因为很多人在诗歌中写月亮，他就写月亮来增加诗歌的味道。他写月是因为那月亮就真的是他酒醉后唯一的朋友，是可以倾诉衷肠的友人，他对月亮倾注了真的感情。这是后来仅仅把月亮当成一种思乡的意象而运用，只要写到了晚上就一定要写月亮，只要写到了故乡就一定要写月亮的部分诗人所无法企及的。

确确实实所写出来的每一样物件都在诗人的心中产生着共鸣，饱含着诗人自己真挚而充沛的情感，这样的诗歌才能打动诗人自己，也才能打动其他人。他是真的热爱，他是真的关怀，有时候如果要问这种真实的关怀和虚假的关怀在文字上的区别在哪里呢？怎么就知道这是真实的关怀，其他的是虚假的关怀呢？这真的是说不出来的，一些点头之交的朋友见了面也能嘘寒问暖，可是这跟自己父母的嘘寒问暖就是有区别，但有的时候他们用的词句的区别真的微乎其微，但绝对有差别，这种差别也是诉诸心灵的，恐怕真的难以言传。

那么其实不仅如此，字句连接的顺畅当然也很重要，用字用词也要以自然为上。这在很多诗歌的初学者中是容易出现的问题，但其实律诗的对仗也常常使得这类问题发生。因为诗歌是一种非常顺畅，行云流水一样的文体，所以一旦中间的字句不通，会像石头一样凝滞阻塞，给整首诗的美感大打折扣。但是这也并不是一定的，在文学当中其实都很难有一个放之四海而皆准的标准。一颗石头在流水之中，可能会阻塞流水，但也有可能会让流水变得曲折，更加仪态万方。而且韩愈的诗歌追求一种奇难险怪，也不失为好诗，但至于算不算得上极好的诗，似乎就需要商榷了。

诗这个字的组成，一半是“言”，一半是“心”，这两个东西谁比较重要呢？真的不好说，在我看来，似乎“心”更为重要。言是诗歌的最终呈现方式，词句的好坏、警句的有无、学问的高低自然会对诗歌的质量产生非常重要的影响，但言毕竟还是心的附属，好的诗歌当是从内心当中自然流露出来的语言，而不是生搬硬套，隔膜和生涩的，所以心在言先。在中国，可以喜欢句子秀丽的诗篇，但绝不会大力推崇，中国诗歌的正宗还是杜甫一支。“诗言志”的传统，还是把诗格和人格放在一起，诗歌境界的高低有很大一部分还是取决于诗歌背后的诗人，诗人境界的高低当然会对诗歌的境界产生影响，就每一首诗来看，诗人所关注的东西，意志的高下都会成为对诗歌的鉴赏。至于新奇的比喻，绝妙的联想则是在这个鉴赏之后才会要关注的。

但是对整体境界的鉴赏往往只是提纲挈领式的，那是对整个的诗歌做出的评价，但是对诗歌文本的具体分析，这种比喻和联想则成为主要的部分，但比喻和联想的背后，依然是对诗人本身关注的体现。我想，这也可能就是王国维说诗词“忌用替代字”的缘故吧，当一个诗人把诗歌的主要追求放在了一个物件的转移和替代，这可能就是因为诗人本身的意思不够，诗情不丰，或者是没有想到更妙的语言，所以才需要这样的转义和取代来增加诗的美感，这样总是归入末流的。所以虽然周邦彦的“桂华流瓦”四字极美，但依旧不是王国维所推崇的一支。但是并不是说诗歌的词句就可以不精到，我所以为的心在言先，是在一定的对诗歌语言的把控能力的基础之上的，诗歌的语言是文学中最精妙、最简约却又最丰厚的。诗歌的语言当然非常的重要，这也是让诗歌能够战胜其他所有的文学体式成为文学皇冠上的明珠的原因。

就诗歌的语言来看，我以为最重要的是要让诗歌的语言有一种联想的可能。因为诗歌本身的篇幅短小，字数很少，用其他文学体式的视角来看，诗歌所能够表达的意思是非常有限的。但是我们却说诗歌的表意是非常丰厚的，“诗无达诂”。这其实就是因为诗歌所能给读者带来的联想，是其他文学体式所无法比拟和超越的。而这种联想也构成了诗歌鉴赏的组成部分。诗歌是一种人类的文学，不是一己的私情，所以所写的字句，用的意象都不能过于死，没有一点喘息和流变的空间。

在文学体系之外，在自然景物之中的话，就是不能让一首诗歌中的景物过于独特，只此一家，别无分店，这样的书写就是完全个人化的情感，个人化的表达，不具有一种人类的意识。这种人类的意识，普世的共鸣达到了极点，也就成了王国维所说的“后主俨有释迦基督担荷人类罪恶之意”。而在文学体系之中，自然景物之外的话，如果有学识的诗人当然会将自己的诗歌放进前代的诗歌的体系之中，诗人可能是由彼诗联想到此诗，那么读者就会由此诗联想到彼诗，从而使一首诗的意义获得了前代的积淀，变得丰厚起来。

所以中国的诗歌实在是各人有各人的山峰对峙，但也都是在一条清晰可循的脉络之中，甚至可以说是形成了一首自然和历史的长篇大诗。

说了这么多，那么一首好诗的标准是什么呢？在我看来，好诗的关键实际上在于其字词的组合，以及诗人的人格魅力给读者的感觉。这种感觉当然是玄而又虚的,也是有个人化的,所以每个人喜欢的诗歌和诗人一定是千差万别的，但是这并不意味着好的诗歌没有一个可以评断的大众化的标准。贡布里希说“美感是需要导引和学习的”,我是认同这句话的。那么有些诗歌可能辞藻华丽，文句优美，但是在此之外没有深意和远韵，这种诗歌终是末流，也是不被大多数中国传统士大夫所接受的。那么对这种深意和远韵的挖掘,可能就需要对中国诗歌语汇和意象的熟悉,以及对诗歌语言的敏锐感知能力。对诗歌语言的敏锐感知能力需要的是一颗赤子之心,一颗诗心,而对中国诗歌语汇和意象的熟悉则需要的是阅读。这跟诗人的创作何尝不是一样呢？诗人用一颗诗心感知着周遭的一切，正所谓“春秋代序,阴阳惨舒,物色之动,心亦摇焉。”这样使得诗人有一种充沛的创作欲望和创作的可能。而用自己的学识和对文学传统的熟悉，在诗歌中放进了许多种可能,带来了丰富的联想。

这样说起来,一首好诗实际上是一种对自然流变的波动,和一双无比温情望向世界的双眼,是一个浓缩的原点,但可以发出无限的光芒和热量。其实一首好诗,就是诗人的一段真挚的生命。从这一点上来看,伟大的诗人自己当然也就是最好的诗歌了。

读诗为何?

最近碰巧读到一篇文章,在那篇文章里作者自己提出了一个很有意思的问题,又自己给了解答。

问题是:让孩子们背诵他们根本不懂的古诗词、古文有什么意义?

解答是:在我们长大以后,面对大千世界的无数美景,我们的脑海里出现的不是"哇""好美",而是"落霞与孤鹜齐飞,秋水共长天一色"。

作者接下来继续感慨:春天漫步桃林,你会感叹"桃之夭夭,灼灼其华";夏天泛舟湖上,你会吟唱"接天莲叶无穷碧"和"水光潋滟晴方好";秋夜漫步池边,感慨梧桐落黄,你会说"老树呈秋色,空池浸月华";冬日寒风瑟瑟,你会说"凄凄岁暮风,翳翳经日雪"。

读到这样的文辞,我不禁哑然失笑。或许能够取得传播上极好的效果,但这样的解答真的好吗?读诗、背诗,真的是为了这样吗?是为了我们在游玩时能够找到更高级的词汇、更美丽的语句去形容眼前的美景?为了我们在漫步时都想把今日之景与古人之句相对照?那我不禁思考,在我们游玩时,究竟是在看眼前的美景呢?还是用古人的成句提升着我们所谓的格调?

我是喜欢想象的,按照这位作者的思路走下去,我想着在一个月夜,一个人出去散步,心中可能有些寂寞和空虚,可能缺少一种满足感,出去散步时,正好看见路旁的行道树被月光或是街灯的光垂照下来影子,树影婆娑，参差随风摆动，他忽然想起苏轼的文章“水中藻荇交横，盖松柏影也”，他就自顾自地念了出来。他甚至拿出了手机，拍下了这再简单不过的树影，配上这一句文案，再加上一句：“我体会到了苏轼的感觉”，就发上了社交网站。他究竟体会到了苏轼的感觉没有，我不知道，我只知道，当他看见底下一排点赞和夸奖的辞藻时，他体会到了自己的快乐。

我又想着。一个人跟好友一起去游山，进了山门，他讲“山中相送罢，日暮掩柴扉”；过了小桥，他说“春潮带雨晚来急，野渡无人舟自横”；看见瀑布了，他讲“飞流直下三千尺，疑是银河落九天”；看见道旁的木棉花，他说“山路静无人，纷纷开且落”；登上了山顶，他讲“不畏浮云遮望眼，只缘身在最高层”。我甚至想着，他一见到那个景致就会突然激动起来，对着他的朋友讲出那一句诗歌，接着就忙不迭地往下一处去。或许根本无暇顾及那景致的本真，因为他的心思全在那诗句中。

殊不知，不是庐山，瀑布就不是李白的那样；不是辋川庄，木芙蓉就不是王维的那样；不是滁州，那野涧就不是韦应物的那样；不是那飞来峰，峰顶也就不是王安石的那样。世界的奇美就在于独特，每一处景，每一条路，每一朵花，甚至于每一个气候、每一个时间都是不一样的。若是让古人替代了你的眼睛，让那些句子替代了你的心灵，我想还不如放下。旅行，不是用你的脚步来印证古人的句子是对的，是美的，而是要让这景致沾染上你自己的色彩。自己的感受可能跟李杜苏辛有类似之处，因为这是他们诗歌的共鸣所在、伟大所在，但毕竟是不同的。若是到一处地方，念上一句诗，就觉得自己真正看到了这景物的全貌？这恐怕是不可能的。

杨牧说：“阅读古典，不是为了看水想起‘澄江静如练’，看山都在‘虚无缥缈间’。若仅如此，古典正是可怕的干扰，反而变成我们想象推理的限制，教我们挣不脱传统语法习惯和譬喻系统的镣铐，则这样读书真是何苦来哉？博闻强记的人若少了一层转化融汇的能力，到底还是有所不逮。”说得真好。

诗歌的成句，不能取代景；古人不能代替你，正如你的友人也无法代替你一样。不要为古人所迷，不要为记诵过的诗句所扰，人生一次，得要自己体验；壮游一回，是靠自己的双脚、双眼。要真的去体验呐，三千世界，一沙不同，没有一的成法，只有异的永恒。

就此说来，何以读诗？读诗为何？

为何要读诗歌，在我看来只有一个原因，因为诗歌是美的。而读诗是为了什么，也只有一个目的，就是为了享受美。诗歌之美在何处？尤其是中国的诗词美在何处？我一直认为是三种美：音律美、意境美、人格美。诗歌是诗人的生命写照，每一首好的诗歌都是做诗人呕心沥血的产物。诗品贵在言真，每一首好的诗歌一定是诗人最真实的想法流露。一个诗人直挺挺站在你面前，除去了所有的冠带而与你倾诉衷肠，这种感觉多么好。读诗，读的是诗歌中的质感，读的是诗人的人品、个性、心情和共鸣。那或是坚持，或是痴心，或是无奈，或是达观的诗篇会给予你感动和力量。所以读诗到了最后，你读的甚至不是诗篇，而是涌动在诗歌文辞中的那股诗人留下的真气，或雄旷，或豪放，或绵远，或悠长。那是感动你的部分，那是灌注生命的部分。而其中写得优美的单句，当然有丰富的艺术价值，但远远不是全部，只是那些真气真情真感受的载体而已。

所以读诗歌是为了什么呢？我想可以是为了共鸣，在悲痛中有诗词的吟韵和古人的事迹替你分担，在欢愉中有人和你一起分享；可以是为了懂得，懂得为什么有人愿意触犯天颜，为什么有人愿意放弃一切，为什么有人真的就可以说“朝闻道，夕死可也”，因为他们的诗，明明白白，他们的人，轰轰烈烈；可以是为了那股真气和力量，在你困倦时能给你激励，在你遇挫时不至于抑郁。

记得有一次上文学课，老师在讲杜甫诗的时候淡淡地讲了一句：“他的诗好，但是现在人不喜欢，读杜诗的人多，但杜甫之后，也没有人再有他的人格。”所以读诗不完全是读句子，更重要的，乃是读人。诗句就是诗人，我们是从他们所流传下来的一首首具体的诗歌中去读他们的生活，而他们的生活也许才是我们最要读的诗歌，才是真正的诗歌。诗歌，是带着诗人的力量的。读诗，是读忧国忧民的心力，旷达乐观的态度，进仕退耕的生活。读诗，是为了让我们的生活成为一首诗，是为了让我们能够汲取到诗人伟大的人格。也许我们成不了“光华万丈长”的李杜，但我们可以做一只在海滩上默默晒着太阳的鸥鸟，受着他们光芒的温暖。

传说苏轼小的时候，其母领着他读《汉书范滂传》。范滂是一个直言敢谏的人，也因此被判了死刑，他临刑前拜别母亲：“仲博孝敬，足以供养，滂从龙舒君归黄泉，存亡各得其所。惟大人割不可忍之恩，勿增感戚。”他的母亲说：“汝今得与李杜齐名，死亦何恨！既有令名，复求寿考，可兼得乎？”苏轼被范滂感动了，说我要成为范滂那样的人，怎么样呢？苏轼的母亲说，你若为范滂，我亦为范滂之母。

读，是为了成为，或者说是，把所读的对象当成某种榜样，从而激励自己能够成为一部分。这才是读诗读文的意义。但是也许这个故事在今天显得过于极端了。因为我在小时候也读到了这个故事，也问了我妈同样的问题，我妈的回答是：“别凑热闹，活着是最重要的，我不为范滂之母。”

我相信所有人肯定都会是这个答复，不信你问问？

但也许王阳明的故事，更适合我们今天。王阳明曾经问他的私塾老师，读书是为了什么，私塾老师说是为了做状元，衣锦还乡以报答父母之恩情。但王阳明说，错了，读书是为了做圣贤。

文辞只是中介，真正重要的，恐怕永远在文辞之外。佛家常常讲要破“我执”，也许在诗歌当中，我们需要破“句执”，从而感受其情真意切，获取精神的力量，达到真正的“诗”的境界。

诗人之眼

在茫茫人海中，有多少种职业已经数不过来了，每年都还在新增着很多职业种类。各种稀奇古怪的工作都有人从事并以此为生，我想说的是诗人。

问一个人的职业是什么，他说是写诗，这一定是一个令人啼笑的回答。写诗能算作工作吗？诗人是一种职业吗？在我看来不是的。文学家可以说自己的职业是写文章，小说家也可以说自己的职业是写故事，诗人的确写诗，但算不上职业。很简单的道理，文章可以获得丰沛的稿费，小说刊载出来还可收获版税，但是诗歌谁会买呢？篇幅不长，而且创作周期不短，就算经年累月能集结成书，买者寥寥，而且这样的收入比较生活的开支一定入不敷出。

那么写诗能够算作是一种工作吗？应制诗人，宫廷诗人也许可以，在这两种情况下，诗人也许真的能算作是一种职业。但很明显，这两种人并非我们要讨论的范畴，也不是我们一般所指的诗人。诗歌跟绘画不同，画家无论中西，在资本主义尚未萌芽或刚刚萌芽的时代大都有所谓的赞助人或支持者，伟大的画家同样不例外，画册可能是专门画下送给某人的，也可能是应别人的要求而作画，题目和内容有时甚至风格都会被买主限定。但这个时候依然产生了不朽的名作，画家的成名跟技巧有关，这里的技巧当然不是仅指用笔或者形象。布局谋篇，人物和风景的摆放也都是技术的考量。其对细节的处理、对光线的把握、对色彩的控制，会影响到他笔下的创作。

诗歌跟绘画有同异，都对艺术家的天资有要求，但诗歌比绘画更诉诸一种空灵的感受，写出好的诗歌并不完全靠技艺的精熟。也许博览群书，也许精通音律，但是没有一种灵明的乍现，也很难写出好的诗歌。仅仅受命于人，在音律之外又被束缚住手脚，诗歌的佳作怕是难以产生。

中国的古人为我们规范出了一套格律标准，韵依平水，再加上平仄和对仗，写出来的就能算作近体诗，无论其字词如何，有无诗味，是否可观。这套规律是很容易掌握的，在那样一个人人熟悉这套规律的年代，会作诗是很容易的一件事，但是让当世人和后世人都认可这笔下所写的诗歌，竟那样困难。如果字词陈腐，格调平平，境界逼仄，情感虚伪，这怎能算作诗歌？那样的技艺精熟又有何用？命题作文还有精品存在，考场诗歌被人传道的，古往今来，也就只有钱起的两句“曲终人不见，江上数峰青”了。但这似乎也不如张继落榜后，夜宿枫桥的七绝，“姑苏城外寒山寺，夜半钟声到客船”。

所以诗人是什么？写诗不是工作，诗人更不是职业。在我看来，诗人是一种人，是一种特别的人的种类，是上天先定降于世间的灵魂依归。诗人之所以为诗人，在于其灵魂的不同，其观看世界方式与常人的差别。其灵魂的不同成其诗人之心，其观看世界方式的差别成其诗人之眼。虽然有心眼的差别，但说的实际上是一回事。王国维在《人间词话》中曾经提出过“诗人之眼”，并将其与政治家之眼相比较，认为政治家之眼只局限在一时一地，而诗人之眼则是“通古今而观之”。因为这句词话是将诗人之眼和政治家之眼相比，并说明怀古词不可作，所以只是写了诗人之眼的一个方面而已，并不是全部，更不可将其作为诗人之眼的定论。

一切的艺术，有其相通的成分。叔本华曾归纳出一切艺术家天才的部分，并将艺术家称为先定的一批人，他们观察世界的方式就与常人有很大的不同。他们的眼都是值得观看和研究的对象。画家有画家之眼，摄影师有摄影师的眼，电影人有电影人的眼，诗人有诗人的眼。是这样的眼，使这样的一群人有被称为这种艺术家的先决条件，使他们获得了一个一般人即使通过训练也很难获得的灵明。他们观看世界的角度跟常人不同，但是不同种类的艺术，观看世界的方式又会各有不同。一个画家，看山水，看人像，看活动，看战争，跟一个诗人的角度也绝不会一样。一幅画的构建和一首诗的经营，从根本上看，就是不同的。

王国维讲的诗人之眼，说的是诗人沟通古今的联想能力。站在一时一地，心中却包含了万古长空，是这样历史的厚重和感发，让诗人对这一时一地产生了不同于常人的丰沛的理解，而免于单薄。诗人自该如此的，丰富的联想，随处的感发是诗人之眼的必要条件。诗的产生，便是诗人运用诗人之眼观看万物，用诗人之心体会万情，再用天才的笔去书写天才的诗歌。但诗人之眼并不能完全用王国维的话做概括。在我看来，构成诗人之眼最重要的方面，在于诗人之眼的“有情”。

什么构成了诗人？是什么让诗人与众不同？叶嘉莹先生曾举辛弃疾的词“一松一竹真朋友，山鸟山花好弟兄”来做说明。诗人用最脆弱的、最容易受到伤害的一颗心，毫无保留地去体会万事万物的痛苦和喜悦，将一切的外物的感受，放在自己的身上，同时也将自己的感受投射出去，映照在万物的表面，甚至渗透其中。我在一篇赏析杜甫诗歌的文章中说，杜甫真是把看到的别人的苦痛悲哀就当成是自己所亲身遭遇的一样，为他们痛哭流涕，为他们悲痛欲绝。像杜甫这类的诗人，看到世上疮痍不堪，民间青黄不接，饱暖难继，用了一颗慈悲不忍的心灵去为他们招魂。要知道诗歌永远是自己的文学，是自己最真实情感的表达，他的写作往往是聊以自慰，那写作的真实就是他心的真实。身处乱世，杜甫的眼应当是泪眼，看着战乱频仍，看着众叛亲离，看着自己的大唐王朝一去不返。若是常人，看到别人的痛苦悲哀，于己何干，看到他人的欢聚嬉笑，又怎能让自己也欢乐起来呢？

钟嵘在《诗品序》中说：“若乃春风春鸟，秋月秋蝉，夏云暑雨，冬月祁寒，斯四候之感诸诗者也。嘉会寄诗以亲，离群托诗以怨。至于楚臣去境，汉妾辞宫；或骨横朔野，或魂逐飞蓬；或负戈外戍，杀气雄边；塞客衣单，孀闺泪尽；或士有解佩出朝，一去忘返；女有扬蛾入宠，再盼倾国。”对人世有情尚且容易，毕竟同类，孔子讲“鸟兽不可与同群，人非斯人之徒与而谁与”，对那些“春华春鸟，秋月秋蝉”有情，何其困难呀。也许繁花竞艳，姹紫嫣红，可以让人心旷神怡，自在游春，甚至折下最大的一朵，最美的一枝放在身边，带回家里。但是能否听出花的生命，鸟的高鸣？能否在繁华落尽时去为之长歌，痛苦，能否在众鸟高飞的时候，感慨落寞的悲凉？不是拿花草鸟鱼给自己赏乐，而是用自己的心灵去体会它们自在的欢喜悲哀。花开时，为它高兴，风雨起时，为它担忧，花落时，为它伤神。这在常人是不可想象的，在诗人确是必不可少。

叶嘉莹曾说，自己一辈子跟诗歌谈恋爱。其实诗人一辈子就是在跟世界谈恋爱。当花开时，你想的不是折下增添人面的色彩，而是想着“春风花草香”，为它自在的娇美而高兴；当风雨来临，不是想着紧闭门窗，防止屋内沾湿，而是想着“花落知多少”；当花落了，不是想着尽快地洒扫庭院，而是想着“自是人生长恨水长东”，自此，人和自然成了一体两面的共生。为它担忧，为它快乐，不是跟它谈恋爱是什么呢？所以诗人多情，诗人心累。我的高中老师曾这样讲，谁能在下课后，去食堂的路上，经过树林时静静地看一片躺在地上的落叶？我说诗人可以，而且应当。不仅是面对着家国大仇，或是看到了绝美山川，哪怕是在路上偶然碰见的一株小花，飞过眼前的一只小蝶，甚至是池塘中时隐时现的几尾游鱼，又或者是风过时带落的几片桃花，诗人都一定会驻足观赏，胸中感慨万千。

佛家常用一种计量单位，“恒河沙数”。世间能激起诗人观感和情致的事物，真是“恒河沙数”。诗人用自己的眼睛充满柔情地注视着这些恒河沙数的自然人文，用自己的观感体会着它们的炎凉，诗人的心多么累啊。但如果诗人的心累，如此之累，那为什么叶嘉莹愿意和诗词谈一辈子恋爱，为什么在其最困顿的年月是诗词给予她力量？为什么在我们的印象中，诗人总是悠游自在，行吟江畔，哪怕不是欢喜，总也旷达？

人世有多少痛苦啊，谁能说每天都会快乐，每天都过得顺利，无忧无虑？人世间的烦恼总会留存在我们的内心，无论是否明显，我们是否明确地记得，总是存在的。诗人既然和自然谈着恋爱，为自然万物欢喜担忧总会联想到自身，产生极大的共鸣，诗人是能从自然中获得力量的人。诗人既体尝万事万物的欢乐悲喜，又将自己的悲哀苦痛投射到万物之中，在审美的愉悦中获得心灵的享受，从而得以从人世的悲哀中解脱，到达一种精神上的悲剧审美。从自身内心的主观感受，到另存一我的反视自身，在诗的帮助和提炼下，解除自己短暂的悲哀。

诗人一定是热爱自然的，也一定热爱着周遭的人类世界，在安静地欣赏，自然的每一个细小的景致都能浮现在诗人的眼中。诗人的眼睛是那么的敏感，那么的充满激情，通过各种感官，诗人和周遭建立起一种异常紧密的联系。诗人将自己的情感缓缓吐出，遍布在周遭的一切上，从而在周围的一切有情的景物中吸取着力量。自然是有情的，人类社会的整体，那种总体的追求，人类群聚的美德本也是有情的，诗人有情的投射必能得到有情的回馈，从而旷达处世，纾解心结。这也就是孔子讲的“兴、观、群、怨”。

诗人心累，但累得心甘情愿，累得乐在其中，累成本性，累出真心。诗人的眼总是那么含情脉脉，总是对一切充满了好奇和激情，周遭的一切都是那么的美丽（连丑陋都有其审美的一面），那么的可观。每天只要独自行走，静静思考，便都是“万物静窥，皆有所得”，每一天都过得充实而完满。

波德莱尔曾说讽刺漫画家康士坦丁·居伊是追逐激情的人，是对人世充满热爱之心的人，说他有时像个诗人。

诗人就是如此。

风和日丽与电闪雷鸣

我在台大旁听艺术史的课程，老师在讲到石涛的时候说，张大千也没上过艺术史的课程，也不知道石涛的画有什么特点，也没有系统学习过他的画的风格，但张大千画出来的石涛就是像石涛。

好像艺术家的眼睛跟我们常人的眼睛不一样，他们可能并没有一套理论规范自己应当如何去写如何去画，但依凭着那种天才的慧眼，落笔展思就可达到他们的目标。而且往往有跨领域的艺术见地，一种美的展现，让他们有了性灵般的美的见识，好像可以用一颗天才的心灵、一种不可言说的感觉在不同的领域进行美的构建。

有时候想想，艺术家好像就是一群被选召的人，其观看世界的方式、思考问题的途径跟常人就是不一样。那是一种好似天生的与未知世界、高层空间沟通的能力，普通人纵然通过学习也不能达到。这似乎跟一般的艺术从人民中产生，并为人民服务的理念有相冲突的地方。你看莫扎特据说生下来就能谱曲，即成绝唱；陈子昂中年才折节为文，下笔就永垂不朽；毕加索拿到张大千送给的毛笔，只看了看，提笔便画下绝美的旅人。你不得不感叹他们好像真有天生的能力，驾驭得了万物的兴替。

最近看了一部纪录长片，讲的是台湾著名的舞蹈家林丽珍。长片中对林丽珍的访谈和那些舞蹈的场面让人心醉，虽然片长有三个小时左右，但是依然能吸引着人看完。林丽珍有一次在看舞台布景时跟美术设计提出

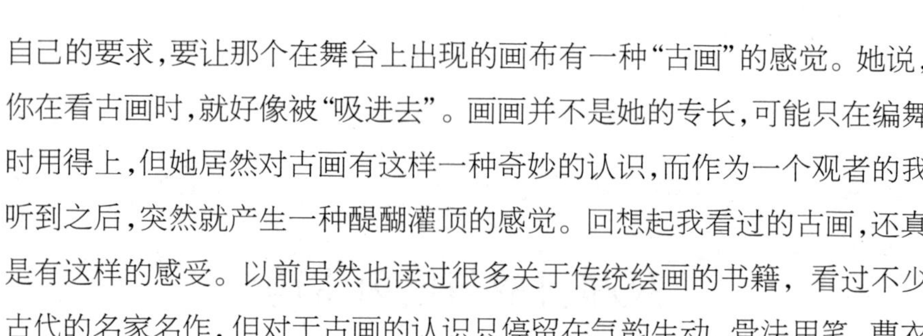

自己的要求，要让那个在舞台上出现的画布有一种“古画”的感觉。她说，你在看古画时，就好像被“吸进去”。画画并不是她的专长，可能只在编舞时用得上，但她居然对古画有这样一种奇妙的认识，而作为一个观者的我听到之后，突然就产生一种醍醐灌顶的感觉。回想起我看过的古画，还真是有这样的感受。以前虽然也读过很多关于传统绘画的书籍，看过不少古代的名家名作，但对于古画的认识只停留在气韵生动、骨法用笔、曹衣出水、吴带当风、一弯瘦水、几痕远山、淡然无极而众美从之这些表层，纵然也能够欣赏，但好像总没有到达一种有体会的享受。她这样一说，真好似一种接通这种艺术的密门，突然就感受到一种摄人心魄的魂灵的力量。

那么，什么叫“吸进去”？我以为这一点关切到一切艺术形式的根本，那是一种生命本身的共感，一起在艺术中舞蹈而享受。为什么艺术有如此强大的力量，能给我们极大的愉悦？乃是因为所有艺术中所存在的那一个生命的本质。好的艺术，一定是艺术家用生命的魂灵而创造出来的，没有生命的铺陈和部分身体的牺牲，就没有那呕心沥血的力量，催人感慨的精神。无论是原创、还是搬演，无论是图画、还是文字。艺术的高妙就在于其中涌动着的生生不息的生命活力，如此说来，艺术一定是充满力量而温热的。

我看过一些舞蹈演出，印象最深的还是林怀民的云门舞集。一场舞大概是一个小时，没有语言，只有很简单的配乐，但是你观者的神经就会一直被台上一个个素面的舞者所牵动着，忽而紧张、忽而平缓。为什么？我坐在三楼，那舞台离我十万八千里，看着台上的人那还不应该像看一幅跟我毫不相干的动画而已吗？为什么隔着那么远的人，他们的动作依然能够影响我？

曾经听过一些音乐会，民族乐器居多，古琴的演奏会听得最多，龚一先生演奏的让我印象最深。在节目都演完了之后，加演了一曲“平沙落雁”，龚一先生在台上说，最近对这首曲子有些新的体会，看看他的演奏能不能让所有人都静下来。他凭什么有这样的自信？我坐在二楼的靠角，跟他也隔着十万八千里,不说先生的表情了,甚至连他手上的动作我都看不见,他凭什么能让我静下来?

见过一堂古琴课,学生正在弹“长相思”给老师听,曲子很短。老师听完后,对学生讲:“连贯是很连贯,没有味道,你没谈过恋爱吧。谈一场恋爱你就能弹好了。”学生后来又学了“阳关三叠”,学完弹给老师听,同样的评价,“没有别离之苦,弹不好这样的曲子”。后来,那个学生要离开北京,去台北学习一段时间,他跟老师讲自己好像对这首曲子有一种新的体会。弹完之后,老师讲:“这还差不多,之前你弹是鬼哭狼嚎,现在才是真正的别离之悲。”那位老师后来跟我讲,去听过很多名师研究生的毕业音乐会,技巧纯熟,但有些也只是有技巧而已了。

我们往往从小就知道写作要有感情,何止是写作呢?一切艺术形式的创造都要有感情。感情不是煽情,更不是矫揉造作而出来的“为赋新词强说愁”。那什么是感情呢?感情是唯一的专注,是把生命和心灵在肚中熔炼,突出在某种形式之上。那种形式从此印刻上你的真心,你的真性,而形成的作品更是你的一个部分,不可分割而互为表里。只有合二为一,才成艺术。这种感情可能是喜怒哀乐,也可能是对某种理想志意的向往,对最高意志的追求,乃至于对生命本身的叩问,对某种不可知的控诉。无论如何,是一种全身心的投入,好像自己的性灵随着由高而下的瀑流“注”进艺术的形式之中。伟大的艺术,无一不是创作者、表现者把自己的全部“注进去”而形成的。所以有些舞蹈者会在演出结束之后大哭大笑,把自己久藏的内心掏露出来,正是因为他将自己“注”进艺术之中,在艺术之中又感受到那个最高所在的召唤。这是真正的感情,这种伟大的感情成其伟大。

这样就不难理解为什么林丽珍说那古画有一种让人被“吸进去”的力量了。因为有艺术家、创造者的注入,那艺术作品中就别有洞天,他们的生命扩展了艺术作品的空间,而且通过艺术性的形式产生巨大的吸力,成为艺术之美的表现。而一切艺术作品,无论其主题是乐观的也好、悲观的也罢,都有一种极其强烈的生命活力生生不息地涌动在艺术作品的表层之下，正是这种生生不息的运动，让艺术作品好像变成了一个巨大而绝美的黑洞，吸引观众停留在其前方，为它吸引而着迷。

这种艺术的鉴赏活动实在是太让人着迷的一种行为。艺术家恐怕往往是非“常人”的，我们“常人”往往会认为他们不甚正常，这种“不正常”体现在何处？也许就是叔本华“天才论”所要表达的。我以为艺术家是充满了生命热力的一群人，他们燃烧着自己的生命，并且将其中最具有活力的部分注入进艺术作品之中。所有观看的人，自己的一部分精力也被吸到作品里面，但最终获得的是巨大的生命能量，甚至一些有能力的鉴赏者会获得一种所谓“瞬间狂喜”的感受。在那一刹那，欣赏艺术作品的当下，巨大的生命活力一定让人年轻而精力充沛。

无论高中还是大学，每次下午上课，总会让人昏昏欲睡，但是上中文课的时候，精力永远比其他课要好。原因在于中文教材，尤其是古典文学教材上有很多全录的诗词，用罢午饭，上课前总会翻翻。翻的时候我习惯念出声音来，每次念的时候都会全身涌动着一种活力，大可驱散睡魔。

而我在高中的时候有一个特别的习惯，喜欢抄录诗词，在誊录的时候也有同样的感觉。所以虽然高三晚上睡得很少，白天也很辛苦，我并未在任何一门课上睡过觉。我想与此应有一定的关联。

而且我每次看精彩的演出或是好的电影，一定是看完之后比看之前精力要好。而且看完之后心中久久不能平静，那种艺术和美的享受可以让我那一夜都是欢愉的。

诚然，我在看经典电影的时候，那电影的行进可能比较慢，故而我的周围都是周公的呼唤；我在听音乐会的时候，周围的观众也一定有人酣眠；一定有人确实读书成为催眠，一定有人也只能接受商业电影，一定有人读不了李杜苏辛、托尔斯泰，一定有人只能看看一百四十字的微博。艺术跟娱乐不能完全等同，艺术一定是严肃的、投入的。故而艺术的受众恐怕也是需要训练的，艺术本该属于所有人，但在现实中恐怕不会属于所有人。

叶嘉莹先生一直说“诗词给予她力量”，她的一生是颠沛流离的，在那个时代,历史的因素不可避免。那些艺术作品给予我们的生命活力,绝不仅仅是在精力方面,更是一种审美的储存和前行的动力。或是一种心力的支撑,不会因逆势而摧折;或是一种乐观的回应,永葆天真和烂漫;或是一种理想的追随,拉近海天相接的不可及;或是一种深夜的抚慰,思考总会让人获得力量。

前日晚上跟一个友人讨论古典诗歌和现代诗歌的问题。

我问她:现代诗歌的美在于何处呢?

她说:在于寻找和挑战现代汉语的极致。

她又问我:古典诗歌的美在于何处呢?

我说:在于其中所显现的真实共感和生命力。

其实这并不是一个相对的回答。如果是要跟她的回答做一个平行式的答复的话,我应该讲古典诗歌的美在于三点:音律美、意境美和人格美。这“三美”好像也早已成为定论,但我往往并不喜欢这样说。总觉得像是考试题的作答,缺少生命的力量和继续发展的可能,故而更倾向于用一种更加形而上却灵活的方式做阐释。

跟她并不在一个城市,隔着一个海峡让我们的交流变得困难。那通电话是通过网络打过去的,而网络情况又不甚好,故而时断时续。因为我是喜欢古典诗词的,对于现代诗歌则了解较少,她则相反。所以几乎每次我们的讨论都离不开古典文学与现当代文学。两个小时后,手机电力告急,她的最后一句话我并没有听清。所以她在网络上给我发来信息:我刚刚的最后一句话是:“我读古典诗词感受到的是风和日丽,而读现代诗歌则是电闪雷鸣。”

我太喜欢这句话了。说得太经典了,太有趣了,竟让我有一种她也是说出了“吸进去”的艺术家的错觉。也许不是错觉吧。“温柔敦厚”的诗教传统让古典诗词成了她“风和日丽”的印象,而现代的哲理思辨或许则成为现代诗歌“电闪雷鸣”的特质。

我突然想到刘大任在《重金属》一文中写了这样的一段对话:

"我喜欢你们那一代的音乐！"他说："全是灵魂，除了灵魂，什么也没有。"

啊，主！我知道，没有这个速度，他不会跳出他的磁场。啊，主！我知道你一选我踩下了油门。你终于让我们相会了，我知道。

"爸！你其实也应该喜欢我们这一代的音乐"，他继续说下去，用他带一丝丝沾沾自喜的初初成人的声腔说下去："我们的音乐，也全是灵魂，除了灵魂，什么也没有。"

啊，主！我当然喜欢，因为，那面忽然敲响如重金属的赤铜大锣，仍在前方，永恒的前方。且一路喧哗欢腾，如满天散落的花雨。

无论是"风和日丽"还是"电闪雷鸣"，其实都像刘大任这篇文章里面所说的："全是灵魂，除了灵魂，什么也没有"。其实哪只有古典诗歌和现代诗歌呢？一切的艺术，无论是歌唱还是舞蹈，无论是戏剧还是书画，无论是音乐还是文学，无论是东方还是西方，也都是灵魂呐，"除了灵魂，什么也没有"。

良夜月下读古人诗

近来在网络上看到有很多人转载一段“人生四十乐事”，令我想到之前读过的苏轼的人生十六乐事，和金圣叹写的三十三个“不亦快哉”。这三种对人生乐事的归纳，我还是最喜欢苏轼的。那四十个乐事，其实有很多重复之处，而且诸如俯瞰、抚松之类，似乎太过泛泛，而为善、随缘之类又并不能算作乐事。而且行为本身只能称之为事，并不能说这件事就是快乐的，那件事就不是。乐之与否，要看人的因素。金圣叹之语，时时能让人为之一振，那些细细之处，微微之事通过他的笔调，真是不亦快哉！但是那只能作为他自己的体会，似乎要作为人生乐事还显得过于琐碎了。就这三种比较，还是苏轼的最好。苏轼不仅写事，更有人的体会。比如他写柳阴堤畔，会加“闲行”，在花坞喝酒的樽前要有“微笑”。事情本身是一回事，人的心情和体悟又是一回事。这样说来，还是那个和尚说得最好“若无闲事挂心头，便是人间好时节。”

其实苏轼笔下所写也明显带有过去人的印记，现代人所能获得乐事又会有着现代人的特点和印记。因为嘈杂的世界，拥挤的人际关系，使得哪怕有一己独处的时间，和安静的环境都能算作是乐事一件了。而因为社交网站对我们生活的巨大作用，使得早起看到有好友的消息，甚至听到了手机铃声一响，看到并不是APP的消息或是新闻，而是亲朋的呼唤也自然成了乐事一件。

“乐事”其实没那么多,也没那么难以获得,但似乎也并不能说只要是心态平和,安然自在做什么事就都是乐事了。没有出家人的觉悟,尘世之中的人总有些难以放下和割舍的东西, 说是一个人能时时拥有一个良好的心态,面对任何事任何人都可以淡然处之,达观对待,大多是不太可能的。有些事能带给一个人平和心态,在做那些事的时候,能让一个本来烦躁的心情变得平和自然,做那样一些事的时候,能让一个原本孤寂无聊的心灵获得充盈和快慰,或者说无论什么时候,只要做了或能做那些事情人的心灵就会感到快乐,我愿意把那样的一些事称之为乐事。

也许这样的“乐事”对于每个人都是不同的,但我相信这里面会有一些共性的地方。如果要问我,我心中的乐事是怎样的,我大概能举出五样。静道绕湖漫步,山寺昼起闻钟,面师展纸临帖,为友执掌茶席,良夜月下读诗。两样跟师友有关,漫步可有伴可独行,山寺闻钟、月下读诗大概一个人会比较好。

高中时买过一些诗人的集子,印象中古人有苏轼、柳永和纳兰性德,今人有聂绀弩。读得很痛苦,几乎都没怎么读,大概苏轼的翻过几页,柳永和容若的几乎没动过。到了大学里,也不断地买过诗集和词集,都几乎没读。没读的原因是因为读不下去,诗歌(包括词)都是非常精炼的文体,其中包含的意思都需要非常细致地阅读和赏析,如果一次给我一首诗,我大概能反复读个几遍,里面的意思大概就能在吟咏当中慢慢浮现,就能获得审美享受。但一次性一本诗集,全是这个人的诗作,就有点压力山大,因为不可能每一首都像这样反复去读,这样读过去,心眼都累,而且一点阅读的成就感也没有的。所以之前虽然有许多的诗集,都算不上读过。

这种情况说来惭愧,直到今年上半年才有所改善。上半年在台湾当交换生的时候,住的宿舍在那栋楼的楼顶,是楼顶上划出来的一块地方,另建的小隔间,所以可以说出了房间就是阳台。宿舍原本四个人住,三个交换生,一个在读研究生,后来那个研究生搬出去租房住了。楼层不高,只有八楼,但是周围都是四五层楼的小楼房,所以视野还算开阔。到了晚上,只有房门前挂着的一盏颜色昏黄的灯在阳台上照明，周围都一片漆黑。只要不是月初月末，天上的明月清晰可见。阳台上有椅子，虽然一样因为人造光源的缘故看不见月光，但是就跟那月亮好像面对面坐着，似乎她就真的可以倾听你的诉说，可以交流。

那天在台北的旧书市买到了一本黄景仁的诗选，真没想着要读，心里的预期大概也就是像以前的那些诗集词集一样束之高阁而已。但真的是因缘际会，有一天，阳台难得的宁静，没有煲电话粥的异地情侣，没有收晾衣服的家务能手，没有背单词做作业的勤勉学生，又是个大大的晴夜，天上正好月圆，如此良夜，窝在室内，一定不是我的风格。推门而出，顺便拿了三本书，一本大概是个小说，另一本大概是关于水墨画里的中国美学之类的，具体名字已记不清了，一本就是这《黄仲则诗选》。也许是经历了大学阶段的成长，阅读经历的丰富，诗歌鉴赏能力提高了？也许是这黄景仁的心灵性格与我相通？也许那一夜的环境特别好？不知道，反正读了进去，而且读得很开心。原来诗集是可以读的，并不一定要从头一首一首读到尾，每一首都像精选的代表作一样细细分析，就那样吟咏过去，音律协和的，对口腔、喉部和脑部留下了深刻印象的就再读一遍，喜欢的就标点出来，再读再读。其他的文学样式，也许一生读一遍就罢了，就够了，但是诗词绝非如此，因为诗词恐怕是读不干净的。只有粗粗扫过，细细读过，慢慢品过，留待日后再读，才是这类书籍阅读的法门。

这个暑假从老师那里借过来一本诗集，是汪精卫的，叫《双照楼诗词稿》，双照楼是他和陈璧君的居所，大概是典出杜诗“双照泪痕干”。那本诗集我基本上是从头读到尾的，他的诗写得好，词写得极好，而且那本集子是将他的作品按照大概的时间线，依次排列的。所以按照这样的顺序，从头读来，就能很明显地在诗章词句之中看到这个人的成长，性格的变化，读到了这个人，感触良多。但这是现代人的好处，因为距离的时间不远，能够大体知道每个篇章的写作时间，可古人往往就有时间错乱的困惑，很难将古人的诗词也按照这样的时间顺序如此精细地编组。虽然有大量学者不断研究，推测和考据出诗词写作的时间，前期、中期、后期我们大抵可以区分出来，可是具体到历史事件的本身，之前还是之后，恐怕有些就难以给出答案了。这实在是一件很有趣的事，诗歌是诗人呕心沥血的产物，是诗人每一个片段人生的化身，从他们的诗歌之中，我们看到了也许并不是人的内心真性情，真感情的一面。竟然可以从诗歌的脉络中看到一个人的成长和变化，这可说是一种极大的收获了。

读诗也许跟读其他的文学作品不同，一定是需要一种环境的。闹市中，宿舍里，甚至打野的课堂上，也许读得了小说，读得了散文，甚至论文也是读得了的，但恐怕读不了诗歌。诗歌的阅读也许并不一定需要安静的环境，但一定要有氛围，这种氛围是一种放松的氛围，是一种营造诗意灵性的氛围，是有将周遭的世界也囊括在诗歌的表达之中的可能的氛围。除此之外，这样的氛围恐怕还需要允许出声，因为诗歌从某种程度上来说，是一种有声文学，阅读的过程就一定伴随着吟咏甚至歌唱，最起码是诵读。如果缺少了音律在阅读中的享受，是一件非常痛苦的事情，诗歌是一定要读出声音来的。

也许在自己一个人的茶室中读诗是好的，也许在无人的阳台上迎着晚风读诗是好的，也许在夕阳和朝阳垂青的河堤上读诗是好的，也许面对着风吹麦浪，面对着雁掠残阳，面对着晚上的火烧云，入秋的金黄梧桐读诗是好的。周遭没有人大概是不可能的，但人越少越好，越不认识越好，要么就得是非常熟悉的知音，相谈的同道。也许有人会说，这样不是太孤独了吗？不是太寂寞了吗？我时常以为孤独是一个中性词，是一个状态。而寂寞才是一个贬义词，是一种心灵的诉求和渴望。正是因为我们少了孤独的空间，所以在远离其他人，一个人独处的时候我们会感到寂寞，而不是孤独。读诗是不会感到寂寞的，要感受到了那也是古人的寂寞，或者是古人的寂寞和读诗的今人的共鸣，一旦有了共鸣，寂寞便获得了一个异代的知音，寂寞也就不是寂寞了。读诗，读的是诗的文本，读的也是诗人在那一段时间的人生经历和心情走向，读的是他看待一段经历或者问题的眼光,是他的心态。最伟大的诗歌是诗人本身,最精绝的诗篇当然就是他的生活。读诗是为了透过诗歌感受那一个诗人的魂灵，感受那一个生命的或伟大,或渺小,感受那百年岁月中的成、住、坏、空。

读古人诗,读过去人的诗歌,是为了在自己的生命体验中一会古人,无论遇到怎样的悲欢离合，能够从他们那里兴观群怨。以至于哀不至于痛彻心扉,喜不至于乐极生悲,挫折在前,会发现没有什么,因为过去的人也面对过,也过来了。“此心安处是吾乡”“雪飞炎海变清凉”,是因为总会“云散月明谁点缀,天容海色本澄清”。诗歌最后在审美和文学艺术之外,会变成一种心灵的慰藉,一种精神的力量,成为人生的伴侣。诗的文本是重要的,但不是最重要的,诗的文本只是一种媒介,通向那一个诗人的灵明。诗人是最重要的。读诗也是为了将那一个个诗人装入心中，将他们的心态、他们的人格装入心中。

良夜月下读诗,读读今人的出版,今人制作的纸张,古人书写的诗篇,有所感悟,有所吟咏,再抬眼看看那轮过去现在依然存在的月亮。也许自己口中的吟诵调，也是过去李白杜甫曾经唱给这一轮月亮听的。天上的东西都没变,变的是地上的万物,在时间的勾连上,有一个个伟大的人格创作出的一首首诗篇,向我们讲述着当时的情事,当时的真挚。

心中的篝火

有人曾经问,诗歌带给人最大的改变会是什么?或者说一个读诗的人和一个不读诗的人究竟有着怎样的差别?

这真的是一个很好的发问,听惯了“腹有诗书气自华”,又听见“在心为志,发言为诗,情动于中而行于言”。这些真的可以让人昏眩而不知所以然。已经懂了诗的古字是心的游移,可是在一个诗歌不成为我们生命中的必要组成部分和言辞往来的必要媒介的年代,阅读诗歌究竟能带给我们什么?

个体生命的存在,当然不是为了在学校时的成绩,在工作时的薪水,那些都只是实现一个人生命追求的媒介或是载体而已,是必要但不重要的。而对于一个生命个体来说,来这一个世界走上一遭自然是为了体会这个世界,更明白一点,就是为了体会这个世界的玄奇和美丽。当然有人认为灯红酒绿是美丽的,有人认为花前月下是美丽的,有人认为云山深处是美丽的,有人认为勾栏瓦肆是美丽的,这个世界很大,在人类出现之前,就有着草木虫鱼、高山低谷,在人类出现之后,还有庙堂山野、市井田园。每个人不一样,所选择的喜好也不同,世界提供了丰富的选择,足以满足每个人的心灵依归。在我看来,对于一个生命个体来说,美的体验是最为重要的。所以如果一个人一生与艺术和文学全部绝缘,这个人的一生恐怕要索然无味了。

现在的北京又到了我最喜爱的季节，前几天阳光晴得厉害，浩瀚的穹庐没有一丝流云，湛蓝的出水。阳光过了中午，很快就斜下去，走在毫无遮拦的路上，刺眼得紧。而这刺眼的阳光一入了树叶之间，从高耸的秋木中慢慢泻下，就在地面上落出一个一个的圆来。叶子这几天凋零快，在秋分还是成天的阴雨，树木还显得葱茏一片，就算温度一降再降，可叶子还是夏天的那种翠绿，这几天都不行了。过了寒露，秋天只剩下一个节气了，看来西风准备把之前没有夺走的，这几天要加紧掠夺了。欧阳修早说了："夫秋，刑官也，于时为阴；又兵象也，于行用金，是谓天地之义气，常以肃杀而为心。"院子里的一株老槐，叶子本一直就是那么垂着的，槐树在房东，似乎建筑能为它稍稍阻挡一些西风的伟力，可好像一夜之后，绿叶就全部变成了金黄。风一起，那花瓣一样的叶片，就突灵灵飞离了母体，在空中摇摆着落下。阳光在它的南面，叶子鲜黄的内里就在晚阳残照中，舞到我的眼前。

学校里种着一林的核桃，又在主路的道旁满植了银杏，它们的败迹似要更加悲壮。槐树叶小，似乎看不清老去的过程就已经迎接死亡了，核桃叶巨，那逐渐发黄的痕迹，间或有褐色的斑点，甚至有枯败的响脆，在一片叶子上都清晰可辨，而那一片林中有千万片这样把衰颓清晰无遗展现在行人眼前的叶子。走在里面，真怕秋风响起，哪怕只是轻轻地吹拂，那隐藏着毁灭的风吹树叶声都足以摄人魂魄。银杏叶是扇状的，从根茎到扇叶的边缘有一条一条纤维，黄是从叶子的边缘开始的，那么漂亮而有层次。老了也要漂亮地凋零，银杏不会变得核桃那样干枯发脆，可是它会皱，而且皱的时候所有的纤维都像青筋突起一般，像一个老人的手。几天前，那条主路的两边还是青青的银杏，只有一点点末梢的发黄，今天再去看时，已经全黄了，甚至有几株只在最下的枝条还有零星的叶片。核桃林也已经是刑场的样子，草丛中满是枯败的褐叶，可是头上还有成千上万片尚未处决的生命即将沉落下来，它们是一定会沉落的，一片不多，一片不少。

"草拂之而色变，木遭之而叶脱。其所以摧败零落者，乃其一气之余烈。”在这样的天气中，我还是会想到欧阳修的文章，而不是刘禹锡的“自古逢秋悲寂寥，我言秋日胜春朝”。虽然天地万象的呈现是如此的美丽，一片净静，可是这其中生命的凋零却不是简单的达观所可以囊括的。秋天的万象人毕竟不能够选择观看，也许在那个时刻，万象涌到刘禹锡眼前的是“晴空一鹤排云上”，他可以得出那样的结论，但此时“荷叶枯时秋恨成”在我的眼前。

读了诗歌才知道，原来这个世界可以被看得这么细致，有那么多熟视无睹就猛然遗失的景物，有那么多悲欢离合的人情世故，有那么一些心灵细腻敏感的伟大人格帮我们记录了下来，并教我们如何赏鉴，如何排遣。陆机《文赋》中有一句话我一直记着：“悲落叶于劲秋，感柔条于芳春。”秋天的形容词是“劲秋”，秋风呼啸而过，撕拉一切的力量就在眼前。而春天呢？柳树在冬天，虽然没有叶子可是还有枝条，但那样的枝条是僵硬的，是不活泼的，只有到了春天，枝条才变得柔和，妩媚动人。而且春天是“芳春”，那带着花的气息，一切生命的好闻的味道的春天，而且只有春天，生命在娉婷中摇曳生姿，才受得起这个“芳”字。

今天早上跟一个同学从宿舍出发一起去上课，大好的阳光洒在天桥旁的云杉上，校园的主道两旁，有麻雀和灰喜鹊在核桃和银杏上叽叽喳喳地叫个不停。天空湛蓝的一片，那国旗的旗杆好像将一片鲜红插进了大海。他的步速很快，我差点赶不上他。问他：“时间充裕得很，不会迟到的，何必如此匆忙呢？”他说：“我习惯了这样的速度，实在慢不下来。”

不妨打趣似的问他：“你看到了那阳光在树叶缝隙中的投影了吗？”

“没有。”

再说：“刚刚我们走过的地方，有晨鸟的啁啾，听见了吗？”

“插着耳机呢，没有。”

再纠缠他一番：“木板路上，喷灌的水滴洒在新落的银杏叶上，那草间的灵动的金黄你看见了吗？”

“抱歉，没有。”

我刻薄的发问正好换来这个文章中不可多得的例证，但恐怕他的回答代表的确实是我们往往忽略了的景致。苏轼说的似乎是对的：“曲港跳鱼，圆荷泻露，寂寞无人见。”很多人喜欢在深夜读诗，夜里的安静是可以有一颗宁静的阅读的心，其实夜里的黑暗也让人的想象空间无限延展。读出来的诗句，可以在一片黑暗中用我们的心脑投影，想象着写诗人的所见，这样的体会似乎来得更加容易。而且也许在夜间，我们不需要像白天那样匆忙，似乎能够多一点从容和自在。但是白天和夜间都是自己的时间，这样的割裂，似乎让白天成为自己的生活，而晚上则是读了书里的故事。晚上的感动和激发到了第二天就完全地抛诸脑后，重新回到那一个碌碌和乏味的生活，那样的阅读只能快乐人一半的时间，这一半的时间中，还有大量的睡眠，又怎么够呢？

诗和人最终是要一体的，也应该是一体的，白天和黑夜最终也是阴鱼阳鱼不可分割的两面。也许在晚上读诗应当成为一种学习，学习一种观看的方式，而在第二天的清晨就要开始应用，从落花落叶开始，从风霜雨雪开始，体会周遭的欢乐悲哀，体会一己之外的大千世界。诗歌是一种精神力量的来源，自己的生活乏味的时候、单调的时候，却能发现周遭是那么的丰富，那么的可观。一年的轮回，生生不息的感动，都会是自己生命力量的来源。

人，本就从自然中来，本就从人世之间的悲欢离合中来，自然人世和人的个体总是难以分隔的。人似乎有很多的天性，对音乐的喜爱、对美的热情，而在后天的过程中逐渐埋没和消隐了，甚至埋没消隐的不自知，却自顾自地抱怨身边的枯燥和乏味。要知道苏轼三次被贬，一次比一次惨淡，所贬之地一次比一次经济落后，可是他的眼中依然看得到景致和悲欢。而杜甫有一次长的游历，又在长安曾经蹉跎十年，可是他永远有一种希望和理想，永远看得到自然的伟力和人世的苦难审美。美是不缺乏的，缺乏的是一颗愿意审美、敏于发现的心灵。也许这些篇幅短小的诗篇就像是暗夜里的一团篝火，篝火上跳动着新衣、大餐、奶奶，这些小女孩的梦想，跳动着人作为人最初的渴望和对美的追求。而让这团炽热、生生不息的火焰，同样烧燃进读者的眼睛和心中，去点燃人内心中已经熄灭许久的灵动的神思，对美的追求和创造。

一生一世，大概人会为了两样东西而活着，一个就是每个人都有不同的自己的使命和理想，另一个就是美吧。当诗歌，诗歌里面的生命精神和审美观点燃了人心中的篝火，而且在不断地阅读和体会中添着柴火，总有一天，当抛开了诗歌文本本身，人已经拾回了诗性的灵明，那篝火是永不会熄灭了的。

第三章

筆下至情可動容

五绝之美

一

这本书中作具体讲述的诗词有三十多首，但是竟没有一首五绝。对于我来说，五绝篇幅短小，叙述文字难以统成一篇，于是竟没有给它该有的一席之地，所以干脆集纳一下，统和几篇五绝，专门用一篇文章来谈谈这短小幽微却精妙可人的诗体。

从旧体诗的写作学习来说，五绝是想学格律诗的人最开始就要训练的一种文体。格律简单，字数也少，易于初学者写作，所以五绝可说是格律诗中最简单的一种。但我们需要知道的是，越是简单的创作，创造出精品便越难。易学者往往难工。五绝一共也就二十个字，二十个字在现在一句话都说不完，能写出什么东西呢？

五绝简单，写好不易；五绝自然，脱口而出。几乎没有时间的先后，便将诗人所营造之意境全然纳进肚中，但又只有经过时间的反复，才能将大半言外的境界汇入心中。五绝是时空措置的艺术。于短小间见神奇，于天地中变无穷。正是因为这样的文体特点，充满禅意的诗作，容纳智慧的瞬间常常以五绝体现。禅宗的偈子，“诗佛”的经典，很多都是五绝。

因为短小，能说的东西自然很少。要是借着西方的观点，那便是说好一件事就够了。如此，五绝将成了完全的叙事作品，也就丧失了其真正的属于东方的诗意美感。照着东方人的性格,诗是不受局限的,诗情诗心都应当是汪洋恣肆,一泻千里,怎可被形式所局限住?虽是五绝,其好者绝不下七律。在文学创作之中,作品的长短跟创作的难易、最终形成的艺术价值的高低,好像没有必然的联系。对于这样的文体,发挥其自在的长处,勾勒一个言外的辽阔世界,这是天才诗人往往去做的。五绝经过这样的创造,成为一种没有说死的格言,又像是一幅形态变幻的山水盆景图,时时观之,皆可吟味。

五绝的美感,来自于窥一斑而知全豹,来自于中国文化中的"象",一种呈示的图谱在诗人之眼的形塑下成为浩瀚的归结。五绝给人的往往是一种虚无缥缈的感受,而不是实际的呈现或志向的抒发。若臻入化境,那种感受就成为一种不可言说的美,那二十个字好像凝聚着从古至今多少人的欢颜悲笑。那种感受会不会有一种情感在其中呢?会有的,喜怒哀乐,人人皆有,每一首诗也都有的,但那种情感大半隐藏在文字的背后,成为千变万化的自然和历史的欢笑。这样的美,像日本的俳句,但俳句往往只是一点的景象,打个并不甚恰当的比方,俳句好像摄影,五绝是山水画,是随处拈来的景象,是顺畅而通脉的组接,形成了一种全新的组接之美,其气象更为恢宏,其文字又更为温婉。

二

这样去谈五绝,还都是纸上谈兵,大而化之能大概总其纲要,但缺少一种直观的感受。毕竟诗歌是独特的,每一首诗也都不同。不同的诗人不同地理解着五绝这种文体,用不同但同样天才的笔法去书写自己的五绝。

如果谈到对五绝的分析的话,我以为五绝是一种"微笑"的文体。如果想要说清楚字句是什么意思,那是所有诗歌中最简单的一件事,但是如果想要说清楚这首诗在讲些什么恐怕就非常困难了。所以五绝好翻译,但是难讲,五绝之美往往诉诸一种直通心灵的感受,营造一个让周身愉悦的氛围。这样的玄虚和性灵的沟通,是难以完全用语言传达的。

之所以将五绝比拟为一种"微笑",是因为我非常喜欢佛家中"世祖拈花,迦叶微笑"的故事。在我看来,"微笑"实际上是一种懂得。只有建立了心灵的默契,在对方只透露出一个眼神或者是一个动作时,就能懂得彼此心中所思,脑中所想。这实在是知音的极致。波德莱尔"论笑的本质"中说,有一种笑是建立在优越感上的,即意识到自己比别人高一等从而发笑。比如别人犯了可笑的错误,但自己并没有犯,这就可说是一种笑的来源。那么我所说的微笑真可说是最可爱的一种优越感,那是一种知音式的心灵契合和懂得,再加上一种人世间依赖感的满足。五绝的特点于此很像。说的东西很少,但是绝不说明,所以常常有一种是写给懂的人听的感觉。如果写作的对象本就是自己欣赏的好友,那自然是相知的人,但如果仅是聊以自遣,自己当然是懂的人,但是诗中也带有了一种向读者寻求知己的味道。

以此观之,五绝虽说字数最少,但却最难讲得明白。虽说中国诗歌一直有"知人论世"的传统,但并不是所有的诗歌都需要背景的呈示才能懂得。五绝很奇怪,有时往往自然就懂得了。而有的时候又需要对前后历史的掌握和背景的介绍,在一个当时共通的环境之下,共同的懂得之中,来抒发一种淡淡的感触。一种简约到极致的美,似乎囊括了太多,又似乎说出得太少。

而一旦说得少了,篇幅短了,后人可添加的东西就多了。似乎是作者有意让出的一块天地,留待读者慢慢填补。一共也就二十个字,说得了什么?读者也几乎是读过一遍就能背诵,甚至来不及想其中写了些什么。但正是因为短小、简单,容易让人常常想起,在不同的阶段,在不同的人生。似乎开始只觉得好背,在某个阶段突然就变成一种心灵的抚慰,这种再次相识、熟视再睹的感觉,真是美得极致享受。而不同的心境也必将去填补那五绝所留下的空白,使之丰富而更为可观。所以一种最简单的艺术,却似乎接受了最多的吟咏,承载了人们最丰富的依托。

想到一个有趣的问题,五绝像格言吗?那我既然说五绝短小、简单,容易让人常常想起，而且在不同的阶段，不同的人生能给人心灵的抚慰，所以五绝是格言吗？大概不是吧。格言往往诉诸实物，或者明白的道理，是理性的产物，一句话就说得干干净净，没有更多的值得耕耘的空间。而五绝，作为诗歌，完全诉诸的是人的全部感觉，营造的是一个让你似懂非懂的意境或图画，在不自觉中走入，自然地与之契合而获得力量。这是一种难以名状的感受，是不可说的情致。虽说我眼观物，万物肯定要皆着我之色彩，在不同的心境下，不同的阶段中，万物是不同的，但这种朦胧的意境，好像春花秋月，又如高山林泉，是变化不居的图样，是流动的自然。绝不是格言的死板或理性的刚强。

大道至简，又变动不居。我想，我说了个大概。

三

那么我们就来说上几首五绝。

已经说了五绝翻译容易，但难讲。来试试看。

谈到五绝，《登鹳雀楼》大概是我们最早认识的一首诗了。“白日依山尽，黄河入海流。欲穷千里目，更上一层楼。”这首诗的最后一句被众人所熟知，而且常常引用，作为学业、事业更进一步的激励。但是这首诗的好处，并不只在最后一句所引起的广泛共鸣，更是在于整首诗，一共二十个字就营造了一种高远辽阔的氛围，这其中含纳进非常广阔的空间，而将“鹳雀楼”的视野大大打开了。

历史上写鹳雀楼的诗歌有很多，沈括在《梦溪笔谈》中讲：“河中府鹳雀楼三层，前瞻中条，下瞰大河。唐人留诗者甚多，惟李益、王之涣、畅当三首能壮其观”。李益写的是一首七律，题目也叫《登鹳雀楼》，而后面两人写的都是五绝，在这三首之中，我以为王之涣的最好。李益的七律其中更多的是将历史兴衰之感囊括进丰富的文字之中，但显得有些空洞和老套。不妨将王之涣和畅当的两首五绝放在一起比较一下。畅当的题目叫《题鹳雀楼》：“迥临飞鸟上，高出世尘间。天势围平野，河流入断山。”这首诗跟王之涣的一样，都是想要表明鹳雀楼的高。表现一座楼高，一个方面是直接说楼到底高到什么样的一个地步，另一个方面就是从侧面写人站在楼上所能够获得的视野，以此来衬托出楼高。畅当很明显就是按照这样的一个思路来写作的，前两句说楼修到什么样的一个地步呢？是“迥临飞鸟上，高出世尘间”，连天上的飞鸟飞翔的时候都在楼的中部，没有到顶，这座楼当然就是高出在尘世之外，是一个“不敢高声语，恐惊天上人”这样的绝世出尘的地方。而人站在这样的楼上，可以对整个尘世进行俯瞰，这也就很自然地带出了下面两句人的视野，“天势围平野，河流入断山。”不仅能够看到整个的尘世，还能远眺，整个的天空就好像一面罩子，围住了地上的旷野，这实在是一个非常阔大的气象。不仅看到了“天势”和“平野”，而且还能够看到远处河流的轨迹，而且不仅仅是水流的波纹，而是河流整个的行进方向，流入到了断山之中，是因为远山的断裂才阻断了自己的视线，不然还可以看到更远的地方。还在最后给人留有一种想象的空间。所以这首诗也是非常不错的，沈括说这首诗能“壮其观”也是一个客观的评价，但是当这首诗遇到王之涣的作品，那就确实是小巫见大巫了。

王之涣的好处就在于写得阔大，能够极致地展现出一种境界的高远。这两首诗都是二十个字，究竟有着怎样的差别呢？王之涣没有直接写楼的高度，而是完全写自己站在楼上的所见，用自己的视线来让读者去想象楼的高度。一开始就写是太阳依山而尽，看到了远山，一轮红日慢慢消隐在群山的背后，这好像无甚稀奇。可是后面一句写“黄河入海流”，鹳雀楼临近黄河，所以看到黄河是正常的，但是王之涣说他看到“黄河入海流”，这其实是非常奇特的文字组接。如果就实际情况来解释的话，那看到的是黄河，但是面前的黄河最终是要流入海洋的。但是这样的句子会给人另一种感受，就是直接能够看到黄河流入海洋。这一下子就把这个登楼者的视野无限地扩大开去，一直延伸到海边。在海上，人视野的尽头可以是海天相接的弧线，而在陆地上，人视野的尽头恐怕就是海了。而且这里有非常重要的方向感，这首诗的第一句如果单独看真的是没啥稀奇，但是

“白日依山尽”的方向在西边，而“黄河入海流”的方向是在东边，一东一西的回望，自己好像变成了中心，而世界的尽头都能囊括在自己的眼中。可是这并没有结束，这已经是一个非常广大的平面空间，可是王之涣说如果“欲穷千里目”，还想要望得更远，想要望到不能再望了可不可能呢？居然是可能的。那就“更上一层楼”，望到这么远居然还不是在顶楼，还有楼可以往上爬。这就从一个平面的空间变成了一个三维立体的空间，好像西边是日落西沉，东边是黄河入海，而空间的纵轴上就伫立着这样一座楼，这样的笔调实在是有千钧之力。好像茫茫旷野，赫赫长空，此楼为中。这样的境界，畅当的诗作当然还是差得很远。这二十个字居然能够产生这么强大的力量，在不同人的手中，对同一个景物的描摹也能产生如此巨大的差别。

谈到五绝，似乎王维是不可不谈的。他的诗作有很大一部分就是用五绝的体式来写就的，而且作为“诗佛”，他想要抒发佛宗禅理的诗篇也有很大一部分是五绝。“君自故乡来，应知故乡事。来日绮窗前，寒梅著花未。”这是他非常有名的一首五绝，名字叫《杂诗》。这首诗自带一种悠淡的气味，言语之中的温婉闲适更是能让读者心气渐平。

这首诗从文本上看，应该是写给一个友人的，而且是询问友人家中境况的一篇诗作。诗句就跟日常的话语一样，非常易懂，毫无生僻可言。就是说你从故乡而来，应该知道我家中的一些事情吧，那么你来的那个时候，我们家窗前的梅花开放了吗？这么平淡的文字，由他组合起来的问句，却怎么读怎么就显得美。人在他乡，遇到有人从自己的故乡而来，当然会对家中的情况关切，会去询问。可是王维不问妻儿，不问父母，不问产业，单单问了一枝梅花。这真的是很奇怪的一件事，但是如果细想，家中事务那么多，自己关心的小事儿真是不可胜数，都放进这一首诗中现实吗？而且都放进这一首诗中，不显得累赘而扰人吗？抛开所有的关切全然不管，单单问了一枝梅花，真是大道至简，都在不言之中。他问了一个跟家中好像最没有关系的细节，但是一个连这种细节都关心的人，会对其他的事情不关心吗？对于其他的情况，这个“自故乡来”的人也自会跟王维细细道来。再说了，这枝梅花就不能有其他的意涵吗？梅花的开放难道就仅仅是梅花的开放吗？当然可以有其他的意义在其中，家中的好坏，人事的安稳，也许通过一枝盛放的梅花就能传达完备了。当然还可以理解为王维自己的情怀和节操，也许可以通过那一枝寒梅来体现。而透过绮窗观赏寒梅，难道不是一个文人的高雅活动吗，而询问寒梅的开谢，似乎比询问家中的琐事更多了一分情趣吧？不问细枝末节的小事，而通过一个物象来寄寓自己的复杂情感，让读者根据自己的理解而生发出千变万化的解读，这实在是五绝的奥妙。

王维好像掌握了五绝的写作奥妙，他的五绝往往短小精炼，而且让人回味无穷。他曾经在长安附近建立辋川别墅，并且和好友裴迪一起，对辋川别墅中的二十处景物分别歌咏成诗，集成《辋川集》。其中王维二十首诗，裴迪二十首诗，都是五绝，王维的诗作尤其精彩。今天我们所熟知的王维作品，如鹿砦、竹里馆、辛夷坞，都出自这个集子。这个集子中的诗歌也往往带有禅味，所以对佛家思想接触不深的人，可能会难以读懂，甚至误读。

“独坐幽篁里，弹琴复长啸。深林人不知，明月来相照。”这是《辋川集》中的《竹里馆》。这首诗的语言同样非常浅白，讲的就是王维真正住进竹里馆后的夜间活动。既然是叫“竹里馆”，那么这个房子肯定是建在竹林之中，所以第一句说是“独坐幽篁里”，“幽篁”就是竹子的意思。在竹林里干什么呢？又弹琴又长啸。然后因为在晚上，又在茂密的竹林里，所以没有人知道我的存在，但是头顶上的一轮明月照到了我。这首诗真的就是非常的平淡，没有一个字可以说是全诗的主题，也没有一句话可以说超越了其他三句话就显得更好。但是这首诗就是有一种淡淡的禅味，非常有余韵。

这首诗从开始到结束一直在说的是一个没有人，或者说没有外人的环境。“独坐幽篁里”，自己一个人坐在这样一片茂密的竹林之中，好似跟外面的世界相隔绝，成就一个独立的天地。虽然在干的事情是发出声响的弹琴和长啸，可是因为远离尘世，又在一个良夜之中，没有人知道我的存在。那么最后一句就显得很有意思了，没有人知道我的存在，但是却有“明月来相照”。这个“明月来相照”的解读层次是非常多元的。当然可以按照一般来解读文人诗歌的时候，说这个时候月亮构成了诗人的知己，虽然没有世俗层面的人来赏识，来聆听，但是有月亮一直陪伴在他的身边。这样的解读本身是无可非议的，而且这也符合文本的营造。但一个通达禅理的人，一个被称为“诗佛”的人，大概对待无人知晓的处境是不会流露出激烈的情感，而且如此需要一个东西的陪伴的吧。我以为这一句确有多重的解读，但这多重的解读是来源于第三句和第四句关系的不同理解。有一种解读方式将第三句跟第四句理解为转折关系，这跟之前那种有着共同的出发点，也就是人虽然不知，但是有明月相照。这说的是什么呢？我以为是说这个世界是一个充盈的整体，人不会成为一个孤落的个体，也不会完全地独立于这个世界之外。而在这样一个世界之中，纵然有一种样态的缺失，但会有另一种形式的填补。如此看来，也就既无缺失，又无填补了。还有一种解读方式，可以把三四两句理解为条件关系，即只有当人不知的时候，才有“明月来相照”。也就是褪去了人为之物，才展现出自性之真。在人情世界之中，人们的关注点可能过多集中在人事上，而忽略了一些东西，不仅仅是自然的美，更有自我的本真。这里的明月也当然可以理解为自我的外化符号，只有当一个人褪去了“伪”的环境，在真正安宁完满的环境之中，不自觉地，这样的一种本真，往往被人所遗忘的道理，就自然而然地显露出来了。所以这首小诗真的可以说是微言大义，而且不同的人读，也会产生不同的见解。

《辋川集》中的《辛夷坞》也是一首非常耐人寻味的五绝：“木末芙蓉花，山中发红萼。涧户寂无人，纷纷开且落。”辛夷坞就是一个满栽着辛夷花的谷底，那这首诗讲的事情再简单不过，就是那辛夷花在山中开了又落了。这件事本身没甚稀奇，年年如此，但是王维的写作就很有味道了。他说辛夷花的凋落是在怎样的一个环境中？“涧户寂无人”，是没有人的环境中，而这些花在这个环境中是“纷纷开且落”。这完全不是中国传统文人对待落花的情感和抒写描绘的笔法，这其中一点情感都没有的，完全是看见了什么就写什么，而且在主观上更是故意要营造出一个“毫无价值”的环境。为什么一般的文人要去伤春悲秋，要为落花感怀？那是因为他们为落花生命的短暂表达惋惜，而且他们认为花开的价值在于得到知己的赏爱，这里的知己大约就等于文人的赞赏。陈子昂不就说“岁华尽摇落，芳意竟何成”吗？而王维在这里要告诉这些人的是，那些花根本不在意人们是否赏爱，根本不在意人们对它们的伤怀。在一个空荡的山谷之中，根本没有一个人，它们就在那里自开自落，因为那是它们的生命所在，无论开落都是它们生命中的部分，而且是必不可少的一个部分。人们何必嗟叹，无非是自作多情罢了。但是他笔下的辛夷坞绝不是一个完全清寂的死气沉沉的世界，辛夷坞的辛夷花在他眼里，依然很美，是“山中发红萼”。一堆黄土的山上有红色的大团的色块无疑是非常美丽的，这个山谷还就以这个花命名，是有装点的作用的。这依然是一个有着活力的世界，但是他想说的是这个世界不以一个个观看者的意志为转移，为它怜惜就显得动人，为它开心就显得丰富，不是的。这个世界是自在的，自然的。

这样的带禅味的五绝有非常多，像“松下问童子，言师采药去。只在此山中，云深不知处。”像“空山不见人，但闻人语响。返景入深林，复照青苔上。”都是如此。这些诗作或是提供了一个情景，或是提供了一个描摹过后的物象，需要每位读者将自己放进诗作之中，去寻得其中属于每个人的禅味和灵机。

上面说的一首王维的《辛夷坞》里面有非常鲜艳的红色却是用这亮丽的红色作清寂的装点，而有一些五绝当中有更为丰富的色彩，体现着一个本就色彩丰富的花花世界的别样风味。白居易的《问刘十九》是我个人非常喜爱的作品，朋友之间的相知相伴，在一个大雪之夜居然涌动着非常柔和的温暖。每次读来，就好像身处在寒冷的冬日之中，但手中有一杯温度刚刚好的岩茶，来温暖身体，那这天寒地冻就变成了绝好的风景。“绿蚁新醅酒，红泥小火炉。晚来天欲雪，能饮一杯无？”

这首诗的题目是《问刘十九》，刘十九当然就是白居易的好友，据学者推断，大概是刘禹锡的堂兄，也跟白居易常有往来。诗句浅白，就好像是跟朋友的一种寒暄，跟王维的《杂诗》有同工之妙。不诉诸强烈的感情，只在淡淡的言语之中，露出了最本真最让人抒怀的微笑。诗中写的是什么呢？就是主人在家中已经准备好了一切，就等待着邀请的这位客人的到来。家中已经准备了新酿的酒，并且这酒已经用火炉在温暖了，刘十九如果想来的话就赶紧出发吧，你到了之后，酒估计就温的刚好可以入口了。主人已经想好了一切，只欠客人这“东风”的到来了。有什么能比收到这样的邀请更为快慰的呢？而且这是怎样的一个天气？“晚来天欲雪”，已经到晚上了，看看天上，好像有要下雪的样子。这语气，多么家常，多么闲适。白居易只呈现了一个全然客观的推断，在这样的语句中，看不出白居易对这雪的任何感情。这雪代表着什么？是寒冷？是美景？是道路的阻隔？还是留客的征兆？没有任何的显示，仅仅叙述了一个要下雪的状态。读者以为是什么，就是什么了。“晚来天欲雪”，冬天的场景总会带来一种寒冷、单调的气息，但是我们在这首诗中感受到的却只有温暖，这是为何？那是前面两句的作用，“绿蚁新醅酒，红泥小火炉。”绿色和红色的运用，绝非随便得来，绿色代表着生命，而红色则是活力温暖的象征，家中的景象完全不像外面的单调萧瑟，而是如此的律动和温暖。收到这样的邀请，这么丰富而且鲜艳的色彩，如此富有吸引力的场景，被邀请者怎能不去呢？最后一句话，更是家常，完全是对好友的语气，“能饮一杯无？”能过来喝一杯吗？这问句多么平淡，多么随便，讲了这些就是为了让你过来喝一杯？但这是亲密无间的好友才能有的交谈，一切尽在不言中。这样的语气，让读者读来，也会觉得分外地亲切。而且最后两句放在一起，要开始下雪了，过来喝一杯吧，暖暖身子，互诉衷肠，这样的感觉简直让评论家无可奈何，实在是“淡然无极而众美从之”。

丰富的颜色，以体现跃动不已的生命力，有一首绝句非常具有代表性，那是杜甫的作品：“江碧鸟逾白，山青花欲燃。今春看又过，何日是归年。”但这首小诗的情感绝对不像《问刘十九》那样，用丰富鲜艳的色彩来最终营造出一种温暖的氛围，恰恰相反，这首五绝的情感则是带点悲凉的思乡。

这首绝句跟另一首“迟日江山丽”同属《绝句二首》，这首诗是其二。虽然以《绝句》为题，但是很明显这两首都描绘的是春天的景物，抒发的是看到这样景物的情感。第一首四句都是写景，但在写景之中，可以很明显感受到一种对春天景物的赞美，和身处春日的快乐。但这第二首，情感就发生了变化。在开头的十个字中用了四个色彩，这样对色彩的密集使用，而且要在色彩中构建出一种关联，其实是非常不易的。但杜甫构建了一种反衬关系，而且这种反衬充满了生机和活力：“江碧鸟逾白，山青花欲燃。”江水的碧绿，显得那鸟的羽毛好像就更加洁白，而山体的青绿，好像显得那盛放的花朵就要燃烧起来。这里的颜色完全脱离了静态的状态叙述，而变得灵动，充满了动感。颜色好像自己有了变动的趋向，白因为碧绿江水的衬托，往更白处变动，而花朵的红色，由于青绿山体的衬托，往更红处变动。而花朵的变动到达了一种极端的状态就显得要烧着一样。燃烧是非常具有动感的一种活动，跳动、激烈、鲜红的感觉都在燃烧的动感之中。而这种激烈动感的投射，很明显来自于内心的激烈情感。花朵有一种燃烧的动势，那鸟羽的洁白难道没有一种动势极端化的联想吗？是有的，鸟的白，实际上是羽毛的色彩，而羽毛白到了极致，加上花朵燃烧的渲染，就自然在读者的脑海中有了一种欲飞的动感。这是非常自然的联想，花朵在春天有了极致的红色，而鸟儿在春天有了极致的白色，红色变成了燃烧的激烈，而白色变成了飞翔的趋势。这样的规划和联想，就为后面两句的转折奠定了合理性。“今春看又过，何日是归年。”这首绝句最终抒发的是一种思乡的感受，和想要归去的欲望。当然在很多诗作之中，就单单使用一种乐景突转为哀情的手法，前面说的是无限的快乐，后面就变成了作者自有的哀愁，这样的突兀转折其实也是哀情的一层体现，所以也产生了非常多优秀的诗篇。但是在这首诗中，杜甫绝对不是这样的突兀转折，他在前面两句之中就有后面情感的暗示。鸟的飞翔和花朵的燃烧都充满着动感，隐藏着激烈的情感。而尤其是在第一句当中，江水的意象和鸟欲飞的意象都有“归家”愿望的层次。所以转到下面一句，“今春看又过”，虽然美好，但其中隐藏有淡淡的悲凉，这就显得非常自然了。同样的春光，同样的美景，但是一年一年都看过去，仍然是异乡，不是家乡，也就很自然地发出了最后一句的感慨了。所以这首小诗实在是非常精彩的，虽然只有二十个字，但是其中隐藏了作者的苦心营建，最终呈现了一种非常精密的结构，是非常高妙的乐景衬哀情的写法。

若是说到了思乡，庾信是不得不说的，他跟杜甫的命运也差不多，也都是最后都没能回到故乡的。但是除了思乡之外，他比杜甫多了一层故国之思。“玉关道路远，金陵信使疏。独下千行泪，开君万里书。”这首五绝的名字叫《寄王琳》，写作的时间是在庾信羁留北方的西魏时期。这首诗很明显是寄给好友王琳的，而且从诗歌当中也可以看出来，这首诗其实是收到王琳的信件之后所做的一个答复。

庾信身处南北朝时期，朝代更替频繁，而且南北方的战争不断。南北朝时期的诗人可能不像唐宋时期的诗人那么为大众所熟知，但是庾信是一个非常有才华的诗人，而且可以说他对隋唐时期格律诗的最终形成有着很大的贡献，是李白杜甫都非常敬佩的一个人。杜甫在《春日忆李白》中就夸奖李白是“清新庾开府，俊逸鲍参军。”鲍参军是鲍照，而庾开府就是庾信了，可见这位诗人在杜甫心中的地位。庾信最初是南梁朝的官员，被梁元帝派遣出使西魏，结果刚到长安不久，西魏就攻克了江陵，杀了梁元帝。庾信也就被西魏强行留在了北边，不许南归。庾信有大才，在西魏和北周都得到重用，但终其一生都再没能返回南方。所以在他后期的诗作之中常常有一种不可磨灭的乡关之思，这首诗也不例外。

这首诗一共四句，每两句都有对仗的感觉，这其实也构成了他和王琳的对比。王琳是庾信的好友，当时在郢城练兵，预备为梁雪耻，寄来的信件之中自然也会有这样的感情在。他和庾信处境的对比非常强烈，一在南，一在北，一个是准备为梁朝雪耻，一个则已经被迫变成了北朝的臣子，当庾信在北方读到这样的书信，心中一定是有万丈波澜的。羁留北朝，无亲无故，又非故土，心中的愁绪哀婉和谁诉说呢？“玉关道路远，金陵信使疏。”开头就是一组地域的对比，一个是玉关，一个是金陵。看似简单的一南一北，但是其中隐藏着的却有政权的意味。玉关，当然就是玉门关了，玉门关外那就是非汉人的政权，是蛮荒之地，那是苏武、班超所在的绝域之地。而金陵是什么？是南方的繁华之地，还是梁朝的都城所在。王琳还在原来所在的地方，还依然为南梁朝贡献力量，而庾信却已经在这蛮荒绝域了。可是庾信在北朝不是做了大官吗？这样的官阶是多少人想要也盼不到的，但是他在北朝却期待着南方来的信使。他的心依然在梁朝那里，依然在故乡的所在，所以他才会悲哀于“金陵信使疏”。他是想返回故土的，可是“玉关道路远”，路程太远回不去，而且用玉关的意象，本就代表着一种阻隔，身处关外了，想要回去，现在所依属的帝王还不能放还。而如果想要得到一点家乡的消息，故国的状况，可是“金陵信使疏”。连信件，连消息都不能知道的，相当于是完全阻隔在玉门关外，成了弃子，成了贰臣。所以在这样的一个状况下，能得到王琳的来信，那是非常值得高兴的一件事。从南方来的消息，而且是自己好友近况。所以多少激动，多少感伤就都在接到信将要翻开的一刹那到达了高潮。这里的庾信，是尚未翻开书信，就已经留下了泪水。这就好像是确定了一件事要来，知道友人即将要见面，在这件事到来之前总是最紧张，情感最丰沛的，而在这件事到来之后情感就渐趋平稳，到了事后就变成了回忆。所以接到了信，即将翻开的那一刹那，情感是最容易流露的，有一种好奇，有一种非常强烈的期待，但是确信自己想要得到的结果就在自己面前的这一张纸中。庾信选取了这样的一个时间节点，是非常高明的。是先“下千行泪”，再“开君万里书”。所以庾信是要告诉王琳，我感动，我落泪的首要原因跟你信件的内容，你要跟我言讲的东西无关，而跟你仍然记得我，我没有被遗忘，跟你能寄来南方的消息，你的消息有关。庾信的笔停在了翻开信件之前，翻开信件之后他的感触，他是没有直接写的。但是这首诗当然是在他读完了王琳的书信之后才创作的，不可能是他将要翻开信件就先写首诗再看。那么他在诗中流露出来的感情当然就跟信件的具体内容有关联，只不过他没有明说。这封信的内容可以想见，大概就是王琳在郢城练兵，预备为梁朝雪耻了。那庾信收到这样的信，内心的感情如何？自然可以想象，但是庾信自己是很难说出的。他当然期待能够继续为梁朝效力，但是他现在毕竟侍奉了一个新的帝王，他怎么好对王琳在信中的内容直接表达自己的感情呢？所以他把自己“独下千行泪”的原因，仅仅落在了王琳的“万里书”，但是我们可以合理推测，这“千行泪”当然会包含着对梁朝的无限怀念和愧疚在其中。

四

挑了这么几首五绝，尝试做了一点赏析。其实我的感受是，五绝有的时候就像轻轻涂过的一抹色彩，而将一种浑厚淳朴的情感隐藏在这抹色彩之中。有的时候又像是刻画了一种情韵充沛的场景，看似波澜不惊，实则温暖异常。用最少的笔墨，勾勒出人心中的刹那直观，这刹那中又包裹着一段时光、一缕岁月，一片流年。我总觉得这些或精巧或平淡的短章，就像是一幅幅小品，或者更像是悬挂起来框中的扇面。一首七律可能是范宽的巨幅山水，但一首五绝可能是马远的几笔勾勒或是八大山人的一条游鱼，很难说这两种体例孰好孰坏（虽然现在卖书画是论平尺的，但是金钱价值并不等于生活价值，更不等于艺术价值），孰优孰劣。一幅小品也足以温暖人心，亘古流传了；一幅扇面，也许更能和我们日夜相伴，成为不可或缺的东西。诗人可能会选择在五绝中退了出去，留下一大片天地于读者的填补，也许又在二十个字中埋下一些明珠，将自己的生命充盈其间，留待读者自己发现。

温柔敦厚的朴素先民

小雅·采薇

周·无名氏

采薇采薇，薇亦作止。曰归曰归，岁亦莫止。
靡室靡家，猃狁之故。不遑启居，猃狁之故。
采薇采薇，薇亦柔止。曰归曰归，心亦忧止。
忧心烈烈，载饥载渴。我戍未定，靡使归聘。
采薇采薇，薇亦刚止。曰归曰归，岁亦阳止。
王事靡盬，不遑启处。忧心孔疚，我行不来！
彼尔维何？维常之华。彼路斯何？君子之车。
戎车既驾，四牡业业。岂敢定居？一月三捷。
驾彼四牡，四牡骙骙。君子所依，小人所腓。
四牡翼翼，象弭鱼服。岂不日戒？猃狁孔棘！
昔我往矣，杨柳依依。今我来思，雨雪霏霏。
行道迟迟，载渴载饥。我心伤悲，莫知我哀！

对于《诗经》而言，虽有基本的押韵，但音律美肯定是弱于永明四声八病确立之后的近体诗，其辞藻与语汇的丰富也定逊于后来者，那为什么现在流传下来的这三百零五首大多以四字一句的歌诗能够被人奉为经典，而且传承至今呢？难道仅仅是由于经过了孔子之手吗？我以为不是的，《诗经》有其绝难被后人超越的审美基础与言说魅力。

《诗经》与近体诗相比，胜在“质”，胜在诗歌写作者的赤子人格，胜在诗中流淌的并经过复沓而反复加强的情感。而这种情感，具有鲜明的特点——质朴、真实、可爱。讲想讲的话，写该写的诗，吐不得不吐之气，抒不可不抒的情。绝不为谁写诗，绝不“人为地”去写诗。“饥者歌其食，劳者歌其事”，诗歌几乎成了他们生命的一种构成，是用心和血写出的朴素情感。所以可以说既是风行水上不露痕迹，又是静涛之下的可以被解读的万丈波澜。正因为此，孔子才说“诗三百，一言以蔽之，曰：思无邪。”这才奠定了我们千年的诗教“温柔敦厚”的传统。王国维在《人间词话》中引了尼采的话：“一切文学，余爱以血书者。”窃以为这种用血写成的朴素的真话、真情、真感受便是诗经乃至我国古体诗的灵感和美感特质之所在。这首《小雅・采薇》即是如此。

《诗经》被称为我国古代先民的童话，所以恐怕读《诗经》最大的障碍是言辞，因为历史的跨度太久，我们对很多词汇已经很陌生。在时隔百年的汉代就需要有人作注笺了，更何况是时隔千年的我们。而如果一旦弄懂其中的词义，对于非研究性的读者而言，我以为便大可以抛开一切的鉴赏文章或是学术论文，把我们自己深藏已久的童心、真心捧出，直接与这些诗歌对话，而达其天然，成其灵明的契合与感染。

这首诗的创作年代因史家的记载不同而有争议。有说周宣王时作，有说周文王时作，有说周懿王时作，但无论是这三个时期的哪一个，都是边患日强，行旅劳顿，战乱频仍，外敌入侵的时代。时代的不确定并不影响我们对这首诗的赏析。《采薇》是一首军旅或可以说是行军诗，而对于有一些解读《诗经》的册子认为这首诗饱含着“爱国主义”情感，我倒不能认同。一方面是当时的人们似乎并不能说他们形成了国家观念，更不用提爱国意识了，这样的贴标签，我以为不妥；另一方面，诗的作者为何要去抗击猃狁？我以为并不是为了保卫国家，而是为了忠君，是去保卫君王的私产，天下的公产。我以为这种抗击行为只是一种简单朴素的认真和忠诚罢了，而不是什么后世才有的天下为公，家国天下。其实，也正是这种质朴和纯真才是这首诗感染人、直抵人心之处，说“爱国主义”我倒以为削弱了这首诗的美感，恐怕是虚找的意义。

跟大部分《诗经》中的诗歌一样，这首诗在开头三章也运用了复沓的手法。薇菜，有的翻译为巢菜，是当时军人的一种食物。“兵马未动，粮草先行”，行军作战中的粮食是不可或缺的，尤其是在古代那种一战就打数月甚至数年的情况下，粮草往往是成败的关键。粮草若是不支，军队必败。而此时的军队没有现成粮草吃，而需要士兵自己动手挖食粮，当时条件之艰苦，便可想见。而且用一种植物和一个动作的复沓就展现出时序的变化，并且不断强调。春生、夏长、秋收、冬藏，四季分明就可以体现在植物的变化上，不仅诗人自己采摘的时候感受到一年又一年的过去，我们读诗的人也同样会有这样的感受。

一天一天的采薇发现手中的薇菜在不断地变化，由刚刚破土而出(作)到枝条初绽变得肥嫩(柔)，再到枝条刚硬变老。这是薇菜一年的兴衰荣落，其中既有观感又因其是食粮而有味觉，给我们展现的是全方位的春夏秋冬。也正是因为这种全面体感的时节变化，而且这种变化的不断重复，诗人就“而念归期之远”了(朱熹《诗集传》)。所以这里的起兴与下句的抒情承接得就非常自然。

“嚼着采回的刚刚破土而出的薇菜，一直在念叨着归去，可是怎么样呢？一年又要过完了。嚼着采回的肥嫩的薇菜，一直在念叨着归去，可是怎么样呢？心中又忧愁万分。因为什么？征戍日期还没有定下，家中也没有书信消息相通。嚼着采回的薇菜，而薇菜已老，一直在念叨着归去，可是又如何呢？到了十月小阳春，一年又要过完了。”不断地在念叨着归去，不断地束身于羁旅，就在这一遍一遍的重复，不断地念叨和思念中一年又一年，一年又一年。虽然只叙述了薇菜在一年中的变化，但我们可以感受到这行旅绝不止一年,是已经太久了啊!

思念之深与归期之远形成了一种巨大的矛盾，这种矛盾在复沓中展现,给我们以巨大的审美冲击,但是这种矛盾的展现,没有控诉,没有哭号,有的只是冷静的叙述,淡淡的无奈。而从这样的淡淡中,读者能够体会到其中的伤悲,思念的深致,这真的是“温柔敦厚”,是“正乐”的气度。

除了薇菜的变化与时节的复沓,在首三章中更说明了诗人为何在外和诗人最本真的内心感受，第一章咏叹完了欲归而不得之后，诗人说了什么？诗人说我现在无室无家，那这无室无家是谁造成的？他不说是天子造成的,也不说是战争造成的,更不说是贵族造成的。他直接把矛头指向了敌人,是猃狁造成的。而且说了一遍嫌不够,又说我们坐下休息都没有时间是谁造成的,还是敌人造成的。对统治者没有一点抱怨,而且在当时人们(尤其是下层民众)还认识不到这场战争究竟是正义的还是非正义的时候,这些民众就把矛盾直指向入侵者,他们难道不单纯吗？甚至可以说他们难道不可爱吗？这种童真(儿童般)的理解难道不感人吗？征戍之行的条件那么艰苦,身在异乡在不熟悉的环境又是那么饥寒交迫,谁不想家呢？征戍的地方还不定,连音信都收不到,更何况归家呢。

我常常以为礼乐文化带给我们民族一个特质,而且这个特质常常出现在文学作品中,在《诗经》中更是体现得非常明显,这个特点即是节制。我们不滥情,情感发生到一定阶段,我们必然收住,不让其向不可控制的方向继续发展。那么在这首诗中,虽然情况那么艰苦,他绝无呼号。虽然王土的事项无有止息,自己也没有片时闲暇,他没有强烈的抱怨,只有悲伤和对敌人的仇恨。而家中又无音信往来,无人安慰自己、自己又无法归去,这些悲痛就好像一层层悬空的楼阁,将诗人放置在一个静纯的孤独之中,这种孤独感充斥着诗人的首三章和末一章，而这种洋溢着孤独感的哀伤正可以说全是感人至深的精髓。顾随先生在谈到《小雅》时曾说诗人有五种人生境界,其中之一是“悲伤”,他说此种诗人最有人情味儿,从举的例子看,这种悲伤往往笼罩着一层孤独的况味。

下面我们进入诗歌后半部分的分析，诗歌从“彼尔维何”开始很明显是进入了一个新的部分。薇菜一年的生长已经叙述完毕，前面也是直抒胸臆表明归家心切，那么四五两章就开始具体来讲战事。这四五两章讲战事既不像屈原《国殇》讲的那么直接，又不像唐边塞诗讲的那么激昂。我以为四五两章透露出一种原初的民族自豪感，而这种自豪产生是因为看到君子生在高大的车上从而产生的一种单纯的崇拜心理，所以读四五两章时可以明显感觉到其中情感与前三章有异。

前三章如果说成是一种凝练的哀愁的话，那四五两章则是一种崇拜的自豪。有的书籍在解释这首诗时，总会说这首诗的作者虽然对阶级差异的不同对待而感到愤懑，但总仍怀有一种强烈的“爱国主义”，为祖国战争的胜利而奋力拼搏，而我以为这种解释是不妥当的。通观四五两章，我实实找不出一个表现愤懑的词汇，反而是洋溢着一种崇敬的自豪的。

四五两章开始描写自己对战争的感受，相比于前面三章是直接描写战事，所以重新起兴。“尔”在《说文》中通“薾”，是繁茂的意思。什么花开的这么繁茂？是棠棣鲜艳的花朵。什么车驾这么高大？哦，是我们贵族的车驾。这难道就体现了对贵族车驾高大的批判了吗？朱熹讲“兴者，先言他物以引起所咏之辞也。”兴的前后必然会有一种联系，但是这种联系不一定是必然的，可以是类比，也可以是逻辑上的联系。比如说，“山有木兮木有枝，心悦君兮君不知”就是一种逻辑联系，既不是类比，也没有必然联系。但此处的兴，我认为是有一定的联系的，属于部分的类比。想想就会知道为何在“彼路斯何？君子之车”前要加一句“彼尔维何？维常之华”，或者说为何会因为看到“彼尔维何？维常之华”而想到“彼路斯何？君子之车”呢？花是什么样的东西？是美之物，是芳香之物，是有生命力之物，更何况是繁茂的花呢？这一句代表的是繁茂、生机与美好。接下来就联想到自己身旁将军所乘坐的车驾，那自然也是高大、繁茂、充满活力而美好的了。林羲光在《诗经通解》里解释这首诗时曾引毛诗采薇序：“《采薇》，遣戍役也。文王之时，西有昆夷之患，北有猃狁之难。以天子之命，命将率遣戍役，以守卫中国。故歌《采薇》以遣之，《出车》以劳还，《杕杜》以勤归。”虽不可全信，但这可以给我们一些思考，这三首诗可以有这样的一组联系、也很可能有密切的联系。《出车》中有句“既见君子，我心则降”，林羲光在旁说“皆人民仰慕将帅之辞。”这或可以给我们提供一种当时人们的真实想法，我个人以为这样的解释是很恰当的，士兵对统治者的情感，崇敬恐怕比愤懑要更符合。而且跟首三章一样，这种懵懂的无知、原初的崇敬实际上是原始先民最朴素的情感表达。不归罪于上，不怨天尤人，而压缩自己，仇恨敌人，这虽然在现在民主社会会有负面影响，是一个比较落后的想法，但读起来不得不说确实显得纯真而可爱。

而且我们可以从诗句中揣度出诗人当时的创作心情。前面三章诗人的创作应该是很慢的，节奏舒缓语气悠扬，就好像在晨雾未消散的江畔看着薇菜变化又睹时伤怀的歌吟，但四五两章节奏明显加快，甚至让人感觉诗人是一口气说完四五两章的。四五两章有一处明显的顶真，有数处潜在的逻辑的顶真，顶真手法的运用就恰好说明了逻辑的连续性。

而在什么情况下语言节奏会加快？高兴的时候和愤恨的时候，而在这处诗人应当是非常自豪，又不想让这种自豪感轻易表露出来，但还是在句子中不经意的表露。在说到君子之车的时候，诗人估计已经涌动着几分快意。而看到车子开动了，要去参与征战捍卫之事了，他说什么？他说“戎车开动了呀！那四匹马真健壮又刚强！”这还不自豪吗？他不说君子的形态与心情，他不说车子华纹与装饰，从那驾车的马入手，刚健有力，这真是要引领我们胜利啊！马简直有了象征的意思了。前三章说“不遑启居”，这里说“岂敢定居”，诗人开始故作认真，但内心中好像裹着一个巨大的秘密，一个欢乐自豪的秘密。他说出来了，为何说“岂敢定居”呢？那是因为“一月三捷”呀！

说到这里，诗人好像也隐藏不住，开始笑了起来，诗句中流淌的韵律便更欢快起来。诗人便接着说那四匹马，咳！驾着那四匹马，他们多么神气，斗志多么高昂！那四牡简直成为周王朝强力的象征，是信心和自豪感的来源，在上一句的基础上更有了象征的意义。那四匹马怎么样呢？它们是“君子依靠的坐骑”，是贵人将军胜利的保障，还是“小人所腓”，是小人物，即下层民众所隐蔽的地方。我认为这里的君子和小人可以翻译为大人物（或将军）和小人物（或士兵）。将军们依靠的，我们所隐蔽的地方是怎样的？是“骙骙”，是“业业”，是“翼翼”，这样的雄美之物来做我们的守护者，怎么不自信，怎么不骄傲，怎么不对胜利有巨大的信心呢？

那我们的装备是如何呢？象牙做成的弓，鱼皮做成的箭袋，如此精良！虽然这很有可能是将军的装备，但这种移情依然洋溢着诗人的自豪啊！军容如此盛大，装备如此精良，坐骑如此骁勇，怎不能取胜呢？有这样强大的力量做后盾及保护，自己肯定不惧怕猃狁，反而有一种“叫猃狁出来，我们一决雌雄”的底气。就连最后说出的那句“岂不日戒？猃狁孔棘！”都让人觉得这不是苦累的哀叹，而充满了热忱和对胜利的信念。全诗至此，充满了希望，积极情感的积蓄达到最高峰。首三章的哀怨竟可以被此两章一扫而空，波折有度，情致非凡，此种积极情感的蓄积也让最后一章有了更为深沉的表达效果。全诗真可谓是一波三折，虽表面无痕，但有千涛浪涌。

最后一章是这首诗最为广为流传的一章了，这一章也对后世的诗歌创作与讨论产生了巨大的反响。在前面的分析中我已经指出，本诗可分为三个部分，首三章、四五两章和末一章，其诗人的情感在这三个部分中有比较大的变动，可以说经历了由伤至喜至哀的情感变化。有波澜和诗味不说，这种情感的变更在某种程度上有一种抑扬的作用，使哀在乐情的基础上更哀，使喜在伤情的基础上更喜。这就好比方说站在山峰俯瞰山谷，山谷更加深邃；站在山谷仰视山脊，山脊更显峭拔一样，基础的相异就导致了相对落差的高低。而读者阅读的审美过程往往是感受时空的过程（即空间感），也是感受落差（即情感坡度）的过程。显然，这得需要强大的写作能力，一定要让人看出这种起落的合理性。不能让读者觉得这一会儿高兴，一会儿伤悲，如堕五里雾中，好像发疯癫狂了一般。那么这首原始先民的歌谣的创作无疑是极其成功的。

诗人在一开始就抒发着想要回家的情感，在光明的流逝和岁月的轮转中，家中无音信来，自己又无法归去，不是更加深了这种对家和故乡的思念吗？他现在终于回来了，战争终于结束了，自己再不用采薇以食，可以共享天伦之乐了。

可是他怎么写？他开始回忆过去那征戎到来的时候，在我和家乡分别要踏上远方的时候，情景如何？那是“杨柳依依”。阳春三月，万物都在尽显它们的妖娆，都在释放着自身的生机与活力。杨柳依依，移情于物，柳不舍我，我自然也舍不得家乡。那次分别在他脑海中留下的尽是些美的风景，是极佳的回忆。但从另一面看，当时的别离也确实是人世间最难以言说的痛苦，生离往往能被看作是比死别更沉痛的所在。那样沉重的心思，纵然面对阳春，又如何能够欣赏呢？那美景不过是徒增悲哀罢了。古人讲“四美”，即良辰、美景、赏心、乐事，若无乐事，即良辰也变成了长夜，美景也是恼人的了。当自己沉痛之时，看到美丽幸福的自然，岂不是只有嫉妒而无法欣赏。

刚刚离去的时候，那是杨柳依依的美景，但我现在回来了，本是欢喜之事，可慰之时，但我所面对的所看到的是什么？是“雨雪霏霏”。大雪飘扬，万物死寂，天地之间一片苍茫，而自己孑然一身，这景致好像比离去时更为孤苦无依。心情纵然应当是喜乐的，但看这悲景，肯定不免回忆过往，而若是再增一分对军旅的伤感与对故乡的怀念，这却又是悲凉。

王夫之《姜斋诗话》对此句有评价：“以乐景写哀，以哀景写乐，一倍增其哀乐。”在这首诗中，后面的那个“哀乐”当然是偏重于哀了。我离开时，未知归期，虽见依依杨柳，仍有黯然销魂之感，乐景于我实悲凉也。就如杜工部所言“江头宫殿锁千门，细柳新蒲为谁绿”“正是江南好风景，落花时节又逢君”皆与此异曲同工。我们来时，大雪弥天，大地白茫茫实为干净，无尘无垢却也无依无靠，在那样一个天地下，人内心的孤苦与渺小感是自然流露出来，也实在感人。而且去时为春，年正少壮，归时为冬，年岁已经增长，说不定是华发早生，更重重揭露了一年四季对于时光的刻画与审美感受。冬天的寒冷，砭人肌骨，回归途中的不顺更跃然纸上，再加上后两句所说“行道迟迟，载渴载饥”更加直接地表明了归途的艰难。可以体会的冬日的寒冷，可以体感的饥渴加身，人生理上最痛苦的事恐怕莫过于此。饥寒交迫，而在大雪之下，又难以寻食来充饥，这一个“风雪夜归人”就展现在我们的面前。何谓“迟”？迟是一个时间概念，而以时间之久长喻空间之辽阔，迟就构成了远的意思，这样的一种时空交织更向我们展现出“远”的力量。

最后一句说“我心伤悲，莫知我哀”则体现的是一种心理上的痛苦。生理上的饥寒交迫，心理上的孤苦无依，前面写“我行不来”这里重复说“莫知我哀”，这份亘古的孤独实在具有震撼人心的力量。陈子昂《登幽州台歌》为什么能够传唱至今？其实里面只写了很简单的四句话：“前不见古人，后不见来者。念天地之悠悠，独怆然而涕下。”前两句叙时间久远，第三句叙空间之广博，天地悠悠又只陈子昂一人在台上，这种个人的孤寂之感，无法倾诉又无人聆听的孤独的悲哀就从时间和空间两条轴线中缓缓袭来，冲击着我们每个人的心灵。

我们纵然可以寄情山水，以自持自守为名，像庄子那样“独与天地精神相往来”，真正做到的又有几个人呢？特别是从小就要求“穷则独善其身，达则兼济天下”的文人士大夫们，这种纯然的孤独又有几人能真正守得？张载说：“民吾同胞，物吾与也。”当一个人落到真正的孤独寂寞中的时候，那种哀伤其可以说是作为人最大的悲哀与不幸。我们常说一个词“黍离之悲”，“黍离”诗为何悲凉，其中说“知我者谓我心忧，不知我者，谓我何求。悠悠苍天，此何人哉！”人本身是一个群的动物，本身就有倾诉和获取社会认同的需要，而剥夺这项权利，那真叫非人。怀才不遇，知音难求，正是这种欲望的表达。孟浩然讲：“不才明主弃，多病故人疏。”难道不是吗？这生理和心理的双重苦痛，就这么摧残着这个行旅之人归家的旅途。这旅途中有回忆有追思，有今昔的对比；有现状的描写，有心理的抒发无一不透着悲凉。而这种悲凉是通过事表现出来，通过心理表达出来，情景交融达臻极致，有无穷无尽的可以解读的言外之意。宋祁说这句话如在“写物态慰人情”（《宋景文公笔记》），清人方玉润说：“此诗之佳全在末章，真情实景，感时伤事，别有深情，非言可喻。”（《诗经原始》）即是此意。而且经历了前面五章情感的起落之后，最后一节将诗歌带入一片余韵之中，还真有些宋人山水平远的味道了。

而当诗人真正回到家时究竟是什么状况，诗中并没有给出明确解释，只说“雨雪霏霏”。会不会像那山上观棋者，回来家乡已面目全非？出外征战的这几年会不会家庭没落，亲人离去？会不会家族搬迁或是发生大的变故？诗中没有描述，但可以给我们无尽的想象。一切都计入了回忆，一切都流入时间。

笔下至情可动容

三遣悲怀

唐·元稹

其一

谢公最小偏怜女，自嫁黔娄百事乖。
顾我无衣搜荩箧，泥他沽酒拔金钗。
野蔬充膳甘长藿，落叶添薪仰古槐。
今日俸钱过十万，与君营奠复营斋。

之前在谈到元稹的《离思》说过，这三首《遣悲怀》诗可以说是元稹诗作之中的佼佼者，也是最广受人称赞的作品。虽然是律诗体，但是诗句质朴无华，句句真情流露，可以直指人心。在我读过的所有悼亡类的诗词之中，这算是我最为喜欢的一组，每每读来，常常情难自禁，甚至落泪。至情至性之言，至真至美之诗，总能够打动人们内心的最深处。

有一次古代文学课上老师讲到了这一首诗，我们老师有个习惯，讲每一首诗之前，都让同学来读，因为届时在课堂上读诗的次数可以作为加分项，所以每次举手的同学都不可胜数。我不是一个喜欢在课堂上为了分数发言的同学，而且也不愿意用普通话来朗读中国的古典诗词作品，所以很少举手，只有碰到了我十分喜爱，不得不读的诗作才会如此，比如杜甫的《登高》，比如这组诗。可惜老师没有让我读，同学似乎对此诗不熟，读着读着常常遇到不认识的字，这倒无妨，但读至第二首的颔联时竟然笑起来，然后他那周围的一片也都跟着笑起来，听着他的笑声，和在笑声中的朗读，不知道元稹会做何感想。那一次我的内心受到了极大的痛苦，永远难忘。

元稹是个才子，可是却在二十四岁的时候科举落榜，而正是在这个时候，当时的太子少保韦夏卿因为欣赏元稹的才华，而且相信他以后会有很好的前途，所以将自己的小女儿韦丛下嫁给他。韦丛来自于大富之家，而现在的元稹却是落魄之际，可是韦丛不仅通晓诗文，而且能够甘于清贫，不好富贵，跟元稹在婚后非常恩爱。元稹的落魄时光，就是韦丛一直陪伴在他的身边，而他又是要准备科举的人，所以家中一切杂事都由韦丛尽心尽力。而七年之后，韦丛只有二十七岁，元稹刚刚升任监察御史，好像一个美好的生活就要开始，夫妻的苦涩时光终于熬到了头，她却因病去世了。从富贵之家来到元稹的身边，毫无怨言而且尽心尽力，能够共苦，却没命同甘，元稹此刻的心情真是可想而知，便只能用这三首诗作来寄托自己的情思了。

我在高中的时候买过一本关于元稹的书，现在已经记不起是为何会买，因为在读那本书之前，我肯定不知道元稹是谁。那本书的封面上就印着“曾经沧海”的《离思》，封底上就是这三首《遣悲怀》，那本书写得不算高明，但封面封底的显著位置却让我背下了这两篇杰作。而现在每每想起这《三遣悲怀》，或是在路上走着走着突然念出一两句，心中总会涌起无限的感慨，并不随着次数的增加而消退。况且我还没有过失去至爱之人的经历，但我能体会到其中的痛苦和难忘，而或许有过这样经历的人，会更有感慨吧。

韦丛来自于大富之家，元稹将他们家比作东晋的谢家，说“谢公最小偏怜女，自嫁黔娄百事乖。”这个比喻不仅是因为韦家和谢家同属大富之家，而且更是因为谢安偏爱自己的侄女谢道韫，而韦丛更是韦夏卿的小女儿，韦夏卿也偏爱如是。所以韦丛不仅是一个富贵人家的女儿，而且很得其父亲的喜爱，这样一个荣宠集于一身的女儿，却嫁到了自己这个贫苦人家之中。这样的一种反差，对于任何一个人都是莫大的心灵上的考验。俗话说“由奢入俭难”，已经习惯了对仆人召之即来，已经习惯了高档舒适的生活，再去一个贫穷人家，什么事情都得紧巴着算计着，这不是常人能够承担的落差。所以在元稹的眼中，自己当然是对不起韦丛的，没能给她一个更好的生活。相反，因为这桩婚事，她的生活一下子掉下来好几个档次，再不是过去那样的富贵生活了。所以元稹说“自嫁黔娄百事乖”，从一个万事有人照顾的地方，到了一个诸事不顺要靠她来撑起半边天，甚至大半边天的地方。元稹将自己比喻为黔娄，黔娄是战国时期齐国的贫士，是一介平民，虽满腹经纶却家徒四壁，是著名的隐士。元稹是黔娄了，那韦丛何尝不是跟黔娄妻一样？不去寻找王公贵族的公子，却偏偏看上了这样一位清贫乐道的黔娄。所以这一联中连用两个比喻，将韦丛家比喻为谢家，将自己比喻为黔娄，都用得非常恰当，不仅有表面的所指，而且这些人物的命运都跟自己和韦丛的故事相暗合。

“顾我无衣搜荩箧，泥他沽酒拔金钗。”这一联写得真是感人。这三首诗没有丝毫做作的痕迹，全是心迹的自剖，真情的流露，没有豪言壮语，有的只是最真切的愿景和回忆。元稹认为自己对不起韦丛，我们旁人当然也会这么想，一个好好的富家女子为何要嫁给这样的一个人，去做这样的老妈子？按照今天的标准，元稹长得当然是一表人才，而且有才学，但是长得好看的富家子弟也有许多，有才学的人更是不少，为何就偏偏选中这样的一个人？诸多的不解，诸多的牢骚，在韦丛这里都不存在了。她能够放下富家千金的身段，为自己的丈夫和家庭谋求生活起居上的圆满，真是尽心尽力，毫无怨言。虽然在过去人们说是“嫁乞随乞，嫁叟随叟”，婚姻之事大都是“父母之命，媒妁之言”，可作为一个富家千金，又是集父母宠爱于一身，她当然有自己选择的权利，可是她不贪图富贵，看中了元稹的才学，从现在的标准来看，这是否是真爱呢？在贫苦的人家，她不是面对命运而欣然接受而已，也不是看到了困难只知道默默流泪，她真的是一个伟大的女人，而此时的元稹则更像是一个遇到困难只懂得向她求助的孩子。看到元稹没有合适的衣衫，没有钱去置办，也不能责骂仆人，她只能翻箱倒柜地寻找，这已然超出我们对一个富家千金的想象。而就在这样的生活困境之中，元稹还要喝酒，要有自己的享受，在我们看来，这实在是一个不懂事的男人。他没有钱，没有办法，也许更是对家中事一无所知，只好像一个孩子一样地去哀求韦丛去买酒。韦丛有什么办法呢？家中没有积蓄，没有任何的办法，她竟然拔下自己的金钗去换酒。那金钗也许是母亲的赠物，也许是韦家给她的，她所留下的最后一样东西，而更是她自己的装扮，可能是仅有的一点配饰，她竟然能够取下，去给他换酒喝。

每每读到这句话，我常常会落泪。这是一个非常有现场感的场景动作，脑中常常还原出那时的场景，元稹在哀求要喝酒，韦丛也许说了家中余财不足以支撑，元稹不断地哀求，韦丛跟他讲了自己真的是没有办法，元稹还在哀求，韦丛只好想到身上最后一点值钱的东西，狠命地拔下她头上的金钗，去典当，去换酒。

一个女人，为了自己丈夫的一点点享乐，舍弃了自己身上也许最为重要的东西，而这个舍弃成为此刻留给元稹的回忆，这回忆酸楚，充满悔恨，也许还有其他的感受。元稹也许忘记了具体买回来多少酒，也许忘记了这一根金钗值多少钱，但我想他肯定不会忘记韦丛拔下金钗后的感受，也不会忘记自己最终喝下这一杯酒的心情。

家庭生活中，不只有衣服的冷暖，更不只有自己饮酒的享乐，柴米油盐的困境才真正是韦丛每天都必须面对的考验。“野蔬充膳甘长藿，落叶添薪仰古槐。”一日三餐的准备因为贫穷成了她的难题。没有山珍海味，没有玉盘珍馐，连粗茶淡饭都是奢侈，只好采集野菜充当饭食。没有钱去买薪柴，只好用落叶凑合，这是他们的生活。挖野菜和嫩的豆叶，寡淡无味甚至难以下咽的饭菜，韦丛不仅要去收集，而且吃的时候还要能够甘之如饴，这真的是不容易。

“落叶添薪仰古槐”，落叶何其少，燃烧何其快，用它们来生火做饭要不断地往灶台里面添加，甚至会产生极大的烟尘，可是没有薪柴，而又要生火做饭，只能如此了。“仰古槐”，一个“仰”道尽了哀求，做饭全靠院里古槐的落叶。落叶不够便无法做饭，而叶子尚在树上水分太多又点燃不了，家庭的困境就在这一句中道出。凄清的院落之中，一个主妇，一个贵族的千金正在仰望院中唯一的古槐，期待一片黄叶的凋落，然后再弯腰拾起一片片槐树的落叶。槐树的叶子多么小，多么凌乱，想想一顿饭的生成，竟需要多少片槐树的落叶，她要站立多久，等待多久，捡拾多久。那棵院中的古槐又多么的可怜，春末开花供这一家欣赏，夏天提供阴凉，到了秋天叶子逐渐发黄，这一位主妇又在槐树下默默仰望，乞求黄叶的飘零去用作薪柴做饭。上一联中元稹哀求她去买酒，这一联中她在哀求槐树落叶，元稹何其幸福，韦丛何其辛苦。元稹什么都不知道，只知道遇到问题找他的妻子，她就会想尽一切办法为他解决，可是韦丛面对的是一棵不通人性的槐树，就算苦苦哀求，夜以继日地仰望，槐树什么时候落叶什么时候不落竟完全是自然的选择，当然不会体谅韦丛的需求，所有的考验都是也只能是韦丛一个人的承担。

人死了，当然回想到的都是共同走过的生命中印象最为深刻的瞬间，也许忘记了具体事件的经过结果，但不会忘记的是那种感受和情境。共苦而不能同甘，也许在很多时候是丈夫抛弃了原配的妻子，而在元稹的身上则是命运的捉弄，是妻子的先行一步。“今日俸钱过十万，与君营奠复营斋。”他的话语多么直白，多么浅显，多么感人！他不说别的，不去修饰文人的虚架子，不去说什么今天有了实现自己理想的机会，不去说今天的自己可以荣归故里，可以衣锦还乡，那些对妻子都没有用处，对家庭的实际生活没有用处。他只想对他妻子说最真诚，最恳切，最想说的话语，那就是“今天有钱了”。这话多么粗，初看这句话真是一点也不喜欢，这哪是诗歌华美的语言，还在诗里面谈钱。可是今天再看，懂得了什么叫真挚，什么又叫虚浮，什么叫至情，什么又叫卖弄。“今日俸钱过十万”，今天的工资已经涨到了十万以上，今天家庭已经步入富贵了，再不用跟以前一样沽酒还需要“拔金钗”，不用做饭还需要“仰古槐”，不用再吃豆叶和野菜，不用翻箱倒柜地只为寻找一件合适的衣服，这是他妻子最需要的，最向往获得的。过去的苦日子已经过去了，再也不用对家庭的开支斤斤计较，我们终于可以干我们想干的事情，过我们想要的生活，我终于可以把你出嫁之前的富贵生活再次给你了。可是“今日俸钱过十万”，却只能“与君营奠复营斋”。

妻子不在了，最困难的时候照顾自己的人不离不弃，幸福生活开始的时候却只剩下自己一个永远受她照顾的人，这大概是他所经历的最深沉的苦痛了吧。现在自己的工资这么高，却只能给她置办酒食，烧些钱财，虽然可以不断地供奉山珍海味，不断地烧纸钱给她，可是斯人已逝，不能亲口品尝，不能亲自开支用度，谁知道她在另一个世界中究竟能有一个怎样的生活。这个世上，只剩了自己在孤独地富贵着。

其二

昔日戏言身后意，今朝都到眼前来。
衣裳已施行看尽，针线犹存未忍开。
尚想旧情怜婢仆，也曾因梦送钱财。
诚知此恨人人有，贫贱夫妻百事哀。

如果诗章成组，一般有两种情况。一种是大的主题是一样的，但是各篇章之间没有密切地层递关系，分咏大主题下的各小主题，这样的组诗可以拆开来单首单首地读，比如说杜甫的《咏怀古迹五首》，而另一种情况就是虽然有多首诗歌，但是组成的一组之中有层递关系，互相之间有先后顺序，在诉说一个大主题下有联系，那么这些组诗就一定要成组阅读，成组欣赏，如果只欣赏其中一首就好像是一首诗只欣赏了其中一联一样，有残缺之憾。那么这一组诗就很明显属于第二种，第一首是从过去，也就是韦丛生前的场景开始回忆，一直到了最后一联是现在的斯人已逝，第二首就纯写现在的场景，而第三首则是从一个更为广阔的空间中怀念韦丛。

第二首虽是纯写现在，但还是从过去的场景切入。“昔日戏言身后意，今朝都到眼前来。”过去互相之间的戏言，玩游戏时候说过的话，幻想以后一个人死了另一个人会如何，这大概是所有人，尤其是年轻时期的情侣都会说的话。伴侣死了之后，另一个大概都是人至耄耋，垂垂老矣了吧。

二十七岁，人生还不到一半，她的幸福生活才刚刚开始，竟就这样去了。过去互相调笑，休闲时娱乐的言语竟一语成谶，现在，真的就只剩下自己一个人在世上，戏言成了真。他没有说过去讨论的时候，一个人故去的情景他们究竟是怎样设想的，想必讨论了诸多细节。游戏中的笑谈，互相之间的戏言，谁能想到来得竟如此之快，笑谈竟立即变成了悲伤？言语之中的假如，大脑之中的神思，心中的迷梦竟然在现实的眼前一一呈现，而过去的戏言，相互之间的依偎自在，在此时却成了言语之中的假如，大脑之中的神思和心中的迷梦了。梦境与现实的交迭，戏言与眼前的互换，真是造化弄人，命运无常。

人已经没了，可是物件还在。人死之后，好友亲朋究竟是该把遗物留存下来作为怀念，还是该将过去的回忆一扫而空？这恐怕永远是一个两难的抉择。留下了，日日睹物思人，触景伤情，徒自伤神，而人终究是回不来了的；舍弃吧，谁能忍心将一个曾经在自己生命中承担如此重要角色的人的记忆全部清空，将这个人全然地遗忘？如若如此，此人也是太无情。

“衣裳已施行看尽，针线犹存未忍开。”对韦丛生前穿过的衣服，元稹选择施舍出去，避免睹物思人，也似乎有一种替故去的妻子做善事的意味，希望她能够在另一个世界中过得安稳。可是妻子的衣服毕竟是有限的，一件一件地往外拿，开始觉得可以接受，但到妻子的衣服快要拿完时，总有不舍的时候。衣服因故人日穿夜穿的缘故，总磨进了一种感情在其中的。如果说什么最能引起生者对死者的怀念，大概就是死者用过而且经常用的东西。这一联中的衣服和针线当然都属于这一类，看着她用过的东西，好像就能重新看见它们被主人所用的场景，好像那一个人从未远离，有这样东西寄寓着她的灵魂，依旧陪伴在元稹的身边。衣服马上就要施舍殆尽了，所剩不多的回忆，在一点一点消磨、衰减，在这样的情境下，每拿一件衣服出来，大概对元稹都是一次折磨吧。衣服施舍出去，便再也见不到了，就好像这个人的魂灵，飘荡在这个世界之中，却无处追寻。

衣服都施舍了，可总要留下点什么东西供自己回忆，毕竟“一日夫妻百日恩”，何况是陪伴了自己最困顿时期的结发妻子。这难道是想忘却就可以忘却的吗？韦丛原来所用的针线还在。这大概是所有人处理故去亲人遗物的方式吧，烧一部分、扔一部分、留一部分。针线留下来了，自己身上所穿的衣服也许还有这针线缝补的痕迹，自己常常用的荷包、配饰也许还是这样的针线制作出来的，修饰出来的。针线和自己使用之物有着莫大的关联，可是使用针线的人，替自己缝补衣衫的人不在了。针线留存着，但是“未忍开”，其中多少回忆，多少关怀，元稹怕一开针线盒，这些东西都要冒出来的，所以存在那里，存在心里。也许在元稹心中已经把那个盒子打开过无数遍了，可是不能在眼前再打开，针线也成了神思和迷梦。

“尚想旧情怜婢仆，也曾因梦送钱财。”这一联我觉得有两种解释方式，这两种解释方式差异的来源就是这句话当中的主语不明确，尤其是后面一句“因梦送钱财”的主语是元稹，还是韦丛？大多数解释可能都倾向于主语是元稹，但我觉得说主语是韦丛也是说得通的，诗歌本来就是一个开放的文本，我不妨把自己对两种解释的理解都写出来。可能有些人会赞同第一种，有些人会赞同第二种，而或许元稹书写的意思就本身带有这种多义性，也许两种解释都是可以得到诗人的认可的吧。

而无论是哪种解释，有一点是相同的，就是那些跟随元稹很久的婢仆因经历了很多主人同样亲身经历的事情，甚至会比一些亲人朋友更加了解主人的内心世界、欢乐悲哀。他们当然是经历了韦丛的生死过程的，那么看到这些人自然也会升腾起对妻子的怀念，他们也相当于是妻子的故人和家庭的见证吧。对妻子的怀念也好，对丈夫的怀念也罢，自然都会爱屋及乌到这一群体的身上，他们是双方都可以寄寓情感的活的载体。

如果说这句话的主语是元稹，那么他就是在自己的回忆过程中想到了过去生活的点滴片段，这片段当中自然有这些婢仆的身影，而且当韦丛病重的时候，自然也多亏了这些婢仆的照料和看护，想到这些，婢仆自然成为两人在人世之间的情感纽带，元稹自然会对这些旧人更加怜惜了。而在梦中，两人相会之际，也许他看到了妻子跟过去一样贫苦，还需要“仰古槐”“拔金钗”，也许仅仅是依凭着自己作为丈夫的职责，想要让她在另一个世界的生活过得更好，在梦中也常常给她送去钱财。“怜婢仆”是现实，而梦中则是另一个世界的通道，使他们得以再次交流的场域。无论现实还是梦境，他都在努力让过去的时光变得更好，让故人能够有一个比过去更好的生活。可是“尚想”“也曾”，他是有话没说出来的，他知道自己做了努力，可这又有什么用呢？韦丛永远地离开了，纵然怜惜旧人，纵然送了钱财，她究竟能不能享受到，总也未知。

那如果这一联的主语是韦丛，又该如何作解呢？有的时候，在怀念对方的时候，也会从对方的角度来写，写自己想象中的对方是如何来怀念自己的，这样对情感有时有加强的作用。如果这一联的主语是韦丛的话，那第一句话就构成了第二句话的原因。婢仆当然是他们俩得以蕴藏回忆的纽带，韦丛当然会有对婢仆的回忆，而且更有可能的是，“怜婢仆”是韦丛从过去一直到现在的行为，不仅仅是因为有了旧情才会更加怜惜，从第一首诗我们可以看到这是怎样的一个温良贤淑的女子，她对于下人的态度行为自然是可以想见的。而她现在故去了，她在另一个世界中可能又会想到过去婢仆对自己的照顾，会想到那些下人会遇到一些怎样的困难。那些婢仆也许需要帮助，而元稹可能想不到去帮助他们，所以她托梦给元稹，在梦中送给元稹钱财，对他嘱咐，让他把这些钱财交给婢仆。韦丛虽然是富家千金，可是嫁给元稹的日子里她一直是贫困潦倒的。就在这样的穷困之中，她还愿意从自己本不甚饱满的口袋中拿出一部分钱财来送给过去的那些婢仆，去关爱他们的生活，这又是令人动容的。

这首诗的最后一联大概是这组诗当中最著名的一联了，筚路蓝缕的艰辛，天人交会的努力，都抵不过“诚知此恨人人有，贫贱夫妻百事哀。”“恨”是遗憾的意思，对于这样的一对贫贱夫妻，元稹和韦丛都是这样，遗憾的事情太多了。妻子的故去是遗憾，如此的年轻就去世了是遗憾，生活贫贱是遗憾，“以启山林”之后的幸福竟然也构成这一对夫妻的遗憾。

这句紧跟着上一联，很明显是从上一联中的“怜婢仆”“送钱财”来承接的。无论对元稹还是韦丛，都是这样。元稹现在的生活好了，可也只能“梦里送钱财”给韦丛，只能用“怜婢仆”来弥补过去。韦丛同样也会有自己的感念，为什么好一点的生活不能够来得早一点，来得及时一点？遗憾，是命运的无情还是人事的变换？不是所有人都会经历元稹如此激烈的丧妻之痛，但是失去亲人的苦痛，生离死别的场景，每个人都会经历。由俭入奢、由贫入富、由贱入贵，在那个科举取士的年代，乃至于在今天，大多数人都会经历。而在这变化中，得失总是有的，遗憾总是有的。遗憾和苦痛最终也只能化作一声叹息：“贫贱夫妻百事哀”。贫穷指的是经济层面，低贱指的是社会地位层面，不受人待见的家庭，苦苦支撑的生活，其中的辛酸是可以大致想象的，但除非切身经历，又似乎很难完全想象。把可哀之事一一列举，列举不尽，所以无尽的愁苦、无奈和伤怀都汇进了这“百事哀”中。

其三

闲坐悲君亦自悲，百年都是几多时。
邓攸无子寻知命，潘岳悼亡犹费词。
同穴窅冥何所望，他生缘会更难期。
惟将终夜长开眼，报答平生未展眉。

这第三首诗是从一个更广大的空间来怀念故人，其中包含着一些对未来的遐想。

“闲坐悲君亦自悲，百年都是几多时。”一个人在空闲的时间中总是容易思考，诗歌的创作也大多都是在这样的时间中。情感的沉淀，内心激情的平复，去努力做出这样美丽的诗文。元稹的情况当然更为特殊，丧偶之痛曾经被一个研究机构指出是对人伤害最大的生活经历。过去韦丛在的时候,还有人谈天,有人倾听,有人提供慰安,可是现在,妻子不在了,闲坐的时候,只剩下自己来消磨时光了,其回忆,其悲痛当然很自然地就会涌上心头。过去的时光,过去已经习以为常的存在,这一刻都不见了,也许还会习惯性地呼喊她的名字,可是突然没有了回响。

"悲君"是因为君已不在,是因为年少已故去,是因为前面两首诗中所提到的一切。但是人死并不只有一方的伤痛,不仅仅是死者的悲哀,更是生者的痛苦。元稹不仅替韦丛悲伤,更替自己悲伤,这就把悼亡情感延展的范围扩大了,而且扩大得十分真实。妻子逝去,对妻子来说没能享受到现在的幸福生活;对元稹来说,则是相知相伴的亲人不在了,只能中堂独坐,顾影自怜。究竟谁更加悲惨,也许各人有各人的看法吧。"百年都是几多时",我们常说人生百年,百年指代的是人的寿命,可是真正能活到一百岁的人究竟有多少?不用说在医疗技术大大发达的今天,百岁老人都能成为新闻,在过去,七十便是古稀,百岁的人生,百年的经历可算得上是人世间最虚幻的理想了。韦丛去世时只有二十七岁,婚后的生活仅有七年,她的生命就这样过完了,如此迅速!自己的生命虽然还存在着,但看到这样的离别,看到生命的无常和快乐时光的短暂,寿命长又有什么意义呢?时光如白驹过隙,匆匆而过,也许百岁的生命尽头会倏忽而至,真是"百年都是几多时"。

我在前面说,这一首诗是从一个更大的时空中去看自己这一件亲身经历的事。在这首诗中他开始有所思考,元稹想到了过去历史时空中的人事。"邓攸无子寻知命,潘岳悼亡犹费词。"邓攸是晋朝的人,有一次逃难到南方,用扁担挑着他自己的儿子和侄子,后来因为实在不方便,想到这样下去可能都到不了目的地,舍子全侄。可是后来到了南方之后,妻子再也没有怀孕,他纳过一个妾,但后来发现这个妾也同样是遭遇到了北方的战乱,回忆自己的姓名竟然是邓攸的外甥,他就再也不纳妾,所以他一直到死都没能再有儿子。当时人们就说"天道无知,使邓伯道无儿。"这样一个舍弃自己儿子，保存亲戚骨肉的人，这样一个因为北方的乱离、骨肉的痛失而再不纳妾的人，最后连一丝延续血脉的骨肉都没能留下，上天真是善有善报，恶有恶报吗？这人的天命究竟是如何，竟然是可知的吗？韦丛年纪轻轻，为家庭为元稹尽心尽力，毫无怨言，可竟然在这样的一个年纪，在这样的一种生活转折点上去世了，天道为何如此捉弄人呢？

而潘岳悼亡诗写得好，写得让人传唱，又有什么用呢？悼亡的诗文如果是当作一种艺术创作的契机，当然可以彰显一个人的文学造诣，但毕竟是以亲人的失去，血脉的断裂来换取的。悼亡诗文就算写成了古今第一，盖世无双，人回不来了，悲痛的心情仍然存在，家庭当中孤寂凄冷的氛围能有半点改善吗？不能。诗文能够让逝者听到吗？能够让上苍感动放还另一个世界的亡灵吗？不能。也许可以作为内心情感的宣泄，也许可以稍稍慰藉激动的心情，也许对后世对其他人来说提供了一篇华彩的诗篇可供欣赏和感慨，可是对于写作者呢？狂奔的泪水和裂肺的呼号并不能改变这个世界分毫。元稹丧妻，也只能写出来这《三遣悲怀》，世事无常，命运多舛，造就了人事的改易，人事的改易造就了悲怀，诗章无非遣怀而已。这就好像是悲痛的心情一直贯穿在这三首诗歌之中，写到了这里竟怀疑起写作的价值来了，纵然悲怀有遣，可是对韦丛和我周围的环境有用吗？不仅如此，他在此刻自然也有一种邓攸无子的感同身受，跟当时的潘岳更是遭遇了同样的悲剧，自己和韦丛的婚姻并没有孕育子嗣，无妻无儿当然会增加一室之内的苦寂氛围，当然会加重他的思怀，更隐隐有一种对自己未来的担忧。

过去的人大概都很相信鬼神，人死了，或许在晚年可以合葬，可以同棺，或许灵魂在另一个世界中还能相聚？如果不是如此，也许可以立下三生的誓言，下辈子还能够因为缘分而相聚？有这样的期许也许可以让自己的内心稍稍得到宽慰？可是元稹说："同穴窅冥何所望，他生缘会更难期。"其实人在感性的时候可以幻想出一些解决心灵痛苦的办法，人要一辈子感性，那永远就能找到快乐的办法，阿 Q 就是如此。可是怕就怕在感性的想法刚刚显现，理性的本能突然将这感性的想法打碎，告诉自己“那是不可能”。从感性的稍稍快慰中重新掉入悲伤的深渊，那种心灵的起伏，是否比从一而终的苦痛更加难受呢？

元稹还年轻，男儿志在四方，自己的仕途生活刚刚开始，怎么可能一直留在此地，或者说死的时候就正好葬在此地呢？自己以后的人生遇到的变数，经历的地域和时间都是不可预期的。合葬多么飘渺而不可循迹！多少立下合葬誓言的夫妻最后都未合葬在一起。死后的身体究竟被生者如何处理，都是不可知的。而且就算合葬在一起，灵魂真的能够相见，能够在另一个世界长相厮守吗？谁能知道，谁又见过？而且在这样漫长的时间中，丧偶的苦痛还不是要我一分一秒地承受吗？合葬的愿望多么遥远，多么难求，这只能成为一种幻想和虚浮的宽慰罢了。若是期待下一辈子，期待来生的相见（据说有见到过的），时间的差异、面容的改易，见到的概率，认出彼此的概率又怎可期求？在上一联中，写悼亡诗已经是没有意义了，这一联中，去幻想未来的相见，求得心灵的慰安更是没有意义的了。无论怎么宽慰自己，无论做出多少努力，韦丛不在了，元稹自己终于只剩下孤家寡人了，这样的生活状态并不能在这样的幻想和写作中得到改变。

既然写作是没有用处的，幻想也是没有用处的，怎样是有用处的呢？每每读到这一联，我总是情难自禁，这千古以来的至情诗篇到了最后，他的情感当然要到高潮。“惟将终夜长开眼，报答平生未展眉。”元稹竟变得痴傻起来，因为他所会的东西在这份情感上都起不到任何的作用，作为一个文人，他会写作，善于联想，都是无用之物，真是“百无一用是书生”！妻子终究在苦痛的生活条件下完成了自己的一生，一个富家千金终日为柴米油盐奔波，为一日三餐心碎，为丈夫的一点享乐而牺牲自己。也许韦丛的心中有一个未来的梦，有一个对美好幸福生活的追求。但从家中的掌上珠，到成为元稹的贤内助，生活环境的窘迫，日常开支的不敷，让她操碎了心，皱紧眉，直至去世都没有放宽心，也似乎遗忘了一个贵族姑娘的玩乐心境。元稹终究是愧对了韦丛，他知道，他痛苦。他只有自己惩罚自己了，将过去所有的愧对，所有的悔恨，所有的留恋深深留在自己的身上，心里。漫漫长夜，只有“常开眼”，把苦苦的思念融进不眠的夜晚之中。也许他是想着夫妻之间心灵的契合和沟通，也许这苦苦的思念，长夜的不眠能够让故去的妻子有所感受，能够感受到他对她的情意不变。他没有别的办法了，只有这种思念，这种不眠的痛苦能够让他不忘记故去的韦丛，永远记住这样一个陪伴他最困苦时光的贤淑千金，他恐怕能做的也就是这永志不忘了。

多么傻的一个举动！“终夜常开眼”，为的是“报答平生未展眉”。他真的是无法报答了，妻子的默默辛劳，妻子的一直付出，没等到他能够有所给予的时间，他无法报答了。这样内心的自剖，如此显露的语言，跟第一首的结尾一样，粗、俗、痴、傻在他这里都变成了褒义词，因为这是夫妻生活的常态，这也是他真正想说的话，说出来了，多么真挚，多么感人。

巨大的人格摧折力

一谈到唐代的诗人，最具代表性的自然是一位诗仙“李白”，一位诗圣“杜甫”了。但我们注意到，人们历来对李白的评价多是正面而少有批评，而对杜甫则是毁誉交加，哪怕在今天，对于一般大众而言，李白的接受程度也远远高过杜甫，似乎李白那种汪洋恣肆、一泻千里的豪壮更能激起人们的共鸣，也更有盛世气象，而杜甫的“沉郁顿挫”则往往让人觉得写得太苦而不愿展读。但就我个人而言，两位诗人我都非常喜欢，但若比较，我喜爱杜甫是要甚于李太白的。记得有人曾说，读李白一首诗你就能被那诗气所折倒，但要是读了十首以上，你就有审美疲劳，觉得他怎么老这样，而读杜甫，你读一首是不会喜欢的，但若是读了十首以上，你就能真正感受到杜甫诗的好处。

从《诗经》开始，中国的古代先民就强调“诗者，志之所之也，在心为志，发言为诗。情动于中而形于言。”诗歌是我们抒情言志的一个窗口，诗歌的生命与诗人的生命是紧密相连的，大诗人都是在用他们的生命在写诗，我们读诗欣赏诗的过程实际上是读这个诗人生命的过程，感受这个诗人的人格与性格的过程。这首《五百字》的好处就在于诗中洋溢涌动着的人格魅力，阅读时，这种魅力就会喷薄而出，让人折倒。我以为，写诗贵于言真，只有你预先有了这个想法，并且这想法是植根于你心中的真实的想法，你才能用诗样的语言将这个想法写出来，并且浑然天成，充满美感。这种美感非矫揉造作所能达也，而这也是杜甫诗的魅力所在。

在具体作《五百字》的赏析之前，我以为还需要对古体诗的美感特质作一点赏读。之所以要这么做，是因为之前跟朋友交流时，尤其是跟一些喜好文学的朋友交流时，有种观点认为古体诗，包括乐府、歌行之类的篇章，不好看也不好读。而我以为古体诗与近体诗的美感特质是不同的，虽然没有诗与词美感特质差异那么大，但也觉得不小。诗与词美感特质的不同早由王静安先生提出"（词）能言诗之所不能言，而不能尽言诗之所能言。诗之境阔，词之言长。"但是古体诗与近体诗美感特质的不同却鲜有人提及，如果不对这个作一些说明，想让古体诗，尤其是《五百字》《北征》这类长且沉郁的古体诗被大众所接受是有一定困难的。

诗与词相比，诗在美感特质上最大的特点是"使气"，是通过整齐的句式而透露出来的喷薄的感情，所以诗与词相比，诗可以更为直白，不用太过"要眇宜修"。但需要说明的是，古体诗绝不是不讲格律的近体诗。古体诗比近体诗从某种程度来说对情感的描摹要求更高，因为少了形式美的烘托，就要求诗人有更高妙的笔法，更严密的布局谋篇，更浓烈的情感表现，这种去形式，更重情感的内质才构成了古体诗最为重要的美学特质，即高古朴纯。如果说近体诗是戴着镣铐跳舞的美人，或是在掌心起舞的赵飞燕，那古体诗就是临风壮士的慷慨歌谣，是远古的童话，是原始舞蹈。所以自古讲诗易学而难工，我想在其后要加一句古体诗最易学，最难工。因为你没有那愁肠百结，你没有那赤心魄灵，褪去一切华服之后，你就只剩瘦骨嶙峋，什么美感都没有了。李白有他的酒仙气，喝罢酒执笔便写，诗中满是豪情，让人逸兴遄飞；杜甫有他的观察力，看到"民间疾苦"，立就"笔底波澜"，执笔思索便写，诗中就写出那一颗赤胆忠心，满是对人民的关怀。

从这个角度上说，古体诗似乎有一种"执笔便写"的美感，特别是言志的古体诗。打个不恰当的比方，这首《五百字》完全就像诗人把衣服一脱，直挺挺地躺在地上说："你来看吧！我如此坦诚，没有一点儿隐瞒，我把我的心都写在这里了！”

这首诗写于天宝十四年十一月，唐玄宗朝。依闻一多先生《少陵先生年谱笺注》所注“十一月，安禄山及陷河北渚郡”可知，杜甫这首诗写于安史之乱前夕，可以说是盛唐最后一丝余晖时。也许那时安史之乱已经爆发，但消息还没有传到骊山行宫；或者说消息已经被高层知晓，但还未传播开，下层人民还不知道。但在这首诗中依然可见杜甫的隐忧。而在这前一年，即天宝十三年时，关中暴雨达六十多天，杨国忠已经成为宰相，但他隐瞒皇帝，不减租税，致使关中大饥，百姓民不聊生。杜甫本人也经历了这一段，虽然他本人因为官位而享有特权，不用交租税，但下层民众的苦难在他心中留下了深深的烙印。这在他当年所写的诗，如《秋雨叹》中也有体现。民不聊生、战乱前夕、奸相当权、皇帝昏庸的诸多因素大概构成了杜甫写这首诗的大环境。那么杜甫自己的遭遇如何呢？杜甫居长安十载，一直求官，到天宝十四年时朝廷终于给了他一个官做，就是河西县的县尉，但杜甫不愿去，然后朝廷改授他为右卫卒府胄曹参军。河西尉按官阶是从九品下，右卫卒府胄曹参军是从八品下，官阶稍高了一点，但仍然是个芝麻绿豆大的小官。当年十一月，杜甫回奉先县探望妻子，这首《自京赴奉先县咏怀五百字》就主要讲的是杜甫自京城（今陕西西安）回奉先县这一路上的所见所闻。

《自京赴奉先县咏怀五百字》有很多版本，这里我们参照中华书局2005年《杜甫诗选》中的版本，并且依据浦起龙的分法，将这首诗分为三段，第一段是32句，第二段是38句，第三段是30句。

自京赴奉先县咏怀五百字

唐·杜甫

杜陵有布衣，老大意转拙。

许身一何愚，窃比稷与契。

居然成濩落，白首甘契阔。
盖棺事则已，此志常觊豁。
穷年忧黎元，叹息肠内热。
取笑同学翁，浩歌弥激烈。
非无江海志，潇洒送日月。
生逢尧舜君，不忍便永诀。
当今廊庙具，构厦岂云缺。
葵藿倾太阳，物性固莫夺。
顾惟蝼蚁辈，但自求其穴。
胡为慕大鲸，辄拟偃溟渤。
以兹误生理，独耻事干谒。
兀兀遂至今，忍为尘埃没。
终愧巢与由，未能易其节。
沉饮聊自遣，放歌破愁绝。

这首诗叫《咏怀五百字》，所以杜甫一上来就开始咏怀，就开始把心迹表露出来叫我们看，那么这第一段主要就是他咏怀的内容。

“杜陵有布衣，老大意转拙。”杜陵是长安南部的一个地方，汉宣帝葬于此，而在春秋时期此地有一小国叫杜伯国，故此地称为杜陵。在杜陵旁边还有一个陵墓，比杜陵稍小，故称少陵，杜甫先祖在那里有一些田产，所以杜甫常称自己为杜陵布衣，杜陵野老，少陵野老。那“杜陵有布衣”很明显就说的是他自己了，那这个杜陵的平头老百姓怎么样了呢？“老大意转拙”，年纪已经老大了，可是意念却越来越笨，越来越傻。这个是很奇怪的一个说法，因为几乎在所有民族的文化中，智慧都跟年龄有着正比例的关系，老人往往是智慧的象征。可杜甫在这里这样说自己，明显是有对比和他的主观情感在的。杜甫此时已经四十四岁了，古人的寿命不长，杜甫自己也说“人生七十古来稀”（《曲江二首》其一）。杜甫待长安十年才获得一个小官，在他的心中该是多么的苦闷。不用说四十四岁，连四十岁就已经是个非常“不小”的年纪了。早在杜甫四十岁时，那正是前途无望，仕途坎坷之时，杜甫就已经有“四十明朝过，飞腾暮景斜”的慨叹了。过了四十岁杜甫就要称自己为“暮景”，如今已是四十四岁的光景，还不“老大”吗？“老大”之后“意转拙”，变得更加笨拙，更加不近世故，这是为何呢？或者说这样的笨拙究竟体现在哪儿呢？杜甫在这里并没有说出来，而在这样的一个长篇的歌行中，一开头就说自己很笨，这是非常巧妙的一个安排，具体的解释隐藏在后面的诗行里。

“许身一何愚，窃比稷与契”，这是说他笨的第一点了。杜甫是怎样期望自己的呀，魏征讲“君为尧舜，臣为稷契”，他以稷、契自比，而把国君比为尧舜。杜甫早在七年之前的《奉赠韦左丞丈二十二韵》中就说过，他的理想是“致君尧舜上，再使风俗淳”。而这个理想他是一直都没有忘怀，不仅现在，以后他入蜀，也说“凄其望吕葛，不复梦周孔。”他崇拜谁？是诸葛亮。诸葛亮以管仲、乐毅自比，杜甫以稷、契自况，他一心要做的是一个盛世贤臣，要用自己的忠心和能力协助君王缔造一个人民幸福的良时盛世，无论多么困苦，他都不忘天下苍生，不忘这一分理想和志意。所以郭沫若说他“世上疮痍，诗中圣哲。民间疾苦，笔底波澜。”所以当他把这一分不能再伟大的志意和人格书写下来时，那就是伟大的诗，他也自然而然成为“诗圣”，他的人格是永远光耀的。这也就是为什么闻一多在《杜甫》中说“李白有他的天才，没有他的人格”。他将自己比作稷、契，无论君主视他如手足还是草芥，他都把这样的君主当成尧舜。这是一种伟大的人格，但当君王昏庸之时，注定也是一种悲剧的人格，但无可否认的是，其魅力是超越时代的。那这种情怀是“痴”吗？从某种程度上来说是的，只是他痴心的对象是家国社稷，是苍生黎民，无论自身如何，他总是心怀天下，这是他的伟大之处。君王是苍生天下的一个符号，那个时代的人，尤其是在士大夫的意识里，忠君和爱国自然是相等的，若因此而给杜甫一个“愚忠”的帽子，我真要为杜甫放声大哭了。

杜甫把自己比作或期望自己是稷、契，但又嘲讽自己，说“这是何等的愚昧啊，我只敢‘窃’，也就是私下里把稷、契当成自己行为处事的标准”。他说自己愚昧，说自己笨拙，我想他大概的意思是说：“我大概没有稷、契一样的才华，但我要暗暗以他们俩为我行为处世的榜样，我要像他们一样去辅佐我的帝王。”真是“无才可去补苍天”，他一直坚持着自己的痴心和所谓的“愚昧”，还要去“补”，这是令人感动的。他接着说“居然成濩落，白首甘契阔。”到了今天，已经是“飞腾暮景斜”了，自己还只是一个从八品下的小官，如此落魄，难道这辈子就要一事无成吗？千万不要说杜甫的诗写得好，不是一事无成，要知道诗歌对黎民苍生产生不了实际的影响。杜甫出身于儒生世家，一家子都“奉儒守官”，以“平天下”为己任，以“为生民立命”为理想。虽然张载及其理学还未影响到他，但他饱阅儒家经典，从古圣先贤的故事中就知道自己要有怎样的志意并怎样完成，“三不朽”和“治国平天下”的理念鞭策着他。杜甫自己也哀叹“名岂文章者，官应老病休。”他不要文名，不要诗名，他想为社稷黎民做事啊！那些诗歌是在他目睹了人民的苦难后又无力改变的情况下才以诗言志，才用诗酒浇愁。写诗需要时间，他把时间花在诗歌的创作上而没有“致君尧舜上”，他该多么苦痛，多么忧郁，多么闷烦。“到了今天，我依然是个小官，但我纵然‘白首’，也要努力去达臻自己的理想，并以之为甘，这才是我这个老朽的生命该做的奉献。”我常以为杜甫的诗歌中洋溢着一种拼搏奉献、矢志奋斗的精神。而这种精神他要保留到何时呢？那是“盖棺事则已”。等他死了，埋入黄土，棺材上的钉子一颗一颗地落下，他就不再履行自己的责任了。只要他有一口气，有一天活着，他就要争取仕进，他就要为苍生谋太平和福祉。真是“鞠躬尽瘁，死而后已”。为什么他入蜀之后是“望吕葛”呢？他是崇拜那样的生命精神和士子情怀的。

所以，他晚年在蜀地时还对严武讲“此生那老蜀，不死会归秦(《奉送严公入朝》)”，他只要有机会终究是要回长安的，还是要致君尧舜，教化风俗，只可惜时代没有给他这个机会。我想，经历挫折不被击垮那是贤人，经历这么多挫折仍然不被击垮,那是杜甫。

后面他接着就说了,杜甫我不仅一生都矢志不渝,要达臻我的理想,而且在每一年中,我都穷尽所有的时间去忧惜去思索百姓的生命,去思考他们的生活究竟怎样。这是一个士子的情怀。儒家非常强调每一个儒生心怀天下,追求道义的那份责任感。杜甫每天去忧心他者能不辛苦吗?时时刻刻想到别人的痛苦他自己能不痛苦吗?他说自己"愚",他说自己"拙",但怎么样?"叹息肠内热",心肠中那份热忱驱使自己这样。纵然要叹息,这份热忱不会消亡,因为这份热忱的产生是没有办法的一件事情。他把这种心理诉求转化为生理感受,好像就是在说"我就生了这样一副躯壳,它就要逼迫我去关心苍生,去'穷年忧黎元',我有什么办法,我必须这样"。他在这首诗中一遍一遍地说自己的心志,又一遍一遍地说这是自己的本性,还一遍一遍地说"为之奈何"。想象一下,自己当年的同学同事现在身居高位,乃至手掌大权,他们善于钻营,善于讨好与巴结,只晓得讨皇帝或奸相的欢心便可以求得仕进,便可以享受荣华富贵。他们嘲笑杜甫"愚笨",可杜甫怎么样?他就是改不了,他也不愿去改,而且他还要更加激烈地去长歌去长啸,他也一定不折志易节,同流合污。

不妨想想,杜甫居长安十载,如果只为求官和仕进,那他大可不必去嘲笑这些当今的大官,他应当羡慕他们才是啊。但他不,因为他追求的不是一个官位,而是一个为黎庶工作、为天下谋福祉的机会,官位我以为在杜甫眼中只是一个实现自己理想抱负的机会和推手。杜甫绝不会因为当大官而获良田,美宅,千钟的俸禄而欣喜,也不会因为官阶高足以"显父母"而手舞足蹈。每一个有气节有理想的中国士大夫都不会如此。比如李白,若待在宫中,皇帝虽能尊敬他,但只是把你当成一个取乐调笑的工具,也是不屑做的。杜甫现在就要大大地嘲笑这样的一群人,并且一定坚持自己内心的操守与意志。

在中国古代,仕与隐是一对巨大的矛盾,也是解决人生价值问题的两条出路。既然杜甫居长安十载不得任用,活得这么累,直到四十四岁也只是一个从八品下的小官，他为什么不去隐居呢？可以学学竹林七贤弹琴啊，喝酒啊，长啸啊，学学陶潜耕耕田啊什么的。那孔子不也说吗？“道不行，乘桴浮于海”，“达则兼济天下，穷则独善其身”。杜甫你现在的意志没法儿实现，为啥不独善其身呢？我以为杜甫下面写的八句实在感人。“非无江海志，潇洒送日月。生逢尧舜君，不忍便永诀。当今廊庙具，构厦岂云缺。葵藿倾太阳，物性固莫夺。”他说我也读过古圣先贤的文字啊，我当然也知道这些故事，我不是没有“乘桴浮于海”，“一生好入名山游”的兴趣啊，我也知道生于深山，每日与日月为伴，听清风流水作乐很美好，很惬意呀，我知道这种出世离尘的生活可以让我放下尘世的一切，我肯定会轻松很多。但是怎么样？“我放不下呀！”他说：“我现在生逢一个尧舜一样的明君。我实在不忍心就此别过，再不相见。”

杜甫是痴啊。他碰到了唐明皇，他居然认为那是尧舜一样的君主。他痴，但我决不认为他愚。人活一世大多都只能碰到一个或两个君主，少数可以碰到三个乃至四五个君主。但中国两千多年的封建史中，明君又有几个呢？一只手恐怕就能数得过来，想碰到一个明君。简直比中彩票还难，杜甫明显碰到的就不是一个明君，那你说让他舍弃？那天下苍生如何？明君固然少，但天下苍生却是连续的，每一代苍生都想要幸福的生活，想活得好一点。君主无道，这些苍生的幸福不就更需要明臣来保障吗？舍弃君主容易，舍弃苍生难。一个人的生命只有一次，杜甫既然生长在儒官世家，确立了修齐治平的理想，此生不实现，哪有后辈子给你实现？所以那是实在没有办法的一件事情，碰到一个昏君，你依然得像尧舜君一样去侍奉他。中国历史能延绵不断，靠的就是许多这样前仆后继的臣子，他们实在就是鲁迅说的“民族的脊梁”。与其说杜甫不忍永诀的是唐明皇，不如说杜甫不忍永诀的是天下的苍生和他心中的理想。当今，安史之乱的消息还没有传播开，杜甫还不知道，天下还是天宝盛世呢，朝廷上多士盈门，一幅盛世图像。杜甫说：“当今廊庙具，构厦岂云缺。”现在的朝廷就像一座房子，都建好了，需要的木柴也都有，不缺乏，我杜甫为啥要去凑热闹呢？是我杜甫才高八斗学富五车吗？是我真是稷、契转世而有辅政之才吗？并不是的。读罢这两句让我想起《曹刿论战》中别人对曹刿说的“肉食者谋之”，不关你的事，你为啥要瞎掺和？中国有位加拿大籍的华裔诗词学大家叶嘉莹，她在回国前夕也曾问过自己同样的问题：“构厦多材岂待论”，她的回答跟杜甫挺像的，她说我为什么要回国，中国又不缺人才，她说“谁知散木有乡根”，她说我叶嘉莹虽然是一块散木，木质不比杉梓，但我有乡根，我的乡根驱使我回来，我不得不归来。杜甫讲他的原因是“葵藿倾太阳，物性固莫夺。”那冬葵菜和豆叶都有趋光性，都要一直指向太阳，这物体本来的特性是谁也夺不去的。太阳在古典诗歌中常用作朝廷或者帝王的指代，而诗人写“葵藿”讲的实际是他自己。我杜甫就是那冬葵菜，我杜甫就是那豆叶，我的生理本性就是要朝着一个固定的方向，要追寻一个固定的生命目标，我就要朝着那太阳，朝着朝廷，是一定要侍奉在皇帝身边的，所以“盖棺事则已”，这种志意和特性是跟杜甫的生命连接在一起的。杜甫后来被安史叛军抓入京城，他还要历经千辛万苦回到四川的皇帝身边，“所亲惊老瘦，辛苦贼中来。”(《喜达行在所》)可见他确实是这样做的。

读到这里，我常以为杜甫身上有两对矛盾，当然，这两对矛盾不仅出现在杜甫身上，在很多文人身上都有体现。其一是大志与自谦的矛盾，对于家国社稷，对自身价值的认知，杜甫有非常伟大的志向，但他又“窃比稷与契”“顾惟蝼蚁辈”“构厦岂云缺”。他不像李白，李白要使“环区宇定，海晏河清”，李白真认为自己有大才，他说：“我本楚狂人，凤歌笑孔丘”，还自认是“天生我材必有用”。杜甫第二个矛盾就是既求仕进，又耻于“干谒”。这个李白也有，但他们最后也都干谒诸侯，行卷王公，以求举荐。但是干谒和举荐也不一定就能让拜访者做上官，更不一定能让他们做上大官。元丹秋通过玉真公主也只让李白成了翰林院待诏，杜甫的官阶更低，要知道诗人大都有傲骨，干谒就得低头，做这种小官就更得低头。所以杜甫颇有些自嘲的意味说，我这种蝼蚁小辈，自己找个小洞住着就好了，何必去羡慕那些达官显贵也想干一番大事业呢？干谒又不成功，我又以此为耻辱，也不屑于干这事儿，所以，我就到今天这步田地呀！但我又岂忍，岂肯为尘埃所埋没呢？杜甫可是“叹息肠内热”，而且“物性固莫夺”啊。他一想到自己的现状，又想到归隐了，想到了巢与由这两个隐士，自己就像巢与由那样隐居起来？可自己毕竟不能折志逆节，纵然对他们的生活方式很敬重，也是改变不了自己的本性了。这就像陶渊明说的，“质性自然，非矫厉所得。饥冻虽切，违己交病。尝从人事，皆口腹自役。于是怅然慷慨，深愧平生之志。”陶渊明是对自然吐露热忱的生命本真，杜甫则恰恰相反，是对人间世事热忱的生命本真，不过同样都是“非矫厉所得”。

诗的第一段充满了内心的矛盾，杜甫又在不断地表露心迹寻求解脱，但最终被纷乱的思绪所缠绕。这第一段是杜甫直接咏怀的段落，他人格的伟大表露无遗，句句血泪，句句实情。我以为本段也是这三段中写得最丰富的一段，以至于他到了最后只能用“沉饮聊自遣，放歌破愁绝。”作为收束，就好像一个人剖陈心迹之后，说：“我什么话都说了，这是我的血泪所铸，我的生命所在，不管别人如何看待，我就是这样子了。”

岁暮百草零，疾风高冈裂。
天衢阴峥嵘，客子中夜发。
霜严衣带断，指直不得结。
凌晨过骊山，御榻在嵽嵲。
蚩尤塞寒空，蹴蹋崖谷滑。
瑶池气郁律，羽林相摩戛。
君臣留欢娱，乐动殷胶葛。
赐浴皆长缨，与宴非短褐。
彤庭所分帛，本自寒女出。
鞭挞其夫家，聚敛贡城阙。
圣人筐篚恩，实欲邦国活。

臣如忽至理，君岂弃此物。
多士盈朝廷，仁者宜战栗。
况闻内金盘，尽在卫霍室。
中堂舞神仙，烟雾蒙玉质。
暖客貂鼠裘，悲管逐清瑟。
劝客驼蹄羹，霜橙压香橘。
朱门酒肉臭，路有冻死骨。
荣枯咫尺异，惆怅难再述。

我们接下来看第二段，在咏怀抒情言志之后，这一段主要写的是杜甫自京回家途经骊山的所见所闻。

当时已是十一月了，长安已经比较冷，所以，皇帝就会携后宫及群臣前往骊山避寒。因骊山上有温泉，而且离长安不算太远，所以，皇帝在骊山上建有行宫，据说这个行宫规模非常大。杜甫从长安回奉先县探亲，路上正好要一整天的时间，正好会途经皇帝所在的骊山行宫已经是隆冬时节，长安在北方，寒意就显得更加浓重。所以杜甫当时是“岁暮百草零，疾风高冈裂。天衢阴峥嵘，客子中夜发。”因为路上的行程是一整天，所以杜甫必须很早甚至夜半时分出发，这样才能在天黑之前赶到奉先县的家中。这里“客子”当然是诗人自己，在长安无妻无子陪伴，出生又不在此地，当然是客子了。其实，若要真论杜甫的家，是在河南巩县（今巩义市），也难说成是奉先。所以，杜甫这个客子客居长安十年，现在又去另一个地方，同样不是家乡，只因有妻子和孩子的所在而可能产生家的味道，所以杜甫这“客子”二字实在是有些悲凉的。从半夜出发，天上还是阴惨惨的，若是无云之夜还能有月亮为伴，不幸的是当天夜里不仅没有圆月相伴，反而是漫天的阴惨伴上狂飙的北风，周围又是枯败的植物，肃杀凄凉，简直没有半点生机。

今天的我们室内有暖气，身上穿着棉袄、羽绒服都不敢在外面多待，杜甫那时候天一冷，风一起该是有多么的严寒冷酷真是可以想见。所以杜甫身上“霜严衣带断”，自己也是“指直不能结”，何其寒冷啊。那最外层的衣服直抵寒风是会非常寒冷的，身上有热量会蒸发成水汽，清晨空气中也会有水汽，衣服上就会有一层霜。早上的气温低，那是一天中最冷的时候，所以李煜说“罗衾不耐五更寒”。霜的凝结再加上那瑟瑟寒风，好像衣带都要被严寒所冻断。古人的衣服多为对襟式的，对襟式的衣服往往在腰偏上的部位会有两条带子让你可以把两边的衣服系起来。但这衣带要是断了，风一吹，外面一层衣服就会整个地飘起来，寒风就会直接灌进来。有人说杜甫在这里是用了夸张的手法，也有人说古代的天然纤维在冷天真有可能断。不管哪种说法，天冷是肯定的，在冷天夜里行走的艰难是肯定的。衣带断了那再系紧一遍？但手已经冻僵了系不上。那个时候又没有手套，手是裸露在外面的。手冻到什么程度呢？只能直着，都弯曲不了了，衣带也就结不成了，也就只能让这衣裳乱飞，北风乱吹，这可真是冷。“冷”写到这里也写到头了，杜甫马上要给你来一个对比。而这个转折跟他的行程相吻合，所以非常自然，不显突兀。

他不是回奉先县吗？路上正好要经过皇帝所在的骊山，所以他写“凌晨过骊山，御榻在嵽嵲。”皇帝的行宫是怎样一番场景呢？“蚩尤塞寒空，蹴蹋崖谷滑。”好像漫天满山都弥漫着雾气，不过那可不是寒雾而是温泉水蒸腾出来的暖雾，雾气遇到冷的岩崖，岩崖就都沾上了水汽，都变得湿滑起来。当然这不是他亲眼所见的，他的官阶还远不足以被邀请进入行宫，这只能是他在宫墙外所见所闻之后的联想。他要是能够被邀请进去，也就不会“指直不能结”了。他写“瑶池气郁律，羽林相摩戛。”瑶池就是温泉池了，装饰非常美，里面的宴饮极尽享乐，就好像是天上的瑶池一样，温泉池上满是蒸腾的雾气，皇帝的侍卫羽林军都在行宫内守卫，军容严整而且人数众多。前面杜甫写自己的路都是孤寒，这里帝王的行宫那是既暖和，人数又众多。一冷一暖，对比非常鲜明，转接也非常自然。如果要说这个对比体现了诗人对统治阶级的愤恨，对他们享乐的不满，我倒觉得不能赞同。我倒以为在这样的语气中,他对君王的享乐是无所鞭笞的,反而可能有遥祝君王,万寿无疆的一点味道在其中。但是他在后面的诗句中,对臣下以及他们对财富的聚敛却真是多有批评的。

接下来他写了“君臣留欢娱,乐动殷胶葛。赐浴皆长缨,与宴非短褐。”温泉池上的乐声阵阵,好像响遏行云,把天空都震动了。被邀请的人都是谁?是长缨,是高官,都是有身份的人。这两句并不是说长缨之人就去赐浴,过来吃饭的没有平民。这里是典型的互文见义,跟“主人下与客在船”和“朝来寒雨晚来风”一样,说的是来的人都是权贵,都是达官显贵之人。这几句杜甫只是叙述,甚至有一点盛世国力强大,君王君临天下的些许自豪感。但接下来,杜甫就要开始有所批评了。

“彤庭所分帛,本自寒女出。鞭挞其夫家,聚敛贡城阙。”这就是一切大诗人伟大之处,一般人可能就去歌颂这伟大盛世与威武仪仗,但杜甫要问一个为什么,要知道那“遍身罗绮者,不是养蚕人”。君王的赏赐,臣子的华贵从哪儿来?他们自己又不生产,况且这几年又是各种自然灾害,人民生活都水深火热,你赏赐的东西还不都是从那贫苦人家手中夺来的吗?还不是劳动妇女辛苦纺织而成的吗?下层的官吏去驭民,去收租,发生了灾害;杨国忠又隐瞒君王,租子又不减,那当然要“鞭挞其夫家”,如此小吏才能得到这些细帛,才能聚敛民财以供朝廷。这就是杜甫,他的心中永远不会只装着他一个人,他要考虑别人的。白居易也是这样,“可怜身上衣正单,心忧炭贱愿天寒。”一个伟大的诗人绝对是一个对别人感同身受的人,一鞭子打在别人身上就像打在自己身上一样,痛,故而写诗,故而真挚,故而伟大。所以大多数诗人,尤其是伟大的诗人都在心灵上常常经受着痛苦,这痛苦有时就来自于自己对别人遭际的感同身受。

“圣人筐篚恩,实欲邦国活。臣如忽至理,君岂弃此物。”这一句一般注家都认为杜甫是在为君主开脱,我也认同这种说法。无论如何这臣子尤其是杨国忠是君王任命的,君王对此当然是有不可推卸的责任。但杜甫就替君王想了,君王赏赐给你,实际上是想激励你继续为国效力,让国家更为兴盛，只是君王究竟是不是这么想的就不得而知了。其实任何赏赐的最初目的都是奖励你现有的成绩并且激励你继续好好干，到了具体的赏赐中，这最初的目的就变成了客观目的。而君王的主要目的可能就是这个臣子今天逗我开心了，赏一点儿东西，当这样的赏赐一旦给出，赏赐就变味了。这样的赏赐，赏赐给了不贤之人。臣下对赏赐的理解也就大大歪曲，臣下不知珍惜，反而把主要目的放在了逗乐皇帝上，就大大浪费了这贫女的辛劳，是大大错误的。臣下如若不能懂皇帝的“真心”，臣下如果得了赏赐，但达不了“邦国活”的目的，他们不为国家做事，那这样的赏赐就浪费了。真是“臣如忽至理，君岂弃此物”。君王啊，你就不要遗弃这样的物品，不要太随便的赏赐吧。这里面我认为有一点对君王暗暗的批评，当然，也只能说暗暗。“多士盈朝廷，仁者宜战栗。况闻内金盘，尽在卫霍室。”在骊山行宫中有那么多人，那么多达官显贵，如果能有幸受到皇帝的赏识和赏赐的话，仁德之人、贤臣是应当战栗惶恐的。因为他们知道这份赏赐代表着什么，它代表着皇上对你的看重，给予你更大的责任与义务。而且这份赏赐还包含着人民的辛勤劳作，是民脂民膏，收受这样一份赏赐你怎能不悚惧呢？可是“多士盈朝廷”可有一人战栗？杜甫是会战栗的，但可惜他不在行宫之内，也未得到赏赐。

那行宫内的人正高兴地泡着温泉，数着赏赐，想着怎么逗皇上和贵妃开心呢，他们实在是一群不知珍惜的人。而且奸相把持朝政，这“内金盘”是“尽在卫霍室”，此处用汉代卫家霍家的典故。卫霍两家都跟皇帝有姻亲的关系，家中的男性角色都在朝廷中担任大官，这里实际上暗指的就是杨氏兄妹，说的是内廷的财富都掌控在了杨氏兄妹手中。这是在警示唐明皇不可太过倚重这一双兄妹，要对朝政保持一定的警惕，但是他说得非常婉转，用典而且加一个“闻”字（其实这个“闻”字也确实符合实际）。这实际上是“温柔敦厚”的诗教传统，使闻之者足已为戒而言者不足罪。只可惜这篇诗稿那宫墙内的李隆基根本看不到，他还沉浸在李白的三首《清平乐》当中，沉浸在霓裳羽衣曲当中，哪有心情看这样的血泪歌诗？

下面再说杨氏兄妹的家中“中堂舞神仙，烟雾蒙玉质。暖客貂鼠裘，悲管逐清瑟。劝客驼蹄羹，霜橙压香橘。”这是何等的华贵！歌女像神仙一样在家中歌舞，熏香的香雾好像给她们遮上了一层亮纱，她们的肌肤是何等的湿润光滑，就好像美玉一样。冬天寒冷，她们家中有貂鼠裘衣御寒，一旁的乐曲声音清越，这里的“悲”和“清”都是形容乐器的音质和音色的，“悲”并不有悲伤的意思。如果客人来了，可以给他端上“八珍”之一的驼蹄羹，即使现在是隆冬时节依然可以吃上带霜的鲜橙香橘。真如杜牧诗中所写“一骑红尘妃子笑，无人知是荔枝来。”此等时节，此等珍馐，何等华贵，真可见盛唐气象啊！可是朱门之外，行宫之外，路上平民家中又当如何呢？那是“朱门酒肉臭，路有冻死骨”。

行宫之内，杨氏兄妹家中有驼蹄羹、鲜美的橘橙饱腹，有貂鼠裘可以御寒，兴致来了还可以欣赏美人歌舞，有温泉可泡，有饮宴可享。可是，大唐的路上有穷人冻死的尸骨！朱门之内，积压的美食、聚敛来的财物可能都没能享用完，就馊了，变质了，臭了，而宫墙外的穷人竟连一件可以御寒的衣服，一碗可以抵饿的米饭都没有。一墙之隔，真有如神鬼，可比天壤！门内极尽尊荣，享尽荣华富贵，门外只有枯骨一具。真是“将士军前半死生，美人帐下犹歌舞！”那“荣枯咫尺异”，只隔一座宫墙，甚至一扇朱门。杜甫也只能发出“惆怅难再述”的感叹。有人说这个“朱门酒肉臭”的“臭”该读成xiù，我倒觉得读成chòu要好，如果只是朱门之内有酒肉的味道，朱门之外的路上有冻死的尸骨，可以说艺术表现力要大大减弱的。只有东西都没享用完就臭了和另一个连饱腹都成问题，放在一起比较才会显得更加有力，则更强烈。

北辕就泾渭，官渡又改辙。
群冰从西下，极目高崒兀。
疑是崆峒来，恐触天柱折。
河梁幸未坼，枝撑声窸窣。

行旅相攀援，川广不可越。
老妻寄异县，十口隔风雪。
谁能久不顾，庶往共饥渴。
入门闻号咷，幼子饥已卒。
吾宁舍一哀，里巷亦呜咽。
所愧为人父，无食致夭折。
岂知秋禾登，贫窭有仓卒。
生常免租税，名不隶征伐。
抚迹犹酸辛，平人固骚屑。
默思失业徒，因念远戍卒。
忧端齐终南，澒洞不可掇。

我们现在进入第三段，第三段主要表现是杜甫离开骊山到回家的一段路程。写完了帝王的欢闹嚣腾，他接下来再写自己的行旅与感受。“北辕就泾渭，官渡又改辙。”奉先县在长安以北，所以杜甫讲“北辕”后面的车辙印是往北的，他要回家必须要渡过泾水和渭水，所以他得去泾渭合流处所设的渡口。但是“官渡又改辙”，莫砺锋先生在解释这句话时曾说：“当时那里有三座桥，中渭桥，东渭桥，西渭桥，都是便桥，为什么是便桥呢？因为经常发洪水，一发洪水就被冲坏了，所以只能架便桥。杜甫所经过的地方也是一座便桥，既然是便桥，洪水一到就冲走了，所以会经常改址，杜甫走到这里，发现又不在原来的地方了，所以说‘官渡又改辙’，重新寻找一番，才找到这座桥。”杜甫夜半出发，已经经历了很多曲折和苦痛，但是好不容易到了渡口，渡河的桥又冲毁了。他接下来一下子把眼界放开，诗境马上就放宽：“群冰从西下，极目高崒兀。疑是崆峒来，恐触天柱折。”那里不是又发洪水了吗？是天灾，而且在这隆冬时节，气候本就恶劣，正是雪上加霜。不是前一年才关中暴雨，发生了涝灾，皇帝不知情故而民不聊生吗？这里又发生了灾害，但皇帝在哪儿？还在骊山“君臣留欢娱，乐动殷胶葛”呢。

那浩浩漫漫的洪水自西而来，放眼望过去好似海啸一般，浪高而险。李白说“黄河之水天上来”，王之涣说“黄河远上白云间”，想想看，这天上倾泻的泾水压抵过来，那真是恐怖，况且从崆峒山来，从泾水的源头来，一路上都是这样的灾难，泾水河边沿线的人民就都水深火热。而且洪水从上游而下是会越来越大的，上游水少，下游水就更多，杜甫所处正好又是泾渭二水交汇之处，洪水摧折之貌真可想而知。辛弃疾《水龙吟·过南剑双溪楼》中写道“峡束苍江对起，过危楼，欲飞还敛”，那真是要“恐触天柱折”。不过，这里难道就仅仅说的是所见所想的景象吗？在中国传统的诗歌意象中，像日、阳、天等都有帝王、首都、国家的象征在其中，所以这一句，包括前面“天衢阴峥嵘”等都有可以进一步解读的空间。所以有人就说了杜甫有预感，好像国家会乱，“天柱”要有“折”的倾向。杜甫成长在一个文化环境当中，他了解这些意象背后的象征意涵，他去写的时候哪怕不是他有意识用这样的词，故意想要表明什么，他的潜意识也会作用于他对诗歌意象的选择。所以这些意象中，很可能包含着杜甫对国家前途命运的担忧。另外我们从杜甫第二段和第三段开头所描写的现状以及君民的对比来看，杜甫感受到君王和高官极尽享乐，朝中少有贤臣。宫墙之外的人民，生活在水深火热之中，天灾不断侵袭，很多人会生活不下去变成流民、乱民，造成社会动荡。杜甫注意到了这种社会现实，就自然而然地发出了“恐触天柱折”的感叹。

现在又回到现场：“河梁幸未坼，枝撑声窸窣。行旅相攀援，川广不可越。”终于找到那座新的便桥，还好没有再被冲毁，可是那“恐触天柱折”的群冰对这座桥肯定是有所磨损的，脚步踏在上面嘎吱响，不断地有碎木掉下。怎么办呢？虽然桥梁不稳，可是毕竟还得过去，杜甫只有过去了，他才能回家呀。想想空中是“霜严衣带断，指直不得结”的凛冽寒风，底下是“疑是崆峒来，恐触天柱折”的湍湍激流，脚下是“枝撑声窸窣”歪歪倒倒的一座便桥，是多么凄苦的景象。可再难也要归家，再难也要过桥谋生去。

所以人们只有“行旅相攀援”，前后的行人互相地搀扶牵引，缓缓渡过那几乎“不可越”的广川。

一路上这么苦，杜甫为什么要回家呢？在外工作或做官几十年也不回家的人不也很多吗？杜甫说那是因为“老妻寄异县，十口隔风雪。谁能久不顾，庶往共饥渴。”我的妻子也不是在家中，周围都是熟人，干什么也都有个照应，她也是在一个亲戚那里，也是客居。奉先县也不是杜甫妻子的家，所以是“异县”，杜甫一个男性在长安客居十年才混一个这么小的官，回奉先的路上都还如此之困苦，他妻子一个女性，在过去的那个时代里，年岁又大，还带着孩子客居他乡，周围几乎无人认识，生活该会多么困苦也是可想而知。而且古代又不像现在有什么电子通讯设备，夫妻之间很难互相安慰，彼此砥砺。一个人出远门，那就造就了一个游子，一个思妇啊。一想到这种场景，哪一个丈夫能不动容呢？有谁能忍下去不去探望呢？而且杜甫还有个便利条件就是他的妻子只在奉先，从长安一天即达。如果妻子在杜甫的老家或者更远处，杜甫就算想回也回不去，所以杜甫是“谁能久不顾？”我要“庶往共饥渴”，让老妻和孩子独自待在“异县”，独自忍受那贫苦的生活实在是一个男性所不愿看到的，杜甫不是说回去我们就团圆了，我们就幸福了，就可以高兴了，不是的，是“庶往共饥渴”。在那种情况，那么贫穷，他也高兴不起来，真是正像元稹写的“贫贱夫妻百事哀”。他回去虽然是团圆了，但不是同甘，更多的是一起共苦。但他们可以一起忍受那贫穷，那饥渴，毕竟有个伴可以一起承担。虽然杜甫并没有从实际上给他的一家人带来物质上的享受，但从精神上来说，杜甫心中时刻有他的家人，不得不说他是一个好丈夫，也算得上是一个好父亲。

好了，杜甫历经千辛万苦终于到家了，在推开门的那一刹那，还是欢喜的。陶渊明在《归去来兮辞》说他一回家是“僮仆欢迎，稚子候门”呢。杜甫呢？是真的悲哀，真的是痛苦。他一入门听见的是什么？那是“入门闻号咷，幼子饥已卒。”连见一面都无法实现，哪有“稚子候门”！真像叶嘉莹《哭女诗》中所写：“平生几度有颜开，风雨逼人一世来。迟暮天公仍罚我，不令欢笑但予哀。"这真是悲痛,在这么艰难见面之时,天公仍然罚了杜甫,真叫他哀痛之上再加哀痛,悲哀之间再添悲哀。

对于这样的悲痛,杜甫说什么?他竟然说"我宁舍一哀,里巷亦呜咽。""吾宁舍一哀"有两种解释,一种把"宁"解释为岂能,意思是我岂能割舍掉这一份哀痛。另一种是俞平伯先生的观点,认为此句用《礼记·檀弓》中孔子的话:"遇于一哀而出涕,予恶夫涕之无从也",意思是说我还勉强能达观自遣。我赞同前者,杜甫一路上历经那么多的苦辛,入门还抱着"共饥渴"的愿望,结果得知这样一个悲剧,他若还能忍住悲痛,简直不近常理人情。虽说"凡人任情,贤人节情,圣人无情"。如果杜甫果真无情至此,他哪写得出如此情感充沛的诗篇。要知道杜甫是人间的诗圣,而李白才是神界的诗仙。而且后诗"里巷亦呜咽"中的"亦"字,我以为跟此句是承上的关系,我们家这么悲痛,可是整条巷子还有别人在哭泣呀。所以杜甫的伟大实在不在于无情,而在于无论身上发生多么不幸的事,他总在想着别人,他总在情感中包含着别人的悲苦。丧子之痛已经是人世间非常大的苦痛了,他依然说不止是我这一家这样啊,一条巷子中就有人这样。我们自然就想,当时该有多少家庭在承受这样的痛苦,有多少家庭在妻离子散,骨肉分离。"所愧为人父,无食致夭折。"杜甫是该愧疚,这是一个当父亲的责任呐!古代当然是男主外女主内,男人在外打拼自然就要养家糊口,要给妻子和孩子一个好的生活,可是孩子竟然被活活饿死。孩子当然是吃母乳,孩子被饿死,那很有可能是母乳都干涸,那是一大家子都在忍饥挨饿。可是按理说最容易发生饥荒的时候是青黄不接之时,而现在是"岂知秋禾登",但还是"贫窭有仓卒"。刚刚收完秋天的粮食,纵然是荒年,人也应当有食物可吃,但贫困之家竟然还有人饿死。

要知道杜甫还是个"奉儒守官"的世家,他开始用自己的经验去推测更多人的处境,他自己享有特权:"生常免租税,名不隶征伐。"杜甫不用上缴租税,也不用去服徭役,他好歹是个官,但家中的幼子依然免不了饿死。那一般人呢？所以他想“抚迹犹酸辛，平人固骚屑。”那这些“平人”，平头老百姓的生活会怎么样？他说：“抚迹犹酸辛”，他回忆过去发生的事，看到了家中的“旧迹”，看到家中幼子曾经存在的痕迹，很可能让他回忆起他的幼子，而想到自己奋斗至今的种种。而今要白发人送黑发人，这真是人生大悲痛，但杜甫竟然能从这悲痛中抽离出来还去想别人。我杜甫不缴租税不隶征伐，到而今都没粮食吃，那些还需要缴税，还需要服徭役的平民呢？他们一定比我还要悲惨。那他们该如何生活？要知道杜甫虽然愧疚，但他幼子亡故并非他直接导致的，那是一个时代的总体现象。他的悲痛是和那个时代整个民众的悲痛紧密联系在一起的，他就算再努力能给他的孩子带来食物吗？天灾人祸竞相交织，他真的是无能为力。

宫墙外他看到一具冻死的尸骸，他自己的幼子也已经饿死，他听到里巷的呜咽之声，他知道这些都不会是个例。有更多的人在这个天气中冻死，有更多的家庭在这个天灾中支离，而宫墙之内也会有更多的宴饮享乐。这些回忆和联想都在他的脑海中浮现，所以他“抚迹犹酸辛”这“抚迹”中包含太多的想法和回忆，这“酸辛”有太多的无奈与悲哀。

在这样的一个大时代背景之中，他的目光不仅仅在自己的周遭，他还在想别人，想一些比平民生活还要困苦的人，那是“默思失业徒，因念远戍卒。”从自己的遭际，到一般老百姓的遭遇，再到老百姓中的困难家庭，这样的层层递进，就将整个时代的悲惨社会次第铺陈展开。他在想那些失业的人，那些失去土地的农民。这些人连种地的地方都没有，哪还有粮食收割来吃呢？他们会更苦。而那些边疆驻守的兵士，远离家庭远离内地，随时要他们上阵杀敌堆成那“一将”身后的“万骨”。但要知道“可怜无定河边骨，犹是春闺梦里人”，一个远戍卒就有一个思妇，那思妇的生活该如何去过，她们该拿什么当成粮食去吃呢？她们会更苦。他们这些“失业徒”“远戍卒”的家庭，在这样的一个时代之中又该如何？

在这首诗中，诗人向我们展示了太多的东西，现在终于要收尾。他在这首诗中回忆到的，联想到的，无论社会还是自身，此刻都将一起涌出。这些“失业徒”“远戍卒”的生活，这整个社会的悲哀，包括杜甫自己的苦痛，自己家庭的支离，骊山上的种种，还包括杜甫自己的理想，理想和现实的差距，这五百个字的血泪中包含的所有，杜甫能有什么话说？杜甫无话可说，只是“忧端齐终南”，而“澒洞不可掇”。这首诗中的忧愁如此的高远，而其中的问题却又如此难解。

在解释这首诗时，俞平伯先生说了一段话：“他的思维方式无非推己及人，并没有什么神秘，结合小我的生活，推想到大群，从人民的哀乐，定一国的兴衰，自然句句都真，都会应验的”。我倒想说，杜甫的思想是自由地流露进诗中，只不过后世的论诗家一总结，发现这是“推己及人”，然后觉得没什么神秘。后世甚至有人就写些小我的悲哀，再“推己及人”，总觉得老杜的气象，提高了诗人的境界。但老杜的思索纯乎自然，流露顺畅，根本不是靠雕琢出来的。一次推己及人容易，次次推己及人难。与其说是推己及人，毋宁说老杜是对他人的悲苦感同身受。好像我在前文中说，读这首诗，时时感觉到那鞭子抽在别人身上就像抽在杜甫身上一样。

他能在自己极尽悲苦时还能想到别人的痛苦，为自己写真的同时不忘为别人长歌当哭，这是他的伟大。在“幼子饿已卒”的时候还能“默思失业徒，因念远戍卒”，在“卷我屋上三层茅”“南村群欺我老无力”“床头屋漏无干处”的时候，依然能想到“安得广厦千万间，大庇天下寒士俱欢颜，风雨不动安如山”，而能够喊出：“何时眼前突兀现此屋，吾庐独破受冻死亦足”，这是他的伟大。这种思索和联想完全是他的自然流露，是他性格使然。一次这样不稀奇，但他次次能够这样，故而他被尊为圣人。这也就是他的人格魅力和伟大的人格摧折力之所在了。

我跟杜甫在高中时有一段缘分，我曾在高中的课堂上讲过杜甫的三首诗。当然，那时讲得很幼稚了。我曾在课堂上说：“杜甫之所以能成为诗圣，不是因为他的诗有多么多么的好，而是因为他的伟大人格。”这句话是不对的。现在，我想对这句话作个修正，杜甫之所以能成为诗圣，固然是由于他的诗写得好，不仅律诗写得美，古体诗写得沉郁，绝句也都能写得精到，更是由于他的情怀，他的人格。他的心胸已经都是诗了，他的志意已经都是诗了，他的经历都已经是诗了，他是诗之眼，有诗之心，他的感受能不是诗吗？能不是最好最好极佳极佳的诗吗？

古人说孔子之前的世界是昏暗的，孔子一出来，世界才被照亮了。有一次旅美俄裔作家纳博科夫在讲课时把教室里的窗帘拉上，灯都关掉，然后打开一盏灯说“这就是普希金”，再打开一盏灯说“这就是契科夫”，最后他走到窗台边把窗帘猛地一拉，对学生大叫到“这就是托尔斯泰”。一个好的文学家，一个好诗人，一个好哲人那都是一个民族的光明之所在。中国是一个诗国，历代伟大的人格都在诗句中流淌，能掬一捧，饮一觥，我真觉得无上光荣。旅美作家木心也曾说：“我一想到能用方块字，与李杜苏辛共存亡，我就释怀了。”看到这些历史上真正存在过的伟大人格，读着他们用真心写就的华美篇章，怎能不幸福、不感动、不崇敬呢？

第四章 诗与远方

诗与远方

这不是一个新的题目,网络语境的讨论,文艺青年的兴起,已经把这个问题谈过了无数遍,写了一大堆关于诗、关于远方的文章。身体和心灵,至少有一个该在路上。不过那些讨论是站在个体,站在人的生活的角度来谈的,一个人的生活究竟应当有怎样的选择,他们给出的答案是:诗歌和旅行。而我则是想站在诗歌的角度,来看远方。

诗歌,从来不是静态的文本,因为韵律的鼓动,唇齿之间流露出的人间情事。而这人间的情事,又是茫茫人生中的一瞬,那种观看的神明,在一瞬间流露出人世的凝练。诗歌的篇幅如此短小,却滴水藏海,是诗人双眸的一次微睁,是红尘之中的一声轻叹。多少诗歌来源于路上,来源于陌生却熟悉的景物之中,来源于心灵的波动,灵魂的偶合。叶嘉莹先生在讲诗这个字的时候,说它是心的行动用言语来表达。心的行动代表着心灵的远方,而心灵的远方又往往跟足下的行脚有着密切的关联。

多少诗歌是在路上做的。带着自身的经历,自我的呈现追求,因为自己的愿望或者说是被迫进行出走和远游,心灵的动态遇到了外界的动态,意识的流动触及了景物的更替、季节的轮转、人事的离散,汇到笔下形成了流动的语言。而对这些语言的阅读,又自然地触发了读者对那片土地的向往,对那片景致的渴望,对那首诗歌形成的憧憬。行走、拜谒、追思、发现,因为时空的束缚,又成了不可阻挡的意念。我敬佩杜甫,无论何时何地，他心中都有家国天下，而且他真正通过自己的足迹，为了追寻内心的理想而到了远方。从河南的家中出发，四处云游，到过泰山，又羁留长安十年，安史叛军中逃到凤翔追寻天子，又被放逐，从北到南穿越秦岭，来到四川，生命的最后，仍念念不忘东归，最后死在湖南的船上。当他的年少热血碰触到了泰山巍峨，当他的生命理想碰触到了凤翔的帝王，当他的兄弟情谊碰触到了边关的白露，当他的年龄老迈碰触到了四川的严武，都幻化出生命的舞蹈，诗歌的灵魂。

之前人们常说待在屋子里面是写不出文章的，但《追忆似水年华》打破了这一切。可待在屋子里面是写不出好的诗歌的，古往今来，有多少诗人一直关在书斋中能写就华章的，我闻所未闻。虽然在屋内靠着词句的拼贴可以写出诗歌来，但纸上的功夫只是文字的游戏，缺少了生命的承载，诗歌将变得毫无意义。诗歌永远是心灵的波动，身体静止了，心灵就算再自由，总是有限的，放风筝的手若是不动，看到的也只能是有限的空间，拘束的时间。

我想一个人想要成为一个诗人，恐怕也应当远游一番，当然这种远游应当是不抱目的的流浪，是“行于所当行，止于不可不止”的行脚。所以真正看来，目的地其实是不重要的，过程和经历才是远方给我们的财富。杜甫写三吏三别的那一段时间算是最丰产的时候吧，从南往北去陕西，又由北往南进入四川，一路上看到多少民间疾苦和生离死别，一年中写下了太多的诗。苏曼殊要到印度去，但在旅途中有了一段艳情，半路上又生了一场大病，印度最终没去成，但回来之后，诗风即变。

王国维有主观诗人和客观诗人之分别。依着王国维的说法：“主观之诗人，不必多阅世”。但王国维在说主观之诗人的时候，是举的李后主做例子。他说李后主“生于深宫之中，长于妇人之手”留着一颗赤子的心性，所以他看事物自有一种童真的美趣。可是李后主的词是有阶段的，前一个阶段，南朝迷梦，晚妆美人，香阶划袜，何其柔艳动人。后一个阶段，那是真正的亡国伤痛，是忆江南，旧时怀念的感伤。流传至今而为人所传唱的，竟是后一个阶段的词作。王国维说后主“俨然有释迦基督担荷世间罪恶之意”当然也说的是李煜后面的生命。

所以那主观与客观竟真正代指的是诗人的心性魂灵。主观的诗人，当然就是一个稚气未脱的孩子，如此清澈未被污染的眼睛、如此晶莹剔透的心灵就是他们最强大的工具和足以战胜一切杂物的法宝。而客观之诗人则是在世间的修行，用世间之理，感世间之情，自己即是世间。一个写的是小我的感受，但是让自己的伤痛欢喜可以应和千千万万其他人的伤痛欢喜，从而好像担荷了世间所有的悲哀引起广大的共鸣；而一个则是用自己的生命去感受其他千千万万人的伤痛欢喜，是真正将已经内化为自己的痛苦和高兴写成诗篇，真正担荷了世间的悲哀引起广大的共鸣。无论主观还是客观，都是天才。不同的情感出发方式，都让他们律动的文字足以脍炙人口，传唱至今。

所以主观之诗人并不是在家中小我的世界里就可以写下不朽篇章的，他得经过世间的欢乐或伤害；客观之诗人不是写的别人的悲哀，而写的是自己体尝到的共感的悲哀。所以世间事，他们都经历，用不同的情感，写着同样伟大的文学。

董其昌在论画时，有著名的话：“以境之奇怪论，则画不如山水；以笔墨之精妙论，则山水决不如画。”他说得真妙。人在进行艺术加工的时候，无论是绘画还是文学，绝对比不上自然的鬼斧神工，而人之所以伟大，艺术和文学之所以高妙的原因，则是因为其中有“人”的因子，有人的技艺，但其伟大处绝不仅仅是人的技艺，更有着人的思考、人的感受、人的生命。所以看自然的山水和观画是不矛盾和需要同时进行的两个活动。那么，书斋和旅途似乎也同样如此。

过去人不也说吗？“读万卷书，行万里路”。很多人好像喜欢在这两者之间寻找某种关系，比如“读万卷书不如行万里路”，或者“行万里路也是读万卷书”。但我觉得这两者并没有某种比较或譬喻的关系，两者正如董其昌说的那样，各是生命中的一个部分，都不可或缺。互不干扰，但能相辅相成。

可是何为远方？在我看来，倒并不一定是一次由南到北，由东到西，甚至在国境之外的远足。杜甫在一间小小的茅屋之中，看到了“窗含西岭千秋雪，门泊东吴万里船”，“一室之内”也可以有“因寄所托”。远方，是一种不受拘束的心灵印记，而不是确指在某个文艺范儿的地名。若是想要追求这样的生活方式，想要心灵和身体至少有一个在路上，过分强调了这个概念化的目的，在佛家看来，一样都是执念，都是束缚，只是用一个远方的概念让心灵所累，实际上也就并未到了远方。

诗歌是一个行动的文本，是一个不断更迭和变化的文本。每一首诗，每一首好的诗都有着这样的魔力，既像是一面镜子，人人读它都能投射进自己的影子，又像是一片藏有力量和宝藏的深渊，读得懂的人都能从中获得取之不尽的源泉。语法是确保一句话的意思能够被其他的读者完全理解的东西，是确保人类社会交流无障碍的东西，诗歌打破了它。语法在诗歌中没有半点用处，符号的组接，意象的拼贴，完全是建构者与解构者心灵的沟通，是一种流动中的确定，缘分中的契合。一首诗的完成，是心灵的流动注入格律和文字的枷锁，从而形成完满的艺术品的过程，而阅读的过程。我时常觉得是一种解除封印，让诗歌内部的生命再次涌动，让意蕴重新展露出来，跳脱出那书面上占比不大的一块方格的过程。诗歌永远在运动中，无论是“气之动物，物之感人”，还是“情动于中”，更是阅读者的添加与投入。诗的文本就带有远方的味道，从历史的远方传来，从地理的远方传来，从心灵的远方传来，从智慧的远方传来。

也许“曲港跳鱼，圆荷泻露”，常人不见的，对常人来说就已经是远方了。也许“羁鸟恋旧林，池鱼思故渊”，常人不敢的，对常人来说就已经是远方了。也许“草木有本心，何求美人折”，常人不明白的，对常人来说就已经是远方了。

一种发现，或者说重新发现的过程，一种解锁的过程，世界的无限可能就展现在你我的面前。身体和心灵至少有一个在路上，在路上，在路上，重复三遍，便有奔波之感。为何一定要如此强调呢？一个诗性的灵魂，一颗不羁的心脏自然而然会追寻自己的声音，去历练，从而抵达远方。也许在本没有路的地方，一个人走未尝没有一种开拓自知的快乐。诗歌自然会让我们在路上，但不一定会指引我们走向旅游者的圣地。读诗的过程，你会发现一方不甚稀奇的池塘，一座不甚高大的小丘，甚至是一座只有三层的小楼，在他们的笔下显得多么辉煌，多么璀璨。原来平常之物，也有大美在其中。诗歌会带领我们走向远方，但这种远方不在时间之中，不在地理之中，更不是名胜古迹、旅游景点，而是一种逍遥的状态，是自由的欢歌。抵达远方固然重要，但若是借助着“我要抵达”的执念抵达的，为了“远方”的概念而抵达的，恐怕便“只是行过”，而“无所谓完成”了。身体永远是心灵的局限，居所和工作室更是自己身体的局限，可是心灵借助诗人之眼，借助他人的所得，借助一种新的观看方式，可以让眼睛变得锐利，让耳朵变得聪敏，身形便可在灵明中跳脱出这种局限，而获得上下古今之间的憩游。

我常常以为诗歌是人内心震荡的产物，或是见了美景，或是受了挫折，或是家国天下的抱负，或是山水田园的小憩。诗歌即是人眼的另一扇窗，是诗人所有感官结合而形成的韵律。

远方，不是拍照式的旅游，而是生活，不是旁观，而是体验。是人与人之间的遇合，是心灵流动遇上阻碍的蓄积，更是驰骋的天地，更加自由的旷野。远方存在的价值，就是生命的另一种形态，开拓所未见的领域，获得从未有过的感受。远方代表的不是一个又一个的景点，而是一直连绵不断却从不重复的风景，不是在纪念品超市买来的钥匙扣或者冰箱贴，而是一段真实的感受，是心灵的波荡，是人与人之间的故事。有些故事也许从来不会发生在故乡的近前，有些故事真的只会发生在旅途上，甚至孤独的旅途上。

曾经有一年，和一个朋友一起跨年。准备倒数的时候，看见他带了一本诗集，他说他要带着它走向远方，这是一个喻义。带着一本诗集，和里面的诗歌一起走向远方一个特定的场域，恐怕最后只会成为一种印证式的旅游，而获得一种到达后的快乐。我当时跟他说我不愿带着诗集走向远方，我愿意带着诗歌，带着诗人的眼睛，带着古往今来多少诗人的灵魂走向远方，去经历一段故事，去感受一个心情。要带诗集的话，别带一本，带上二十本，带上全唐诗，带上全宋词，带上清词选，带上人间词。忘却那些文字，吸取他们的魂灵，用那一颗颗诗心跟眼前之景，心中之情遇合，产生一个属于自己的远方。

第一笔，记着温润

还在年中。风风火火地走完了亲戚，急急忙忙地吃完了各种团聚的饭、送行的饭，把最后一点要准备的东西准备妥当，就赶上那远行的航程。这座岛屿跟任何一个你从未亲近的地方一样，从书本上和媒体中得知的信息总没有切身的真实，说它好，说它坏，似乎在一条海峡的遮隔下，在热带水汽的蒸腾下都显得朦朦胧胧、模模糊糊。

之前未亲近苏杭时，苏杭在我的脑海中是诗词歌赋，是一个个文人骚客累积的文化记忆，见了之后，减去了三分多余的幻想，增长了七分现实的浪漫。之前未亲近台湾时，这座隔绝近百年的岛屿在我的脑海中是龙应台的散文、席慕蓉的诗、赖声川的话剧和林怀民的云门，当然，跟苏杭已经过去的政治烟云不同，在美丽岛的印象中应当要加上一笔从媒体中得到的信息。

疑虑、惶惑、向往、潜藏的爱恋，没有一处地方比这座岛更让我心情复杂。

也许正像一些电影有人怕，却要看一样，无论你听着了什么，猜想着什么，小马过河的故事得让你自己尝尝。喜欢念叨林徽因姑娘的一句话："有人说，爱上一座城，是因为城中住着某个喜欢的人。其实不然，爱上一座城，也许是为城里的一道生动风景，为一段青梅往事，为一座熟悉老宅。或许，仅仅为的只是这座城。就像爱上一个人，有时候不需要任何理由，没有前因，无关风月，只是爱了。"城市跟人总会有一种性灵上的关系，其中的交通、格局、历史和文化会对不同的人产生不一样的影响，甚至一段往事、几个故人、一处景致、几段对话都会让一个人爱上一座城，抑或远离一座城。古人真诚地讲字如其人，杨绛讽刺地说发言可以看人，我幼稚地想择城而居或许也可以看出一个人的性格。

武汉的年中冷得要命，在天河机场的门口才迅速地扯下羽绒服大衣，换上单层的夹克。因为没有买到武汉直飞台北的机票，就要先飞到上海，再转机飞往台湾。在得知我要到台湾学习半年之后，奶奶就一直在看着台北的天气，从我回家就开始唠叨：那台北“除了风就是雨”。也许越临近到达所得知的信息越能影响一个人的看法吧，那么，喔，我知道了，台湾原来除了风就是雨。

在上海转机的时候，原定下午两点一刻出发的飞机，硬是挨了四个小时，六点多钟才飞往台北。原因是，桃园机场大雾。我想着，喔，台湾大雾。

真正起飞之后，在飞机上靠着窗户，往上就是天空，云层之上见着星星，往后可以看见机翼上的引擎，旁边坐着一个跟我一样从武汉到台湾的交换生，下面，虽然黢黑一片，但能想见白日里应有的蔚蓝。

这一条海峡究竟隔着什么？飞机穿过了浓雾，安安稳稳地降落在桃园机场，舷窗中第一个看见的，是一面硕大无比的旗帜，挂在航站楼的中央，从上到下，一整面墙。白色的太阳在浓雾的后面若隐若现，两只巨大的照明灯将光芒洒在整个停机坪上。飞机慢慢滑行，移动到早就定好的位置上，那面旗帜在机头的正前方，已经看不见了。

六个多小时的等待，那另一个地址的舱门终于打开，一股湿气伴着一句地勤人员的问候进了机舱。

“听到台湾腔了吗？”那个交换生对我说。

“没听见啊？”

等我靠近舱门，外面冒出一句“从这边走啦”。我拍拍那个交换生的肩膀，笑了笑说：“我听到了。”

出了舷梯，一块指示牌上指明着入境检疫、升降机的方向，自然是繁体，我突然想到了我踏入的不仅是台湾这个名字所代表的一个岛，更是一个新的世界。

字虽然都是认得的，手机上的输入法从大二开始就是繁体中文了，但真正身处在一个和以往习惯都不同的环境中，那字体和表述方式，真让我觉得陌生，竟觉得标牌下面的英文更为亲近。桃园机场的入境大厅用红色和绿色分成了两个部分，一边是绿色的持“中华民国”护照旅客，另一边则是持非“中华民国”护照旅客的通道。看着“中华”就想往绿色的走，却发现后面的语句已非熟悉。一水儿的陆客，间或夹杂几个金发碧眼的白种人，一条长队就进入台湾。

当时的桃园已经是晚上九点，氤氲的雾气远没有散去。当时身上还穿着毛裤、保暖裤、两件毛衣还有羽绒背心的我，被深深地热到了。腊月才刚刚过去，这个太平洋上的小岛竟有了晚春的味道。一切，都是湿湿的，身上出的汗也不能马上干掉，空气中饱和的水汽让汗液蒸发吸热也不能完成，脏脏的，黏黏的，就都在秋衣上。在这时，只有时不时吹来的一点入夜的凉风可以给你带来一点冬半年的气息，青天白日的入台证也成了扇子，那五星红旗的护照也顾不得多少，在手里必定地扇了起来。

出机场外，一条长队的旅客在等待着同样是长长的计程车队。天上可以看见星星的，虽然不是散布得满天。路边是可以看见油绿的草地，和碧绿的枝丫。北京的秋天，一阵大风就刮净了所有树木的枯叶，整天地干着，板结的泥土、开裂的土地是那冬天的象征。坐火车回到武汉的时候，去过解放公园一趟，天上正下着微微的小雨，一条宽阔的石板路边种满了法国梧桐，叶子都撑开着，硕大着。那颜色有绿的，有黄的，有由绿变黄的，树的枝丫上还挂满着未凋的青叶，地上一片褐黄的败叶。因为一片雨，温润湿滑的土地就让那地上叶子的尸体有了肌肤的生理，有了重生的气息。不在北方，写不出“北风卷地白草折，胡天八月即飞雪”；那不在南方，也写不出来“落红不是无情物，化作春泥更护花”罢。

这一座岛，可全是绿的。不仅是不见半点昏黄，那叶子上连一点象征老年的褐斑都见不着。一条小溪流过门前,好像只要给浇上一点水,地上就顺势能开出一朵花来。地理位置的关系,这座岛受到了更多的太阳眷顾,而热量的累积给人以时间急进的错觉。今天的台北,是武汉的四月、北京的七月。这种温润的闷热,让人躁烦,也让我似曾相识,毕竟以前也是体尝过这感觉的啊,在家乡,在故园。望着那秦时明月、唐宋的星空,吸着那来自太平洋亘古不变的水汽,看着草地上的绿植,水中的鸥鹭,我搜寻肚中所有的词汇,都比不上"温润"来得恰切、妥当。

这样的绿色,这样的温润,让我完全忘记了天气预报中的风雨,忘记了刚刚经历的桃园大雾。我看到了行道树叶子上滴下的露水,那同样幻化成出租车挡风玻璃上的蒸腾。虽然,第一面相见是在夜中,难以完全想见白日里的样子。但,第一笔,我记着这个词,这个感受,这个温润。

人生如寄

坐在图书馆里，隔着一层浅绿色玻璃的窗，望向外面的山谷。这几天，台北都是那么阴阴的，风一起就凉，风停了便热起来。热带气候中的树叶，绿色是不会褪去的。

在我正前方的山尖，一株枯木突兀在环翠的乔木之上、打眼得紧。枯木后的云层也许是经过了玻璃的染色吧，变得橙黄，跟那灰蒙蒙整个的天空区隔开来，更让我的眼睛离不开那棵树了。风，没停过。其他的树，叶子像浪一样地摇着，不断送着温和凉爽的空气进入我的思绪。

而那株绝睨世间的高蹈，也摇摇晃晃着，我仿佛听见它的魔音，像干枯的木地板，嘎吱嘎吱。火，好似在它的后面，烧着。烧干了它的叶子，烧红了它头顶的那一片天空。

在南国的热带，仿佛是没有春夏秋冬的时序的，有的只是生与死、开与落。一时这边的花盛开着，转眼便凋零了，但又望向另一侧的山谷，那花还只是包在叶子之中，尚未展露芳容。台大每年是有杜鹃花节的，节过了，台大的杜鹃花早就“落红满地无人扫”。按说杜鹃应是春天的尾巴，杜鹃一落，便是夏日。但我八楼阳台上的杜鹃，却还自顾自地盛开着。虽只有三株，怒出一片品红。木栅的翠谷，杜鹃也开得厉害，这到底是春呐，还是夏呢。

想起要写这一篇文章，是因为之前的地震。武汉，那是一个热情火烈的地方，民风虽然因了气候的缘故而彪悍，但是天灾确是少的。以前只有洪水肆虐，现在也好了。九八抗洪的时候，我还很小，恐怕只记得在门口堆堆沙袋，在院落里蹚蹚水罢了。

只有一次，我记得是在小学的时候吧，九江发生了一场地震，武汉有了震感。当时我和母亲在五楼的屋子里，我在读书，母亲做着针线，父亲在楼下买东西，突然一阵就地动山摇了起来。现在想想，其实幅度并不很大，只是灯和桌上的杯子移了位而已。我和母亲相对而视，突然意识到发生了什么，我们的眼睛都瞪得挺大。

“地震了？”

“嗯。应该是的。”

“我们是不是应该下楼？”

“应该是的。”

没见过，没感受过，我们的动作都迟缓得很，甚至还能打着趣。我当时还半开玩笑地说：“那估计只有我爸能活下来了。”甚至有一些听天由命的味道。

汶川发生地震的时候，我应该是在上初中吧，报纸和电视铺天盖地的报道，当时真的很害怕。晚上睡觉的时候都担心突然在睡梦之中失去了意识。把零食和水都备好放在床下，但又担心震的时候醒不过来，预防措施也白弄了。想想当时，虽然害怕，只是怕死而已，和害怕其他灾害无异。但是等亲身经历过一回，哪怕强度只有三级的时候，真的会让人重新思考生命的意义。

地震，实在是最让人绝望的一种灾害，尤其对中国人。生活在农业社会中的我们，一出生就会读到女娲抟泥土造人的故事。从而，我们不是上帝的孩子，也不是男人的肋骨，我们是大地的孩子，是泥土铸成的生命。大地，给予我们生命的原始，给予我们维持生命的养分，从而化作我们的依恋和故土情谊。只有中国人会知道那泥土代表着什么，土地又代表着什么。大地本应该是最安全的地方，最可以保护我们的地方，像母亲的乳房、父亲的怀抱。

她生生不息地为我们结着果实和粮食，一年一年地承载着我们在这个孤独的宇宙间生存，我们不能想象离开土地的生活。所以中国人会一直认为飞机是危险的，航船是危险的，火车是安全的，汽车是安全的，虽然实际上并非如此。那是一种心灵上的依恋，大地，不欺我。

可以想象吗？当我们最信赖的土地震动的时候，我们无处可去，那是一种深深地被抛弃的感觉。母亲不安全了，土地危险了，父亲不要我们了。所有周遭的一切都在晃动，床板吱呀作响，椅子不断地摇动，双脚所凭依的土地也不复安宁。我们的心因为能有所沉而定住，所以心灵和四肢是互通的。而当人的四肢所接触到的那个应该永远安稳的土地突然愤怒癫狂的时候，人是绝望的。这时候的腿、手没有半点用处。它们随着大地在颤抖，随着空气中上传的地震波而摇摆，那正是每一颗在地震中的人心的写照。

人，是多么的伟大呵，生在天地之间。往天上望去，大手一挥，挥出日夜四时；往地上望去，双目纵横，出来了山川盆地。这上下四方、往古来今就展开来人命名的宇宙。这思想和组织就是人的武器，繁衍了几万年，建起了高楼大厦，开动了远洋巨轮，真是“手可摘星辰”。而当我们最信赖的东西负了我们的信赖，当我们最依恋的东西开始发起脾气的时候，原来我们都是空气中的微尘，瞬间就能毁灭。

帕斯卡尔说得好啊，我们都是苇草。一口气、一滴水就足以致我们以死命。这篇文章我们应该也是初中学的吧，在当时我只觉得这文章写得烂极了，还要背诵。而我现在突然意识到这句话了，原来我们每个人的生命竟是那样的脆弱，当自然发威时我们竟是那样的无奈和哀伤。万年以来，我们缔造了不可能的文明，而我们的野蛮、强力、本能则是代价。去除了文明之后，人一定是自然中最卑微的动物、最先灭亡的物种、食物链的最底端。但文明和思想让我们伟大。

那天一共是五次地震，其中的四次我都在八楼的宿舍里。楼层越高，震感是越强烈的。

第一次是上午九点，我还在床上，猛地被摇醒，还以为是下铺的人转动身体造成的晃动。结果不是。有一个人已经起床了，在床下说是地震了。我在床上被晃动得摇来摇去，能听见非常清楚的床和墙面撞击的声响，虽然不大，足以骇人。虽然早上的震级比晚上的大，但好像在床上并没有觉得特别的可怕，可能是因为整个身体与床的接触让支撑面变得很大，人有安全感的缘故吧。晚上的那次，我坐在桌前，整个宿舍里只有我一个人，地震来的时候，我先以为是错觉，总不敢相信一天之内能发生两次地震。望了望旁边挂着的围巾，在摇；看了看悬在空中的插头，在摇；听见桌椅晃动的声音了，听见窗子和墙壁碰擦的声音了，听见外面有女生尖叫了。我站了起来，腿接触着一直摇晃的地面，而且那地面并没有要停下来的意思，我在屋中走着。

八楼的高度，我是不可能下楼的，我的身体和生命就完全寄给了上天和建筑工人保存。若是震的时间长了，幅度大了，楼的质量又不好，我的生命也就被他们取走；若是一会儿地震就停，楼房岿然不动，我的生命便就能再次取回。多么简单的交易！多么宏伟的银行！脆弱如我，幸运如我。

你知道我在屋中走着的时候，想的是什么吗？很奇怪，真的很奇怪。我没有想我的父母，没有想我的朋友，没有想我的师长，我一直念着一句话“我的志意还没有完成”。我当时想的是孔子的故事，可能并非正史，而是野传，因为我后来没有查到原文。孔子周游列国，一路历经磨难，弟子常常问他我们是否就要灭亡，孔子讲如果我们做的是天道的事，上苍不会灭亡我们，而如果我们做的不是天道的事，上苍为何会让我们去做呢？

也许孔子做的是符合天道的事，所以虽然一路困苦，甚至“到陈绝粮”，依然没有被毁灭。我一直都认为，一个人最深沉的悲哀就是他为之奋斗一生的志意理想最终没有实现，一生所秉持的价值追求最终化为泡影，他的积累和学习最终失却了价值。也正因为如此，早夭的婴孩和早逝的青年，后者往往会承载更多的悲痛。

有一次上课的时候，老师对全班发问，如果你的生命将近完成，只允许你再干三件事，你会干什么呢？这个问题对于青春阶段的我们不会感到沉重，只会觉得很有趣，故而我的印象很深。老师当时点了很多学生起来回答，所有人的答案都有要和家人或者朋友待着相处最后的时光。老师没有点我，我当时才大一，我当时想到的答案中没有家人和朋友，我当时想到的三件事很简单，我的理由也很简单。

想去一次西藏，想看一遍天葬，然后去一趟圣湖，就静静地坐在湖边、一个下午，用手捧着圣湖的清水，看自己的脸倒映在湖面中。

想去一个寺庙，听一次讲经，最好是妙法莲华经。也不知道为什么就得是这部经书，可能是名字比较吸引我。然后在庙门看着信众的往来，他们虔诚的表情、手中的香烛一定会让我留下深刻的印象，听晚钟、佛号，看塔铃、僧袍。

还想再读上一本书，或是最后去一趟博物馆。能生而为人，感受那世界艺术的魅力，能生而为中国人，感受诗词歌赋的美丽，足矣。而实现了自己的志意，感受到了这世间的美丽，最后能像木心说的那样，与李杜苏辛共存亡了，自然释怀。何必要把自己最容易让人悲伤的时间留给最亲爱的人呢？

人生如寄。第一次看到这四个字是在北京画院齐白石的展览中，那次展览用的就是这四个字命名。后来查，原来这四个字出在《古诗十九首》，里面讲："人生忽如寄，寿无金石固。"是啊，你我生而为人，而人生太脆弱，太短暂，而能让我们成其伟大的，正是那苇草的思想和志意呵！人总要完成一点什么，实践一点什么，积累一点什么，勃发一点什么吧。

猫空听雨

早上刚刚考完了诗选课，考到一篇王维的《终南别业》，以前就非常喜欢这首诗，考到了，边做题，就更加喜欢。读着那两句“行到水穷处，坐看云起时。”以至于心中有感，也顾不得什么考试周了，考完了这场试就出发到山上去。

台湾的山很多，台北也被群山环绕，因为地方不大，所以到山上去并不是一件难事。不像北京，去一趟香山就跟拜佛求经似的。学校在台北城南，离山也近，说实话其实学校在山谷里，背上就靠着一座山，那是仙迹岩。不过仙迹岩是一座小山，可能海拔只有三四十米，而且周围住家很多，在城里，感觉就要差些。要去便去的远些，正好下午无课，就往猫空去了。

也许是因为临海的缘故，台湾的云真是迷人，厚厚的一堆，就从地平线上升起。海边风力也大，云水分足，离着地面不远。风一起，就迅速地移动着。天气也就因着这云的速度而变幻莫测，一小时前还是晴空万里，霎时间便可电闪雷鸣，一会儿又可以在云的缝隙中见着那一轮红日。在台湾生活，伞是必须得常带着的，指不定上课前还是刺眼的白光，下了课急风骤雨便阻断了回宿舍的路。

去猫空可以坐缆车，有一种地板是玻璃的，称“猫空之眼”。假日游人甚多，不好碰上，但可以网上预约，故而还算方便。只是怕台北变幻莫测的天气，一旦落雨，缆车停开。幸好去得算早，早上看着在天边的乌云，等我登上山顶，才到了近前。

站在山巅，山其实也没多高，跟着香山比差不多，都是两百多米的海拔。不过向北望去，所有的高楼大厦，除了著名的台北 101，都在脚下，直可以看见天边，乌云的尽头，那一圈阳光照耀的红晕。择了一处安静的地方坐好，要上茶来，是木栅铁观音。一边烧着滚水，一边放着上好的紫砂壶。木栅铁观音跟安溪的不同，味道厚重熟实，发酵的过程是半手工的，故而养人。

热带地区的午后，尤其在夏日，有对流雨，而且一定伴着电闪雷鸣。因为云层离地面不远的缘故，雷音极大，实有些瘆人。暴雨滂沱，我的头顶只有店家的一顶阳伞，而且窟窿甚多，所以常常滴下雨来，滴进烧水壶中，滴入茶杯里，滴进我所要喝的碗盅里。那些倒不妨事的，主要是常常滴在我的眼镜上，不仅弄得雾蒙蒙一片，还常常吓我一跳。

那把伞并不大，雨又十分大，四周地面是店家打出的一个平台，水泥地。虽说是水泥地，但是雨气氤氲，长久的滋润，早长出了一层的青苔，一不小心，很可能摔倒。雨下得极大，所以四周的地面都弹起雨水来，手若垂下，虽在伞中，不一会儿也就全湿了。幸好穿了一层罩衣，并没有把内里湿透，倒是轰轰雷响，沥沥雨声增添了几分情趣。

以前在武汉的时候，凡是下雨回家，一定要洗头的。那环境质量确实堪忧，谁知道那雨中溶解了多少 PM2.5 或是空气中的污染物呢。但在台湾，真是不用担心这一茬，心情也轻松了许多，那雨水的晶莹，真让人有一种去舔舐伞边的冲动。雨水入碗，让人想起的不是脏污的酸水，而是无根的药引。

就这样，雨下着，我被观音韵所围绕。四周听不见杂声，所有的声音都隐没在巨大的风声雨声之中。

暴雨是不长久的，一会儿停、一会儿下、一会儿大、一会儿就小了。乌云的墨色也渐渐减淡，黑云压城也终于变成了淡淡的水墨。雨住了，再望向四周，一切都是那么青翠欲滴，都是那么生机勃勃。终于能体会到王维的境界，那“山路元无雨，空翠湿人衣。”“山中一夜雨，树杪百重泉。”雨水停了，雨声不见了，只剩下树叶间积攒的尚未滴落的露水，不时被风吹落，噼噼啪啪地打在屋顶的铁皮上。

雨声小了，山更聒噪起来，一切的生灵都在展示着自己的歌喉，蝉鸣鸟叫，狗吠虫唱。你感觉那山竟是如此的寂静，却又这么喧闹。也许隔着几座山，一只狗在叫，霎时间就引出来身边的鸟唱。鸟不是一两只，是三五只、七八只，都围在你的身边，但是你只听得见声音，鸟的形体都隐没在灌木绵密的枝叶中。此情此景，站在高处的开阔地，一片聒噪，但是大部分声音都不从身边而来，也许隔了一座山，隔着几条涧，数过去几棵树，也许更在数公里以外的地方。声音传得极远，又极清晰，听着这一切，人的脑海中只会涌现出四个字：鸡犬相闻。

想起陶渊明的诗来，“狗吠深巷中，鸡鸣桑树颠。”又仿佛听见了王维的声音，那是“晚年惟好静，万事不关心。”在这样的场景中，你想关心都关心不起来。所有的心智只会放在了“松风吹解带，山月照弹琴”中。自然的影响力多么大，那种圆满自足的境地，直引人脱开人事的琐屑而发现“一”的真实。

雨虽停，但云是不散的，还是那么绵密地堆积在上空，许是筹谋着下一场的大雨，酝酿着另一次的惊蛰。那么多的水，从上而下，进了泥土，雨一停，气温上来，泥土中的水分就蒸腾，山雾在慢慢地上升。这雾可不是一起来的，竟像是一丛一丛的篝火，指不定那一片树林中就起来一缕烟岚。烟岚顺次上升，到了一定的高度就开始扩散，但是它扩散得那么小心，那么狭窄，只让周围的几棵乔木变得朦胧。于是，一点清楚，一点模糊，一点翠绿，一点银白，没有一处类似，更不会有一处相同。坳坳各异，树树皆姿，这山是多么美。

不到山中，真不知水墨是如何绘就的，也更不知道王孟为何这么醉心于山水田园。

春天是最优美的季节，夏天是最壮阔的季节，多么热闹！一树上的蝉叫了，叫得那么大声，以为是工地搬到了山中，电锯在吱吱乱叫。但是蝉的叫声那么妥帖，那么安顺，虽然聒噪，并不急躁。这树上的蝉弱了，另一树的蝉赶紧地补上，强、弱、强、弱，山路是一个流动的时光隧道，移步换景，连声音都不一样。生命在展现他们自己，如此热烈地展现，他们用尽了所有的力气去展现他们的存在，他们的活力。

单单站在那翠微山谷之中，望向远山，氤氲的雾气，静静的烟岚，你会以为这时间不动了，人就在天地之中悠游自在，无拘无束，一切都静止了。只有这生命的叫喊，此起彼伏的交响让人还有着时间的意识，生命的欢腾。

近了黄昏，山中的雾气就更浓了。山岚是变化不居的，一会儿在这儿，一会儿在那儿，风一起便消失得无影无踪，风住了，又一丛一丛的茂密起来。好像跟火一样的，捉不住，看得见，无影无踪，没有路径可循的。

在雨停的时候，雾气还稍稍小过一阵儿，但不知何时，又大了起来，而且是不可想象得大。一会儿往远处一望，101 看不见了，白茫茫的一片。喝了一口已经没甚味道的茶，再一抬头，来时的缆车站已经没去一半。雾气一近，速度就快了，就看着那白茫茫的水汽，向人逼来，遮没了山谷的花树，遮没了眼前的平台，遮没了周遭的店铺，甚至遮没了后山。周围世界，竟像个仙境一般，那琼浆玉液，仿佛就在盏中。

此时的山中，已经不是我们俗人能呆得了，只能尽速下山，将那仙境留给鸡犬，留给农人，留给高士。山雾遮起，夜幕降临，星月高照，其中秘境究竟如何，怎样绝妙，只有山人知道。既不用处处识之，也就省去了寻向所识的烦忧。这山中应该有老庄的灵魂，渊明的土地，王孟的容身之所吧。这种安宁美满，连希望常常作客，都是奢侈。

垦丁三忆

一、浪卷天蓝

在垦丁待了三天，热了三天、累了三天。幸亏我的故乡武汉给了我一个充分适应各种天气变化的身体，不然早就虚脱在民宿里，哪儿也不想去了。清明春假的时候，垦丁活脱似盛夏的武汉，潮湿弥漫、蚊虫肆虐、气温极高，一天的游玩就会让你裸露的皮肤染上一层红色的伤痕，纵然全身都涂满50+的防晒霜，也只能稍稍缓解。

台湾全岛遍布椰林和槟榔林，其实这两种树长得挺像的，只不过椰子粗壮而槟榔纤瘦而已，都是高大的乔木，插进湛蓝的天空。

第一天早上从台北出发，乘高铁两个小时到最南站左营，再坐一个半小时的汽车，才到达垦丁。汽车走在沿海修建的公路上，一边是高大的台湾中部山脉，而因为隔着沿海的平原而在山脉的中部有氤氲的雾气，那山仿佛在天上，你竟会怀疑那是海市蜃楼了；而另一边则是无边的台湾海峡，放眼望去，你看到的只是天蓝海碧，再加上云卷云舒，在正午的时间，没有一艘渔船，也没有半点露出的小岛。因为头脑中你有地图的概念，所以知道那边是祖国大陆，甚至可以细化到福建、广东，但地图上的轻描淡写，画到实景中竟如此的阔大。这竟让我想那六十年前，是哪样一群人、凭借着怎样的毅力在这双边游弋。那无边的海，甚至比沙漠更能让人绝望。但此时我不用想这些，因为我在岸边，眼前是一片沙滩，沙滩前是碧水、再往前是蓝洋，再往前是天际线，空中的云层堆叠着也如山的模样，天空是山的躯体，云是山的雪线。

公路和海岸的中间是晒盐的工厂，一个池子大概一百平方米见方，每个池子中都有两个风扇一样的起扬机，不断把浅浅的海水翻卷到天空中，也打出白色的浪花。那些晒盐的池子好像就是岸边和海水的过渡，太阳直射到池子里、再折射到翻卷的浪花中，有着梯田一样的美丽。

热带的海竟是如此之美，澄碧得直见底部的沙滩。台湾西部是砂泥质海岸，东边和南部端口则是基岩质的礁石。若有沙滩，我以为最美处该是沙滩近海处的浅水，远处的巨浪打过来到了这里都变得小、变得微弱，浪卷变成了晶莹的凝胶，缓缓地推开一层层波纹。更有趣味的是，若是那岸上刚刚够及潮带的细沙中夹杂着一两颗裸露又不甚大的礁石，那礁石的周围就会有一圈深坑，虽说“深”，其实里面的水也仅仅及膝而已，但那颗礁石就会成为很多生物的家园，不用潜水，甚至不用换装，你就能自己走过去，看见清澈无比的水中，一只海蟹慢慢地退回洞里，几条华彩的热带小鱼啃啄着礁石上的蜉蝣。就好像你站在一个小小的鱼缸旁边，你脚踝以下的就是那些生灵赖以存继的水。

我见过很多个海滩，海南三亚和福建的海滩因为是极小时去的，模样已经不记得了，记得的是青岛、秦皇岛、塘沽的海滩，上海的临海处是从浦东起飞时看见过模糊的轮廓。台湾的海滩也已经见了野柳的、苏澳的、宜兰的、台中的。垦丁的海滩见得也不止一处，但最让我心醉，最让我喜欢的是垦丁的一处无名的海滩。

青岛因为面对的是内海，虽然生物众多，有大群的海蟹，也曾见过海星，但水质很差，游客太多，曾经还在沙滩上被烧烤的竹签戳伤过；秦皇岛北戴河的海滩好些，水比青岛的要清澈，但是生物少了，只有几个散布在沙滩上的贝壳算作一点点缀。上海的更不必说，污染太严重，再加上是长江的入海口，泥沙俱下，水自然是浑浊的。台湾的海，尤其是东部的海，因为面朝广大的太平洋，水质远非内海所能相比，那真的是无边无际的水从地球的另一边乘风踏浪而来，带着万里路上的礼物，拍打着岸边。所以我以为台中的海没有宜兰和苏澳的好看，而宜兰和苏澳的海没有垦丁的好看。

在垦丁，最著名的海滩是南湾和白沙，南湾的游客多到不行，海面上全是游艇、水上摩托和各种娱乐设施，沙滩上一朵一朵的阳伞遮住了海滩的全貌；白沙因为是"海角七号"和"少年派的奇幻漂流"的取景地，名气很大，游人很盛。虽然有洁白的细沙和清澈的海水，但是沙滩的范围极窄，而且坡度很大，走起路来很有些吃力，而且在近海处有几个巨大的礁石，大可五至十围，礁石上长满了海草，远观起来甚为吓人，游泳受了局狭，观瞻也不甚广大。

我最爱的那处海滩没有名字，但我会一直记得如何前往。一般去垦丁的游客会住在垦丁大街上，而我因为同伴的推荐住在了鹅銮鼻附近的山上，旁边临着的一条正是由鹅銮鼻通往佳乐水的公路。沿着那条路，往"风吹沙"的方向行驶，过了"风吹沙"，继续往前经过一个石拱桥，桥下有流水，但是流水只到海岸边，并不直接注入十米开外的太平洋。

你会看到一个高大的立柱，上面写着欢迎的字样，那应该是满洲县的地界。有一个大的平台可以停车，然后顺着左边的一条小径，穿过几个卖水果和闲玩的小摊，再穿过一条幽深但不长的藤蔓覆盖的小径，就到了岸边。

那片沙滩非常广大，几乎没有坡度，你从沙滩边缘刚刚可以触及海水的地方往海洋中走，二十步之内，水都只会在你的脚踝以下，那是一大片浅滩，水冲向岸边，会在四面八方形成小小的皱纹，成梯形慢慢交聚相汇，在梯形的尖角处便鼓起一个小小的冲叠，在你的脚背上形成一个小的浪花，舒服非常。

不仅如此，那片浅滩大概有半个操场那么大，你可以与海浪平行散步，就这样耗去一个早晨。过了这片浅滩，往南走都是沙滩，但是坡度就会变大，无复这种踏水戏浪的快感；往北走则是礁石遍布的海底，可以很明显地看到沙滩的急速下坡和海岸拱起的一个个礁石，礁石中是天然的热带近海景色，清澈的海水让你能直接看见礁石间碧绿的海底，里面的鱼、蟹、虾乃至于珊瑚自是无数。如果没有浪，站在岸边就可以看个仔细，而有浪的时候，跨一小步就能站在最近的一个裸露的礁石上，这样戴着泳镜把头埋在水面下，想想都会心醉的。那里的海水因为也在岸边所以并不深，但是礁石所带来的暗流却是不可知的。去的那天，浪并不大，但是卷了许多的沙子，所以单纯地站在岸边并不能看得真切，我比较瘦弱，害怕随便一点小浪都有可能把我卷走，不敢站到礁石之上，就叫了一个同伴让他去看看。他跨了一步就站上去，而一站上去，还没有把头埋进水里就告诉我“螃蟹、虾子，站上来就能看见”。

如果不站上去，有没有其他的办法呢？在这片海滩上，那片广阔的浅滩中有数处夹杂在细沙间的一人可抱的礁石，礁石的周围因为海浪的冲刷而形成了一个盆状的小坑，站在坑边，依旧是脚踝深的海水，坑中是及膝的水，站在旁边就能看见那石上的花斑海蟹，如果细细看去，自然会有小鱼小虾在那礁石的洞窟中游弋。就像一个个小小的盆景，而你可以和它们连在一起。

站在垦丁的海边，触目所及，无非天、海、云、山。山是临海的峭壁，经过海水万年的冲刷而形成了各种各样的地貌，断崖、广滩、细沙、鹅卵、各种奇形怪状的石头，再加上漫山遍野的绿植，十分养眼。海上的云瞬息万变，离你很近很近，移动得很快很快。说不定在你玩手机或者冥思的刹那，抬眼一看，便成了另一片天空。海风吹来的白浪，在你面前无休地翻卷，太平洋的雄奇，尽在浪中。

都说海天相接，海天一色，但是我见到的海永远是比天空蓝得多，海水好像扎染出的蓝印花布，而天空则好像是选取了所有人最轻松的心情幻化成的蓝色光晕，两者一个深沉、一个盈远。海天相接处，好像男性和女性的接吻，而那就是日出和夕阳的所在。

二、遥天谁遣羲和驭

上一篇中已经在最后提到了垦丁的日出和夕阳，因为那是在海边的日夜最为动人的场景，若是回忆起来也不能不有所提及。因为做新闻选题的关系，我在北京的凌晨中看过五六次日出，日落更是见过不少。

朝阳区的日出不好看，污染严重得很，太阳升起来染上天空的黄色光晕好像把一切的空气都弄得黄黄的、显得脏脏的，再加上大片的高楼，你根本看不见太阳刚刚升起时温柔、可亲近的美。等你能看见那金乌，它都蹿得老高了，投射下来的光早已不是清灵的晨光，而是充满了热量，让人不适。

在北京，最好看的日出，除了四周的山区不论，我以为在中轴线附近的一大片地区里。无论是南锣鼓巷西边延伸到什刹海、后海的胡同，还是故宫东侧的南北池子，再加上前门、大栅栏和琉璃厂，那里的东西向胡同里，是北京观看日出的最好地方。

我曾经在东四的24小时咖啡馆待过几个夜晚。如果你在夏日凌晨三点的时候走到北京的夜色中，你能看见东侧的天空已经由黑色变成了蓝色，当你从东四的街道走到了美术馆、北大红楼、南锣鼓巷或者是角楼，那东侧的蓝色天空在一点一点地变浅，由深蓝到浅蓝，由棉麻到绸缎，然后出现了一丝淡黄色的光彩，和幽深的胡同里一两盏昏黄的灯光相衬。

如果你站在胡同口向里望，一个人也没有的胡同里是那么安静、清爽。你看不见墙上的装饰和窗台上一切复杂的摆设，只能看见一片灰墙，黄色的街灯勾勒出一个个墙砖的轮廓，在地上投射出灯柱和脚踏车悠长的光影。地面还是黑夜，但天空已经发亮，西侧是蓝色，东侧是鹅黄色的天空在飞檐和雕栏的缝隙中显现出来，你可以从檐角的背影里看见点点朱红。再往东看，故宫的墙面上开始有了光照，什刹海的水面上也开始波光粼粼。然后你就听见了街上有了晨练的人声，有了鸟语，故宫里飞出了前夜的乌鸦。当你站在那胡同的交汇处，看看东边天空的变化，再看看西边已经照亮的高墙，似乎会觉得这些道路、墙垛、檐角，甚至这故都，都跟那初升的太阳一样，保持着百年以前的风姿，似乎从未改变。

那日出日落，我以为只有三种地方可看。一是城市之中，日出日落勾勒出的是城市最原初的轮廓，显示的是一座城的性格。此时并不完全是看太阳的起落，看的是城市。二是高山之上，日出日落跟那云层一样，就在你的脚下变化，那是一种登高远眺、山高人为峰的感觉。此时太阳只是陪衬，看的是人的气魄。如果要看最纯粹的朝夕，那是在海边，或者就是在船上，眼前没有半点杂物，也没有半点人为的阻隔，无限的平旷下去。只有那一轮红日和万里的海疆，那是你和太阳最直接的交流，你看到的是真正的太阳的变化，不会被任何外力所改易。而到垦丁，一定要看一次这样的日出、看一次这样的日落。

记得是在小学，学过一篇巴金的散文《海上日出》。当时是第一次接触到这个作家，就觉得他的名字好怪好怪。到了现在，对那篇文章的印象就只有它的题目和作者而已，对内容，只记得一个词"鱼肚白"。然后好像是在初中吧，选了萧红的一篇文章，题目是《火烧云》，后来读《呼兰河传》才知道原来是里面的选段。而因为这个春节才读过此书，所以对这篇写东北小城日落文章的印象稍微深些，要不然也就只记得"火烧云"这三个字而已。

当时小学老师讲着，我也就听着，没有图片、没有直观感受。火烧云还容易见些，到初中就见过多次了，但是"鱼肚白"却一直不知道是什么。生鱼都没见过几条，端上来的鱼肉的那种白色，早已失却了自然和生命的活力，又怎能叫着"鱼肚白"呢？但是也不管，写作文的时候还老用，只要一写到早上，就一定会来一个"鱼肚白"，大概在小时，我们都是能幻想出来的吧。

在垦丁，有两处专门划出来分别看日出日落的景点，看日出的叫龙磐公园，日落则是在关山。其实何必需要到专门的地方看呢？随便一处朝东的海岸都是看日出的好处，而只要是台湾海峡这侧的岸边则一定是日落的经由。说是景点,并非因为此处的日出日落跟旁处的不同,不过是因为有较大的平台,可以容纳较多的游客,可以被算作景点罢了。

因为在垦丁的住处离龙磐公园不远,所以看日出得了极大的便利。约四点一刻起床,四点半钟就已经在路上了。住的民宿在一条巷弄的尽头,巷弄外才是大路。巷弄里约有四五处独立的房子,都是住家和民宿,而在大路的两旁,继续往北走就都是高低错落的灌木林和草原了。但是巷弄是有路灯的,大路则是一片漆黑。而因为这个人为的漆黑,使得周遭的整个世界只有海平面以下的一处光源。所以等穿过那一片建筑,东侧的太平洋没有任何阻隔地展现在我的面前时,就好像一个新世界的大门朝我打开。

一团巨大的流云遮住了斜上方的天空,而又有片段一样的云朵队列般展开在海平面的上方。从流云和那队列之间的缝隙中,看到了光亮。那光亮上方是介于灰色和白色之间的一种色彩,越往下越红,到了海天相交接处则变成了纯净的朱红。那光并不强烈,只是淡淡的明亮,但在那样的漆黑中是如此的明显,以至于你会目不转睛地盯着看。海平线和你之间的汪洋,依旧漆黑,只能借着上方的余光看见一缕一缕的波纹在向岸边涌来。

龙磐公园有一个大的海蚀平台,平台的尽头是一个数十米高的绝壁,绝壁上有一个又一个凸起的石块,如果你想,可以沿着绝壁下去、走到海边,只不过上来就是件难事。走到绝壁的边缘,太阳还没有探出头来,你所能见的依旧是天空中变化的光亮。向下望去,大片的绿植和草皮沿着山石往海边延伸,到了海岸边,峭壁便化作一个个小小的石头,堆叠在岸上。和海洋中的细纹不同,海浪到了岸边会大了起来,在这岸边的海浪,你能看见边缘白色的泡沫。但是天光不强,海水反射天空的色彩,并不呈现蓝色,是近乎全黑的绛色,但又不像墨汁的麇集。这时海水的色彩,厚重、高贵、优雅,好像贵妇的紫色丝绸在窗外的竹林中挂了一夜,沾满了露珠似的。又像黑天鹅的羽毛经过一夜霜露的浸染,而迎着第一缕晨光展翅时，纷纷然坠下的晕染一般。真是远非人语所能形容。

天空中已经很亮了，接近海平面的天空渐渐变成了白色，几处流云的边缘被勾勒出金红。天上一颗启明星，卓然可见，但那光芒的所在依旧在太平洋底。此时只有等待，所有的人都在急切地期待中引颈东望。慢慢地、慢慢地，天空变得更亮了，我们几乎能看见由海的尽头拉到我们面前的光带，但是很浅很浅。所有的东西，包括树木、人身、黄土、礁石都被照亮了，镀上了一层亚光的金色。我们能清楚地看到周遭的一切，那光芒是那么温柔，那么安谧。如果朝西侧望去，竟分辨不出光源何在，好像漫天漫地全是自在的发光体，自己发出柔和的金光。天空仿佛手术室的无影灯，我的前后左右都被照亮，但身下没有一丝影子。刹那间，一个小小的红弧出现在蓝色海洋的尽头，太阳一跃，出现在海平面之上，它是那么突然、又那么迅疾！四周的景物好像一下子就盖上了金色的纱巾，有了阴影和光彩的相叠，天上的流云也在草原间落下行迹。人的脚下出现了影子，浑身都感受到一股热力。夜晚为御寒的长袖里，涌动着热气。

太阳没有停下，出了海面，越来越高、越来越快。它躲进了远处的云层中，从云层的缝隙里洒出生命的光线。因为海面上氤氲的水汽，云层上下就牵引出四方的光柱，像极了林间的投射。它继续蹿高，等它过了那一大片的云层，光芒就强了起来，人眼已经无法直视，而四周的空气也都瞬时燥热了起来。它开始展示它的力量和肌肉，让我们这群地球上的草民要后退、要防卫了。我们戴上了帽子和墨镜，涂上了防晒霜和乳液，钻进了车子里，打开了空调，对这种世上最强大的力量避之不及。经过了一夜的蛰伏，跃升的过程，它又“如日中天”了，继续变就阿波罗的神灵，只合在神庙中供养和尼采的书中欣赏，再无法亲近了。

日出、日落，其实何其相似。一个是光芒的跳出，一个是光芒的收尽。太阳，好像是一个以自己为中心的大锅盖，内心的强光呈现金黄的色彩，而到了边缘则是朱红和绛紫，再边缘的天空就成了淡蓝和深蓝了。每天，这一个锅盖就在地球的表面循环移动，由东至西，扫过每一处人迹。只不过日出更带着一种朝气,因为日出后是整个充满力量的白天,而日落则更带着一份浪漫,因为日落后是月生、星现、是安宁的夜晚。

夏日的阴历十五前后,月亮六点钟升、六点钟落,跟夏半年的太阳在空中有短暂的交集。一抬眼,这边是惜别的落日,转过身去便是初升的嫦娥。太阳由白变黄、变红,月亮则由黄变红、变白、变银。太阳的光彩退却,该是月亮的时间了。两者一阴一阳,一东一西,横亘整个天球,好似无言。但月亮承着太阳的光,太阳衬着月亮的美,光芒是它们交通的媒介,也是我们与它们的信道。

"遥天谁遣羲和驭,来送黄昏一抹红。"这是叶嘉莹先生的诗句。我的心和朝夕相会时,没有许多诗情的感慨,写不成诗,但却有散文的意味,所以写下这一篇不像样的东西来。

三、那一夜的星辰

"天阶夜色凉如水,卧看牵牛织女星""似此星辰非昨夜,为谁风露立中宵",若是要背写星辰的诗句,那真是不可胜数。小的时候只管按照那《学生必读》的书上背,高中时也就是觉得那诗句美、作文可用为显摆而背,老师讲的时候也傻傻地听着,好像自己真的知道什么叫银河、什么叫星辰、什么叫月明星稀、什么叫众星拱月一样。

细细想来,在我的记忆中,只有月亮,没有月光,只有街灯,没有星星。

从襁褓中,妈妈就会在耳边唱:"一闪一闪亮晶晶,满天都是小星星",就会跟我们讲什么是北斗七星、什么是牛郎织女。从电视上,我们也见过了太多数码连线而成的星座图案。我们看着,努力地把那种数码化的真实印刻在我们的脑海中,每次读到写那夜晚星辰的文句,我们就把这些图案从记忆中取出,放在眼前,好像真能欣赏。

我也曾在课堂需要时写过关于夜晚的文章,从初中开始,直到现在。因为夜晚浪漫,因为在我的脑海中,夜晚有星星、有月亮。我曾经在文章中说,在夜晚的时候,我们真正属于自己,可以与星月对话。现在想来,全是假话。我的记忆中，月亮是常常见的，但没有光，跟星星一样，它们那静谧的光彩早已湮没在一切的城市光源中了。

原来，我们跟上一代，有这么大的差距。那些他们习以为常的东西，曾经亲眼见过的东西，伴随他们童年和青年时期的“生活必需品”，我们原来从未见过。

原来，当妈妈在唱着一闪一闪亮晶晶的时候，她的脑海中涌现的是，在农田中，或是在城市的街道中，阒寂无人时的满天星斗；而我们涌现的是我们自己拼凑出来的图像。曾经以为那就是真实，曾经以为那就是夜晚的浪漫。曾经以为我们这群在城市中生活长大的孩子真能够懂得什么叫“明月松间照，清泉石上流”，还自顾自地在七夕时望向那天空，像幻视一样地看见那牛郎织女。真是浮浅地让人发笑了。

木心说他所见过的人都只是行过，无所谓完成。我突然有一种害怕的感觉，原来我们的大部分甚至连“行过”都没有，只是看到了别人的“行过”，读到了别人的“行过”，而以为那就是自己的“行过”了。也许，当你现在问问自己、问问自己的孩子、问问周遭的同学“夜晚美在何处？星星是什么样子？月亮又当如何？”所有人应该都会得到很好的答案，夜色如水、月光无垠，甚至还能背出《记承天寺夜游》或是《春江花月夜》里面的句子，但真的问起来，究竟是否见过，或是所说之言依据何本？一定是让人有所悲戚的罢。我们或者从未见过，或者竟见过一两颗着实大放光芒的星子，而就以为那是全部了，甚至还会欣欣然说体会到了古人之意。

那一夜的星辰，在垦丁。从那时我突然发现，原来古人的生活，乃至于上一代人的生活，竟是那么的不同，他们所见到的东西，是我们所难以想象的。他们可能自然以为我们都知道的，都能够体会的，不需要专门去体验的东西，我们，真的不知道。

那一天，我们从垦丁的极东到了恒春镇，又到了垦丁的极西，再回到垦丁的极南。算是把垦丁大大地绕了一个圈子，回到住处，已是下午四点。简单休息之后，去垦丁大街上买了一些吃食回来，跟民宿的主人一起吃了晚饭。晚饭后，我的同伴跟民宿的主人开始天南海北地聊起来，我还有一篇文章要写，催得很急，先进了屋。

等我写完，十一点多了。他们突然进来，开始穿上长袖的外套，我很诧异，他们问我要不要一起去看梅花鹿，屋主保证一定能看到，而且车行只十分钟，并不远。正好文章已经写完，当然就同意。没想到，如果文章还未完成，那将是我在垦丁最大的一个遗憾。

沿着门前那唯一的一条公路前行，大约五分钟后在路的左侧出现了一条拐进草原的小路。进了那条小路，屋主打开了他的强光手电，左右寻找。突然，手电的光被反射了回来，一双雄鹿的眼睛出现在十步开外，接着搜寻，一群一群的梅花鹿出现在我们的眼前，随着我们的靠近，它们在夜色中奔跑起来，时而回顾，渐行渐远。不止一群，而是沿路皆有。在那一片保护区里，那样温柔的夜色中，月光洒下的全是鹿的领地，人成了完完全全的侵入者。

到了路的很深处，我们停了下来，屋主的手电依旧在四处寻找着。路的左右有围篱，并不高，只到小腿而已，一侧往高坡上去，一道一道的，像是阶梯的慢慢升高；一侧往海边去了，大片的平地，只在尽头有排排的灌木挡着视线。鹿群还在我们的四周，只不过离得很远。关了手电，熄了车灯，我们跟它们一样，天地之中只有一个最大的光源。它们自在地寻食，时而能听见雄鹿角斗的声响。而我们的周遭，只留下冥思的空间。

那一夜正好是农历十五，月亮极大极圆，我们的周围没有一丁点灯光，但依然光明。我们的手脚、面孔、乃至于四周的地形都看得分外清楚，甚至自己的影子能投射在地面上。那种光，是我永远难忘的。我从未见过。

什么“月亮像纱一样”，什么“月光给天地之间镀上一层银”，如果我们在城市中，觉得这全是谎话。但在实地实景，发现这些说法真是恰切。

那种光，没有一点温度，冷冷的，虽然气温很高，依旧让人觉得微寒。那么柔和、那么缠绵、那么的不干脆。好像千千万万个桂树的种子，播撒在天地六合之中，满目银霰。你所能看到的一切都做了灰阶的处理，带着一点点色彩,又泯灭着色彩。太阳给予世界的是多元感知,你可以给太阳下太多个定义;但月亮只是一种,巨大的统治力让世界在夜晚中,没有人造光的条件下,都辖在嫦娥的领地。

海上飘来巨大的云,月在其中时隐时现,隐时天地都暗入,明时又重归清冷。我们的影子也是那么的淡,不似浓墨,而像饱蘸了水的羊毫带上一丝丝松烟的味道。月光就是一双上天赐予的东方的眼,让一切的造物,显出东方水墨的真趣。

而且天空中不止那一轮圆月,有大片的星斗在闪着。在武汉、北京、台北,我所见过的星星都是得使劲睁大眼而出现的那么一两颗最明的,比路灯稍强。常常觉得那一两颗小小的星星,多么孤单,多么乏味,何以配得上那么多人的赏爱呢?原来过去的长辈和古人所见不是我们在武汉、北京、台北所见的一两颗,而是我在垦丁所见的几百颗、甚至上千颗星星。当所有的苍穹被那一闪一闪的繁复所填充时,那黑色的幽窅好似灌满了天地的菁华,生命的原液。看到这种场景,你都会去想“众星拱月”里的“拱”字用得多么好,连“星罗棋布”都有了新的意义。

“月明星稀”,屋主说。我很惊讶,何来此言呢?原来我之所见虽然远胜以往的经验,但对他来说依旧是小小的一部分。月亮的光芒依旧过于强烈,遮住了大片并不那么凸显的星子。若是月亮隐去,天地之间伸手不见五指的晴夜,无法想象那片我们日日看到的苍穹会展现出多大的魔力。而那个场景并不难见,一月之中只十五前后五日月光甚强,剩下的二十多天,只要天晴无雨少云,便可一览无余。想想我们点起的那些永夜的光芒竟遮去了多少醉人的美景,夺去了多少人本来拥有的记忆不免遗憾。

我不必再过多描述那星、那月,无论如何传达,比不过自然分毫。

月光如水,何以如水?月色无垠,为何无垠?比喻的好处在哪里?将月亮拟为人又有何佳?“似此星辰非昨夜”为何好?当你真正站到那一片无污染的月色中,这些问题都可以自我解答。

读,代替不了真正的行走。自然,看那美丽的风景图片,也代替不了切实的抵达。我看见我那经月光照射而幻化成水墨的影子时，下意识地拿出了手机想要拍下来，但是手机中一片漆黑。我的同伴说，人眼中有多少多少反射神经，多么多么精密，远非相机所能比拟。那一时，我突然想到了“我”的意义，“我们”是一切都替代不了的。我们是上帝造出的，可笑的是我们却被人类造出的东西而拘泥，成为物役。我们携带着世界上最好的仪器，那些仪器就在我们的身上，是我们的五官、四肢、五脏六腑，是我们的灵明。

当我们抵达时，抛却一切外物抵达时，那将是上帝的造物与造物的对话。只有靠我们自己的行脚，我们才能真真切切体会到那一个“美”字的含义。上帝最大的礼物是我们自己，第二大的就是那世界中无数的美好。我一直记得有一位同学年初许下的愿望：带着诗歌走向远方。我一直觉得这句话有顺序的问题，她应该说，要走向远方，在途中创造诗歌。

後記

又是一年春

这是一本花了一年多写就的书，随着四季的变换，看过了冬天的萧寂、春日的和煦、夏天的热烈和秋日的色彩，又回到了冬天，又隐藏着春的气息。季节、年岁，排演过了历史，铺陈了当下。

这是一本关于诗歌、关于性灵的书。诗歌是一种异常奇妙的文体，日常的情感、随意的观看，一旦被诗人投射进诗歌之中，那些景致和情感就变得别样。精致的篇幅、和谐的音律，给了诗人无尽的镣铐，但这镣铐作用在了物象的选择上，给心灵的片段带来了不可知的缘分。

读古人诗，是在诗中一会古人，而眼前的景物，便藏住了他们的经验。从过去到现在，高楼大厦、飞机地铁、工厂医院变化了太多，但是人心情致，每一个生命的成住坏空，四季的时序和感受，却留存下来。古人的诗篇，囊括进古人自己的身影，借用这样的载体，咏叹他们自己身世的畸零，抒发他们面对四季变化的感慨，敲落他们见过无情世界的情泪，吟诵他们志意的伟大。

诗歌，属于夜晚，属于孤独，属于遐思。在诗里见着我们自己的影子，又将里面诗人的影子倒换出来，投射到我们自己的生活中。当我们见过了那么多的生命，那么多的欢喜离合，那么多的苦难安宁，我们自然有所成长，自己的生命也获得了升华。再当我们在现实社会中真正面对了挫折和失意，或者狂喜和幸运，我们也许就变得达观，变得淡然，因为那不过如此。一次恋爱的失败，一次考试的落榜，一次领导的批评，跟苏轼的乌台，杜甫的草堂，庾信的乡关相比，算得了什么呢？

我爱诗词，并不是因为其中的句子惊诧天人，绝美异常，而是欣赏一种观看世界的方式，好奇于他们的生命，敬佩一种面对世事的态度。我在阅读和创作诗词中觉察了丰富的审美享受，获得了极大的精神力量，我想把这种享受和力量与更多的爱好者共享。诗歌的创作或许属于庙堂，但诗歌的欣赏却一定同属于山野，同属于民间。

昨日去做了一个采访，结束之后跟往常一样搭乘北京的地铁。我正在北京的地铁上出神，忽然听见远处有一个声音逐渐靠近。平常北京地铁上乞讨的事情很多，故而没当回事。当这个人靠近的时候，乍一看，西装笔挺，身上所佩戴之物甚是精良，不似乞讨者。他的胸前挂着一个布袋，里面装着一些东西，但远远看不清楚。当这个人逐渐走近的时候，我突然看见他布袋挂在肩前的带子上印着“我的诗”三个白色文字。他的手上举着一本书，跟他布袋中装的一样，应该都是他的诗集。也听清楚了他不断念叨的话：“要读书，要写诗。”

他就这么一路走来，在车厢里一节一节地穿行，举着他那一本诗集，念叨着这简简单单的六个字。我极力想要看清他的书名和出版社名，可是由于他手不断晃动，而我又是高度近视，竟没能看清。但是他所不断重复的六个字却一直在我的脑海中回响。

一个写诗者，竟然能够在最草根、容纳了中国社会最平凡的人的场所来来回回地念叨这样的话语，试图唤醒人们潜藏着的诗心，这给了我莫大的感动。他好像在跟人们宣讲一个颠扑不破的真理，而大多数人可能都不会去理会，可能把他当成疯子。但他还是在一遍又一遍地念着，讲着，寻求一种重复的影响，播撒下无数的种子。也许有人会认为他的主要目的是为了卖书，我却从来不这么去想，在地铁上的人，都是行色匆匆的过客，看见这样的一个人，卖的还是诗集，他一天下来能卖出去几本？而这份宣讲的力量，不断重复的种子，似乎比起那个环境中书的售卖，要来得更为有力量。

看着他，好像他就变成了一个今天的游吟诗人，在车厢中游走，吟唱着一句箴言。不知怎的，他的形象又让我想起《红楼梦》中的茫茫大士和渺渺真人，在尘世中游走，为的是度脱一个莲花出水般的读者。我看着他，他好像发现了我在看着他，停在了车厢的连接处，看着我。我终究没有勇气跟他对视，我低下了头。

我没有勇气跟他一样，做一个今天的游吟诗人，更不可能去周游尘世，当一个尘世之中的牛虻。但我热爱诗歌的心志大概跟他有几分相似，虽然他的诗集应该是现代诗，而我的鉴赏集中于古典诗词。但无论今古，这种文体都囊括着性灵，都饱蘸着创作者的热血。而我愿意用我的文字，我的感触，用这样一种鉴赏的方式，为古典诗词的发扬，做一点小小的贡献，希望激发出更多人对诗歌的热情，希望有更多人从这样的文字中获得力量和享受。

中国的诗词世界，是一个无限广博而又美妙异常的世界，其中有多少的伟大人格，有多少和这个民族的性灵相关的故事。翻开书卷，里面有春花春鸟、秋月秋蝉，有夏云暑雨，也有冬月祁寒，里面有生离死别、万里相思，有把酒言欢，也有坚定理想。这样的文字直指人心，是一部有温度的历史，无止息的生命。借用汤显祖《牡丹亭》的话，中国诗词“春色如许”，而“不到园林”，又如何能够知道呢？

现在是隆冬时节，窗外有大雪纷飞，可是冬至已经过去，阳气开始滋生。突然想起清代女词人顾太清的句子“明朝寒食了，又是一年春”。这是她面对一株新栽的海棠的期待，可“又是一年春”，这春天就从那悠久的历史一直轮转到了今天。先秦的雎鸠鸟还在“关关”地叫着，汉代的蘼芜还在山间疯长，魏晋时期的飞鸟依然在晚间回到了巢穴，唐代的洛城花在今天也还是国色天香。又是一年春，草木为新，景色在生命的生生不息中一如过往，而其中囊括进多少先人的咏叹。那样的咏叹和故事，都通过这样灵巧的文字传到了我们的手中。我们欣赏着，我们感受着，我们也传承着。我们的古人在欣赏中完成了传承，在热爱中进行了发展。春日的灵力和生命的快意正在地下蠢蠢欲动，我相信同样的快乐也一定会在我们的这个时代中渐渐滋生。